MARTHA GRIMES

Martha Grimes est née à Pittsburgh (Ohio). Après des études de lettres à l'université du Maryland, État où elle a vécu toute son enfance, elle suit les cours du très réputé atelier d'écriture de l'université d'Iowa, dont elle sort avec le titre de docteur ès lettres. Elle a longtemps enseigné l'anglais avant de se consacrer pleinement à l'écriture. Dès son premier roman, *L'énigme de Rackmoor* (Presses de la Cité, 1991), ses enquêtes policières, qui se situent en Angleterre où elle effectue les nombreux séjours nécessaires à ses repérages, portent la griffe du commissaire Richard Jury et de son complice Melrose Plant. Seuls *La jetée sous la lune* (Presses de la Cité, 1994), *Le meurtre du lac* (Presses de la Cité, 1999), *Le crime de Ben Queen* (Presses de la Cité, 2003) et *Un monde impitoyable* (Presses de la Cité, 2006) ne comportent aucun de ces deux personnages. Son sens très fin de la psychologie et son habileté à recréer l'atmosphère propre aux romans policiers britanniques « classiques » lui ont valu de trouver une place de choix parmi les auteurs contemporains de romans policiers. En 2008, elle a publié *Les fantômes du palace* aux Presses de la Cité. Son dernier roman, *Le paradoxe du menteur*, est paru en janvier 2009 chez le même éditeur.

MARTHA GRIMES

Martha Grimes est née à Pittsburgh (Ohio). Après des études de lettres à l'université du Maryland, [illegible] elle a [illegible] son enfance [illegible] sur les [illegible] [illegible] l'université d'Iowa dont elle est sortie avec le titre de docteur ès lettres. Elle a longtemps [illegible] avant de se consacrer pleinement à l'écriture. Dès son premier roman, *L'énigme de Rackmoor* (Presses de la Cité, 1991), [illegible] enquêtes policières qui se situent en Angleterre [illegible] elle crée les [illegible] [illegible] récurrents [illegible] [illegible] Richard Jury et son complice Melrose Plant. Suivront [illegible] (Presses de la Cité, 1994), [illegible] (Presses de la Cité, 1999), [illegible] (Presses de la Cité, 2003) et [illegible] (Presses de la Cité, 2006). [illegible] [illegible] [illegible] romans policiers [illegible] [illegible] une place de choix parmi les auteurs contemporains de romans policiers. En 2008, elle a [illegible] (Presses de la Cité). Son dernier roman, *Le [illegible]*, est paru chez le même éditeur.

LE PARADOXE DU MENTEUR

DU MÊME AUTEUR
CHEZ POCKET

LA JETÉE SOUS LA LUNE
UN MONDE IMPITOYABLE

LES ENQUÊTES D'EMMA GRAHAM

LE MEURTRE DU LAC
LE CRIME DE BEN QUEEN
LES FANTÔMES DU PALACE

LES ENQUÊTES DE RICHARD JURY & MELROSE PLANT

LE MAUVAIS SUJET
L'ÉNIGME DE RACKMOOR
LE COLLIER MIRACULEUX
LE VILAIN PETIT CANARD
L'AUBERGE DE JÉRUSALEM
LA NUIT DES CHASSEURS
LE FANTÔME DE LA LANDE
LE CRIME DE MAYFAIR
LES CLOCHES DE WHITECHAPEL
MEURTRE SUR LA LANDE
LE MYSTÈRE DE TARN HOUSE
LES MOTS QUI TUENT
L'AFFAIRE DE SALISBURY
UNE HAINE AVEUGLE
L'ÉNIGME DU PARC
L'INCONNUE DE LA CRIQUE
LE JEU DE LA VÉRITÉ
DISPARITION
LE SANG DES INNOCENTS
LE PARADOXE DU MENTEUR

MARTHA GRIMES

LE PARADOXE DU MENTEUR

Traduit de l'anglais (États-Unis)
par Dominique Wattwiller

PRESSES DE LA CITÉ

Titre original :
THE OLD WINE SHADES

Édition originale : Viking,
publiée avec l'accord de Peter Lampack Agency, Inc.

Le papier de cet ouvrage est composé de fibres naturelles, renouvelables, recyclables et fabriquées à partir de bois provenant de forêts plantées et cultivées durablement pour la fabrication du papier.

ISBN 978-2-266-19537-9

À Vicki,
et en mémoire de Dodger

Ni l'une ni l'autre ne me donnent envie
De leur éviter des ennuis. Trouble double,
Telle est la devise des sorcières, en tout cas.
Je leur mets double trouble à toutes les deux
– regardez bien.
Elles vont comprendre que tout est à recommencer
depuis le début.

« La pauvre sorcière de Grafton »,
Robert Frost

UN HOMME ENTRA DANS UN PUB…

Prologue

Ils restèrent silencieux un moment. Puis Harry Johnson déclara :

— Puisque vous voulez une histoire, je vais vous en raconter une… sauf que je ne peux pas l'expliquer ni vous en dire la fin. Elle n'en a pas.

— Voilà qui paraît intrigant.

— Oh, pour être intrigant, ça l'est.

— Je vous écoute.

— C'est arrivé à un ami. Cet homme, qui était la personne la plus chanceuse que j'aie jamais connue, on aurait pu dire qu'il était traqué par la chance, cet homme a tout perdu, du jour au lendemain…

— Mince ! Vous voulez parler d'un krach boursier, quelque chose comme ça ?

— Non, non. Il ne s'agit pas d'argent. Il a *tout* perdu. Il s'est réveillé un matin et il n'avait plus de femme, plus de fils, même plus de chien. Il n'avait aucune idée du pourquoi ni du comment et ne savait pas quoi faire. Il a envisagé d'aller à la police mais qu'est-ce qu'il leur aurait dit ? Ils ne l'auraient pas cru, vous l'imaginez bien. Comment leur faire avaler que sa femme, son fils et son chien s'étaient tout bonnement volatilisés ? Vous savez que les flics voient le crime partout.

Jury sourit.

— Ne m'en parlez pas !

— Les familles ne disparaissent pas comme ça… à moins qu'un psychopathe n'entre pendant la nuit pour les zigouiller tous. Il m'a dit qu'il avait l'impression de vivre dans un univers parallèle, que sa femme et son fils étaient dans l'un et lui dans l'autre…

— Qu'est-ce qu'il a fait ?

— Il a engagé les meilleurs détectives. Ils n'ont rien trouvé, pas la moindre trace. Il n'y avait aucune piste.

Harry s'interrompit, sortit une nouvelle cigarette, tendit l'étui vers Jury, qui refusa à nouveau.

— C'était il y a un an.

— Et… ?

Jury se rendit soudain compte qu'il venait de trouver la réponse à la question qu'il s'était posée plus tôt : qu'est-ce qui le faisait continuer à avancer ? La curiosité. Il attendait que Harry Johnson comble le blanc.

Harry alluma sa cigarette, expira un nuage de fumée et répondit :

— Le chien est revenu.

Jury écarquilla les yeux.

— C'est une blague, pas vrai ?

Le plus sérieusement du monde, Harry déclara :

— Pas du tout. Le chien est *vraiment* revenu.

Ils restèrent tous les deux silencieux un moment pendant que Harry Johnson semblait rassembler ses pensées.

— Vous voulez entendre la suite ?

Jury acquiesça.

Un homme entra dans un pub…

1

Harry Johnson alluma une autre cigarette, referma son briquet avec un petit clic et remarqua :

— Je vois que vous n'êtes pas convaincu. Je ne plaisante pas, je vous assure.

Richard Jury le considéra. Comprenant que son interlocuteur ne démordrait pas de son invraisemblable récit, il pouffa de rire et se tourna vers le bar pour prendre sa pinte.

— Voyons. Le chien est revenu… La femme, le fils et le chien disparaissent. Et le chien revient. Au bout de combien de temps, m'avez-vous dit ? Un an ?

— Pas tout à fait. Neuf, dix mois…

Harry Johnson fit un gros rond de fumée suivi d'un plus petit, qui alla pile traverser le premier.

Cela agaça sérieusement Jury. Voilà un garçon qui avait les moyens, à en juger d'après son manteau de cachemire et sa chevalière en or, qui de surcroît était beau – du genre qui donne aux autres hommes l'impression d'être franchement quelconques –, intelligent, et s'exprimait dans un langage châtié. Et comme si cela ne suffisait pas, il se permettait de faire des ronds de fumée impeccables…

— Le chien est revenu, bien sûr…

Là-dessus, Jury s'esclaffa de nouveau, un peu trop fort peut-être, comme quelqu'un qui n'a pas le sens de l'humour. Sauf que, s'il fallait en croire ce Johnson, il ne s'agissait pas d'une plaisanterie.

Harry Johnson eut un sourire, reposa son verre, se leva.

— Vous pouvez patienter ici une minute, le temps que j'aille à ma voiture ?

— Moi ? Bien sûr, j'ai tout le…

Johnson s'éloigna sans attendre la fin de la phrase. Jury chercha des yeux le barman, regrettant qu'il ne soit pas près de lui pour pouvoir le cuisiner au sujet de cet homme. Le barman l'avait appelé par son nom, se comportant comme si Johnson venait souvent. Pour l'heure, ledit barman était à l'autre bout du bar, en conversation avec des clients bruyants, au sourire tout en dents et qui toussaient comme des perdus. Il y avait des moments où Jury se disait que tout le monde fumait sauf lui, Jury le Rabat-Joie.

Il considéra son verre vide. Était-ce le deuxième ? Le troisième ? Commençait-il à en ressentir les effets ?

La porte du pub s'ouvrit et Harry Johnson revint, tenant un chien en laisse.

Il s'assit. Sourit. Le chien l'imita. Moins le sourire. Un animal de taille moyenne, sans rien de spécial, une espèce de chien de chasse, de ceux qu'on trouve à adopter dans les refuges. Oreilles pendantes. Poil brun-roux et blanc. Une bonne bouille. Le genre d'animal qu'on a aussitôt envie de gratter entre les oreilles. Il était assis de guingois, comme tous ses congénères. Jury tendit le bras et lui gratta la tête.

— C'est ce chien-là ?

— Exactement.

— C'est quoi, son nom ? s'enquit Jury.

— Mungo.

Harry leva son verre vide et Trevor, le barman, rappliqua et le remplit. Jury déclina, se disant qu'il avait déjà assez bu comme ça. Surtout en aussi peu de temps.

— Nous avons un excellent Batard 85. Rond et plein, énonça le barman. Vous êtes au whisky, ce soir ?

Il y avait une ombre de reproche dans sa voix.

— Ça ne se voit pas, Trev ? renvoya Harry, tempérant sa remarque d'un sourire. Trevor ne jure que par le vin, dit-il à Jury. C'est un expert. Un fin connaisseur. Je ne suis pas sûr que les autres soient capables de faire la différence entre un pouilly-fuissé et de la San Pellegrino…

— C'est à eux que je devrais passer commande, alors, dit Jury. Vu que moi-même je n'y connais pas grand-chose…

— Voyons, monsieur Johnson, protesta Trevor, nous ne sommes pas aussi nuls.

— Vous, non. Nous boirons peut-être autre chose après.

— Pas après ce single malt, objecta Trevor.

Il jeta un regard au verre de Jury. Ne crut pas nécessaire d'ajouter quoi que ce soit. Et s'éloigna.

Harry éclata de rire.

— Sacré Trevor, il ne faut pas plaisanter avec le vin.

— Vous disiez donc que Mungo…

À l'énoncé de son nom, le chien se redressa.

— … s'était repointé chez votre ami… Un instant : vous n'allez pas me dire que l'« ami », c'est vous, si ?

— Seigneur Dieu, non.

— Très bien, mais je vous rappelle que c'est vous qui avez le chien.

— Je l'ai trouvé assis devant la porte de Hugh. C'est le nom de mon ami. Hugh Gault. Il habite à Chelsea, non loin de chez moi, moi je vis à Belgravia. Hugh est un bon ami à moi ; c'est pour ça, j'imagine, que Mungo n'a pas rechigné à me suivre. J'étais allé récupérer des livres et différentes affaires. Hugh songe sérieusement à vendre la maison, mais je doute qu'il le fasse. Il aurait trop peur que sa femme et son fils reviennent et se retrouvent sans toit.

— Il n'y habite pas ?

— Non. Cette histoire a failli lui faire perdre la boule. Il est dans une clinique, à Fulham.

— Une clinique psychiatrique ?

— Il a sombré dans une profonde dépression à la suite des événements. Il va mieux maintenant.

Jury sentit que le chien se glissait sous son tabouret.

— Bref. Mungo attendait devant la porte. J'ignore depuis combien de temps il était là. Il avait l'air épuisé et affamé. Je l'ai fait entrer et je lui ai donné à manger. Mais au lieu de manger, il s'est mis à errer de pièce en pièce, reniflant, cherchant partout, le tout pendant un sacré bout de temps. Après quoi, il a attaqué le contenu de sa gamelle avec un appétit féroce. Je l'ai resservi, et là encore, il n'en a fait qu'une bouchée. Il a bu ensuite un plein baquet d'eau. Cela fait, je l'ai emmené chez moi. À Belgravia. C'est là que j'habite, mais je vous l'ai déjà dit, je crois.

Un quartier rupin, mais comment s'en étonner, avec ce manteau de cachemire noir devant lequel Jury salivait littéralement ?

— Se pourrait-il que votre ami ait imaginé tout cela ?

Harry Johnson l'enveloppa d'un regard déçu.

— Et que moi aussi j'aie tout imaginé, vous voulez dire ? Hugh et sa famille ? Ne soyez pas ridicule. Vous n'avez pas une meilleure hypothèse à me proposer ?

Jury rit. Jaune. Il était content de ne pas avoir dit à Johnson qu'il appartenait à la police métropolitaine. Ni qu'il était commissaire. Et il n'allait sûrement pas le lui dire maintenant. Sa question était vraiment trop nulle.

— Je suppose que la réponse est non.

— À moins que vous ne croyiez que je délire ?

— C'est une possibilité…

— Oh, je vous en prie !

— Vous pourriez me faire marcher, aussi.

— Pourquoi ? Pourquoi entrerais-je dans un pub et me mettrais-je à raconter des mensonges à un parfait inconnu ?

— Je ne sais pas. Je finirai sûrement par trouver la réponse. Bon, poursuivez.

Mungo était sorti de sous le tabouret et il leva les yeux vers Jury comme celui-ci le regardait.

— Comment expliquez-vous Mungo ? demanda Jury.

— Mungo, le retour ? Les histoires d'animaux qui retrouvent miraculeusement leur maison alors qu'ils sont à des kilomètres sont légion. Comment s'appelle ce livre qui avait eu un succès fou, quand j'étais ado ? *L'Incroyable Voyage*, non ?

— Mungo aurait mis neuf mois à revenir…

Jury considéra le chien, qui le fixait d'un air qu'il ne put que qualifier d'implorant.

— Il m'a semblé déceler dans vos paroles comme une pointe de sarcasme… Je doute que Mungo ait voyagé sans s'arrêter pendant neuf ou dix mois d'affilée. Mais ne sachant pas ce qui s'est passé pendant ce laps de temps, il m'est difficile de deviner comment il s'y est pris. Peut-être que les animaux ne sont pas comme nous. Qu'ils n'oublient pas. Parfois, je ne me rappelle même plus dans quelle rue j'habite…

— Désolé pour la pointe de sarcasme, dit Jury. Est-ce que le mari a signalé ça à la police ?

— Évidemment. Vous imaginez la réaction de la police du Surrey… De toute façon, s'ils avaient pensé ne serait-ce qu'une seconde que la femme et le gamin avaient disparu contre leur gré, le principal suspect aurait immanquablement été Hugh. La voilà, notre belle police. Aucune imagination.

— Je trinque à la police, dit Jury en levant son verre vide. Hugh s'est-il rendu dans le Surrey ?

La curiosité de Jury croissait avec les révélations de Harry. Il regarda Trevor remplir son verre.

— Hugh ? Non. Je m'y suis rendu à sa place. Il pensait que Glynnis et Robbie pouvaient rentrer d'un instant à l'autre, auquel cas il ne serait pas là pour les accueillir. On avait pu les assassiner, ou les enlever. Et il y avait cette hypothèse que les policiers semblaient privilégier : la femme malheureuse en ménage qui quitte le mari en emmenant l'enfant. C'était tellement grotesque que je n'ai jamais compris pourquoi la police s'y cramponnait…

— C'était une explication plausible, pourtant. La police, après tout, ne connaissait pas la femme aussi bien que vous.

Jury avait été sur le point de dire : « Moi, c'est l'explication que j'aurais avancée », mais il se retint et, regardant le chien, ajouta :

— Il n'y a donc que Mungo qui sache à quoi s'en tenir…

— C'est exact.

— Vous avez dit en commençant que vous me raconteriez le reste…

Harry Johnson opina.

— C'était l'année dernière, en été… en juillet, je crois. Ce matin-là, Glynn – Glynnis –, accompagnée de Robbie et de Mungo, partit faire un tour à la campagne, dans le Surrey. Pour visiter des maisons. Ils voulaient une maison en dehors de Londres…

— Une résidence secondaire ? Un genre de cottage pour le week-end ?

— Pas exactement. Mais j'y reviendrai. Glynn devait rencontrer un agent immobilier qui avait une ou deux propriétés susceptibles de convenir. Situées dans un rayon de huit cents mètres autour d'un village du nom de Lark Rise. Elle avait rendez-vous pour visiter ces deux maisons. Dont l'une était encore occupée et l'autre vide. La première, elle trouva qu'elle ne lui convenait pas. Trop… bizarre. Elle passa un coup de fil à l'agent immobilier pour lui dire ce qu'elle en pensait et qu'elle allait visiter la seconde. L'agent se nomme Marjorie Bathous, de l'agence Forester et Flynn. À Lark Rise.

« Marjorie Bathous calcula qu'il ne faudrait que quelques minutes à Glynnis pour se rendre à la seconde maison et elle lui laissa une marge suffisante pour en faire le tour, quoique Glynnis soit de ces gens qui savent au premier coup d'œil ce qu'ils aiment. N'ayant pas de nouvelles au bout d'une heure, elle commença à se poser des questions, se disant que sa cliente s'était peut-être perdue, qu'elle avait eu une panne, ce genre de choses. Au bout d'une heure et demie, elle commença à s'inquiéter…

— Elle n'a pas essayé de joindre Glynnis sur son portable ?

— Elle n'avait pas le numéro. Elle pensait qu'en cas de problème Mme Gault l'appellerait. Toujours est-il que cette Marjorie Bathous prit sa voiture et se rendit à la première des deux maisons. Le trajet lui prit vingt minutes depuis l'agence. Une fois sur place, elle sonna. Le couple de propriétaires lui dit que, oui, ils avaient bien reçu la visite d'acquéreurs potentiels, que ces derniers avaient même pris une tasse de thé, mais qu'ils étaient repartis un peu plus tôt. Mme Bathous poussa alors jusqu'à la seconde propriété, en vérifiant bien, tout le long du trajet, que la voiture de sa cliente n'était pas arrêtée sur un bas-côté… Arrivée à destination, elle ne trouva personne.

« Cette maison n'était pas à vendre mais à louer, et depuis un long moment. Inutile de sonner : les lieux étaient inoccupés. Elle fit le tour de la maison et des jardins en quête d'un indice. Rien.

« Mme Bathous se dit alors que ses clients avaient peut-être eu une urgence à Londres. Quelqu'un était tombé malade, ou leur maison de Chelsea avait pris feu… Sur le moment, Mme Bathous se reprocha de se montrer aussi mélodramatique. Cela dit, en matière de mélodrame, la disparition de toute une famille ne batelle pas tous les records ? Elle n'avait pas pensé qu'il pût s'agir d'une disparition, après tout les gens ne disparaissent pas comme…

— Les gens disparaissent tout le temps, assena tranquillement Jury. Mais il arrive rarement, je vous l'accorde, que femme, enfant et chien se volatilisent en même temps. Poursuivez.

— Mme Bathous avait donc décidé d'attendre un peu avant d'appeler Hugh Gault, mais au bout d'un moment elle prit son téléphone. Hugh tomba complètement des nues. Il appela la police du Surrey. Vous vous imaginez téléphoner à la police, dire aux flics que votre famille a disparu ? Qu'elle s'est brusquement envolée ? Vous voyez le tableau : les policiers en déduisirent naturellement que la bourgeoise s'était barrée. Ils n'imaginèrent pas une seconde qu'il ait pu leur arriver quelque chose, à elle et au gamin.

— Et à Mungo.

Le chien émergea de sous le tabouret de Jury et, levant la tête, les considéra à tour de rôle.

— C'est exact, convint Harry. Je ne cesse d'oublier Mungo.

Là, le chien se tourna vers Harry Johnson. Qui lui gratta le sommet de la tête.

Jury regretta d'avoir sifflé le dernier verre. Toutefois, il se pardonna ce comportement atypique ; il venait tout juste de résoudre une affaire qui l'avait mis sur les genoux, entre autres choses. Il allait devoir prendre un taxi pour rentrer.

— Poursuivez, dit-il à Harry.

— La police du Surrey, c'était à prévoir, ne découvrit rien. Mais comme il s'agissait de la disparition d'un enfant de neuf ans, elle fit un effort. L'unité scientifique releva des traces de pneus dont le dessin correspondait à ceux de la voiture de Glynnis. Ce qui ne les avança guère, puisque l'agent immobilier savait que Glynn s'était rendue à la première des deux maisons.

— Et à la seconde, ils ont trouvé quoi ?

— Rien. Le sol était tellement dur qu'ils ne recueillirent pas la moindre empreinte de pneu. De la voiture de Glynn ou d'une autre. Hugh était aux cent coups, vous pensez bien, persuadé qu'il ne pouvait s'agir que d'un enlèvement. Moi aussi, d'ailleurs. À ceci près qu'il n'y a pas eu de demande de rançon.

Jury songea à l'affaire Flora Scott, fraîchement élucidée.

— Y avait-il des raisons de penser à un enlèvement ? Les Gault sont riches ?

— Riches, non, mais très à l'aise. Elle a hérité d'une coquette somme quand sa mère est décédée. Hugh est professeur de physique à l'université de Londres.

— Votre ami Hugh n'a pas de mobile, alors ?

— Bien sûr que non, lâcha Harry, irrité. De toute façon, il était à Londres. Et il ne manquait pas de témoins pour le confirmer.

— Qu'est-ce qui l'empêchait de payer quelqu'un pour le faire ? Et de se procurer ensuite une tripotée de témoins ?

— Exactement ce qu'a dit la police, concéda Harry avec un regard un peu étonné à Jury.

— Je suis un fan des séries policières, prétendit Jury. J'en regarde tout le temps à la télé.

— Mais vous ne connaissez pas Hugh.

— Vous avez raison. Que s'est-il passé ensuite ?

— Un détective privé a fait son entrée en scène.

— Et il n'a rien trouvé ?

Harry secoua la tête, poursuivit :

— D'abord, nous sommes allés à Lark Rise, chez Forester et Flynn, prendre les clés de la maison inoccupée. C'est comme ça que procèdent les agents immobiliers à la campagne. Vu que les propriétés sont à une certaine distance les unes des autres. Si vous voulez mon avis, c'est une bonne façon de s'attirer des ennuis…

Glynnis Gault s'était effectivement attiré des ennuis ; mais ça, Jury le garda pour lui.

— Mme Gault a visité la maison ?

— On n'a pas su nous le dire. Mais tout porte à croire que si l'extérieur ne lui avait pas plu, elle ne se serait même pas donné la peine d'entrer.

— Votre Glynnis est vraiment quelqu'un d'exceptionnel…

— Qu'est-ce que vous voulez dire ?

— Vous imaginez une femme qui a la clé d'une maison inconnue et qui ne s'en sert pas ? Je devrais peut-être dire « une personne ». Sans préciser le sexe. Mais d'après l'expérience que j'en ai, les femmes, bien plus que les hommes, s'intéressent aux maisons et à leur contenu.

— Vous pensez qu'elle est entrée…

— Oui, dit Jury. Poursuivez.

— Les pièces étaient grandes et hautes de plafond. Le salon contenait des meubles anciens de valeur. Il y avait un bureau russe incrusté d'argent, un tapis turc immense, dans des tons de rouge et de bleu profond. Un service à thé en argent, des tasses et des soucoupes, tout le bazar.

— Cela vous a évoqué la Miss Havisham de Dickens ? Celle qui avait laissé à leur place pendant des années les objets liés à son mariage jamais célébré ?

Harry, qui avait allumé une énième cigarette, souffla la fumée.

— Non.

Le penchant de Jury pour la métaphore littéraire semblait l'agacer.

— La maison est située en retrait, à quelque six cents mètres de la route. Une végétation luxuriante encombrait les abords de la bâtisse – herbe, haies, buissons, grands arbres devant et derrière –, un bois, en fait, en bordure des jardins derrière la maison. Ce n'était certainement pas l'idée qu'on pouvait se faire d'un cottage à la campagne. Hugh m'a dit qu'il ne comprenait pas pourquoi l'agence avait mis ce bien sur la liste des propriétés à faire visiter à Glynnis. Glynnis n'aurait jamais pris la peine d'y entrer. C'était une demeure imposante, beaucoup trop vaste.

— J'imagine que Mme Bathous n'est pas le premier agent immobilier à proposer à un client une propriété qui ne correspond pas à ses desiderata. Croyez-vous que quelqu'un ait pu attendre Mme Gault ? Et le gamin ? Et Mungo ?

Mungo releva la tête, les examina l'un après l'autre. Il ne semblait pas quémander. Il avait plutôt l'air ébahi. Intrigué.

— Croyez-vous que ce quelqu'un – homme ou femme – ait vraiment projeté de les enlever tous les trois ?

— Ils n'avaient peut-être pas le choix. Ils pouvaient difficilement laisser partir le gamin, dit Harry.

— Mais ils ont laissé partir Mungo.

— Ils ont dû se dire qu'un chien ne risquait pas de rédiger un compte rendu des événements.

— Mais vous ignorez s'il existe un lien entre la maison et la disparition de Glynnis et de Robbie Gault. Il pourrait s'agir d'une simple coïncidence.

Harry examina son verre.

— Qui est le propriétaire ?

— Un certain Ben Torres. Benjamin della Torres, exactement.

— Un aristocrate ?

Harry fit non de la tête, se saisit de son verre.

— Un Espagnol ?
— Il est italien. Il habite près de Florence.
— Vous en savez, des choses…
— Il a bien fallu que je me renseigne, compte tenu de tout ce qui s'est passé.
— Tout ?
— Tout ce que je suis en train de vous raconter. Écoutez, il est près de neuf heures. Si nous allions dîner ? Je connais un restaurant épatant.
Jury consulta sa montre, stupéfait de constater qu'il avait passé plus de deux heures à bavarder avec Harry Johnson.
— Pourquoi pas ? C'est une bonne idée. Et Mungo ?
Ils se levèrent pour enfiler leurs manteaux (cachemire pour Harry, tissu quelconque pour Jury). Voyant cela, Mungo se mit debout à son tour, la queue frétillante.
— Mungo est le bienvenu. Je vais passer un coup de fil pour leur signaler que nous arrivons.
Harry sortit un portable de sa poche et se tourna pour téléphoner.
Jury s'agenouilla et gratta les oreilles de Mungo. Il se demanda par quelles épreuves le chien était passé. Il se demanda quel sens de l'orientation il avait fallu à l'animal pour revenir de Pétaouchnock jusqu'à chez lui. Il se demanda si le concept de « chez-soi » n'avait pas davantage de sens pour les animaux que pour les humains.
Harry referma son téléphone portable.
— C'est fait. L'endroit vous plaira.
Puis, souriant à Mungo :
— Ce chien est incroyable. Je ne sais quoi penser de lui. De fait, je ne sais quoi penser de toute cette histoire.

2

— La propriété se nomme Winterhaus, à propos. J'ignore d'où vient ce nom à consonance allemande. Je voulais en savoir davantage à son sujet. L'endroit me semblait tout indiqué pour servir de cadre à quelque chose…

Ils étaient assis dans l'un de ces restaurants agréables où la nourriture et le service l'emportent sur la décoration. Nulle trace ici de cloisons en verre fumé. Au diable les cuirs somptueux et les nappes d'un blanc éblouissant ! Juste des tables disposées assez loin les unes des autres pour que vos voisins ne profitent pas de votre conversation. Harry Johnson était manifestement un habitué : le maître d'hôtel l'appelait par son nom et le traitait en client privilégié.

Ils avaient commandé. Ou, plus exactement, Harry avait suggéré au garçon de commander pour eux, de même qu'il avait dit au sommelier de choisir le vin.

— Comment ça, « quelque chose » ?

Harry haussa les épaules.

— Je ne sais pas. Ça sentait le mélodrame. Nous avons croisé un vieil homme au sortir de l'allée, un villageois sans doute. Nous nous sommes arrêtés pour lui demander le chemin du Swan, le pub le plus proche, et il nous a dit que c'était au bout de la route. Il en a profité pour nous donner un petit conseil. Il s'appelait Jessup, il habitait dans le coin. Il nous a mis en garde contre « cette maison » et nous a conseillé d'éviter le bois… Vous voyez le tableau !

Il s'esclaffa.

— Vous avez découvert quelque chose de sinistre dans le bois ?

— Non.

— Et le propriétaire ? Que vous a-t-il dit ?

— Il habite à San Gimignano. Un petit village de Toscane perché en haut d'une colline. Plein de tours.

— Vous l'avez vu ?

— Vous pensez bien que oui. Nous étions à l'affût du moindre indice. Hugh n'étant pas en état de s'y rendre, je m'y suis propulsé. Ce monsieur ne voulait pas venir en Angleterre. Il avait confié la maison à une agence immobilière. À elle de s'en débrouiller.

— Mais est-ce que ça n'aurait pas pu se régler par téléphone ? Se rendre en Italie, n'était-ce pas un peu too much ?

— Quand il s'agit de l'Italie, rien n'est trop. Et puis je n'y étais jamais allé…

Jury éclata de rire.

— Je vois ce que vous voulez dire. Je vous écoute.

— Pour en revenir à ce que vous disiez, il ne voulait absolument pas discuter de tout cela par téléphone. Mais si je voulais me déplacer, j'étais le bienvenu.

Le serveur se matérialisa avec leurs entrées, de délicates pousses de salade « tendance » avec du fromage de Stilton et des noix, le tout nappé d'une sauce aux agrumes.

Harry poursuivit :

— Deux jours plus tard, je me pointais chez lui. Apéritif. Dîner dans une petite trattoria. Jamais mangé d'aussi bonnes *cappesante*.

— Je n'en ai jamais mangé du tout. Poursuivez.

Harry sourit.

— Tout ce qu'il savait, c'est que j'étais intéressé par la maison et que je voulais en connaître l'histoire. Étant donné qu'à l'agence ils n'avaient pas été foutus de m'en dire quoi que ce soit. Si Mme Bathous, me dit Ben Torres, ne savait pas grand-chose, c'est parce qu'il n'avait pas jugé nécessaire de l'éclairer davantage. Mais si je voulais de plus amples renseignements avant de louer la propriété, il se ferait un plaisir de me donner satisfaction. Je m'étais fait passer, évidemment, pour un locataire potentiel. Je crois qu'il apprécia le fait que j'avais entrepris un tel voyage dans le seul but de parler de cette maison. Le père de Torres était italien ; sa mère, anglaise. Il avait été élevé en Angleterre, où il avait vécu jusqu'à ses vingt ans. Il avait ce pays en horreur – morne, humide, glacial. Et les gens aussi – pas vraiment chaleureux, à l'en croire… Ses parents avaient divorcé, son père était resté en Italie. Il s'y rendait régulièrement pour le voir. À Sienne, où il s'était fixé. Winterhaus appartenait à la famille de sa mère. La dernière fois qu'il s'était rendu dans le Surrey, c'était deux ans plus tôt, quand il avait confié la location de la propriété à une agence. C'est alors qu'il me dit : « Laissez-moi vous raconter une histoire. Le domaine appartenait à la famille de ma mère. Ma mère est morte à l'âge de quarante ans à peine, à Londres. De mort brutale. Elle n'était pas malade. Rien. J'avais seize ans. Mon père habitait ici, à l'époque. Ils étaient divorcés depuis des années. Je n'ai jamais compris ce qui les avait rapprochés – ils étaient tellement différents. Parfois je me dis que le mariage n'est qu'un moyen de réconcilier les extrêmes. Quelquefois, ça marche. Ce n'est pas de la haute philosophie, n'est-ce pas ? Quoi qu'il en soit, ma mère – Nina – avait toujours aimé cette propriété du Surrey ; elle y avait vécu enfant et la trouvait pleine de mystère. Mais vous connaissez les enfants : ils devinent du mystère partout. Pas comme les adultes. On fit à maintes reprises des offres à ma mère pour la maison – si vous la voyiez, vous comprendriez : l'endroit est charmant, bien que mal entretenu. Mais elle refusait d'y donner suite. Non parce qu'elle y avait vécu petite fille, mais à cause de quelque chose qui s'y était produit et dont elle se sentait responsable. Ce n'était pas qu'elle avait fait quelque chose, mais elle ne voulait pas qu'un étranger ait à subir le malheur attaché à la maison… »

Jury posa sa fourchette.

— Le malheur ?

D'un geste de la main, Harry Johnson écarta la question.

— Torres poursuivit ainsi : « J'avais huit ans quand elle m'en a parlé. Il faut dire que je l'avais bassinée pour qu'elle me fournisse des explications. Un soir, finalement, alors qu'elle me bordait et s'apprêtait à me lire une histoire, je… Elle avait une voix merveilleuse. Mais je n'avais pas envie qu'elle me lise une histoire. Je voulais qu'elle m'en raconte une. Elle referma le livre, le mit de côté. Et elle me raconta cette histoire.

Que je ne cessai de lui redemander par la suite. Elle commençait ainsi : “Un inconnu se tenait au fond du jardin. J’ai d’abord cru qu’il apportait un paquet ou que c’était une connaissance de ton père. Mais il restait planté au bout de l’allée. Ce n’était pas un vagabond. Pas avec ce chapeau et ce manteau… – Un chapeau melon, disais-je alors. Tu as oublié le melon.” Je l’interrompais souvent pour m’assurer qu’aucun détail ne manquait, même les plus banals, tels la lumière, le temps qu’il faisait, l’orientation des rayons du soleil, l’aspect des feuilles… Sans cela, je ne la laissais pas poursuivre. »

Harry Johnson s’interrompit pour prendre une gorgée de vin. La suite du dîner apparut comme par magie. Jury avait insisté pour commander lui-même son plat, à l’intitulé abracadabrantesque, histoire de voir s’il n’allait pas s’agir en fin de compte de quelque mets tout bête. Quoi que ce fût, c’était fort goûteux.

Cet « inconnu », songea Jury, devait être le porteur de mauvaises nouvelles. À moins qu’il ne fût lui-même la mauvaise nouvelle. Jury se dit qu’il allait à coup sûr mourir.

— On l’a assassiné, n’est-ce pas ?

D’étonnement, Harry écarquilla les yeux.

— Vous allez vite en besogne ! Ben Torres n’aurait pas apprécié, ajouta-t-il en riant.

— Poursuivez, dit Jury. L’inconnu…

Lequel sera assassiné, affirma-t-il *in petto*.

Harry reprit son récit :

— Ben Torres m’a dit ensuite : « J’obtenais le rectificatif demandé, et ma mère poursuivait : “Il est resté un moment immobile au bout de l’allée. J’ignore pourquoi je ne suis pas sortie pour lui demander qui il était et ce qu'il voulait. J'avais peur. J'essayai de continuer à lire – je lisais assise sur la banquette devant la fenêtre – mais je n'y parvins pas, et lorsqu'un rayon de soleil frappa la page, je relevai les yeux et constatai qu'il était parti. Le crépuscule se profilait. Dieu merci, il n'était plus là. Mais, trois jours plus tard, il reparut. Au bout de l'allée au même endroit. Je..." Là-dessus elle s'interrompait et je reprenais : "Tu t'es dit qu'il fallait que tu fasses quelque chose. – Oui. Le problème, c'est que nous étions seuls, toi et moi. Et tu avais à peine huit ans." » À ce moment du récit, Ben Torres me parut troublé, comme s'il ressentait encore l'indécision et la peur de sa mère. Il poursuivit néanmoins : « Ma mère avait appelé le commissariat : "Mais que leur dire ? Qu'un homme à deux reprises était venu se planter au bout de l'allée de mon jardin ? Pourquoi la police se donnerait-elle la peine d'ouvrir une enquête ? Quoi qu'il en soit, Benjy, je les appelai. Leur courtoisie me laissa coite..." »

— Il n'y a pas plus civilisé que la police britannique, glissa Jury.

Il se vit aussitôt gratifié d'un regard meurtrier de Johnson, lequel n'en continua pas moins son récit :

— « Le mystère de l'inconnu me fascina au lieu de m'effrayer, m'expliqua Ben Torres, mais il est vrai que je ne me laissais pas facilement impressionner. Ma mère le savait. Pourtant elle ne me raconta pas la suite... »

Harry s'interrompit pour boire une autre gorgée de vin.

— Vous devriez prendre le temps de manger, remarqua Jury. Ce repas en vaut la peine.

— Je sais, je connais la cuisine de la maison. C'est délicieux. Ben Torres me dit alors : « C'est mon père qui m'a raconté le reste, des années plus tard. Une histoire triste, sinistre même, se rattachait à cette maison, à l'en croire : "Voilà ce que ce policier dit à ta mère : il y avait une famille, les Overdean, qui avait loué la propriété. Ils l'habitaient avec leur fils de sept ans, Basil. Une nuit, le petit garçon et sa mère furent assassinés dans leur lit. Le père, quant à lui, fut épargné…" » Dans ce genre d'affaires, poursuivit Harry, c'est toujours sur un membre de la famille que les soupçons se portent – dans ce cas le père, sorti indemne de l'affaire malgré la violence de l'agression. Il n'y avait pas de mobile et ses empreintes n'étaient pas sur l'arme du crime ; les victimes avaient reçu plusieurs coups de couteau. Celui-ci ne semblait pas appartenir à la maison. Mais tout cela fut balayé par l'accusation. Vous savez comment sont la police et les avocats…

— Bien sûr que je le sais !

— … en l'absence de preuves du contraire, tout ce qu'ils trouvèrent à dire, c'est que le père avait essuyé le couteau pour effacer ses empreintes, qu'il aurait pu facilement l'introduire dans la maison…

Le serveur était venu débarrasser les assiettes. Jury avait méticuleusement saucé la sienne.

— Il a été condamné ?

Harry hocha la tête.

— Le juge semblait dubitatif quant à sa culpabilité. Au lieu de le condamner à la prison à vie, il le condamna à vingt ans. Il n'en purgea que dix, tant sa conduite fut exemplaire. Les preuves étaient d'une minceur extrême.

— Des preuves indirectes, en tout cas. Je m'étonne que la défense n'ait pas réussi à semer le doute…

Le serveur revint avec le dessert, une crème brûlée à la lavande parfaitement caramélisée.

— Et l'inconnu ? M. Torres ne vous a pas donné d'explication à son sujet ?

— Écoutez d'abord ce que sa mère lui a dit de la maison : « Benjy, les maisons ne se résument pas à du bois, de la pierre et du plâtre. Les maisons respirent. Elles portent l'empreinte de tous ceux qui les ont habitées… »

— Y compris celles de Mme Overdean et de son fils ? Drôle d'histoire à raconter à un petit garçon…

— Je ne peux que vous répéter les propos de Ben Torres : « Et l'inconnu silencieux au chapeau melon ? demandai-je à mon père. – Ta mère ne savait pas. C'était peut-être le père qui était revenu… »

— Mort ou vivant ? s'enquit Jury.

Harry s'esclaffa.

— Vivant, je crois qu'il me l'a spécifié… Qu'y avait-il de si étonnant à ce qu'il revienne dans la maison où tout s'était détraqué, où il avait tout…

Harry s'arrêta soudain.

— Où il avait tout perdu… C'est ce que vous avez failli dire, n'est-ce pas ? compléta Jury. Comme votre ami Hugh Gault. Sauf que dans son cas il semble ne pas y avoir d'explication rationnelle à la disparition de sa femme et de son fils… Et à celle de son chien.

Jury baissa le nez alors que Mungo pointait le museau de sous la nappe.

Harry fit signe au serveur d'apporter le café.

— J'ai demandé à Ben Torres : « Et l'inconnu ? Votre mère a-t-elle cru qu'il s'agissait d'Overdean ? »

Ben a ri. « Cela m'étonnerait. Il aurait été un peu trop vieux. Overdean devait être mort depuis longtemps. Non, c'est impossible. À moins de croire aux fantômes. »

— Vous y croyez ? Nina Torres y croyait ? questionna Jury.

Le garçon remplit leurs tasses et laissa la cafetière sur la table. Harry fit non de la tête.

— En ce qui me concerne, absolument pas. Pas un instant. Mme Torres, c'est possible. Hugh ? Avant ces événements, j'aurais dit non. Mais maintenant il est à la recherche d'une explication, quelle qu'elle soit. Tout ça est d'un déprimant… En tout cas, il y a un point sur lequel Ben Torres a bien insisté : comme M. Jessup, il m'a dit de me tenir à l'écart du petit bois derrière la maison.

— Pourquoi ?

— Torres n'a pas précisé pourquoi. Il a balayé ma question d'un geste, comme si c'était celle d'un dingue.

— Et vous êtes resté à l'écart ?

— À peine rentré de Florence, c'est le premier endroit où je me suis précipité. Si on vous disait de ne pas mettre les pieds quelque part, vous obéiriez ? C'est un défi lancé à votre curiosité.

— Qu'y avez-vous trouvé ? Quel danger rôdait donc dans ce bois ?

— Aucun. La police du Surrey l'avait passé au peigne fin, cherchant, je suppose, des… des restes humains.

Harry se saisit de sa tasse de café et en but précipitamment une gorgée, comme pour escamoter les mots qu'il venait de prononcer.

Restes humains… Une expression que Jury avait toujours détestée – trop froide, trop clinique.

— Et la première maison ? N'était-ce pas un endroit où perquisitionner ? Après tout, personne ne sait si Glynnis et son fils se sont rendus dans la seconde…

— Vous avez parfaitement raison.

Harry se carra dans son siège, tenant tasse et soucoupe.

— Je suis frappé par une espèce de symétrie dans ces histoires. Un schéma qui se répète.

Harry fronça les sourcils.

— Quel schéma ?

— Allons, vous ne pouvez pas ne pas l'avoir remarqué. Cette femme, Mme Overdean, Nina Torres, Glynnis Gault. Toutes trois étaient seules avec leur petit garçon de huit, neuf ans…

Harry se pencha en avant.

— Je ne l'avais pas remarqué. Je dois être aveugle.

Mungo sortit son museau de sous la table et le posa sur la chaussure de Jury. Lorsque Jury le regarda, il lui adressa un clin d'œil paresseux. Comme si tout cela le laissait indifférent. Comme s'il pensait que la conversation était grotesque. Que Jury était le dernier des imbéciles.

Mungo bâilla.

Ce n'est pas le bois.

3

Une tape sur les doigts. Voilà ce que l'adjoint du préfet de police – ou peut-être même le préfet en personne – allait lui administrer. Cela lui apprendrait à s'être introduit sans mandat dans cette maison de Hester Street. Jury n'en revenait pas qu'on ne l'ait pas encore suspendu.

— Je vais essayer de les convaincre, mon garçon. Vous me devrez une fière chandelle pour avoir sauvé votre job.

Racer plaisantait-il ? Jury savait à quoi s'en tenir, concernant l'ardeur de cet homme à plaider sa cause.

— Merci.

Assis en face du commissaire principal Racer (son patron, son chef, son supérieur), il cherchait en vain quoi ajouter à ce « merci » un peu sec. À vrai dire, il s'intéressait davantage au chat Cyril, qui, aplati telle une crêpe sur le sol, se coulait vers l'imposant bureau de Racer tandis que ce dernier, sans se douter de quoi que ce soit, continuait de pérorer. Cyril ne détestait pas à l'occasion planter ses dents dans la cheville de Racer. Quand Racer hurlait, Cyril lâchait prise et fonçait vers la porte, traînant après lui les imprécations éructantes de Racer comme autant de boîtes de conserve attachées à sa queue.

Un passe-temps comme un autre. Jury sourit.

De même que, pour Racer, profiter de la situation pour passer un savon à Jury constituait une occupation comme une autre. Tandis que Racer marquait une pause, le temps de rassembler de nouveaux arguments, Jury se leva, lâcha un « Ce sera tout ? » et se dirigea vers la porte. Derrière lui, le commissaire principal poussa un glapissement ou un cri strident et, dans la seconde suivante, Cyril déboula de sous le bureau pour se ruer vers la porte que Jury lui tint obligeamment ouverte. Ils évitèrent de justesse le lourd presse-papiers, qui atterrit sur la moquette.

Ce soir-là, au sortir du restaurant, Jury avait accepté de retrouver Harry Johnson dès le lendemain à l'Old Wine Shades afin que ledit Harry puisse reprendre son récit où il l'avait laissé.

Car ce n'était pas fini.

Jury dut reconnaître que sa curiosité avait été piquée au vif par les Gault, Ben Torres et leurs invraisemblables histoires.

Pour l'instant, bien qu'il fût tard, il se dit qu'il allait marcher jusqu'à Lower Thames Street et longer les quais jusqu'à Waterloo Bridge. Jury voulait voir comment Benny Keegan s'en sortait. Il était largement dix heures passées, mais Benny n'avait pas d'heure. En une occasion, son chien Sparky avait probablement sauvé la vie de Jury en conduisant ses collègues jusqu'à lui.

Sparky. Voilà un chien qui aurait sûrement découvert quelque chose s'il était allé renifler cette maison du Surrey. Mais il ne fallait pas être injuste avec Mungo : encore un qui était loin d'être bête.

Jury observa la Tamise, ainsi que les lumières du National Theater et de la rive sud qui se reflétaient dans l'eau.

Il descendit les marches de pierre menant sous le pont où plusieurs sans-abri londoniens avaient trouvé asile. Évidemment, il leur fallait décamper chaque matin avec armes et bagages, faute de quoi la police s'empressait de les déloger. Mais cela ne les gênait pas outre mesure. Sans doute s'estimaient-ils même vernis d'avoir un coin à eux, la nuit.

— Merde, dit Mags, voilà les poulets qui se repointent. C'est du harcèlement.

— La dernière fois que je suis venu, rétorqua Jury, c'était en janvier, Mags. On est en mars. Tu appelles ça du harcèlement ?

— Les ides, reprit Mags d'une voix moqueuse. Putain de César, sûr que ça lui a pas réussi, le mois de mars.

— Je n'ai pas la prétention d'être César.

— Tant mieux.

Le rire de Mags fusa du plus profond de son corps. Ce corps qui n'était pas facile à distinguer, enseveli sous plusieurs couches de jupes et de châles. Elle avait fait du feu et elle touillait quelque chose dans un poêlon.

— Vous comptez vous pointer ici tous les deux mois ? Si c'est ça, la prochaine fois, j'me fais arranger les tifs…

— Tu n'as jamais été plus jolie. Où sont passés Benny et Sparky ?

— Sûrement en train de faire des conneries. Contrairement à nous, qu'on est des citoyens respectueux de la loi.

— Quand l'as-tu vu pour la dernière fois ?

— Y a quinze minutes. Il allait au McDo de Charing Cross. Les affaires ont bien marché, aujourd'hui.

— Où sont les autres ? dit Jury, regardant autour de lui.

— J'sais pas.

D'habitude, il y avait là une bonne demi-douzaine de clochards au moins, avec sacs de couchage et couvertures. On en comptait parfois jusqu'à une dizaine sous le pont. C'est là, comme disait Jury, qu'ils étaient « domiciliés ». Le domicile leur étant fourni par la police, qui fermait les yeux du moment qu'ils vidaient les lieux au matin avec leurs couvertures, sacs de couchage, casseroles et autres possessions.

— Benny fait toujours ses livraisons à Southwark ?

Jury inclina la tête en direction de la rive sud.

— Et comment ! Un boulot régulier, y connaît pas sa chance.

— Je suis persuadé du contraire.

Jury pivota en entendant un aboiement aussitôt interrompu, comme si le chien l'avait ravalé. Une petite forme blanche dévala les marches à fond de train. Sparky. Il était suivi de Benny, la seconde moitié du tandem qui avait sauvé la vie de Jury.

— Hé, m'sieur Jury !

— Salut, Benny. Comment va ?

— Ça roule, dit Benny en passant les pouces dans les poches de son jean.

Benny aimait bien les phrases toutes faites.

Jury sourit. Bernard Keegan, un petit gars à la coule. Un drôle de démerdard. Ça faisait des années qu'il vivait dans la rue. Il avait onze, douze ans.

— Tu fais toujours des livraisons pour Gyp ?

— Le vieux Gyp nous parle plus comme avant, à Sparky et moi. Il garde ses distances. Il nous regarde d'un sale œil.

— Tu n'es pas obligé de travailler pour lui, tu sais.

— Ouais, c'est sûr. Mais moi je dis que c'est pas parce que quelqu'un vous a dans le nez qu'y faut laisser tomber. À ce compte-là on irait pas loin, on resterait asservile.

Jury savait que Benny était particulièrement fier de son « asservile ». Il avait une passion pour les mots nouveaux (même s'il les estropiait), surtout les mots longs. Ceux dont on avait « plein la bouche ». Une autre de ses expressions. Il trouvait que cela lui donnait l'air « instructionné ».

Ils étaient assis côte à côte sur une marche de pierre. Sparky se mit à décrire des cercles autour d'eux.

— Qu'est-ce qui lui prend ? voulut savoir Jury.

— Oh, il est surexcité. C'est parce que vous êtes là. Sparky a toujours eu un faible pour vous.

Jury étudia Sparky, qui avait cessé ses allées et venues et s'était assis pour les observer.

— Dis-moi, Benny, quand Sparky va faire un tour tout seul, tu crois qu'il saisit ce qui se passe autour de lui ?

— « Saisit ? »

— Comprend. Tu crois qu'il comprend tout ce qu'il voit ?

Benny considéra Jury d'un air de se demander si le commissaire n'était pas devenu cinglé depuis leur dernière rencontre.

— Bien sûr !

— Il te raconte ce qu'il sent ?

— Ça dépend de ce qu'on entend par « raconter »... Il peut aboyer, se servir de ses yeux, de sa queue, de toute sa personne. Vous avez bien vu, tout à l'heure, les cercles qu'il faisait. Allez pas oublier que c'est Sparky qui m'a conduit jusqu'à ce quai. Heureusement que j'étais parti à sa recherche, hein ? C'est en le voyant cavaler sur le quai et aboyer que j'ai compris. Sparky a plusieurs façons d'aboyer, vous voyez. Furieux, heureux, agressif – toutes différentes.

— Tous les chiens sont comme ça ?

— Non. Seulement les intelligents.

— Imagine que Sparky se soit absenté pendant un an, qu'est-ce qu'il ferait en rentrant ?

— J'aurais pas fini de l'entendre japper, c'est sûr !

Jury éclata de rire et se leva.

— Il faut que j'y aille. Comment va Gemma ?

— Elle va donner un autre nom à sa poupée, je crois. Celle qui s'appelle Richard et qu'est tout en noir.

— Pourquoi ?

— Parce que c'est moi que vous venez voir, et pas elle.

— Dis-lui que je viendrai bientôt la voir.

— J'peux toujours lui dire, mais elle me croira pas. Vous devriez le lui dire vous-même.

— Au revoir, Benny.

Tandis qu'il gravissait les marches, il entendit Mags qui disait :

— On vous revoit dans deux mois, ça fait pas un pli.

4

— Franchement, je ne te comprends pas, dit lady Ardry.

Assise en face de Melrose Plant, elle engloutit un nouveau gâteau. Certes, ils étaient petits (ils auraient convenu à un goûter d'enfants), mais, petits ou non, c'était son cinquième, et comme les précédents noyé sous la crème.

— Tu as trop de choses à faire ici, poursuivit-elle.

— Comme je ne les fais jamais, je ne vois pas ce qui m'empêcherait d'aller à Londres…

— Tu ne m'as même pas dit pourquoi tu y allais.

Melrose tourna une page de son luxueux *Country Life*.

— « Lariretté, laridon, j'vais à la foire aux cochons… » Ne t'inquiète pas, je serai vite rentré.

Agatha ferma les yeux, comme sous l'effet d'une lancinante douleur.

— Il y a des moments, Melrose, où je désespère de te voir grandir.

Melrose s'abstint de répondre. Il se contenta de soulever sa tasse de thé – se demandant pourquoi Martha, sa cuisinière, avait sorti la porcelaine festonnée. L'anse à fleurs était si étroite qu'on aurait eu du mal à y faire passer un filet de fumée. Il tourna une autre page de sa revue pour voir, parmi les multiples annonces immobilières hors de prix, s'il pourrait acheter une bicoque à Little Widehips. C'était en Angleterre, mais où ? Sur la côte du Devon ? En Cornouailles ? Dans les Scilly ? Pourquoi les agents immobiliers supposaient-ils toujours que vous saviez où se trouvaient ces endroits ? S'imaginaient-ils que vous aviez ce Beekeeper's Cottage à Little Widehips gravé quelque part dans l'esprit ? Si cela se trouvait, le cottage était sis à Bermondsey, peut-être même à Slough, le coin le plus déprimant de l'Angleterre. Quelqu'un avait-il jamais évoqué « ce cher vieux Slough » ? Melrose se dit qu'il serait prêt à louer – voire à acheter, s'il n'y avait pas moyen de faire autrement – Beekeeper's Cottage, quitte à l'abandonner au bout de quarante-huit heures, rien que pour le plaisir d'évoquer « ce cher vieux Slough » et de sentir ses yeux s'embuer. Ses yeux ou ses oreilles ? Agatha n'avait cessé de pérorer, faisant autant de vacarme que les Grateful Dead à leurs plus beaux jours, et il aurait été infichu de dire de quoi elle parlait.

— Tu disais, à propos du Boring's ? questionna-t-il.

— Je trouve parfaitement absurde qu'à notre époque un homme soit membre d'un club pour hommes.

Melrose se gratta l'oreille.

— Ce n'est pas à ça que servent ces clubs… aux hommes ?

— Tu sais ce que je veux dire.

Agatha s'empara d'une rose à la crème dont la confection avait dû réclamer un soin minutieux.

Pétales. Meringue. Crème à la fraise. Pourquoi Martha en avait-elle mis une sur le plateau ? Probablement pour lui, oubliant qu'Agatha raflerait tout. Ce qu'elle était précisément en train de faire.

Elle examina la rose d'un œil soupçonneux.

— Qu'est-ce que c'est que ça ? C'est dur. De la meringue ?

— Rigidité cadavérique.

Elle s'empressa de reposer le gâteau et Melrose fit main basse dessus. Il en prit une bouchée.

— Mmmm, ça fond dans la bouche…

C'était parfaitement exact. Il mordit de nouveau dans le gâteau et posa le reste sur sa petite assiette.

— Martha se donne un mal fou pour toi, Agatha, remarqua-t-il. Tu ne l'apprécies pas à sa juste valeur.

— Bien sûr que si. Je n'arrête pas d'aller à la cuisine lui dire combien ses pâtisseries sont délicieuses.

— Tu vas souvent à la cuisine, ça, je sais.

Il tourna une autre page et rencontra les yeux globuleux de l'Honorable Judith Pudelthwaite-Duchamps. Judi avait été élue jeune fille de la semaine (bon sang, tu parles d'un honneur !) eu égard à son titre, à sa beauté et à son goût pour la peinture de la Renaissance, dont elle comptait approfondir l'étude à l'université. Pour l'instant, elle s'offrait l'équivalent d'une année sabbatique pour voyager et visiter les musées du monde entier. Pourquoi Judi ne faisait-elle pas halte chez Agatha, dans son cottage de Plague Alley ? Il y avait là-bas des choses accumulées depuis la plus haute Antiquité. À commencer par la chouette empaillée sur la cheminée.

Oh, Judi, Judi, ce que tu vas faire, en réalité, c'est cavaler après les garçons, épouser un autre « Honorable », vivre aux crochets de papa et maman, chasser le renard, pique-niquer à Newmarket et à Wembley, et t'occuper des bonnes œuvres du Women's Institute…

— Melrose, qu'est-ce que tu fais ?

— Je pense.

— Tu penses trop. Tu as l'air égaré. Dis-moi, tu comptes voir l'inspecteur Jury, à Londres ?

Agacé, Melrose poussa un soupir.

— Agatha, arrête de le rabaisser. Richard Jury a le grade de commissaire. Il est haut placé dans la hiérarchie.

— Il ne corrige jamais quand je l'appelle inspecteur.

— À quoi bon ?

Jury n'était pas homme à prendre facilement la mouche.

— En tout cas, une chose est sûre : Ruthven et Martha ne risquent pas de me voir souvent en ton absence, avec cet abominable ermite que tu as installé chez toi !

Agatha inclina la tête en direction de la vaste pelouse jouxtant la maison où, à quelque distance, se trouvait l'ermitage – bâtiment fort en vogue au XVIIIe siècle.

— Ça va leur briser le cœur. L'ermitage était inoccupé, autant le louer, et ça mettra du beurre dans nos épinards…

— Il rôde partout…

— Il médite. C'est normal : c'est un ermite.

— Maintenant que j'y pense, dit Agatha, passant du coq à l'âne, je ferais bien un petit saut à Londres… J'aurais besoin de deux, trois bricoles chez Harrods…

Imperturbable, Melrose, qui n'avait aucunement l'intention d'aller à Londres avec elle, la coupa dans son élan :

— On n'a jamais besoin de quoi que ce soit chez Harrods. Je vais chez Harrods uniquement pour le plaisir de me dire que je n'ai besoin de rien. Pour le plaisir de me faire piétiner dans le bus par des gens qui, eux non plus, n'ont besoin de rien. Harrods, ce n'est qu'une destination. On y va comme on irait à Las Vegas ou à La Brea. On a tous des moments Harrods dans la vie. C'est zen.

Il tourna la page.

— Tu racontes n'importe quoi, Melrose.

Du présentoir à gâteaux, Agatha retira une tartelette.

La septième ? Melrose attendait cette semaine à Londres avec impatience. Pour l'instant, il observait par la fenêtre à la gauche d'Agatha son ermite, M. Blodgett, qui arborait (conformément à ses instructions) un sourire libidineux assez réussi.

— Agatha, regarde !

Elle se tourna vers la fenêtre et laissa choir son gâteau.

— C'est insupportable !

Elle fit signe à l'homme de s'éloigner. Mais Blodgett resta planté là, flanqué de Chavirée, la chèvre de Melrose. Il se lança bientôt dans une petite gigue. Melrose sourit. Un numéro digne d'un cabaret. Il agita amicalement la main dans sa direction.

M. Blodgett occupait un petit bâtiment de pierre sur les terres d'Ardry End. Il était nettement mieux que le précédent ermite engagé par Melrose, qui passait son temps au pub. Malheureusement, bien qu'Agatha le trouvât révoltant, l'ermite en titre ne réussissait pas à la dissuader de rendre visite à son neveu.

Agatha détestait également la chèvre. Toutefois, sa haine du tandem ne suffisait pas à la faire renoncer aux douceurs préparées par Martha. Melrose envisagea de recourir à d'autres stratégies. Faire d'Ardry End un parc à thème ? Une réserve naturelle, à l'instar de celle du duc de Bedford, à Woburn Abbey ? Le remplir de tigres ? De lions ? De chimpanzés ?

Il se mit à rêvasser. Il lui viendrait peut-être une idée quand il serait au Boring's, ce club londonien d'un autre âge. Oui, le Boring's méritait de figurer sur la liste des lieux les plus propices à la nostalgie du pays.

Ah, cher vieux Little Widehips !

Cher vieux Slough !

Cher vieux Boring's !

5

— Je trouve dégoûtant qu'on te punisse alors que c'était le seul moyen de faire sortir ces gamines de la maison !

Assise sur le sofa de Jury, Carole-Anne posait artistement sur ses ongles des paillettes et des strass.

— Pete Apted plaide les circonstances pressantes.

— Qui est ce monsieur ?

— Un avocat. Et fort brillant.

— C'est quoi, les « circonstances pressantes » ?

Elle appliqua un autre faux diamant sur un ongle.

De là où Jury était assis, il vit le faux diamant étinceler sous la lumière de la lampe.

— C'est quand la police se trouve en face d'une urgence. Par exemple, un mari qui tabasse femme et enfants. Une situation où elle n'a pas le temps d'obtenir un mandat…

Carole-Anne le regarda avec de grands yeux.

— Pour l'amour du ciel, c'est exactement ce qui s'est passé !

— Pas exactement. Les circonstances étaient connues des Mœurs. Un collègue à moi essayait de s'introduire dans cette maison depuis des mois.

— Tu l'ignorais.

Jury haussa les sourcils.

— C'est ce que Pete Apted leur a dit.

Avait-il en face de lui un avocat en herbe ? Seigneur ! Carole-Anne plaidant au tribunal… Il se sentit devenir tout chose.

D'un geste, elle écarta la loi. Jury entrevit de petites touches argentées. Comme si sa main n'était qu'étoiles filantes. Carole-Anne n'avait nul besoin de recourir à tous ces artifices. Son corps en soi était déjà un sommet de l'art.

— Si la loi se montre aussi tatillonne, il y en a parmi nous qui ne pourront jamais faire ce qu'ils croient juste.

De la part de Carole-Anne, cela équivalait à une prise de position philosophique.

— C'est vrai que parfois les hommes de loi ont tendance à finasser. Je devrais appeler Charly Moss…

— Qui est ce Charly ?

— Ce n'est pas…

Jury s'arrêta juste avant de dire : « Ce n'est pas un monsieur, c'est une dame. »

— Charly est conseil juridique.

Inutile de dire la vérité. Carole-Anne le cuisinerait impitoyablement.

Elle tendit les mains. Le rose shocking de ses ongles était constellé de petites babioles argentées.

— Qu'est-ce que tu en penses ?

— Ça fait un peu Morticia Addams, non ?

Elle lui jeta un coussin à la figure.

6

Tandis que Wiggins touillait sa tisane, Jury lui raconta l'histoire de la disparition des Gault. Comme s'il accomplissait un rituel religieux, Wiggins frappa à trois reprises le bord de son mug avec sa cuiller.

— C'est l'histoire la plus folle que j'aie jamais entendue. Mais pourquoi cet Harry Johnson vous l'a-t-il racontée ?

— Nous étions à l'Old Wine Shades, un bar à vins de la City, et nous parlions de récits dans les rêves. Je lui ai dit que nous rêvons toujours une histoire.

Wiggins secoua la tête.

— Moi, je ne rêve pas d'histoires. Je rêve en symboles. En général, je suis incapable de dire ce qu'ils signifient.

Cela étant posé, Wiggins se carra dans son siège pour siroter sa tisane.

— Vous rêvez en symboles, oui, mais les symboles se présentent sous la forme d'un récit. Disons, par exemple, que vous rêvez d'un malfaisant. Ensuite, d'une victime. Ensuite d'une mare de sang. Vous ne passez pas de l'un à l'autre sans faire le lien : le malfaisant s'approche de la victime, la poignarde, ou lui tire dessus et hop, voilà la mare de sang. Tout ça est lié.

Wiggins réfléchit, sans pour autant faire mine d'acquiescer.

Jury poursuivit :

— Nous attendons toujours une histoire. Nous-mêmes nous sommes une histoire.

Air perplexe de Wiggins :

— Qu'est-ce que ça signifie ?

— Que j'ai descendu quatre pintes.

Wiggins sourit.

— Très bien. Et ce Harry Johnson, il en avait descendu combien ?

— Il buvait du whisky. Deux seulement.

— Vous êtes sûr qu'il n'a pas fait exprès de s'asseoir près de vous ?

— Pourquoi aurait-il fait une chose pareille ?

— Peut-être savait-il qui vous étiez.

Jury fronça les sourcils.

— Il ne m'a pas suivi. J'avais déjà bu trois bières quand il s'est assis.

— Il vous a peut-être aperçu par la vitre…

— Allons ! Vous en connaissez des gens qui regardent par la vitre avant d'entrer dans un pub ? Non, on entre, c'est tout.

— Alors il est entré et il vous a reconnu.

— Wiggins, c'est à peu près aussi invraisemblable que la disparition de Glynnis Gault et de son fils. De toute manière, qu'espérait-il en me racontant son histoire ?

— Que vous enquêteriez ; que vous pourriez les retrouver…

— Si tel est le cas, pourquoi toute cette comédie ?

— Johnson a peut-être pensé que ce n'était pas une bonne idée de déranger un commissaire de police qui sifflait tranquillement une bière.

Jury fit non de la tête.

— Écoutez, monsieur, vous ne lui avez pas dit qui vous étiez ; réfléchissez à ça.

Jury inclina son siège en arrière, croisant les bras sur la poitrine.

— C'est fait. Eh bien ?

Wiggins poussa un gros soupir.

— Imaginez qu'il savait qui vous êtes : cela donne un autre éclairage à la rencontre…

Jury se mordit l'intérieur de la joue, agacé moins par Wiggins que par lui-même. Pas possible, il se rouillait. Il était sur la pente savonneuse de la mise à la retraite, il…

— M. Plant a appelé, monsieur.

Jury, qui se voyait déjà pointer au chômage, opéra un rétablissement spectaculaire pour regagner le monde du travail.

— Ah bon ? Et que voulait-il ?

— Vous dire qu'il serait à Londres cet après-midi. Qu'il descendrait à son club. Le Boring's, précisa Wiggins après avoir consulté ses notes. Il dîne avec quelqu'un ce soir mais il aimerait vous voir demain.

— Parfait. Ça tombe bien, vu que ce soir je dîne avec…

Jury s'interrompit juste avant de dire « Harry Johnson ».

— … avec quelqu'un, moi aussi.

— Le Boring's, ce n'est pas un de ces clubs pour hommes qui refusent toujours d'accueillir les dames ?

— Le Boring's les accepte un jour par semaine, mais c'est pour mieux les ignorer.

Wiggins faisait tremper un autre sachet de camomille dans son mug.

— Vous ne trouvez pas que c'est un peu réactionnaire de refuser aux femmes l'accès au club ?

— C'est un club pour hommes. Les femmes n'ont qu'à en fonder un.

— Il y a bien le Women's Institute…

Jury secoua la tête.

— Ce n'est pas du tout la même chose. C'est une organisation qui s'occupe de cas sociaux. Pas un endroit où on peut se laisser mollement tomber dans un fauteuil de cuir et boire un porto en lisant son journal près du feu.

Le Boring's était un lieu tellement agréable… Jury se promit qu'il en deviendrait membre dès qu'on l'aurait flanqué à la porte de la police.

7

Melrose Plant se tenait dans un rai de lumière de fin d'après-midi au sein duquel évoluait une mite somnolente. Il n'avait pas reconnu le petit bonhomme de la réception, mais il n'osa pas demander des nouvelles de Buddings, de peur qu'elles ne soient mauvaises. Il se dit toutefois qu'au Boring's le personnel ne passait pour ainsi dire jamais l'arme à gauche.

La grande salle était exactement telle qu'il se la rappelait. Et pourquoi n'en serait-il pas ainsi ? Il y était venu l'an dernier, n'est-ce pas ? Il s'assit dans le même fauteuil que celui qu'il avait occupé auparavant et se mit à contempler le même feu de bûches. Rien ne changeait, le temps s'arrêtait. Fin de l'histoire.

— Non, dit Polly Praed tandis qu'ils sirotaient du vin et dégustaient leur potage dans la salle à manger du Boring's. Les gens meurent. C'est ça, la fin de l'histoire.

Melrose secoua la tête.

— Faux. Le changement est une expérience qui intervient au cours de la vie. Pas la mort.

— Tu joues sur les mots, dit-elle en avalant une nouvelle cuillerée de potage aux champignons.

Polly était la preuve vivante que le temps ne changeait pas. Mêmes yeux d'améthyste, mêmes folles bouclettes brunes en tire-bouchon, même tailleur d'un jaune moutarde affligeant. Il lui avait dit une fois que ce coloris jurait atrocement avec son teint de porcelaine. L'opinion de Melrose quant à sa mise l'avait laissée de glace. Si Richard Jury lui avait fait ce genre de réflexion, c'eût été différent : elle aurait renoncé dans la seconde et à jamais au jaune moutarde.

— Tu es sur quoi en ce moment ?

Aussitôt Melrose se maudit d'avoir mis la question sur le tapis car il n'avait pas lu les deux derniers livres de Polly. Elle pondait des bouquins à jet continu, presque aussi vite que Joanna Lewes, l'auteur bien connu de Long Piddleton. Polly troussait des romans d'énigme traditionnels – manoir sous la neige, suspects massés autour de la table de la salle à manger… Melrose avait ça en horreur.

— *Les Cadavres du lundi*. C'est mon dernier.

— Envisages-tu d'écrire ensuite *Les Cadavres du mardi* ? Puis *Les Cadavres du mercredi* ?

Polly eut une moue tandis que Higgins le Jeune débarrassait les assiettes à soupe.

— Tu as deviné qu'il allait être question des jours de la semaine ? dit-elle, dépitée.

Il aurait fallu être le dernier des imbéciles pour passer à côté.

— Le lundi étant un jour de la semaine, oui. Tu vas parler de cadavres en liaison avec un jour de la semaine. En l'occurrence, le lundi. J'ai pensé qu'il y en aurait des tas d'autres – cadavres, j'entends – qui se matérialiseraient les jours suivants. Le mardi, le mercredi, etc. Ou les lundis suivants.

Polly considérait à présent l'assiette d'agneau que Higgins le Jeune posait devant elle. Ledit Higgins s'appuya imperceptiblement sur la table et, pour couvrir cette légère défaillance, fit semblant d'aligner l'assiette de Polly avec la corbeille de petits pains, d'où émanait un fort parfum de romarin.

— Ça va, Higgins ? s'enquit Melrose. Vous avez l'air un peu pâle…

Le serveur se redressa.

— Tout va bien, lord Ardry. Merci de vous en préoccuper.

— Pauvre garçon, reprit Melrose après que Higgins se fut éloigné d'un pas traînant. J'ai cru qu'il allait faire un infarctus.

Polly regarda Higgins le Jeune disparaître. L'œil écarquillé, elle se pencha, chuchotant :

— Et si quelqu'un cherchait à l'empoisonner ?

Melrose leva les yeux au plafond.

— Ma chère Polly, je n'ai jamais rien entendu d'aussi stupide.

Pas le moins du monde vexée, elle poursuivit :

— Écoute-moi, tout de même.

— Est-ce que j'ai le choix ?

— Non. Regarde un peu les dîneurs autour de toi.

Melrose s'exécuta. Il vit une ribambelle de gentlemen à différents stades de vieillissement qui, avec leur vaste serviette blanche coincée dans leur col, ressemblaient à autant de bébés affublés de costume trois pièces.

— Et alors ?

— Est-ce que ça ne serait pas chouette si…

— Polly, personne n'utilise plus le mot « chouette » ! C'était bon pour les romans de P.G. Wodehouse.

— Est-ce que ça ne serait pas génial si l'un d'eux était un empoisonneur ? Qui aurait l'idée de le soupçonner ?

— Moi, pour commencer. Du fait que tu viens précisément de suggérer cette possibilité, laissa tomber Melrose en beurrant placidement son petit pain.

Mais Polly ne tint pas davantage compte de cette rebuffade. Elle n'écoutait que ce qui l'arrangeait. Elle était, comme on dit, une spécialiste du « déni ». Melrose n'employait jamais ce terme. Il avait horreur du jargon.

— Écoute, voilà…

— Voilà quoi ?

— L'un de ces vieux messieurs pourrait être le frère de Higgins, qui essaie de l'empoisonner vu qu'il a hérité de… je ne sais pas…

— Effectivement, tu ne sais pas.

— Ça t'a plu, mon dernier livre ?

Melrose feignit une intense concentration. Comme il ne l'avait pas lu, ça ne lui fut d'aucun secours.

— Celui dans lequel le protagoniste… un personnage bien campé, soit dit en passant. Ton protagoniste est tout en nuances…

Cela plut à Polly.

— N'est-ce pas ? Le fait d'en faire le tueur était finement pensé, non ?

— Tu m'as vraiment sidéré !

— Merci. Et comment as-tu trouvé le labrador noir ? dit-elle en riant.

— Oh, le chien ? Absolument génial, le chien !

Polly riait de sa propre inventivité.

— Et la scène où il court après la balle de tennis ?

— À hurler de rire, magnifique. Combien d'auteurs auraient songé à un truc pareil ?

— *Le Chien du jardinier*... Ça m'a plu, ce titre. Tu l'as trouvé bien ?

— Oui. Il y a dans ce titre une merveilleuse ambiguïté.

— Hein ?

— Hmmm ?

— Quelle ambiguïté ?

Coincé ! Cela lui apprendrait à en rajouter.

— L'impossibilité de faire la différence entre ce qui est dit et ce qui... Tu vois ce que je veux dire.

Polly fronça les sourcils.

— Ce n'est qu'un chien.

Ils continuèrent de manger dans un silence que Melrose ne put s'empêcher de trouver reposant.

Puis Polly le relança :

— Et celui d'avant, tu l'as aimé ?

Oh, crénom ! Ce fut au tour de Melrose de froncer les sourcils comme s'il réfléchissait.

— Tu n'as pas été surpris par l'identité du tueur ? Que ça n'ait pas été Blake, l'assassin ?

— Blake m'a mené en bateau pendant un bon bout de temps, Polly. Mais je dois t'avouer que je ne l'ai pas tout à fait fini, celui-là. Figure-toi qu'en rapportant des livres à la bibliothèque municipale Ruthven a mis le tien avec les autres. Je ne m'en suis aperçu qu'à mon retour d'Écosse...

Voilà qui allait détourner son attention. De fait :

— Qu'est-ce que tu fabriquais en Écosse ?

— Je pêchais dans la...

Le nom d'une rivière, bon sang de bois ! Vite !

— ... dans l'Ayr.

— Jamais entendu parler. Ça se trouve où, ça, l'Ayr ?

— Dans le comté d'Ayr.

Imparable. Cette fois, il lui avait cloué le bec.

— J'ignorais que tu pêchais à la ligne. Je ne t'ai jamais entendu en parler…

— Pourquoi l'aurais-je fait ? La pêche à la ligne n'est pas une activité bouleversante, et en outre on ne se voit pas si souvent, toi et moi. L'Ayr est une rivière à truites.

— Oh !

Un autre bref silence. Puis Polly poussa un soupir, mordit dans son petit pain.

— Je suis une sacrée raseuse, quand je m'y mets.

On aurait dit une enfant dont on dédaigne les dessins. Melrose trouva cela si triste qu'il tendit le bras et posa sa main sur celle de son interlocutrice.

— Polly, tu ne me rases jamais.

— Merci. Il y a des moments où je me dis que j'aimerais écrire des documents. Sur de vrais crimes. De vraies affaires criminelles. Tu te souviens du corps abandonné dans la cabine téléphonique ?

— Comment pourrais-je l'oublier ?

— Et la petite dactylo qu'on avait retrouvée assassinée à Littlebourne avec les doigts tranchés, tu t'en souviens ?

— Bien sûr !

— Et le critique d'art zigouillé ici même, dans la grande salle ?

— Et comment donc !

— C'était le bon temps, lâcha Polly dans un soupir.

8

Lorsque Jury entra à l'Old Wine Shades ce soir-là à sept heures, Harry Johnson prenait déjà un verre au bar et Mungo était sous son tabouret.

— Vous emmenez Mungo partout ? questionna Jury en tirant à lui un des hauts tabourets.

— Non, pas exactement. Seulement quand je pense qu'il est susceptible de glaner des informations.

Harry leva son verre.

— Ce vin est excellent. Un puligny-montrachet. Qu'est-ce que vous buvez ?

— Je goûterais bien celui-ci.

Harry Johnson fit signe au barman, qui acquiesça. C'était encore Trev, mais deux autres serveurs l'avaient rejoint derrière le comptoir. Il y avait davantage de monde ce soir-là.

— C'est bête, remarqua Jury, mais malgré toutes ces bouteilles, je n'avais toujours pas réalisé que nous étions dans un bar à vins.

Harry eut un sourire.

— Le propriétaire préfère le mot « taverne ». Bar à vins, pour lui, c'est trop connoté ; ça évoque trop les jeunes cadres aux dents longues en costume trois pièces à fines rayures, le portable collé à l'oreille, qui boivent du vin comme si c'était de l'eau.

Trevor posa un verre devant Jury qui disait à Harry :

— Vous vous y connaissez, en vin.

— Non, rectifia Harry. C'est Trevor le connaisseur.

Lequel dit, tout en versant :

— Les 66 qui restent sont un peu amortis. Mais celui-ci est superbe.

Jury goûta. Trevor attendit avec un sourire que Jury ne put s'empêcher de qualifier de gouleyant.

— Délicieux, énonça-t-il.

Trevor opina du chef et s'éloigna pour servir d'autres clients.

— Vous parliez de Hugh Gault. Comment en êtes-vous venu à faire sa connaissance ?

— Des intérêts communs. Hugh est physicien à l'université de Londres. Je suis moi aussi physicien. Je fais des maths et de la physique à l'université, mais je ne les enseigne pas. Nous nous intéressons aux mathématiques quantiques et à la théorie des cordes.

— Ah, voilà qui explique pas mal de choses.

Harry, à qui le sous-entendu ironique avait échappé, hocha la tête avec componction et précisa :

— Je devrais dire la théorie des supercordes.

Jury s'attendait qu'il ajoute quelque chose. Voyant que rien ne venait, il murmura :

— S'il me restait encore des doutes, les voilà levés.

Harry éclata de rire.

— Excusez-moi. Hugh et moi aimons discuter. Einstein se méfiait de la mécanique quantique. Niels Bohr… vous connaissez ce nom ?

— Si peu que cela ne vaut pas la peine d'en parler.

— La mécanique quantique. La différence – si tant est qu'on puisse l'expliquer mais je vais quand même essayer – est entre le déterminisme et l'indéterminisme. Croyez-vous au destin ?

Jury retourna le mot un moment dans sa tête, le plus sérieusement du monde.

— Je ne crois pas, mais…

— À la mécanique de Newton ?

— Il y a belle lurette que j'ai cessé de me poser la question.

— Newton était d'avis que si l'on connaissait tout du présent – la moindre particule – on pouvait prédire l'avenir. La mécanique quantique n'est pas d'accord là-dessus. Vous jouez au snooker ?

— Diable, vous êtes champion, pour les coq-à-l'âne !

— C'est une analogie. Si vous entrez toutes les données dans un ordinateur, la force avec laquelle vous frappez la boule, l'angle de la queue, il n'en demeure pas moins qu'il est impossible de dire comment chaque boule va réagir à la collision. Il suffit d'un changement infime tel qu'un grain de poussière collé sur l'une des boules pour que le résultat soit complètement autre.

— Maintenant que vous me le dites… Ça me rappelle vaguement quelque chose. La théorie du chaos ? L'effet papillon ?

— Ah, ça, vous êtes doué !

Jury fut ravi du compliment. C'était absurde, et cela le surprit d'autant plus qu'il n'était pas du genre à essayer d'en mettre plein la vue à autrui. Pourquoi aurait-il cherché à se faire mousser aux yeux de Harry Johnson ? Mais peut-être cherchait-il seulement à apporter sa modeste contribution à la conversation avant que celle-ci ne vire au monologue.

— L'univers de Newton était un univers qui tournait à la manière d'un mouvement d'horlogerie. Déterminisme. Destin. N'allez pas en conclure pour autant que demain à midi vous allez rencontrer la femme de vos rêves…

— À quoi bon, alors ?

— Le monde quantique n'est pas gouverné par le principe du déterminisme. Vous ne pouvez pas prédire un résultat parce que vous ne pouvez pas connaître la position et le mouvement d'une chose en même temps. C'est un problème de mesure. Les choses changent tandis qu'on les regarde. Plus spécifiquement, quand l'onde devient-elle particule ?

Jury leva son verre en direction de Trevor et, considérant Harry, laissa tomber :

— Tout ça, pour moi, c'est du chinois.

— Bon, j'arrête.

Mais il poursuivit néanmoins :

— La gravité et la force électromagnétique, c'était la bête noire d'Einstein. Mais pas la vôtre, je parie.

Jury, qui était en train de boire, s'esclaffa, ce qui eut pour effet de lui remplir à demi les narines de vin.

— On peut dire ça comme ça, reconnut-il, penaud.

— Je trouve fascinant qu'on puisse mesurer par exemple une particule subatomique soit par sa vitesse, soit par sa position, mais pas par les deux simultanément. Niels Bohr décrivait l'onde et la particule comme les deux aspects d'une seule réalité. Une réalité inconnaissable.

— Inconnaissable ? En quoi cela affecte-t-il ce que je fais ou ce que je suis ?

— Vous semblez posséder un certain don pour l'abstraction, approuva Harry. Vous ne m'avez pas dit dans quelle branche vous étiez.

Jury se tâta puis décida d'abattre ses cartes.

— Je suis dans la police. Commissaire de police, très précisément. Criminelle de New Scotland Yard.

Harry ouvrit une bouche comme un four.

— Ça alors !

Jury sourit, pas mécontent de son effet.

— Fichtre ! Vous êtes la personne rêvée pour cette histoire ! Vous lui trouverez peut-être une explication…

— J'en doute, mais reprenons. Vous parliez de Hugh Gault.

— Oui. Et de la maison. Je m'y suis rendu en voiture.

— Hugh Gault n'était pas avec vous ?

— Non. Comme je crois vous l'avoir dit, Hugh avait peur que Glynn et le petit se pointent en son absence.

— Quand était-ce ?

— Le lendemain après-midi, il me semble. Aucune heure de retour n'avait été fixée pour sa femme et son fils. La veille, Mme Gault avait dit à la cuisinière que s'ils n'étaient pas rentrés pour le dîner, M. Gault n'avait qu'à se mettre à table sans eux. Il n'y avait donc pas de raison de s'inquiéter jusqu'à ce soir-là, plus tard. Mais Glynnis n'avait pas appelé et cela tracassait Hugh.

— Elle avait un portable : vous avez dit qu'elle avait téléphoné à l'agence depuis sa voiture.

— Panne de batterie, je suppose. Glynn oubliait toujours de recharger l'appareil. Elle a horreur des portables. Sans doute pour ça que le sien la laisse toujours en rade.

— Je partage cette façon de faire.

Là, comme à un signal, trois des consommateurs assis au bar dégainèrent d'un même mouvement leur portable et entamèrent des conversations discordantes, aussi bruyantes les unes que les autres.

— Nom de Dieu, marmonna Harry. Allons nous asseoir à une table.

Mungo, qui sommeillait sous le tabouret de Harry, leva vers Jury des yeux pleins de mélancolie.

Alors qu'ils prenaient place dans un box près de la cheminée, Jury remarqua :

— Mungo me semble tristounet.

— C'est de la frime, trancha Harry.

— Je me demande si Robbie et sa mère ne lui manquent pas.

— Possible.

Jury contempla Mungo, qui avait posé la tête sur son pied.

— Il n'a pas une tête de chien-chien à son maî-maître. Lorsqu'il a réapparu, vous l'avez emmené dans cette maison du Surrey ?

— Non. Je vois mal comment il aurait pu flairer une piste vieille d'un an.

— Certains y arrivent, vous savez. Ils sont étonnants.

Harry hocha la tête.

— Cette maison était absolument glaciale. Un froid à vous ronger les os. Certes, elle était restée inoccupée pendant longtemps, mais ce froid… Ça avait quelque chose de pas naturel. L'agence avait laissé l'électricité, vu qu'ils essayaient de la louer. Mais pas le chauffage. La maison est bien trop vaste pour trois personnes…

— Et un chien, ajouta Jury, sentant qu'on lui poussait discrètement la cheville.

— Et un chien, c'est vrai. L'architecture est grosso modo géorgienne. Pièces surdimensionnées. Hauteurs de plafond à l'avenant. Moulures et cheminée de style Adam. Elle était vide, sauf le salon. Tous les meubles étaient anciens, des meubles de prix. Secrétaire russe, commode Regency. Tapis somptueux. Très chic. J'ai été surpris de constater que l'endroit n'avait pas été vandalisé. La négociatrice – Mme Bathous – avait demandé au propriétaire de laisser le salon meublé pour lui donner l'air habité. Chose étonnante, il a accepté. À sa place, je n'aurais pas laissé des meubles de cette valeur.

Tout à coup, un détail parut revenir à Harry.

— Marjorie Bathous s'est interrogée sur la présence de traces de thé dans l'une des tasses. De la porcelaine de Minton, s'il vous plaît. Des tasses qu'elle-même n'avait pas sorties du placard.

— Ça, c'est intéressant. On avait bu dedans. C'est curieux. Vous croyez que c'est Mme Gault ? Elle aurait rempli la bouilloire, mis du thé dans la théière ?

Harry secoua résolument la tête.

— Je n'imagine pas Glynnis faisant du thé là-bas.

— Une mise en scène, alors ?

— Une mise en scène ? De qui ? Dans quel but ?

— Aucune idée. Conçue par Glynnis Gault elle-même ?

Il y eut un silence tandis que Harry, mystifié, fixait Jury.

— Vous plaisantez, dit-il enfin.

Jury éclata de rire.

— Déformation professionnelle. Un commissaire de police, ça envisage toutes les hypothèses. Vous ne pensez pas que tout cela ressemble à une mise en scène, si on y réfléchit bien ?

Harry finit son verre de vin.

— Cela me fait surtout penser à une analogie aux termes de laquelle le théorème de Gödel était comparé aux acteurs d'une pièce dans la pièce, et où ce qu'un « acteur » de la pièce interne disait était un commentaire sur sa vie « réelle ». La vie réelle, dans ce cas, étant la pièce extérieure, le cadre fictif.

— Qui est Gödel ?

— Un mathématicien qui a formulé une théorie dite d'incomplétude. Rien ne prouve que nous sachions ce que nous croyons savoir puisque tout ce que nous croyons savoir ne peut être formalisé.

Jury réfléchit.

— Vous dites que c'est un mathématicien, mais est-ce que ça n'est pas contraire à la logique ? Les mathématiques, ça va de pair avec la logique, non ?

— Absolument. Gödel ne s'est pas rendu très populaire auprès de la communauté scientifique lorsque ses collègues ont fini par comprendre ce qu'il disait. Nous ne sommes pas des machines ; nous avons de l'intuition. Ses détracteurs ont vu d'un mauvais œil l'intrusion de l'intuition dans les mathématiques.

Jury but une gorgée de vin ; il aurait payé cher pour une cigarette.

— Revenons-en à nos moutons. Nous évoquions la possibilité que Glynnis Gault ait mis en scène sa propre disparition. Non que j'y croie. C'est juste une idée que j'agite.

— Je ne comprends pas. Pourquoi Glynnis se serait-elle livrée à cette mystification ?

— Qui d'autre, alors ?

— C'est monstrueux. Pourquoi aurait-elle voulu disparaître ainsi ? En emmenant Robbie ?

Jury sentit comme une nouvelle pression discrète sur son pied.

— Sans parler de Mungo. Ce ne serait pas la première fois qu'une épouse malheureuse kidnapperait sa progéniture. Souvent, c'est pour des problèmes de garde d'enfant que ce genre de chose se produit…

— Hugh et Glynn étaient heureux en ménage. Ils n'envisageaient pas de divorcer.

— Du moins pas à votre connaissance.

— Je les connais très bien l'un et l'autre. Nous étions très proches.

— Qui, en dehors de son époux et de la dame de l'agence, savait que Mme Gault cherchait une maison ?

Harry Johnson, qui s'était réinstallé au bar avec Jury, croisa les bras sur le comptoir pour réfléchir.

— Leur personnel, j'imagine. La cuisinière, à coup sûr. La bonne… La cuisinière lui en a peut-être touché un mot. « Personnel », c'est un bien grand mot dans le cas des Gault, car ils n'avaient que deux domestiques.

Jury eut un léger sourire. Deux domestiques, pour lui, cela constituait du « personnel ».

Harry poursuivit :

— Il est possible que quelqu'un ait su qu'elle se rendait dans le Surrey afin de visiter des maisons. Mais où précisément, ça, j'en doute. Vous cherchez un tueur ?

— Un kidnappeur, en tout cas. Mais parlez-moi de la maison…

— Elle est assez nettement en retrait par rapport à la route. Avec un jardin, devant, tout en longueur. Et un bois sur trois côtés. Je l'ai trouvée terriblement isolée mais c'était ce qu'ils cherchaient : la paix et la tranquillité.

— C'est ce que les gens s'imaginent souhaiter avant de l'avoir trouvé. Et Robbie ? Ne se serait-il pas senti perdu là-bas, sans amis ?

— Hélas, « perdu », Robbie l'était déjà.

— Qu'entendez-vous par là ?

— J'allais vous le dire. Robbie est autiste.

— Pauvre gosse.

— Il n'avait pas d'amis. Il lui était très difficile de s'en faire. Comment s'en faire quand on est incapable – ou qu'on refuse – de parler ? Mais il lit énormément. Sa mère l'avait peut-être emmené pour voir si l'endroit lui plaisait. Il y a une école à Lark Rise qui accueille les autistes, les enfants ayant des problèmes de langage, des problèmes cognitifs, tout ça. C'est pour cela que Glynnis cherchait dans ce coin. Ce n'était pas un simple point de chute pour les vacances qu'elle voulait. Non, c'était une maison pour y habiter toute l'année scolaire. Mais ça, elle ne l'avait pas dit à Hugh.

— Pourquoi donc ?

— Hugh n'était pas favorable à ce que Robbie change d'école. Il pensait que ce serait trop dur pour lui, pauvre gamin. Ils se disputaient souvent à ce sujet. À ma connaissance, c'est bien la seule chose à propos de laquelle ils se querellaient.

Jury réfléchit.

— La première maison, ce cottage…

— Lark Cottage. Une petite maison bien propre, bien briquée, dans un joli jardin. Je n'ai pas rencontré le propriétaire.

— Pourquoi a-t-elle déplu à Mme Gault ?

— Elle l'a trouvée trop coquette. Le genre d'endroit que les touristes adorent, pour le côté typiquement anglais.

— Nous avons des villages entiers sur ce modèle-là. Mme Gault trouve-t-elle Chipping Campden trop « coquet » ? Ou Lower Slaughter ?

— Je n'en sais rien, reconnut Harry.

— Glynnis Gault n'était-elle pas un peu snob ?

— Absolument pas. Au contraire. Pas chichiteuse pour un sou. D'ailleurs, elle portait un tailleur noir de chez Marks et Spencer quand elle a quitté la maison.

— Cette description de Lark Cottage, ou du moins sa réaction devant cette maison, vous semble-t-elle correspondre à Mme Gault ?

— Puisque vous formulez la chose ainsi, je dirais que non.

Harry s'empara de la bouteille de vin, constata qu'elle était vide et se tourna vers Jury.

— Seriez-vous en train de suggérer que c'est une autre femme qui a passé le coup de fil ?

— Le coup de téléphone ? Non, je ne crois pas que quelqu'un d'autre l'ait passé. Même si c'est du domaine du possible.

Jury marqua une pause. Puis :

— Pensez-vous que quelqu'un ait pu vouloir du mal à Mme Gault ?

— En aucun cas. Glynn n'était pas femme à se faire des ennemis. Écoutez, je meurs de faim. Si on allait dîner ?

Mungo émergea de sous les tabourets comme si l'invitation s'adressait également à lui.

— D'accord. Où ?

— Je connais un endroit.

Harry se leva, prit son manteau accroché au dossier de son tabouret avant d'ajouter :

— Je vous parlerai de mon chat.

— Votre chat ?

— Elle s'appelle Schrödinger.

— Sympa, comme nom, pour une chatte.

— Je suis certain qu'elle vous plaira.

LE CHAT DE SCHRÖDINGER

9

— L'équation de Schrödinger… commença Harry.

— Je croyais que c'était le nom de votre chatte !

— Oui. Je lui ai donné le nom du physicien Schrödinger.

— À sa place, j'aurais protesté.

Jury sentit que Mungo se tortillait à ses pieds comme pour protester, lui aussi.

— L'équation de Schrödinger est célèbre ; outre celle de Niels Bohr, c'est peut-être la contribution la plus importante à la mécanique quantique…

Jury prit une gorgée d'un excellent pur malt. Ils avaient abandonné le vin pour le whisky. Le restaurant des Docks était plein de yuppies et d'intellectuels s'écoutant parler.

— Vous croyez que je vais apprécier ?

— Vous allez adorer. En physique quantique, on a fait une expérience de pensée – ou plutôt on a formulé une hypothèse – très intéressante : dans une boîte, on met un chat, un flacon de cyanure, un peu de matière radioactive et un compteur Geiger. On sait que la matière radioactive va forcément se désintégrer. Ce qu'on ne sait pas, c'est quand. Donc, lorsque la première désintégration d'un noyau radioactif se produit, le compteur Geiger réagit en déclenchant un mécanisme qui brise le flacon. Le poison se trouve ainsi libéré et tue le chat.

— Grands dieux ! Je cours avertir PETA[1]…

Harry fit une grimace. Il semblait agacé.

— Mais non, voyons ! C'est une expérience théorique, on ne tue pas le chat. Ce qu'il faut comprendre, c'est qu'on ne peut décrire le phénomène qu'en termes de probabilité car il est impossible de prévoir le moment où la désintégration se produira. Comme je vous l'ai expliqué, elle va forcément avoir lieu, mais on ignore quand. Et, bien entendu, on ouvrira peut-être la boîte avant. On ne sait donc pas quand – ni même si – le chat va mourir. Tout ce que l'on peut dire, c'est qu'à la fermeture de la boîte la désintégration n'a pas commencé et le chat est vivant. C'est en quelque sorte notre mesure finale, jusqu'au moment où nous ouvrons de nouveau la boîte. Tout ce dont nous disposons, c'est de la fonction d'onde du noyau…

— Merde, c'est quoi, ce truc-là ?

Jury se sentait à la fois éméché et idiot.

— Difficile de le décrire exactement. En physique classique…

— Einstein ? glissa Jury, reprenant quelque peu du poil de la bête.

Harry approuva d'un sourire.

— Bien. En physique classique, on peut dire qu'un électron se trouve dans un certain état. Mais pas en

1. Association pour un traitement éthique des animaux. (*N.d.T.*)

physique quantique. La fonction d'onde définit ce qu'on appelle une amplitude de probabilité. On pourrait faire une analogie avec la façon dont les pouvoirs publics traitent les problèmes de contagion. Quand une maladie très contagieuse apparaît dans certains endroits, les services spécialisés étudient le phénomène et tentent de calculer la probabilité d'apparition de ladite maladie dans d'autres endroits. La fonction d'onde n'est pas une entité, elle n'a pas d'existence en soi, elle donne une probabilité.

Harry se pencha comme s'il s'apprêtait à divulguer un secret coquin et poursuivit :

— Si bien que ce dont nous disposons, c'est de la probabilité qu'un électron se trouve à un endroit donné à un moment donné. C'est seulement lorsque nous faisons une mesure que nous savons non seulement où se trouve l'électron, mais encore s'il existe ou non. Donc, pour le chat…

Jury agita les mains devant lui comme pour dégager un petit espace où respirer.

— Vous allez me dire que le chat est à la fois vivant et mort ?

— Exact, laissa tomber Harry.

— C'est ridicule !

— Pas du tout. C'est parce que vous ne comprenez pas. Le noyau désintégré/intact fait corps avec le chat vivant/mort…

C'est le moment que choisit Mungo pour sortir la tête de sous la table. Il contempla Jury d'un air que ce dernier aurait volontiers qualifié de lugubre. Puis il disparut de nouveau sous la nappe.

Jury s'esclaffa.

— Quoi ?

— Mungo semble faire corps avec votre chat zombie !

— Il ne peut pas souffrir le chat ; il n'a jamais pu le piffer.

— Je le comprends, dit Jury en soulevant la nappe et en la laissant retomber.

— Poursuivons : Niels Bohr a clairement démontré que le chat n'est pas littéralement mort et vivant au même moment, mais que, en l'absence de mesure, il n'y a pas de réalité, ce qui est fondamental. Il n'y a pas de réalité sans mesure. Et, pour mesurer, on doit regarder. Si bien qu'il est impossible de parler d'une quelconque réalité du chat tant qu'on n'a pas ouvert la boîte.

— Vous n'avez qu'à flanquer un coup de pied dedans, la renverser. Comme ça, vous serez fixé.

Harry haussa les épaules.

— C'est bizarre, j'ai l'impression de parler à un sourd.

— À un sourd, non. À quelqu'un qui a un bon coup dans le nez, ça, oui.

Le serveur s'était approché et se mit à débiter la liste des spécialités. Jury ne saisit que deux ou trois mots familiers dans cette litanie, dont « saumon », qu'il commanda en dépit de sa sauce tarabiscotée et des autres chinoiseries l'accompagnant. Harry demanda pour sa part du filet de bœuf. Tous deux commandèrent la salade maison.

Après quoi, ils en revinrent (tous les trois si Jury avait correctement saisi l'humeur de Mungo) à leurs moutons. Ou plutôt au chat mort/vivant dans sa boîte.

Jury dit :

— Ça me rappelle ce que vous avez dit au pub sur le fait que le changement dans un objet dépend de la façon dont on l'observe. La théorie de votre Niels Bohr me semble correspondre. On ne peut être certain de l'existence d'une chose qu'en la voyant.

— Effectivement. On ne peut rien affirmer de la réalité individuelle du chat jusqu'au moment où on le voit ; c'est-à-dire où on peut faire une mesure…

Harry marqua une pause, le temps de boire une gorgée de whisky, et enchaîna :

— Pour en revenir à Gödel : il était à Princeton avec Einstein, qui avait une grande admiration pour lui. Et dans ce domaine, il n'en admirait pas beaucoup. De plus, il ne croyait pas à la théorie des quanta. En tout cas, Gödel a démontré l'existence de vérités arithmétiques indémontrables. Quand les physiciens de l'époque finirent par comprendre ce qu'il disait – et, pour autant qu'il m'en souvienne, il lui a suffi pour cela d'une seule phrase bien tournée –, ils n'en revinrent pas. Comment se pouvait-il que quelque chose soit à la fois vrai et indémontrable ?

Jury se borna à le fixer d'un air égaré : il avait l'impression de pédaler dans la semoule.

— C'est l'une des théories les plus révolutionnaires qui existent en mathématiques. On l'appelle le théorème d'incomplétude. Il démontre que dans un système formel il existe des choses indémontrables.

Jury leva le nez de sa salade.

— Voilà qui est paradoxal.

— Vous avez parfaitement raison. Vous vous souvenez du paradoxe du menteur ?

— Eh bien…

— Prenez la proposition « Je mens ». Elle n'est vraie que si elle est fausse. Si vous dites que vous mentez, alors vous ne mentez pas. D'où il s'ensuit que vous mentez, et ainsi de suite. Gödel ne dit pas qu'il existe des démonstrations arithmétiques qui soient automatiquement vraies. Son propos était de démontrer qu'il existe des vérités arithmétiques indémontrables.

Pendant quelques instants ils mangèrent en silence. Puis la voix de Harry s'éleva :

— Hugh semble penser que Glynnis pourrait être n'importe où. C'est comme prévoir la position d'un électron. Tant qu'on ne l'a pas mesuré, il n'est nulle part. Il n'a pas de position définie.

— Dans le monde du chat de Schrödinger, peut-être. Mais la femme de Hugh n'est pas une particule. Cette disparition ne semble pas réelle.

— Peut-être. N'empêche qu'elle a eu lieu, assena sèchement Harry.

Jury ne pipa mot.

— Hugh s'est beaucoup interrogé à ce sujet, si ma mémoire est bonne. Je me rappelle la fois où il a secoué la tête en disant : « Ça n'a jamais eu lieu. »

— Que voulait-il dire par là ?

— Je ne sais pas vraiment.

— Peut-être que c'était du déni de sa part.

— Peut-être…

Harry se tut un instant, semblant fixer non le contenu de son assiette mais une idée qui lui trottait dans la tête.

— À l'étage de la maison, il y avait quatre chambres, vides comme les autres pièces. Il n'y avait ni dépendances, ni pâturage, ni paddock. Juste le bois et les pelouses. Bien évidemment, nous n'avons pas tenu compte de l'avertissement de M. Jessup. Quoi qu'il en soit, le bois nous a semblé fort agréable. Cette lumière qui filtrait à travers les branches… Je me demande bien pourquoi je l'ai remarquée.

— Parce que nous sommes faits pour remarquer ce qui nous entoure, dit Jury.

— Il n'y avait dans ce bois rien de sinistre ni de menaçant.

— Pourquoi cet avertissement, alors ?

Harry secoua la tête comme pour s'éclaircir les idées.

— Quel avertissement ?

— Celui de M. Jessup.

— Je ne sais pas, je n'en ai pas la moindre idée. Je me suis dit que j'avais affaire à quelqu'un de dérangé. Un individu peu doué pour les contacts. Quelqu'un qui, au lieu de parler de la pluie et du beau temps, lancerait des mises en garde. En y repensant, on a caressé le projet de faire un saut chez lui, mais on n'avait pas son adresse. Voilà exactement ce qu'il nous a dit : « Y s'est passé trop de choses bizarres par ici ; la dernière en date, c'est une femme qu'a disparu avec son gosse. » Et il a ajouté : « En fumée, qu'ils sont partis. »

— Et il en est resté là ? Il vous a juste dit de vous abstenir de vadrouiller dans le bois ?

Harry fit oui de la tête et termina d'un trait son verre de whisky resté près de son verre de vin.

Jury cogita un moment. Puis :

— Où était Robbie pendant que Glynnis visitait la maison ?

Harry repoussa son assiette.

— Ça aussi, ça m'a turlupiné. Dans les jupes de sa mère, j'imagine.

— Mais peut-être pas. Les gamins, ça adore explorer. Je me demande…

— Oui ?

— … s'il n'aurait pas vu quelque chose.

— Ou si Glynnis n'a pas vu quelque chose.

— Ce qui reste à démontrer. L'agence a dû faire visiter la maison à un grand nombre de personnes.

— Oui, mais vous savez comment travaillent les agents immobiliers, à la campagne : ils vous remettent la clé et vous laissent vous débrouiller. Un peu léger, comme façon de procéder, je trouve.

— Qu'a fait Hugh, alors ? Au cours des semaines et des mois qui ont suivi ?

— Comme je vous l'ai dit, il a fait appel à un détective privé en voyant que la police n'aboutissait à rien. Après, il a commencé à perdre les pédales. Cette énigme l'obsédait.

— Elle aurait obsédé n'importe qui, non ?

— Oui, mais chez Hugh, c'était plus que de l'obsession : il était comme consumé. C'était comme s'il se tenait dans un immeuble en flammes, incapable de bouger, pétrifié. C'était au point qu'il refusait de quitter la maison tellement il avait peur de rater un coup de fil ou le retour de sa femme. Il m'a dit qu'il aurait juré avoir entendu Mungo aboyer.

Sous la table, Mungo changea de position, heurtant le pied de Jury.

— Il était dans un état pitoyable. Il ne mangeait ni ne dormait. Il n'avait plus de forces. Je l'ai trouvé une fois affalé près de la cheminée, j'ai cru qu'il était mort…

— Des tentatives de suicide ?

— Pas le genre de Hugh. La cuisinière et la bonne sont restées bien qu'il ait oublié de les payer. C'est moi qui m'en suis occupé quand je l'ai su. Elles étaient toutes deux très dévouées à la famille. Elles sont parties maintenant, bien sûr.

Jury fit tourner son verre de vin. Non, il n'en voulait plus. Assez bu. Il avait fait le plein de whisky et de vin.

Harry s'adossa à son siège, puis se pencha en avant avec un soupir.

— Vint un moment où il ne pouvait plus vivre seul. Je le lui ai fait remarquer. Il m'a regardé avec de grands yeux, m'a dit : « Mais qu'est-ce que je peux faire ? Imagine que Glynnis et Robbie reviennent, que se passerait-il s'ils rentraient et que je n'étais pas là ? » Il semblait considérer son absence éventuelle comme un acte fatal. S'il n'était pas là, ils ne se reverraient jamais.

— Il disait « si » mais il pensait « quand » ?

— Oui. Hugh a toujours cru à leur retour.

— Mais pas complètement. Sinon, il ne se serait pas effondré.

— C'est étrange. Pas vraiment étrange, mais… biblique, ou grec. Job. Œdipe. Shakespearien. Je suis incapable d'expliquer, mais peut-être est-ce de l'ordre de l'inexplicable.

— C'était le problème de Job, comme vous l'avez dit.

— C'est bizarre. Hugh était l'homme le plus maître de soi que j'aie jamais connu. Pas seulement au sens figuré, au sens propre aussi. C'était quelqu'un d'indépendant, d'autonome, de généreux. Généreux jusqu'à la moelle. Sa colère elle-même, il la maîtrisait : il savait jusqu'où il pouvait aller et s'arrêtait avant que les choses ne dégénèrent. Il savait se contrôler.

— Où est-il maintenant ?

— À la clinique Stoddard. À Fulham. Un endroit agréable. Beau, bien tenu, cher évidemment. Il n'y a que peu de patients. L'établissement a été conçu de façon à n'en recevoir qu'un nombre limité. Il y a huit mois qu'il s'y trouve, maintenant.

— Est-ce qu'il va mieux ?

Harry fit non de la tête.

— Je ne vois pas comment il pourrait aller mieux. Hugh n'est ni psychotique ni fou. Il est la proie d'une obsession. Comme Othello. Ou comme Iago.

Jury laissa échapper un sourire.

— Pas comme Iago. Si Iago avait vraiment été obsédé par la vengeance, il n'aurait pas pu se montrer aussi retors. Il s'y serait pris de façon plus directe pour détruire Othello. Il n'agissait pas sous l'emprise de la passion. Au contraire, je crois que Iago était un homme dépassionné. Je m'explique aussi mal son comportement que celui de Hamlet. J'ai envie de dire que si Iago a causé la perte d'Othello, c'est parce qu'il en avait la possibilité. Tout simplement. Parce qu'il en avait la possibilité.

10

— Il y a une maison dans le Surrey à laquelle j'aimerais que vous jetiez un coup d'œil, dit Jury en considérant Wiggins qui se préparait une tisane. C'est l'agence Forester et Flynn qui s'en occupe, et la femme chargée de la location est une certaine Marjorie Bathous. Essayez de voir ce que vous pouvez dénicher. La maison appartient à un homme du nom de Benjamin della Torres.

Jury se fit soudain la réflexion que si Winterhaus n'éveillait que de mauvais souvenirs chez Ben Torres, il était étrange qu'il veuille la louer et non la vendre. Mais ne pouvait-on être attaché aussi bien aux souvenirs désagréables qu'aux souvenirs agréables ?

— Une seconde… dit Wiggins, extirpant le sachet de tisane de son mug.

Il se mit ensuite en devoir d'y ajouter un de ses remèdes holistiques. En l'occurrence, deux cuillerées d'un liquide bleu énigmatique, suivies de trois de sucre, qui annuleraient sans doute l'effet de la potion bleue, alors était-ce bien raisonnable ?

— C'est quoi, ce truc ? fit Jury, qui s'était pourtant promis de ne pas craquer.

— Oh, du jus de jujube. Excellent pour la digestion.

Wiggins touilla le mélange et sourit.

Jury croisa les bras et fourra les mains sous ses aisselles pour les réchauffer. À moins que cette attitude défensive ne fût une façon de se protéger contre le jus de jujube.

— Ce bleu m'évoque les horribles glaces à l'eau à la myrtille qu'on mangeait quand on était petits.

Si ça se trouvait, Wiggins en mangeait encore.

Lèvres pincées, le sergent remua lentement la tête.

— Cette préparation est bonne pour la santé. Les glaces à l'eau, non. C'est du sucre pur.

Dans la bouche d'un homme qui venait d'ajouter trois cuillerées de sucre à sa tisane, ça ne manquait pas de piquant. Jury préféra ne pas relever.

— Je ne conteste pas la valeur nutritive des glaces à l'eau. Je mets en doute la valeur de cette mixture.

Jury désigna du menton le petit flacon de liquide bleu.

— Comme d'habitude, monsieur. Je ne connais personne de plus sceptique à l'égard de ce qui est bon pour la santé. Lequel de nous deux est le plus souvent malade ?

— C'est vous. Vous l'êtes cinq fois plus que moi.

Wiggins prit un ton condescendant pour protester :

— Vous savez pertinemment que ce n'est pas vrai.

— Dix, alors. Vous êtes dix fois plus malade que moi.

Wiggins exhala un soupir. Le cas de Jury était désespéré.

Jury dévisagea Wiggins avant de demander :

— Que pensez-vous du paradoxe du menteur ?

— Jamais entendu parler, monsieur.

— Eh bien, écoutez ça : « Je ne mens pas. »

— J'ai jamais dit que vous mentiez, monsieur, si ?

— Non, il ne s'agit pas de moi. Je vais formuler cela autrement. « Je mens en ce moment. » Vous voyez ? L'énoncé en soi crée un problème, non ? Réfléchissez. L'énoncé en soi.

Wiggins tapota du doigt son Ed McBain de poche comme pour y puiser l'inspiration.

Jury se pencha, soupira.

— Écoutez, ce n'est pas le commissariat du 87e District qui va vous aider sur ce coup-là. Je mens. Je mens.

Désireux de suivre son patron dans ses élucubrations, Wiggins sourit.

— Sauf votre respect, monsieur, je ne saisis pas. Je veux dire, si vous dites à l'avance à quelqu'un que vous mentez… ?

Pour montrer à quel point l'obstination de son sergent et son esprit obtus lui tapaient sur les nerfs, Jury abattit son poing sur le bureau.

— Vous ne voyez donc pas qu'il s'agit d'un paradoxe ! Si vous dites : « Je mens », cela signifie que vous ne mentez pas ; et donc, que vous dites la vérité.

Wiggins plissa le front. On aurait dit qu'il réfléchissait. Jury poussa un soupir.

— Vous avez des connaissances en matière de physique, Wiggins ?

— Plutôt, oui. Je me tue à vous dire que ça, par exemple, ça vous ferait beaucoup de bien.

Il brandit un paquet de biscuits noirs.

— Je ne vous parle pas de ce type de physique. Ni de médecine. Ni de santé. Je vous parle d'énergie, de matière, de leurs relations…

Ainsi éclairé, Wiggins se carra dans son siège.

— Eh bien, je dois avouer qu'à l'école les maths et les sciences, c'était pas vraiment mon fort. La physique encore moins.

— Vous n'avez jamais entendu parler du chat de Schrödinger ?

En cet instant, Jury se fit l'impression d'être un canari, face au chat Wiggins, assis là, sûr de lui.

— Non, dit Wiggins en avalant une gorgée de sa potion bleue. Schrö… ?

— Schrödinger. Il s'agit d'un chat hypothétique. Imaginez que vous mettiez le chat dans une boîte…

Jury lui raconta la suite de son mieux, trouvant à part lui qu'il se débrouillait plutôt bien.

Après avoir écouté, Wiggins se mit à glousser. Wiggins était le seul à pouvoir glousser ainsi. Caverneux, le bruit évoquait un rire de babouin. À supposer que les babouins fussent capables de rire.

— C'est ce qui s'appelle se foutre de la gueule du monde, non ?

— Qui ? Harry Johnson ?

— Non, l'autre type.

— Schrödinger.

— Oui. Franchement, elle est bien bonne ! Le chat est à la fois mort et vivant…

Wiggins s'administra une claque sur la cuisse.

— Il devrait se produire dans un cirque, ce matou !

Jury se leva et enfila sa veste.

— N'oubliez pas le grand chef, monsieur, dit Wiggins dans son dos.

— Il est d'une humeur massacrante.

Fiona Clingmore se limait les ongles à l'aide d'une grosse lime.

— Vous l'avez déjà vu autrement ?

Fiona pinça les lèvres.

— Avant d'aller déjeuner à son club, il lui arrive d'être charmant.

— C'était une question stupide.

Jury regarda autour de lui. Aucun signe de Cyril le chat dans le bureau de la secrétaire.

— Où est Cyril ? demanda-t-il.

— Tantôt ici, tantôt là. Partout. Je ne sais pas. Allez-y, entrez.

Elle bâilla.

Racer leva les yeux, la tête dans les mains, dit à Jury de s'asseoir et retourna à la contemplation d'un tas de documents sur son bureau.

Jury s'assit. Il balaya du regard les moulures du plafond à la recherche de Cyril, qui affectionnait l'espace douillet entre moulure et mur où nichait l'éclairage. Il adorait y faire la sieste. Jury ne le vit pas – ce qui ne voulait rien dire car Cyril pouvait se cacher n'importe où, comme le chat de l'équation. Cyril pouvait être n'importe où, n'importe quand. Le chat est mort, le chat est vivant.

— Vous avez entendu parler du chat de Schrödinger ? demanda Jury tout à trac.

Sans cesser de se tenir la tête entre les mains comme s'il était plongé dans ses prières matinales, Racer se redressa quelque peu. Il laissa tomber son stylo Montblanc, se renfonça dans son fauteuil et se mit à examiner les lieux, à la recherche de toutes les cachettes possibles pour un chat.

— Le chat de Schrödinger, c'est une expérience célèbre en physique quantique, poursuivit Jury. Un exercice intellectuel.

Regard courroucé de Racer.

— Vraiment ? Vous devriez être en train de plancher sur le meurtre de Soho. Ça, ce serait un excellent exercice intellectuel. Quand vous vous sentirez d'attaque, bien entendu…

— J'en conclus que le chat de Schrödinger, ça ne vous dit rien. Laissez-moi vous expliquer…

Et Jury de s'exécuter dans l'instant.

— Mort et vivant ? le coupa son chef au bout de quelques phrases. Un flacon de cyanure ? Vous avez complètement perdu la boule, Jury ?

Tâchant de recouvrer son sang-froid, Racer croisa les bras.

— Où en êtes-vous, dans l'affaire Danny Wu ?

— J'attends qu'on me remette sur l'enquête. Pour l'instant, j'ai le derrière entre deux chaises : quelque part entre la suspension et la non-suspension. Un peu comme le chat de Schrödinger. Alors je ne fais rien.

Jury croisa les bras à son tour.

— Oh, ne prenez pas ce ton dramatique. Vous croyez que vous plonger dans des manuels de physique va arranger votre situation ? L'affaire Danny Wu doit être élucidée…

— J'ignorais que c'était devenu une « affaire », monsieur.

— Bien sûr, que c'en est une ! Qu'est-ce que vous me chantez là ? Ça fait des années que vous essayez de le coincer !

— J'ai eu l'occasion de lui rendre visite à plusieurs reprises dans son restaurant, je le reconnais.

— Sacré bon Dieu, Jury, vous savez pourtant bien que la moitié des meurtres commis dans le quartier des Docks mènent droit à lui ! Il est membre d'un gang. Vous savez, ces types qui se baladent avec un couteau entre les dents…

— Non.

— Non quoi ? Mais bien sûr que si !

Jury secoua la tête avec solennité.

— Danny Wu n'a pas l'esprit de groupe.

— L'esprit de groupe… ? Crénom, je ne vous parle pas des scouts ni des éclaireurs ! Je vous parle triade. Je vous parle mafia chinoise…

— J'ignore ce que fabrique Danny, mais je sais qu'il opère seul. Vous pouvez me croire.

— Et ce cadavre sur son paillasson ?

— L'unité scientifique réussira peut-être à relever des empreintes génétiques. Ou peut-être pas.

— Je compte sur vous pour me surveiller ça de près. Allez.

Racer le renvoya d'un geste de la main. Jury s'en alla, se demandant pourquoi il était venu.

11

— C'est Higgins le Jeune, dit le réceptionniste, qui aura pris la communication, j'imagine. Pendant que vous étiez sorti.

Melrose relut le message. Un message clair comme du jus de chique. Un message d'Agatha, apparemment. Ce qui expliquait qu'il fût si confus. Eût-il émané de quelqu'un d'autre, Melrose aurait imputé son absence de clarté à Higgins le Jeune et à ses pattes de mouche.

En outre, une heure auparavant, il n'était pas « sorti », mais dans la grande salle, presque endormi dans un fauteuil à oreillettes devant un feu ronflant, un whisky préprandial à la main, plongé dans le livre de Polly qu'il s'était procuré chez Hatchards. Il luttait pour garder les yeux ouverts. Il avait décidé de lire le roman au lieu de risquer des commentaires pendant leur prochain dîner, comme la veille. Formuler à propos du dernier ouvrage de Polly des remarques susceptibles de s'appliquer aussi bien à *Winnie l'Ourson* qu'à *La Coupe d'or* n'était pas une bonne technique. En tout cas, on ne l'y reprendrait pas de sitôt.

Il décida de faire une nouvelle tentative. Ce dernier opus avait pour titre *Le Côté des gourmands*. Cela ne l'aurait pas autant agacé si ç'avait été une franche satire de Proust. Seulement ça n'en était pas une. Il se promit de dire à Polly qu'elle devait arrêter de faire des jeux de mots au détriment des titres de Marcel. Que ce n'était pas très malin de mener le lecteur en bateau du *Côté de Guermantes*, en lui faisant croire à une parodie. D'autant que la plupart des gens auraient été ravis de lire un pastiche de Proust – surtout ceux qui s'étaient toujours sentis coupables, qui avaient toujours eu l'impression d'être des idiots et des ignares pour n'avoir jamais réussi à franchir le cap de la page trente et le passage mythique sur la madeleine. Ce qui ne leur laissait plus que quelques milliers de pages à avaler.

C'était à peu près là qu'il en était du dernier livre de Polly, à la page trente-six. Il lui en restait trois cents à lire, quelle poisse !

Melrose n'aimait pas les romans à énigme. À deux ou trois exceptions près, les histoires policières aujourd'hui étaient trop ineptes pour retenir son attention. Dans celui-ci, les gourmands du titre tenaient un restaurant dans les environs de Londres. Melrose aurait parié qu'il ressemblait comme un frère au Quatre-Saisons, où il savait que Polly avait déjeuné une fois. Le chef du roman avait concocté un repas sublime pour dix de ses honorables clients. Tous plus gourmands les uns que les autres.

Diable, songea Melrose, je me demande ce qui va bien pouvoir arriver !

Comme si tout un chacun ne le savait pas… Seuls les héros du roman – tous complètement bouchés – et le chef – que Melrose trouvait sympathique parce qu'il aimait les plats qu'il préparait et les multiples instructions qu'il donnait en vue de leur élaboration – semblaient ne se douter de rien. Les conseils culinaires occupant une bonne partie des trente premières pages, Melrose se promit de demander à sa cuisinière Martha de lui préparer quelques-uns des plats si finement décrits.

Il sommeillait peu ou prou devant le feu, les flammes dansant comme en quête d'une victime, et ce bouquin semblait tellement…

Melrose papillota brusquement des paupières tandis qu'un gentleman lui lançait un « Bonjour » sonore auquel faisait écho un salut émanant d'une autre voix mâle.

— Ah, dit Melrose, se redressant avec une belle vivacité. Colonel Neame ! Major Champs ! Quelle bonne surprise !

Une surprise, tu parles ! Ces deux dignes gentlemen ne squattaient-ils pas pratiquement le club ?

Le major Champs grommela quelques vagues monosyllabes de politesse et les deux messieurs serrèrent la main de Melrose. Ils semblaient enchantés de le voir. Ils avaient eux aussi à maintes reprises lutté contre le sommeil au Boring's, douillettement engoncés dans leurs fauteuils favoris.

— On vous a aperçu au dîner, hier, avec une bien séduisante jeune personne. Vous ne nous avez pas vus. La salle à manger est si mal éclairée que Higgins le Jeune passe son temps à se cogner dans les meubles et à renverser la soupe…

Higgins le Jeune en aurait probablement fait autant en plein soleil de midi sur une île grecque, mais

Melrose préféra garder cette réflexion pour lui, sachant que ledit Higgins devait avoir à peu près le même âge que ces deux personnages.

Ils avaient pris place chacun dans un fauteuil et cherchaient du regard un serveur pour qu'il leur apporte leur whisky. Le major Champs, agitant l'allumette dont il s'était servi pour allumer sa pipe, remarqua :

— Votre jeune amie, je savais que je l'avais déjà vue quelque part, et tenez !

Il brandit le livre dont il s'était muni.

Polly, sur la jaquette, considérait le lecteur d'un air apeuré ou peut-être angoissé, telle une Ruth Rendell s'attendant au pire.

— Une histoire magnifique ! déclara le major Champs. Neame l'a lue, il menace de me dire qui est l'assassin. J'ai lu tous ses romans. Absolument tous. Un régal. Je me demandais…

Il se pencha vers Melrose et la flambée, dont les ombres creusèrent encore davantage ses joues.

— Vous ne voudriez pas nous présenter ?

— Volontiers. Je dois la revoir dans une semaine ou deux.

Deux semaines lui suffiraient-elles pour venir à bout de ce pensum ? Melrose regarda le marque-page de l'exemplaire du major. Il en était presque aux trois quarts, le veinard ! Il reprit, tapotant son propre livre :

— Qu'est-ce que vous pensez du caniche ?

Le caniche avait fait son apparition aux alentours de la page vingt.

— Ah, le caniche ! Jamais tellement apprécié cette race. Des animaux maniérés, mesquins, ne pensant qu'à leur petite personne. Elle aime les chiens, elle en fourre partout. Le dernier, c'était quoi déjà… un labrador ? Peu importe. En tout cas, c'est le chien qui trouve le corps. Bougrement astucieux. Mais ça, c'est plus tard. Je ne voudrais pas déflorer l'intrigue…

Oh, ne vous gênez surtout pas. Soyez sympa. Vous me rendrez un fier service.

Le colonel Neame, n'y tenant plus, intervint :

— Et Hubert…

Qui diable est ce Hubert ?

— … ce gamin, c'est l'un des rares enfants que j'ai trouvés convaincants en littérature.

— Entièrement d'accord avec vous, mon cher, renchérit le major Champs.

Il apparut qu'ils étaient en désaccord sur d'autres points, et c'était pain bénit pour Melrose ! Celui-ci comptait sur la conversation pour lui donner du grain à moudre en prévision de son prochain dîner avec Polly.

— Que lui trouvez-vous de particulièrement convaincant, à ce petit Hubert ?

— Eh bien… sa façon de réagir à la mort de sa mère et au suicide de son père. Et quand sa sœur tombe du haut de la falaise…

Melrose grimaça. Il n'avait pas la moindre idée de ce dont ils parlaient.

— Oui, mais est-elle vraiment « tombée » ?

Depuis quand les victimes tombaient-elles accidentellement des falaises dans les histoires policières ?

Le colonel Neame abattit un poing chenu encore que vigoureux sur l'accoudoir de son fauteuil et s'exclama, buvant du petit-lait :

— Saperlipopette ! Exactement ce que je me suis dit ! Et la mère, était-elle vraiment cardiaque ?

Melrose faisait son miel de ces commentaires. Mais il ne pouvait s'empêcher de se poser des questions à propos du chef et du dîner de gala préparé par ses soins. Qu'est-ce que cette épidémie de décès dans une même famille, sans parler du caniche, avait à voir avec le chef ? Le colonel, le major et lui lisaient-ils le même roman ? En tout cas, l'ouvrage que le major Champs avait en main s'intitulait bien *Le Côté des gourmands.*

— Le problème, dit-il, le front plissé, c'est que j'en suis seulement au moment où…

Il allait se faire piéger s'il ne tenait pas sa langue. Il avait déjà pris un risque en faisant comme s'il connaissait Hubert.

— Je ne suis pas encore très avancé dans ma lecture. Et je m'interroge au sujet de cette histoire de gourmands…

— C'est le père, n'est-ce pas ? C'est le chef ! lança le major Champs de sous ses sourcils en broussaille.

— Oh, le chef ! Bon sang, mais c'est bien sûr : le chef !

Melrose but une longue gorgée de whisky en s'extasiant *in petto* sur son velouté.

Et ce satané caniche, quel était vraiment son rôle, là-dedans ? Polly lui avait demandé ce qu'il pensait du labrador. Il n'y couperait pas : elle ne manquerait pas de lui demander son avis sur le caniche…

— Bonsoir, messieurs, dit alors une voix derrière Melrose.

— Commissaire ! entonnèrent le major Champs et le colonel Neame à l'unisson.

Jury s'inclina légèrement et salua Melrose Plant.

— De retour dans les bras enveloppants du Boring's.

— Ravi de vous voir, commissaire.

Le colonel Neame poursuivit, tout vibrant d'espoir, en baissant d'un ton :

— Y aurait-il du drame dans l'air ?

— Pas encore.

— J'ose espérer que votre présence en ces lieux ne va pas s'accompagner d'un nouveau cadavre, commissaire, dit le major.

— Et moi donc !

Éclats de rire et claques sur les accoudoirs saluèrent cette sortie.

Melrose avait fait signe à un serveur en voyant apparaître Jury.

— Assieds-toi, dit-il à Jury en lui indiquant le canapé en cuir dont la couleur rappelait assez sinistrement celle du sang séché.

Jury ôta son manteau et s'assit tandis qu'un serveur (légèrement voûté, mais d'un âge pas tout à fait aussi canonique que Higgins le Jeune) s'approchait du petit groupe.

— Whisky pour tout le monde, dit Melrose.

— Cette mort au Boring's, fit le colonel, battant tout haut le rappel de ses souvenirs, est l'événement le plus excitant que j'aie vécu depuis la guerre. Quel choc ! Quand je pense que l'assassin est entré ici comme une fleur, qu'il a poignardé ce pauvre Pitt, et qu'il est ressorti sans que quiconque s'aperçoive de quoi que ce soit…

— Ça prouve, dit le major Champs, qu'on doit tous avoir l'air de morts, au Boring's…

Jury éclata de rire.

— Je ne crois pas, non. Ça prouve plutôt que commettre un meurtre dans un endroit public est d'une facilité déconcertante.

Le serveur reparut avec les boissons.

— *Cheers !* dit Melrose.

Ils levèrent leurs verres.

— Vous n'êtes pas ici pour raisons professionnelles, alors ?

— Non, seulement pour déjeuner.

— Pffft, bougonna le major Champs. Je suis étonné que personne n'ait encore songé à trucider le cuisinier !

— Il est mauvais à ce point ? s'enquit Melrose.

— L'agneau était trop cuit. Pourtant, d'habitude, il maîtrise plutôt bien ses cuissons. Enfin, je suppose qu'il arrive aux cuisiniers d'avoir la poisse.

— Espérons, dit Melrose en brandissant le roman de Polly, qu'ils ne sont pas aussi malchanceux que le chef de Mlle Praed.

12

Higgins le Jeune leur apprit qu'il y avait eu un « rush » sur l'agneau, aussi espérait-il que la langue de bœuf froide leur suffirait. Ou le champignon portobello farci…

— Un « rush » ? reprit Melrose, l'œil écarquillé. Mais il n'y a personne d'autre que nous, ici !

Il désigna d'un large moulinet du bras l'espace désert autour d'eux.

— Ne sois pas si mélodramatique, dit Jury. Va pour les champignons, Higgins.

— Le champignon, corrigea Melrose.

— Ils sont farcis à quoi, vos champignons, Higgins ?

— Il est farci à quoi ? rectifia aigrement Melrose. Bon sang, Jury, je parie que le sergent Wiggins est plus ferré que toi sur les champignons portobello !

— S'il est farci avec une quelconque poudre de perlimpinpin, sûrement, convint Jury.

— Avec de l'agneau haché, milord, dit Higgins le Jeune, s'adressant à Melrose.

— Je ne veux pas le savoir, je n'ai pas l'intention d'en manger, décréta celui-ci, énervé.

— Au moins on est fixé sur ce qui est arrivé à l'agneau ! s'exclama Jury avec un sourire un brin forcé.

Higgins le Jeune se fendit d'un sourire constipé pour montrer qu'il participait aux réjouissances.

— Absolument, monsieur. Et nous avons également une salade tomates-mozzarella.

Jury déplia sa grande serviette blanche sur ses genoux.

— Ça m'a l'air appétissant...

— Tout à fait, monsieur, dit Higgins, s'inclinant. Vous prendrez la langue froide, milord ?

Melrose frissonna.

— Non, le champignon portobello.

— Nous prendrons également de la salade ? ajouta Higgins le Jeune.

Melrose faillit répondre tout de go par l'affirmative, puis il se demanda si Higgins le Jeune comptait se joindre à eux. Higgins semblait avoir adopté la manie irlandaise consistant à s'inclure dans des questions qui n'en étaient pas. S'adressant à Jury, Melrose dit :

— Nous prendrons de la salade, n'est-ce pas ?

— Mais oui, répondit Jury.

Le serveur chenu s'éloigna en traînant les pieds.

— Higgins le Jeune ne rajeunit pas.

Jury poussa un soupir comme si ce phénomène lui rappelait que, pour lui aussi, les années passaient.

— Il ne vieillit pas non plus. Cet octogénaire est resté adolescent dans l'âme.

Melrose prit la carte des vins. Le vin, le vin, le vin... Que boire avec des champignons portobello ? Il parcourut la carte des yeux.

— Que dirais-tu d'un honorable petit merlot ?

— Et pourquoi pas un chouette grand merlot ? Ou alors un montrachet 66. Tous les autres 66 sont amortis.

Imbuvables. Mais ce qui me plairait vraiment, c'est un bordeaux. Un château-pétrus ? Ça n'est pas donné, mais tu peux t'offrir ça.

Melrose ferma les yeux.

— Tu es devenu un amateur de vin ?

— Je ne sais pas ce qu'il en est te concernant, mais moi, oui. La bouteille ne devrait pas coûter plus de deux cents livres.

— C'est tout ? Commandons-en une caisse.

— Entendu.

Melrose chercha un serveur du regard et rencontra celui d'un rouquin qui arriva au trot. (Un rapide, celui-là, un type dans la force de l'âge. Aucune comparaison avec Higgins.) Il commanda un honorable petit merlot et le serveur fila, tel le vent.

Après quoi, Melrose appuya la carte des vins contre la colonne de marbre jouxtant la table. Les colonnes étaient disposées stratégiquement autour de la salle, laquelle était fort belle, avec ses lambris sombres et cossus, son plafond voûté et ses nappes d'un blanc neigeux.

— Bon, dit-il. Il paraît que tu as une histoire à me raconter…

Jury prit un air songeur mais ce n'était pas à Harry Johnson qu'il pensait.

— C'est peut-être ce qui nous fait vivre, ce qui nous pousse à continuer…

Melrose le regarda pensivement.

— Tu ne t'es jamais remis du concours Henry James, n'est-ce pas ? « Pourquoi on continue… » Tu veux dire qu'on vit pour écouter des histoires ?

— C'est ce que font les enfants, non ? C'est ce qu'ils préfèrent ?

— Une fois qu'ils se sont bien tapés dessus, qu'ils ont attaché des pétards à la queue des chiens, j'imagine qu'ils aiment se détendre en écoutant une histoire. Je crois que tu marques un point ; seulement je ne sais pas lequel.

— Moi non plus. Le concours Henry James, tu te rappelles : « C'est un homme qui entre dans un pub », etc.

— Ah… Le Maître formulerait sûrement la chose autrement. « Après un échange de vues circonstancié avec son interlocuteur, lord Joyner se mit en devoir de gagner son cher vieux Pot and Pickle », etc.

— Pas mal, ton impro. Mais tu as encore des progrès à faire.

— Pas facile d'être Henry James…

— C'est sûr. Eh bien, tu vois, cette histoire, c'est exactement comme ça qu'elle commence. C'est un homme qui est entré dans un pub et qui me l'a racontée.

— Tu te moques de moi.

— Exactement ce que je lui ai rétorqué. Je lui ai dit qu'il me menait en bateau. Bref, le pub se trouve dans la City. C'est l'Old Wine Shades. J'étais là, assis au bar, à broyer du noir, sans raison spéciale…

— Sans raison spéciale de quoi ?

— De broyer du noir.

— Ah. Continue.

— Un homme est entré, manifestement friqué, des vêtements comme les tiens…

— Cette veste pourrie ? dit Melrose, louchant sur son revers.

— … il s'est assis près de moi. Ça fiche les jetons, pour un début, non ?

— Oui, c'est digne de *Winnie l'Ourson*. Continue.

— Et il m'a raconté cette histoire…

Et Jury de relater ladite histoire en détail à Melrose. Gödel. Niels Bohr. Les ondes. Il lui fallut la salade, le champignon portobello, le dessert, le cognac et le café pour en venir à bout.

— Il s'appelle Harry Johnson. Je ne sais plus si je te l'ai dit.

— Tu me l'as dit. C'est l'histoire la plus bizarre que j'aie jamais entendue, dit Melrose, allumant son cigare. Et pas seulement à cause du point de départ. Surtout parce que c'est une histoire dans une histoire dans une histoire. Une histoire à tiroirs, quoi.

— Qu'est-ce que tu racontes ? dit Jury, les sourcils froncés.

— Eh bien oui. Tu n'as pas remarqué ?

Melrose repoussa sa tasse et son verre et se pencha vers Jury. Repliant l'index, il se mit à compter sur ses doigts :

— Un, Johnson, le cadre de l'histoire. Deux, l'histoire de la disparition de Mme Gault. Trois, l'histoire de Ben Torres, l'histoire que la mère de celui-ci lui a racontée…

— Je crois que tu as raison, fit Jury après un temps de réflexion.

— Et plus ça va, plus on s'éloigne de la première histoire. C'est comme ces petites poupées russes qui s'emboîtent les unes dans les autres. Les matriochkas.

— Admettons. Mais où veux-tu en venir ?

— Je serais tenté de me demander s'il dit la vérité.

Jury eut un sourire.

— Ce serait un comble. Est-ce qu'il dit la vérité ? Je lui ai posé la question le premier soir et il m'a demandé pourquoi il mentirait. Le sergent Wiggins pense qu'il savait qui j'étais, qu'il m'a suivi au pub et m'a raconté son histoire…

— La question reste posée. Tu le crois ?

— Pas complètement. Plus il avance dans son récit et plus ça devient difficile.

— Parce qu'on n'est pas encore arrivés à la fin ?

— Apparemment, non. Le premier soir, il m'a prévenu qu'il n'y avait pas de fin. Que c'était une histoire sans fin. Je suppose qu'il entend par là qu'il n'y a pas de solution.

— Pense-t-il que tu pourrais la trouver, la solution ?

— Je ne crois pas, dit Jury, secouant la tête.

— Supposons un instant qu'il savait qui tu es. Le sergent Wiggins a peut-être raison.

— J'en doute.

— Supposons un instant – c'est juste une supposition – qu'il te connaisse. Et s'il t'avait raconté, au lieu de quelque chose qui s'est produit, quelque chose qui va se produire ?

Regard incrédule puis amusé de Jury.

— Comment veux-tu que…

— Richard. Tu écoutes ces foutaises soir après soir et tu n'as pas envisagé cette possibilité ? Certes, c'est dingue, mais l'histoire tout entière est tordue. Un événement à venir…

Melrose roula son cigare entre ses doigts.

— Quand t'es-tu mis au cigare ?

— Cet après-midi. Je savais bien que ça te déplairait.

— Merci. Ta théorie, pourrais-tu la développer ? L'expliciter ?

— Laisse-moi réfléchir… Si cette histoire doit se produire dans l'avenir, c'est que ce M. Johnson se protège ou protège quelqu'un d'autre. Mais comment… Et si ce Hugh…

— Gault.

— … si Hugh Gault essayait de se porter acquéreur de cette propriété pour une raison quelconque… non, non, non. Ce n'est pas ce que je veux dire… Une autre supposition : tu enquêtes, tu trouves la solution de ce mystère…

— Pas à titre officiel. Je suis en congé, rappelle-toi. Racer pense que j'ai besoin de repos. Enfin, ce qu'il pense réellement, c'est que j'ai besoin de changer de boulot…

Melrose fit la grimace.

— Tu pars du principe que Wiggins a raison, poursuivit Jury, que Harry savait qui j'étais, qu'il m'a sciemment mis le grappin dessus avec son histoire ?

— Je crois, oui. Je ne pense pas qu'il l'aurait racontée au premier pékin venu. Ta photo n'est-elle pas parue dans le journal, n'a-t-on pas parlé à ton propos de brutalité policière ?

— N'exagère pas !

Jury se carra dans son fauteuil.

— Tout bien réfléchi, il n'est pas impossible qu'il m'ait reconnu…

— Professionnellement, tu n'es pas tout à fait blanc. N'oublie pas, pour reprendre la formule de ces torchons, que tu as « ébranlé les fondations de la procédure policière ».

— Ce qui me rendrait particulièrement vulnérable.

— Oui.

— Je dois reconnaître que je n'avais pas pensé à ça.

— Tout cela est encore un peu flou, bien sûr. Suppose qu'il veuille t'embaucher, qu'il te veuille comme témoin. Ce que je n'arrive pas à avaler, c'est le fait que Harry Johnson est entré à… le nom du pub, déjà ?

— L'Old Wine Shades.

— Qu'il est entré avec son chien Bingo…
— Mungo.
— Qu'il est entré avec Mungo et, sans te connaître, s'est lancé dans ce récit abracadabrant. Comment est-ce venu sur le tapis ? De quoi parliez-vous ?
— Des rêves. Du fait que de nombreux chercheurs croient que les rêves n'ont pas de signification réelle. Je lui ai demandé comment ces experts expliquaient qu'il y ait toujours un récit. Un rêve, c'est une histoire. D'après les scientifiques, le rêveur fournit le récit. Bref, je parlais de récits, d'histoires et de notre fringale d'histoires à tous.
— Je vois.
— Là-dessus, Harry m'a dit que si je voulais une histoire il pouvait m'en raconter une. Et c'était parti. Mme Gault et son fils disparaissent avec le chien. Et le chien revient.
— « Le chien revient. » C'est dingue. On l'a ramené, non ?
— Probablement. Mais ça me plaît de penser que Mungo a réussi seul ce pénible voyage de retour à Londres.
— Tu es un grand sentimental. Mais si l'histoire n'est qu'un tissu d'âneries, pourquoi y mêler le chien ? Que le chien ait été avec eux et qu'il ait réussi à revenir de là où ils étaient, c'est quand même fantastique.
— Toute cette histoire est fantastique.
— Peut-être que ton premier mouvement était le bon, qu'il t'a mené en bateau. Mais pourquoi ?
Jury haussa les épaules.
— Parce qu'il le pouvait ?
Melrose éclata d'un rire bref.
— Oui, c'est une possibilité. Parce qu'il le pouvait.

13

Dire que l'ambiance était animée serait exagéré, mais il y avait un peu plus de consommateurs le lendemain soir. Sans doute, se dit Jury, l'Old Wine Shades travaillait-il surtout à l'heure du déjeuner. La City n'était pas un quartier résidentiel mais un quartier d'immeubles de bureaux et d'institutions financières diverses, où se trouvaient en outre Leadenhall Market et Saint Paul. Il y avait bien quelques résidences privées mais, pour l'essentiel, le cœur de la City battait au rythme de la finance.

Jury s'installa sur le même tabouret de bar que la veille et commanda un verre de beaujolais sans se soucier de l'année ni de la provenance, au grand dam de Trevor. Il espérait que sa longue conversation avec Plant n'aurait pas entamé sa faculté d'écouter le troisième épisode de l'histoire d'une oreille vierge de préjugés.

Harry Johnson savait-il qui était Jury ? Avait-il lu dans les journaux le compte rendu du plantage de la Criminelle ? Il n'était pas inintéressant de se poser la question. Et tandis que Jury spéculait, Harry entra, tenant Mungo en laisse. Mungo était apparemment un chien d'habitudes : il s'assit et fixa Jury jusqu'à ce que celui-ci se décide à tendre le bras pour lui gratter la tête. Satisfait, l'animal s'installa sous son tabouret.

— Je commence, dit Harry Johnson en tapotant une cigarette sur son étui en argent, à éprouver une impression de déjà-vu. Un peu comme quand on est en transe. Pas vous ?

— À combien de gens avez-vous raconté cette histoire ?

— À personne.

Le briquet de Harry s'ouvrit avec un petit clic, cracha une flamme, se referma. Il dévisagea Jury – du moins est-ce l'impression qu'eut ce dernier – à travers les volutes de fumée de sa cigarette.

— Vous vous demandez pourquoi je vous raconte tout ça, n'est-ce pas ?

— Effectivement. Vu que je suis un parfait étranger.

— Je voulais peut-être le raconter à quelqu'un qui ne connaissait pas les personnes impliquées. Pensant que vous vous en feriez ainsi une image plus nette.

— Je ne sais pas ce qui peut vous faire penser une chose pareille.

— Vous croyez toujours que je vous mène en bateau ?

Johnson commanda un verre de pinot gris grand cru (« Du 89, si vous en avez ») et Trevor s'éloigna, satisfait.

— Je me demande surtout si vous n'auriez pas un mobile caché.

Une réplique digne d'un film de série B, songea Jury.

— Il vous serait facile de le vérifier. Appelez l'agence ; ou, mieux encore, passez les voir, à Lark Rise, puis poussez jusqu'à Winterhaus et jetez-y un coup d'œil.

— Mais la femme de l'agence ignore tout de l'histoire de la maison.

— Elle connaît Ben Torres.

— Tout ce qu'elle sait, c'est qu'il souhaite la louer, non ? Du moins est-ce ce que j'ai cru comprendre en vous écoutant.

Trevor plaça un verre devant Harry, y versa quelques larmichettes de pinot gris. Harry le remercia, prit le verre, le huma, le fit tournoyer, suscitant un imperceptible mouvement de houle. Il en but une gorgée.

— Excellent.

Trevor remplit alors le verre, demanda à Jury s'il voulait boire autre chose et, Jury ayant acquiescé, prit la bouteille de beaujolais, à ses yeux une vulgaire piquette, et en versa avant de s'éloigner.

Harry, sans répondre à la question de Jury concernant la négociatrice de l'agence, enchaîna :

— Je vous raconte la suite ? Vous avez envie de l'entendre ?

— Absolument.

Harry s'octroya une gorgée de vin.

— Hugh se rendit à la maison.

— À Winterhaus ?

— Oui. Et dans le bois. La police avait jeté un coup d'œil, sans plus. Comme ce n'était pas une scène de crime, ils n'allaient pas perdre du temps et mobiliser du personnel pour ratisser les lieux. Pour ce qu'ils en savaient, après tout, il n'était même pas certain que Glynnis Gault se soit trouvée là-bas.

— Je suis même étonné, remarqua Jury, qu'ils se soient donné la peine de se déplacer…

— Il ne se passait peut-être pas grand-chose à Lark Rise, ils auront voulu se rendre utiles. Ils ont dû voir aussi combien Hugh était accablé. Et puis cette histoire était tellement rocambolesque… Ça les a peut-être… intrigués.

Harry s'arrêta de parler pour boire.

— Mmmm, fameux.

Jury attendit.

— Vous ne vous êtes jamais dit, reprit Harry, que ce qu'on ne voit ni n'entend est plus effrayant que ce qu'on voit réellement ?

— Si, bien sûr. L'imagination déforme la réalité plus encore que John Carpenter dans ses films. Le fait de ne pas savoir.

— Hugh m'a dit qu'il avait eu le sentiment de quelque chose de très effrayant.

— Dans la maison ?

— Dans le bois.

Mungo émergea de sous le siège de Jury et le regarda.

— Qu'est-ce que tu veux, mon vieux ?

Jury lui gratta la tête et le chien reprit sa place sous le tabouret.

— Votre ami Hugh n'était probablement pas en état de penser différemment. Je doute qu'il ait pu trouver l'endroit sympathique, étant donné ce qu'il avait en tête.

— Vous croyez qu'il imaginait des choses ?

— Très possible. Pourquoi ne l'avez-vous pas accompagné ?

— Il n'a pas voulu. Il voulait être seul. Je n'ai pas insisté. Toujours est-il que dans le bois, m'a-t-il dit, il faisait très froid. Au fond, il a découvert une maisonnette. Une de ces maisons naines où jouent les enfants. En triste état. Sans doute était-elle restée des années à l'abandon. Il a trouvé que c'était un drôle d'endroit pour installer une cabane. Pourquoi si loin de la maison ? Et puis, les bois, ça fait peur aux enfants, non ?

— Tout dépend de l'enfant, remarqua Jury non sans sagacité. On va dîner ? ajouta-t-il.

Il avait une faim de loup.

Mungo s'ébroua sous le tabouret tandis que Harry disait :

— D'accord.

Il finit son vin.

Ils optèrent pour un restaurant indien, le Raj. Les murs étaient d'un rose très pâle, et l'endroit paisible. Ce qui plut à Jury. Ils commandèrent des currys et des papadums. Jury sourit en pensant au Trevor de Long Piddleton et à son Blue Parrot. Bien que ce Trevor-là ne servît pas de cuisine indienne. Plutôt de la cuisine marocaine.

Le serveur leur avait apporté de grands verres de bière indienne et il revint avec leurs plats.

Jury fit tournoyer son verre.

— Dites-moi une chose : Hugh est-il une source fiable ?

Harry, surpris, leva le nez de son assiette.

— Vous voulez savoir s'il mentait ?

— Non. Mais il s'est rendu dans cette clinique. La clinique Stoddard. Il s'est peut-être laissé emporter par son imagination.

— Hugh est un scientifique, ne l'oubliez pas. Il est fiable, oui.

Jury réfléchit, puis il reprit :

— À l'intérieur de la maison, qu'est-ce que vous avez ressenti ?

— Ressenti ? Est-ce que j'ai senti une présence… fantomatique, vous voulez dire ?

— Eh bien ? insista Jury.

— Non, pas vraiment. Mais Hugh, si.

— Comment ça ?

— Il a eu l'impression que Glynnis s'était trouvée sur les lieux. Il a même cru reconnaître son parfum.

— Quoi d'étonnant à ce qu'il ait cru sentir sa présence ? Il se sera autosuggestionné.

Harry hocha la tête en signe d'assentiment.

Jury poursuivit :

— Le vieux bonhomme qui vous a lancé un avertissement ce jour-là, vous n'avez jamais cherché à retrouver sa trace ? Est-ce qu'il n'y a pas un village aux environs ? Ou un pub ?

— Il y en a un, un kilomètre et demi plus bas sur la route. Le Swan, si ma mémoire est bonne. Un coquet bâtiment à colombages. Hugh a questionné le patron au sujet de la maison de Ben Torres, il voulait savoir s'il n'avait pas entendu des choses bizarres à son propos. Le barman – qui était aussi le patron, je crois – lui a dit que non, qu'il savait juste que la maison était à louer. Puis il lui a demandé s'il n'aurait pas vu une femme avec un enfant. Là, Hugh a sorti une photo de Glynnis et du gamin. Tenez.

Harry sortit une photo d'une poche intérieure de sa veste et la tendit à Jury.

— Glynnis Gault ?… Une bien jolie femme, cheveux courts châtain clair, sourire craquant… Elle est très séduisante, dit Jury en rendant le cliché.

Harry l'empocha et poursuivit :

— Le type du Swan lui a dit qu'une femme, pas du coin, était venue acheter deux limonades, dont une pour son fils. Il se souvenait de ça.

— D'autres clients ont-ils paru intéressés par ses questions ?

— Intéressés, et comment ! Une femme, une mère qui plus est, disparue… Quelle aubaine ! De quoi alimenter les conversations pendant toute l'année. Ils ont probablement pensé qu'elle avait voulu larguer le monsieur… Hugh.

Harry fit signe au serveur et lui demanda du thé et du cognac. L'homme hocha la tête et s'éloigna aussi discrètement que Higgins le Jeune, en nettement moins voûté.

— Cela a dû être dur, pour Hugh, de se dire qu'ils pensaient que sa femme l'avait plaqué, remarqua Jury.

— Ce qui était dur, c'était surtout de ne pas savoir où étaient sa femme et son fils. Le reste était secondaire. Passer pour ridicule, il s'en fichait complètement.

— Il a fait circuler la photo dans le pub ?

— Oui. Il y avait une dizaine de clients et Hugh m'a dit qu'ils semblaient tous désireux de l'aider. Deux d'entre eux crurent reconnaître la dame de la photo. Un autre dit qu'il avait cru voir un chien ; il l'avait remarqué parce que ce chien lui rappelait le sien, qui était mort. Une femme a raconté qu'elle était passée en voiture près de la dame en question, avait ralenti et lui avait demandé si elle avait besoin d'aide. Glynnis était arrêtée sur le bord de la route, devant Winterhaus, et elle consultait une carte. Hugh aurait dû noter le nom de cette femme.

Jury sentit que Mungo changcait dc position. La seconde d'après, le chien sortait sa truffe de sous la nappe. Jury lui gratta obligeamment la tête.

— J'ai l'impression, dit Jury, que vous ne cessez de me jeter, comme à Mungo d'ailleurs, des bribes de récit pour m'inciter à écouter la suite, je me trompe ?

Harry s'esclaffa.

— Vous pensez que je vous fais marcher, c'est ça ?

— Il me semble que vous avez une idée derrière la tête. Qui nous échappe complètement, à Mungo et à moi.

Mungo se redressa comme dans l'attente de détails supplémentaires.

Reposant son cognac, Harry sourit.

— Aucune idée derrière la tête.

— Glynnis consultait une carte ?

— C'est ce qu'a dit la femme au pub.

— Pourquoi ?

— Pourquoi quoi ?

— Consulter une carte. Les maisons étaient à quoi… Huit cents mètres l'une de l'autre. Pourquoi aurait-elle eu besoin d'une carte ?

Harry reposa son cognac sans y avoir trempé les lèvres.

— Je ne sais pas. Hugh et moi étions tellement occupés à la chercher que nous n'y avons pas prêté attention. La carte ne nous a pas intrigués plus que ça, sachant que Glynnis n'était jamais allée là-bas auparavant.

Harry marqua une pause, fixant Jury.

— Vous êtes extrêmement observateur. Rien ne vous échappe. Hugh aurait dû vous mettre sur l'affaire.

Jury étudia attentivement l'expression de Harry pendant qu'il prononçait ces mots. Était-il sarcastique ? Impossible à dire. Harry but une gorgée de cognac.

— L'avantage que j'ai dans cette affaire, dit Jury, c'est qu'elle est neuve pour moi. Je ne connais pas les Gault. Mais quand je vous ai demandé pourquoi Glynnis avait besoin d'une carte, c'est parce que je me demandais si elle comptait se rendre ailleurs. Pas à Winterhaus, mais dans un autre endroit. Elle avait peut-être passé un coup de fil, ou elle en avait reçu un qui l'avait incitée à consulter une carte. Ou alors elle a peut-être vu en chemin le panneau d'une autre agence immobilière qui lui aura donné l'idée de s'y arrêter… Vous vous rappelez avoir vu un panneau « À vendre » sur cette portion de route ?

— Non, rien. Ce qui ne veut pas dire qu'il n'y en avait pas.

— C'était juste une idée. Et cette femme, au Swan, s'est peut-être trompée. Ce n'était peut-être pas une carte. Où était Robbie ?

— Nous avons supposé qu'il était dans la voiture. Comme Glynnis se tenait devant la vitre côté conducteur, Robbie devait être masqué aux regards, non ? Ou alors, peut-être s'était-elle arrêtée parce que Robbie avait un besoin à satisfaire. Il y avait un mur de pierre le long de la route et des arbres. Il s'est peut-être posté derrière pour faire pipi.

— Et pendant qu'il était occupé, sa maman sort une carte…

Harry fit oui de la tête.

— Avez-vous remarqué des routes qui croisaient celle sur laquelle vous étiez ?

— Non, je n'ai remarqué que les arbres... Je crois qu'ils faisaient partie de la propriété.

— La négociatrice ne vous a pas remis un plan de Winterhaus ?

— Non. Les arbres étaient à quelque distance de l'arrière de la maison. Plus j'y pense, plus je me dis qu'ils se trouvaient sur le domaine de Winterhaus. Est-ce que cela fait une différence ?

— De savoir à qui appartenait le bois ? Cela aurait fait une différence aux yeux d'un adulte soucieux de se tenir à l'écart de la propriété d'autrui. Mais un enfant ne s'en serait pas préoccupé. Je pensais à la maisonnette...

Harry secoua la tête.

— Je vois mal un enfant s'aventurer sur ce domaine et dans la petite cabane, située où elle était.

— Pour l'instant, vous n'êtes pas du tout sûr que Mme Gault soit allée là-bas. Je me demande pourquoi elle n'a pas appelé la dame de l'agence après avoir vu la propriété. Elle l'avait bien fait en sortant du cottage. C'était son style, n'est-ce pas ? Elle avait des idées plutôt arrêtées, non ?

— Oui, en effet. Je n'y avais jamais vraiment prêté attention auparavant. Mais, c'est exact, Glynnis avait des opinions bien tranchées.

Tout en buvant son thé, Jury réfléchit. Harry Johnson avait beau s'en défendre, Jury ne pouvait s'empêcher de se dire qu'il pensait beaucoup à Glynnis Gault.

— Voyons, Mme Gault prend le thé avec le couple du cottage, elle n'aime pas leur maison, elle ne les apprécie pas trop non plus, et elle passe un coup de fil à Marjorie Bathous pour le lui dire. Mais elle aurait pu attendre d'être revenue à Lark Rise. Vous n'êtes pas certain qu'elle n'ait pas appelé la négociatrice à propos de Winterhaus…

— Vous êtes en train de suggérer que Glynnis et Robbie n'y sont jamais allés ?

— C'est une possibilité, non ? Que savons-nous de Winterhaus, en dehors du fait que ce domaine était intéressant, et son histoire étrange ?

— Cette aura de mystère aurait plu à Glynn. Même l'atmosphère sinistre, voire inquiétante, lui aurait plu.

— La négociatrice a dû visiter la maison. Qu'a-t-elle dit, concernant le salon meublé ?

— Rappelez-vous, c'est elle qui avait demandé à Torres de le laisser ainsi. Pour que la maison ait l'air un tant soit peu habitée.

Jury fit des yeux le tour de la salle. Les autres dîneurs semblaient avoir déserté les lieux depuis longtemps.

— Nous les empêchons de fermer.

Il attira l'attention du serveur. Lequel s'approcha avec l'addition. Jury s'en empara, coupant l'herbe sous le pied de Harry.

— À mon tour de payer, déclara-t-il.

— C'est très gentil à vous, merci, dit Harry en rangeant son portefeuille.

— La note n'est certainement pas aussi salée que celle du restaurant des Docks. Alors ne me remerciez pas trop.

Jury posa des billets sur la table et ajouta un pourboire royal.

Ils se levèrent et se dirigèrent vers la porte. Jury constata que le sitar qui avait joué pendant tout le temps qu'ils avaient passé à table se taisait. Il trouva cette façon de laisser les clients profiter de la musique jusqu'à la dernière minute fort civilisée. C'était le restaurant le plus calme dans lequel il lui ait été donné de s'attabler. Le Raj… Il tâcherait de se souvenir de son nom.

Une fois dehors, Jury contempla les rues paisibles, huma l'air nocturne, plutôt froid pour un mois de mars.

— Alors, c'est tout ? C'est la fin de l'histoire ?

Harry éclata de rire.

— En aucune façon. Je vous ai dit que cette histoire n'avait pas de fin. J'en suis au point où il me faut m'arrêter, car je vous ai raconté tout ce que je pouvais.

Il enfila des gants de cuir de la couleur et de la texture de la crème brûlée qu'ils avaient dégustée au dessert avant d'ajouter :

— Vous devriez vraiment aller la voir, cette maison.

— J'en suis bien capable. C'est toujours la même négociatrice qui s'en occupe ?

— Il me semble que oui. En tout cas, c'est la même agence. Forester et Flynn. Dans la grand-rue. À Lark Rise.

— Je me demande quel effet a eu cette affaire sur la location…

— Pas bien grand, sans doute. Ce n'est pas comme si un meurtre y avait été commis.

Jury contempla pensivement Harry.

— Quoi ? Vous pensez qu'il y en a eu un ? Ça alors !

Harry regarda Mungo, qui fouettait l'air de sa queue tout en les considérant à tour de rôle.

— Et toi, brave vieux chien, qu'est-ce qu'il y a dans cette bonne grosse caboche que nous ignorons ?

Et s'adressant à Jury, il ajouta :

— Comment diable Mungo a-t-il fait pour rejoindre Chelsea depuis le fin fond du Surrey ?

— Peut-être qu'il n'est pas revenu du Surrey, mais seulement de Piccadilly ou de Sloane Street. Qui vous dit que Glynnis et Robbie et Mungo ne sont pas revenus à Londres ?

— Mais… Mungo est resté parti des mois. Comment aurait-il pu se trouver si près de chez lui et ne pas se manifester plus tôt ?

— Toutes sortes de possibilités sont envisageables. Quelqu'un aurait pu le trouver à Hampstead Heath ou dans Green Park et le recueillir. Ces gens-là ont peut-être mis des affichettes, essayé de retrouver son maître. Ou alors la RSPCA[1] l'aura ramassé et confié à une famille d'adoption. On l'a peut-être relâché dans Chelsea. Ce qui n'explique toujours rien. Et n'empêche pas les questions.

Jury essayait de héler un taxi, mais les chauffeurs semblaient n'avoir cure de ses signaux et lui filaient sous le nez, tout à leurs préoccupations personnelles, dans leurs grandes voitures vides.

— Si ça se trouve, reprit-il, la réponse est tellement évidente que nous nous demanderons comment elle a pu nous échapper.

1. Association luttant contre la cruauté envers les animaux. (*N.d.T.*)

— Je vous raccompagne, si vous voulez.

— Non, refusa Jury. Vous seriez obligé de faire un détour. J'habite à Islington. Il est tard. Un taxi m'ira fort bien.

Une voiture finit par s'arrêter au bord du trottoir. Jury passa la tête à l'intérieur pour indiquer au chauffeur qu'il se rendait à Islington.

— Ç'a été une soirée passionnante, comme d'habitude.

— On se retrouve demain soir ?

Jury fronça imperceptiblement les sourcils.

— Impossible, je le crains. Mais pourquoi pas après-demain ?

— À l'Old Wine Shades ?

Jury opina du chef, grimpa dans le taxi et donna son adresse au chauffeur. Le taxi s'ébranla. Jury regarda par la vitre arrière Harry et Mungo rapetisser à mesure que la voiture s'éloignait. Ils lui semblèrent bizarrement solitaires.

Mais peut-être était-ce lui qui se sentait seul.

14

— Ça ne me regarde pas…

(En clair : « Ça me regarde, au contraire. »)

— Mais je n'arrive pas à comprendre…

(En clair : « Même Tony Blair n'arriverait pas à comprendre. »)

— … pourquoi tu t'obstines à dîner soir après soir avec un quasi-inconnu au lieu de rester à la maison comme d'habitude. C'est vrai, ça, si tu as envie d'aller faire un tour au pub, le Mucky Pup est à un quart d'heure de marche à peine…

Carole-Anne haussa les épaules et se remit à feuilleter les pages d'un magazine de luxe, s'arrêtant ici et là. Comme elle en avait informé Jury un peu plus tôt, elle cherchait des idées de coiffure. Penser que les cheveux et la coiffure d'un quelconque top model pourraient faire meilleur effet que ceux de Carole-Anne – lesquels étaient roux, de ce roux doré appelé blond vénitien, et lâchés avec un naturel superbe – était tout simplement grotesque.

— Il me raconte une histoire passionnante.

— Ça me fait penser à… comment s'appelait-elle, déjà ? Cette femme qu'on menaçait de décapiter si elle ne réussissait pas à retenir l'attention du roi ?

— Schéhérazade.

Carole-Anne était assise sur le sofa du petit appartement de Jury, qui donnait sur une portion de parc. L'appartement de Carole-Anne était au troisième étage. Entre les deux, au second, il s'en trouvait un autre, d'appartenance douteuse celui-là, car il semblait être la propriété non pas de Stan Keeler mais de son chien, Stone. Jury crut d'ailleurs l'entendre aller et venir au-dessus de sa tête.

Carole-Anne s'humecta le doigt et le pointa sur une page, l'examinant, puis tournant le magazine vers Jury. Sur la photo, ridicule, un mannequin aux cheveux hérissés.

— Mouais. Si tu veux ressembler à la Statue de la Liberté…

— Très drôle. Je pensais à du court.

— Si j'étais toi, j'éviterais les salons de coiffure. Il est impossible de faire mieux que ce que tu as.

Elle le dévisagea d'un air soupçonneux, se demandant si ce n'était pas de la dérision. Une fois sûre que Jury avait parlé sérieusement, elle laissa le magazine retomber sur ses genoux et attaqua un autre sujet :

— Où ça en est, ton boulot, Richard ?

— Je vais probablement être convoqué la semaine prochaine. Le grand patron va me taper sur les doigts et m'envoyer au coin.

Il prit la tasse posée en équilibre précaire sur l'accoudoir de son fauteuil et but une gorgée de thé.

— Alors tu es toujours suspendu ?

— Je ne suis pas exactement sous le coup d'une suspension. Plutôt d'une forme atténuée de suspension en attendant la fin de l'enquête administrative. À mon avis, notre service des relations publiques – je suppose que nous en avons un, voire même plusieurs – a pensé que, l'opinion publique m'étant majoritairement acquise, une suspension serait néfaste à l'image de la police. Très franchement, je goûte assez ma liberté.

Carole-Anne se pencha si brusquement que le magazine lui glissa des genoux et que sa tunique turquoise glissa du même coup, dénudant son épaule.

Jury sourit. Le spectacle ne manquait pas de charme.

— Tu goûtes ta… Tu veux dire que tu serais capable de donner ta démission ? De plaquer le Yard ?

Voilà qui serait pire que les dîners à répétition à Londres en compagnie de l'autre bonimenteur ! Cela voudrait dire que Jury serait alors libre. Libre de quitter Islington et d'aller vivre où bon lui semblerait.

— Pas pour l'instant. En attendant, je reste ici.

Soulagée, elle s'adossa de nouveau au canapé et se lança dans l'un de ses couplets favoris :

— Je te l'avais dit, tu te souviens ? De ne pas pénétrer dans cette maison sans mandat. J'étais assise ici même quand je vous l'ai dit, à Cody et à toi.

— Rectification : tu étais debout là-bas…

De la tête, Jury désigna la cuisine.

— … une spatule à la main et une assiette de saucisses dans l'autre.

Qu'est-ce qu'elle s'imaginait ? Il n'était pas encore atteint de la maladie d'Alzheimer.

Carole-Anne poussa un gros soupir.

— Regarde où ça t'a mené.

Il attendit qu'elle précise sa pensée mais elle s'abstint, partant sans doute du principe que c'était par trop évident. En tout cas, cela avait un rapport avec le fait que Jury s'alcoolisait tous les soirs à l'Old Wine Shades en compagnie d'un étranger.

— Mandat ou pas, il fallait que j'entre dans cette maison.

— Pas du tout. Tu aurais dû respecter la « Procédure Policière Correcte ».

Il perçut les majuscules implicites dans ce qui était devenu une de ses expressions favorites, ces derniers temps.

— Je n'avais pas le choix.

Pourquoi l'inspecteur Johnny Blakely et Melrose Plant étaient-ils les seuls à comprendre cela ?

— Oui, et tu passes ton temps à me dire qu'il faut être réglo, respecter le système…

Jury ne lui avait jamais dit ça de sa vie.

— … faute de quoi on risque de régresser, de se retrouver au Moyen Âge…

— C'est fait. On y est, au Moyen Âge.

— Ne sois pas bête. Et maintenant tu me dis que la Procédure Policière Correcte…

Son couplet favori, cela se confirmait.

— … on peut s'asseoir dessus.

Jury s'affala dans son fauteuil et regarda le plafond. Cliquetis d'ongles rythmant les allées et venues d'un chien sur le parquet.

— Pourquoi n'es-tu pas descendue avec Stone ? Pourquoi ce pauvre chien vadrouille-t-il tout seul là-haut ?

— Je venais à peine de le quitter quand tu es arrivé. Il faut que je le sorte…

Carole-Anne consulta sa montre et ajouta :

— Le Mucky Pup est encore ouvert. Un verre, ça te dit ?

Bien que persuadé que Harry Johnson et lui avaient mis à sec tous les bars de Londres, Jury dit :

— Bonne idée. On n'aura qu'à emmener Stone.

Le labrador couleur caramel les accompagna jusqu'à Upper Street, s'arrêtant ici et là pour examiner tantôt un arbre tantôt une plante, comme s'il était en quête d'indices, mais ne dénichant finalement rien qui soit digne d'intérêt. Tandis qu'ils cheminaient, Jury parla de Mungo.

— C'est fou, ça ! dit Carole-Anne, suffoquée que l'intrépide limier ait réussi à retrouver seul le chemin de Chelsea.

Jury, qui ne croyait pas que le chien ait accompli cet exploit, songeait qu'en tout cas l'histoire était savoureuse.

— Crois-tu que si quelqu'un abandonnait Stone quelque part il retrouverait son chemin ? voulut-il savoir.

— Tu le crois, toi, non ?

— Oh, merci.

15

Le sergent Wiggins remuait son thé du matin non avec une cuiller mais avec un objet long et fin qui aurait pu être une brindille, une racine, voire un index échappé de la salle d'autopsie.

Jury, qui se mordait la langue pour ne pas le questionner, finit par craquer. Évitant de justesse la question frontale : « C'est quoi, ce truc, là ? » il opta pour ce commentaire :

— Oui, j'en prendrai une tasse, mais si vous me donnez une cuiller pour remuer, une vraie cuiller, pas ce machin…

Ce qui revenait à dire : « Au fait, c'est quoi, ce machin ? »

Et Wiggins de répondre obligeamment :

— Une gousse de vanille.

— Hein ? Pourquoi diable remuer votre thé avec de la vanille ?

— C'est bon pour le tube digestif.

Jury avait habillé de sa veste, une antiquité en tweed marron, le dossier de son fauteuil et roulait ses manches comme s'il s'apprêtait à plonger dans une mer de paperasse.

— Le tube digestif, Wiggins ? Il y a belle lurette que vous n'en avez plus. Tout ce que vous ingurgitez file directement dans vos intestins sans passer par la case estomac. Avec tous les produits que vous stockez dans vos tiroirs – biscuits, sablés, herbes, racines, feuilles –, vous avez de quoi débarrasser toute une maison de retraite de ses troubles intestinaux.

Wiggins exhala un soupir de martyr.

— Si je puis me permettre, monsieur, vous me semblez un poil patraque aujourd'hui.

— Si l'on considère que je risque de me retrouver au chômage demain, c'est compréhensible, non ?

Jury ouvrait et fermait des tiroirs, ne cherchant rien, n'attendant rien, sauf peut-être une explication à ses problèmes ou une intervention divine susceptible de l'aider à les résoudre.

— Vous exagérez, monsieur. Au fait, le Dr Nancy a appelé. Au sujet de la fusillade de Soho.

Jury sourit.

— Elle voulait que je la rappelle ?

— Non, que vous alliez la voir.

Ça, pour une intervention divine…

— Serait-ce, poursuivit Wiggins, à propos de la fusillade en face du Ruiyi ? Le restaurant de Danny Wu ? Dans Soho ?

Jury enfila sa veste, se demandant combien de temps et de questions il faudrait encore à Wiggins pour percuter.

— À Londres ?

— Quoi ? fit Wiggins.

— Rien. À tout à l'heure.

Le Dr Phyllis Nancy, tablier vert et bonnet en plastique vert pâle (elle avait l'air d'émerger d'un sauna), leva les yeux du cadavre allongé sur la table en acier et sourit.

Jury lui sourit en retour.

— Bonjour, Phyllis.

— Un traumatisme.

Elle parlait de l'homme abattu devant le restaurant de Danny Wu. Celui dont Racer soutenait qu'il avait été descendu par Danny.

— Un coup au niveau du cœur, ça lui a fait comme une crise cardiaque. C'est ça qui l'a tué, pas la balle. Elle a traversé le corps, égratignant quelques organes au passage – trachée, œsophage –, et elle est ressortie directement par-derrière.

Elle retira son tablier par la tête et, dans la foulée, son bonnet.

— Vous pensez, reprit-elle, que je pourrais jeter un nouveau coup d'œil à la scène de crime ?

— Certainement. Le restaurant ouvre à l'instant. C'est l'heure du déjeuner. Allons-y. À moins que vous n'ayez apporté votre en-cas dans votre jolie boîte Betty Boop ?

— Ce n'est pas Betty Boop. Ce sont des dinosaures. Ne bougez pas, je reviens dans deux minutes.

Phyllis tint parole. Qu'il s'agisse d'autopsie ou de déjeuner, elle était toujours scrupuleusement à l'heure.

Soho était bondé. Même l'Eurostar n'aurait pu s'y frayer un chemin. Avec sa chevelure d'un roux flamboyant, son sourire ravageur et sa carte professionnelle brandie à bout de bras, Phyllis fendit, comme d'autres l'avaient fait de la mer Rouge, la foule massée devant le Ruiyi. Cela fait, elle sortit un mètre-ruban de son sac et se mit à mesurer la distance entre le trottoir et le seuil du restaurant. Elle en prit note, remisa stylo, carnet et mètre, puis remercia la foule aux anges avec un sourire.

— On peut savoir ce que vous fabriquez, Phyllis ? demanda Jury.

— Rien, murmura-t-elle. Mais maintenant nous sommes au début de la queue.

Dans la salle qui se remplissait à grande vitesse, leur table reçut immédiatement la visite de Danny Wu, le propriétaire.

— Je ne sais pas pourquoi les gens pensent qu'une fusillade, ça nuit au commerce. Les files d'attente n'ont jamais été aussi longues ; et le fait que la police mange chez moi, c'est presque aussi bien que si nous recevions Bruce Springsteen…

— Trop aimable.

Danny Wu était comme d'habitude tiré à quatre épingles : Hugo Boss ou Armani. Le restaurant bourdonnait aussi bien à l'étage qu'au rez-de-chaussée. Des petits bols de nourriture circulaient comme par enchantement. Une théière en argile fut déposée sur la table. De minuscules tasses suivirent, placées là par les mains diligentes d'un des nombreux cousins du patron. Ils commandèrent des crevettes et du poisson sauce aigre-douce, et plusieurs autres plats, y compris du riz.

— Comment se porte le sergent Wiggins ? s'enquit suavement Danny.

— À merveille. Ne lui dites surtout pas que nous sommes venus ici sans lui.

Wiggins adorait cet endroit. Où on lui avait fait découvrir force racines et pousses excellentes pour la santé.

— Quelle élégance, remarqua Phyllis lorsque Danny se fut éloigné. Il est très séduisant, n'est-ce pas ?

— Oui. Et très suspect, également.

— Que voulez-vous dire ? demanda Phyllis en servant le thé.

— Danny trempe dans toutes sortes d'affaires.

— Vous ne pensez quand même pas que c'est lui le tueur ?

— Non, bien sûr que non. Si ç'avait été lui, on n'aurait pas retrouvé le cadavre sur le pas de sa porte. Danny est un garçon soigneux. La victime appartenait probablement à un des gangs asiatiques qui pullulent dans le quartier.

Phyllis poussa un soupir.

— Voilà que vous vous remettez à parler de votre boulot.

Une petite serveuse brune leur apporta leurs plats, les crevettes, le poisson, et du riz qui embaumait.

— Mon boulot, c'est vite dit. Pour le moment, je suis sans.

— Seigneur ! Ils vous cherchent toujours des poux dans la tête ? La prochaine fois qu'un môme de cinq ans prend une balle dans le dos, on rameutera le grand patron. Ça lui apprendra.

Phyllis embrocha rageusement un morceau de crevette, puis reprit :

— Pour en revenir à votre victime, il n'a pas été abattu dehors. M'est avis qu'il était dans la salle quand on l'a plombé, et qu'il s'est affalé sur le trottoir en essayant de s'échapper du restaurant.

Et comme Jury la regardait d'un œil interrogateur, elle ajouta :

— Les mesures que j'ai prises, tout à l'heure. C'est ça qui me permet d'émettre cette hypothèse.

Jury feignit la tristesse et remarqua d'un ton navré :

— Ce n'est pas moi qui vous intéresse, alors. Vous n'avez pas inventé un prétexte pour avoir le plaisir de déjeuner en ma compagnie.

— Ne faites pas l'enfant.

Elle étudia son poisson.

— Voyons, je m'y prends comment ?

— Vous, l'as des as en matière d'autopsie, vous vous laisseriez impressionner par un vulgaire poisson ?

Après un bref instant de réflexion, elle retira l'arête centrale aussi proprement que si elle dézippait une fermeture Éclair.

Danny Wu, très chic, déambulait à travers la salle à la manière d'un spectre. Il avait le don de se matérialiser à côté de vous sans que vous l'ayez vu venir.

Jury dit à Phyllis que la mère de Danny devait être une femme d'un grand courage ; elle avait risqué sa vie à plusieurs reprises pour le faire sortir de Pékin. Après quoi Danny avait risqué la sienne pour sortir de Shenzen. Quand on est obligé de mettre en œuvre toutes les ressources de son esprit et de faire appel à toute sa force de persuasion pour échapper à un endroit pareil, on acquiert forcément de mauvaises habitudes. Celle de tuer des gens, par exemple.

— Ou de fréquenter des individus peu recommandables.

Jury approuva du chef.

— A-t-il jamais été condamné ?

— Non. Il est beaucoup trop malin pour les types comme moi.

— Vous me permettrez d'en douter.

Cela rappela Harry Johnson à Jury.

— Laissez-moi vous raconter une histoire…

Le récit dura le temps qu'ils dégustent leur délicieux poisson. Il se poursuivit pendant le dessert : une bananc caramélisée (« Un miracle de goût et de finesse », décréta Phyllis, qui en réclama une seconde portion). L'histoire continuant, une troisième théière leur fut apportée cependant qu'une file de clients impatients de goûter les spécialités du Ruiyi faisait le pied de grue devant leur table, leur intimant l'ordre silencieux de lever le camp. Franchement, Jury s'en souciait comme d'une guigne.

Phyllis ne l'avait pas quitté un instant des yeux pendant qu'il lui narrait la saga des Gault. Elle avait de temps à autre secoué la tête en signe d'incrédulité.

— Et donc, je vais avoir droit à un autre épisode demain soir, conclut Jury. Mais ce ne sera pas l'épisode final. Il paraît que c'est une histoire sans fin. Qu'en pensez-vous ?

— Je ne sais pas trop, avoua Phyllis. Ce Harry Johnson, est-ce qu'il est fiable ?

— Apparemment, oui. Bien sûr, au début, je me suis dit qu'il se payait ma tête. Une de ces blagues qui commencent par la fameuse phrase : « C'est un homme qui entre dans un pub. » Franchement, le chien qui revient…

— Il est drôlement fort, dit Phyllis avec un sourire.

— Harry ? Ou Mungo ?

— Harry. Mungo ne s'est pas encore exprimé, si ? Pour l'instant, il semble se contenter d'observer.

Jury éclata de rire.

— Après trois stations à l'Old Wine Shades et trois dîners, je pense qu'il dit la vérité. La vérité telle qu'il la connaît, du moins.

— Et le mari, Hugh ? Vous n'avez pas pu lui parler ?

— Il est à la clinique Stoddard.

— Je connais cet établissement. Il jouit d'une excellente réputation. Le personnel est très compétent. Hugh Gault est-il psychotique ? Ou souffre-t-il plutôt de fatigue intellectuelle ?

— De fatigue, je crois. Harry m'a dit qu'il y était entré de son plein gré.

— Alors vous pourriez le rencontrer. Histoire de voir…

— S'il existe ?

Elle fit oui de la tête.

Jury contempla sa tasse de thé vide.

— Je pourrais, oui. Pourtant…

— Vous préféreriez gober l'histoire telle quelle. Ou ne pas savoir de quoi il retourne. En tout cas, c'est une bonne histoire.

— Vous voulez dire que je n'ai pas envie de la gâcher ?

— Peut-être.

Jury se rappela le garçonnet dans le train venant de Newcastle. Il s'en ouvrit à Phyllis.

— J'avais parié avec lui que c'était le train qui allait à Swansea. Lui me soutenait qu'il allait à Londres. Évidemment, c'était le train pour Londres. Il y avait des gens qui, s'il les avait interrogés, lui auraient donné raison. Mais, chose curieuse, il évita soigneusement de leur poser la question : le préposé aux rafraîchissements, sa propre mère. Il ne leur adressa même pas la parole.

— Vous n'avez jamais lu la nouvelle de Hawthorne intitulée « Mon parent, le major Molineux » ? C'est un gamin qui se rend en ville pour rencontrer le major Molineux. À aucun moment on ne nous dit pourquoi. Au lieu de questionner un policier – ce qui aurait été le plus simple –, il interroge successivement une prostituée, un ivrogne, un mendiant. À croire qu'il s'attend à trouver le major Molineux en fâcheuse posture. Et lorsque, par hasard, il tombe sur un homme couvert de goudron et de plumes qu'on chasse ignominieusement de la ville, il a la certitude que c'est Molineux. L'histoire est géniale. De quoi faire saliver un psychiatre.

Jury, le menton dans la main, la considéra.

— Vous pensez que je suis ce gamin ?

Elle mordit dans le caramel de la banane. On entendit comme un imperceptible craquement.

— Si vous êtes verni.

— Comment ça, « verni » ? Attendez une minute : vous croyez que c'est avoir de la chance que se faire mener en bateau par un étranger ?

— Quand avez-vous décidé que ce Harry Johnson vous racontait des salades ? Vous avez fait sa connaissance il y a quoi… quatre ou cinq jours ? Vous avez dîné trois fois avec lui, mais vous n'avez jamais cherché à vérifier.

Jury se hérissa comme si on venait de braquer sur lui un projecteur révélateur.

— Eh bien, si vous croyez que…

— Je n'ai pas dit que je le croyais. Mais Harry, qui peut dire ce qu'il croit, lui ? C'est lui qui raconte l'histoire.

— Il est vrai que je n'ai pas cherché à vérifier les faits. Mais tout ça ne me regarde pas.

Elle tenait sa tasse de thé à deux mains.

— Est-ce là la raison ?

— Ce que je voulais dire…

Jury ne savait plus ce qu'il voulait dire. Il haussa les épaules, puis reprit :

— Le sergent Wiggins pense qu'il aurait pu me suivre au pub et me monter un bateau pour une raison dont je n'ai pas la moindre idée.

— Pourquoi ?

— Je l'ignore. Toutefois je ne suis pas d'accord avec Wiggins. C'est trop invraisemblable.

Jury se rappela alors que Harry lui avait demandé – ou suggéré – d'aller visiter Winterhaus. Il fit part à Phyllis de la suggestion.

— Et vous comptez y aller ?

— J'y songe. Demain.

Elle le considéra un bon moment. Elle avait des yeux d'un vert comme il n'en avait jamais vu à personne, si ce n'est peut-être à Melrose Plant.

— Faites-vous accompagner, conclut-elle.

Elle mordit dans sa banane.

16

Melrose Plant était dans la grande salle du Boring's, bien calé dans son fauteuil club favori, avec du café, le *Times* et un livre. En attendant Richard Jury, il buvait le café et lisait le livre, levant de temps à autre la tête pour surprendre un autre menton qui s'affaissait sur une autre poitrine tandis que d'autres ronflements faisaient palpiter les pages d'un autre journal. Il était onze heures du matin, mais cela aurait aussi bien pu être l'Aube des Morts.

Très franchement, il pensait que cette expédition dans le Surrey était vouée à l'échec. Pourtant, cela ne l'ennuyait pas d'accompagner Jury. Bientôt la somnolence s'emparerait du Boring's tout entier, pas seulement des membres déjà diversement assoupis, mais aussi des serveurs, puis des infimes créatures ailées, mouches ou mites, qui s'accrocheraient à un rayon de soleil déversé par les hautes fenêtres. L'air lui-même avait quelque chose de soporifique ; Melrose refusait cependant de succomber à la tentation de faire un somme. Il n'avait tout de même pas encore atteint l'âge où la sieste est presque une obligation.

Lire *Le Côté des gourmands* ne l'aidait pas. Il s'était plongé dedans dans l'espoir de regagner la confiance de Polly Praed, tout en se demandant pourquoi il désirait cette confiance. Lorsque la huitième victime eut péri suite à un empoisonnement au foie gras, Melrose fourra le livre entre le coussin et l'accoudoir. Il devina que le meurtre suivant aurait certainement un rapport avec les champignons ; les champignons étaient un mode d'empoisonnement très fréquent dans les histoires policières. Les trompettes de la mort, notamment. D'un autre côté, un personnage de roman policier qui, ayant été témoin de huit meurtres culinaires, se montrait assez stupide pour se jeter sur des champignons sur toast n'avait que ce qu'il méritait.

Melrose bâilla. Bon, il allait fermer les yeux une minute…

— On fait un somme ?

Melrose s'ébroua et balaya la salle d'un regard égaré, cherchant l'origine de la question, bien que celle-ci se trouvât sous son nez.

— Quoi ? jappa-t-il.

— Cet endroit te va comme un gant, dit Jury avec un coup d'œil entendu aux gentlemen qui sommeillaient agréablement, engoncés dans leurs fauteuils, la tête inclinée sur l'épaule.

— Ne sois pas ridicule. J'ai passé une très mauvaise nuit. Pratiquement pas fermé l'œil.

— Je vois ça. Le café, le *Times*, le feu, le fauteuil…

— Tu parles comme l'inspecteur Plod de Polly. Il passe son temps à dresser des listes…

— Bon sang, à ton âge, je sauterais sur toutes les occasions de piquer un roupillon. Je peux avoir du café ?

Melrose agita sa tasse en direction du jeune serveur qui venait d'entrer.

Jury prit place dans le fauteuil à oreillettes qu'occupait généralement le colonel Neame et étendit ses longues jambes.

— C'est bien agréable, la liberté, remarqua-t-il.

Le serveur lui apporta une tasse de café frais. Jury le remercia.

— Sans ton boulot, tu ne tiendrais pas une semaine, dit Melrose.

— Détrompe-toi : j'ai tenu une semaine. Oui, toute une semaine, répéta Jury, comptant sur ses doigts.

— Regarde ce que tu en fais, de ta prétendue liberté ! File plutôt au bureau et trouve-toi une affaire à résoudre.

— Elle m'a trouvé. Alors, tu es prêt ? Ou veux-tu monter te reposer et reprendre quelques forces ?

— Très drôle. Allons-y.

17

Ils se garèrent sur l'une des places de parking aménagées devant l'agence Forester et Flynn, gravirent les petites marches permettant d'atteindre le trottoir surélevé et entrèrent.

Melrose annonça qu'il resterait dehors pour examiner les affichettes des propriétés à vendre dans la vitrine.

— Si ce cottage à toit de chaume vaut deux cent cinquante mille livres, alors Ardry End devrait en valoir trois milliards.

— Allons, viens, tu cherches à louer Winterhaus, ne l'oublie pas.

— Quoi ? Depuis quand ?

— Sors donc une de ces cartes avec ton titre de comte de Caverness que tu promènes partout avec toi…

— Je ne me promène pas avec.

— Mais si.

— Pourquoi ne pas m'avoir exposé ton plan plus tôt ?

— Pour t'entendre geindre pendant tout le trajet ? Écoute, tu envisages de louer cette maison. Si jamais la négociatrice proposait de t'accompagner, débrouille-toi pour l'en empêcher.

— Ah oui ? Et comment ?

— Tu lui fais ça à l'intimidation. C'est toi l'aristocrate, que diable. Ce petit jeu n'a pas de secret pour toi.

— Et toi, tu représentes la Criminelle de Scotland Yard. Tu as encore plus d'autorité que moi.

— Oui, mais je ne veux pas qu'elle s'imagine que c'est pour ça que je suis venu. De toute manière, lord Ardry a déjà pris rendez-vous par téléphone.

— Vraiment ? C'est drôle, je ne m'en souviens pas.

— Tu dormais. Allez, viens.

Jury lui tint la porte vitrée ouverte.

— La négociatrice s'appelle Marjorie Bathous, précisa-t-il. Mme Bathous, je crois.

Melrose bougonna tandis qu'ils entraient et se dirigeaient vers le fond de la pièce, où une jolie quadragénaire semblait les attendre. Ou du moins l'attendre, lui.

— Madame Bathous ? dit Melrose en lui tendant la main au-dessus du bureau.

Elle sourit, lui serra la main.

— Vous devez être lord Ardry. Marjorie Bathous. Ravie que ce bien vous intéresse.

Jury trouva Marjorie Bathous très professionnelle, dans son sobre tailleur foncé et son chemisier de soie blanc. Elle avait dû naître vêtue de bleu marine. Il lui sourit. Le sourire de la négociatrice quitta Melrose et se posa sur Jury.

— Comment avez-vous appris l'existence de Winterhaus ? demanda-t-elle.

— Par lui, répondit Melrose en désignant Jury. Il s'occupe de ce genre de choses…

Un pied écrasa le sien.

Jury tendit la main et se présenta :

— Richard Jury, brigade criminelle de New Scotland Yard.

Avec un sourire resplendissant, il ajouta :

— Mais je ne suis pas ici à titre professionnel. Je me borne à accompagner M. Plant. J'avais envie de faire un tour à la campagne.

Marjorie Bathous écarquilla les yeux en prenant sa main. De son autre main, elle tapota ses cheveux bruns impeccablement coiffés.

Jury regarda fixement Melrose pour lui faire comprendre qu'il devait enchaîner. Marjorie Bathous aurait certainement envie d'évoquer l'incident survenu un an auparavant à Winterhaus.

Melrose se lança dans la partie tandis que Jury parcourait la pièce des yeux. Le bois foncé – bureaux, boiseries, tables basses, canapés jumeaux pour les clients – abondait. Une manière de barrière basse percée d'une petite porte divisait la pièce en deux. Deux hommes, des collègues de Mme Bathous, étaient assis à deux bureaux d'acajou positionnés l'un derrière l'autre. L'homme assis au premier bureau s'était tourné vers celui de derrière. Ils parlaient, ou en tout cas l'un d'eux racontait à l'autre une histoire. Jury n'entendait pas un mot de ce qu'ils disaient. Pour une agence aussi prospère – et Forester et Flynn ne donnait pas l'impression de pleurer misère –, le calme était impressionnant. Jury prit place sur une chaise.

— … donc quelque chose de plutôt grand, avec pas mal de terrain…

Melrose sortit son portefeuille d'une poche arrière, l'ouvrit et en retira une des vieilles cartes de visite qu'il gardait toujours sur lui en cas d'urgence.

— Et la comtesse ? s'enquit Marjorie Bathous.

Melrose crut que son interlocutrice lui reprochait d'avoir oublié la comtesse.

— Si c'est à ma femme que vous faites allusion, sachez que je ne suis pas marié. J'ai juste une vieille tante qui souhaite se rapprocher de Londres et veut absolument des grandes pièces et des arbres. Je viendrai probablement visiter ce week-end.

— Écoutez, lord Ardry… Winterhaus est inoccupé depuis un certain temps…

— Nous avons entendu dire qu'un événement fâcheux s'y était produit, glissa Jury.

— Où avez-vous entendu cela ?

Elle n'affirmait ni ne démentait. Peut-être craignait-elle que New Scotland Yard ne s'avise d'enquêter.

— Sans doute n'est-ce qu'une rumeur. Vous savez ce que c'est. Et un de nos amis s'est entretenu avec le propriétaire… un certain M. Torres.

— M. Torres, oui.

Elle n'alla pas plus loin. De toute façon, ce que Jury souhaitait, c'était s'entendre confirmer l'existence de M. Torres – le propriétaire.

Melrose hocha la tête.

— Si vous pouviez nous fournir davantage de détails… Pensez-vous que la maison pourrait faire l'objet d'une location de cinq ans ?

— Oui, bien sûr. Plus longtemps même, si vous le souhaitez.

Elle prit un dossier posé sur une pile et le tendit à Melrose.

Elle n'avait pas mentionné les Gault, ce qui n'était pas étonnant. Elle ne s'était pas risquée non plus à évoquer l'histoire de la maison. À supposer que cette histoire n'ait pas été une invention de la mère de Ben Torres.

— Quand je parlais d'un événement fâcheux, reprit Jury, je pensais à la dame et à son fils qui semblent s'être volatilisés alors qu'ils visitaient vos propriétés.

Manifestement, le lien entre cette disparition et la visite de « ses » propriétés ne plaisait guère à Mme Bathous. Toutefois, elle fit bonne figure et dit, d'un ton placide :

— Oh, oui… Vous parlez de Mme Gault et de son petit garçon. J'avoue que je me suis posé des tas de questions. C'est étrange qu'elle ne soit pas repassée ici. Mais qui nous dit qu'elle est bien allée à Winterhaus ? Elle en avait l'intention, elle voulait jeter un coup d'œil ; mais comment savoir si elle a mis ce projet à exécution ? Le garçonnet n'avait que huit, neuf ans, il me semble. Mais que s'est-il réellement passé ?

— Personne ne le sait, apparemment.

Marjorie Bathous secoua la tête, perplexe.

— Elle devait visiter deux maisons dans le secteur et je sais qu'elle a fait halte à Lark Cottage. Qui ne lui a pas plu. « Trop anglais », selon elle. Un cottage à vendre. Franchement, je pensais qu'il lui conviendrait vu qu'il est beaucoup plus petit que Winterhaus et que les Gault n'étaient que trois. Et puis, ils cherchaient juste un point de chute pour le week-end. Les propriétaires sont des gens charmants – un vieux couple.

Elle s'arrêta, considéra Melrose.

— Au fait, vous aimeriez peut-être le visiter ?

— Non, je…

— Allons, dit Jury en donnant un coup de pied à Melrose, tu devrais en profiter, pendant que tu y es.

Puis à la négociatrice :

— C'est sur le chemin, non ?

— Huit cents mètres à peine séparent les deux maisons. Je peux passer un coup de fil aux propriétaires pour les prévenir…

Tandis qu'elle s'isolait pour passer un appel sur son portable, Melrose dit à mi-voix :

— Pourquoi aller voir ce cottage ?

— Pour une raison évidente : Glynnis Gault l'a vu.

— Oh… Et elle a probablement vu la station-service devant laquelle on est passés, à l'entrée de la ville. C'est une raison pour qu'on s'y arrête aussi ?

Jury fit non de la tête.

— Rappelle-moi de ne jamais te proposer du boulot.

— Très bien. Ne me propose jamais de boulot.

Marjorie Bathous ferma son portable et revint vers eux.

— Ils seront ravis de vous voir. Je leur ai dit dans une demi-heure. Cela vous laisse tout le temps. Vingt minutes, ce devrait être largement suffisant pour vous rendre chez eux. Ils s'appellent Shoesmith.

Elle inscrivit le nom, l'adresse, le numéro de téléphone, puis dessina un petit plan.

Ces agents immobiliers, toujours si efficaces… Jury aurait peut-être dû lui proposer un job, à elle.

Marjorie Bathous rassembla tous ces éléments dans une pochette en papier kraft, sans oublier les renseignements concernant Winterhaus et Lark Cottage. Elle contempla la photo de la maison agrafée à la pochette.

— L'endroit est vraiment joli.

— Oui, approuva Melrose.

Elle ouvrit un tiroir et en sortit des clés avec une étiquette portant un numéro. Elle tendit le tout à Melrose.

— À moins que vous ne préfériez que je vous accompagne…

Tandis que Melrose déclinait l'offre, les deux agents, leur discussion finie, éclatèrent de rire et se remirent au travail. Jury les observait, sans raison particulière. Des bribes de l'histoire de Harry Johnson lui revinrent. Elle lui semblait tout à la fois déconcertante, sinistre, triste, inquiétante.

Ils se levèrent, remercièrent Marjorie Bathous et regagnèrent la voiture.

18

C'était une de ces routes étroites, bordées de haies et de murets de pierre sèche, avec des moutons au loin, des arbres encore trempés de pluie, un marcheur avec un bâton en prunellier, deux labradors donnant de la truffe ici et là ; au-dessus, un rai de lumière caressait les plumes blanches d'oies en formation de vol.

— Ah, soupira Melrose, l'Angleterre…

— Une brouette à l'horizon, annonça Jury. Et une vache.

Melrose conduisait.

— Merci de me prévenir.

— Au cas où tu ne les aurais pas vues.

— « Pas vues » ? Elles occupent toute la route.

Melrose donna un coup de klaxon.

— Tu as déjà vu sursauter une vache ?

La vache ne sursauta pas mais parut néanmoins quelque peu interloquée.

— Quel gamin, commenta Jury. Tu ne perds pas une occasion de t'amuser.

Vache et vacher les dépassèrent lentement. Des deux, c'était la vache qui avait l'air le plus intelligent.

— On n'est plus très loin, avertit Jury en consultant le plan de la négociatrice.

Une minute plus tard, il tendit l'index.

— On y est. Lark Cottage.

Melrose ralentit et s'engagea dans la petite allée.

— Regarde-moi ça : n'est-ce pas mignon ? Tellement anglais.

Les Shoesmith – « Moi, c'est Bob ; et voilà ma femme, Maeve » – se montrèrent enchantés de faire leur connaissance, particulièrement celle d'un commissaire de Scotland Yard. Excitée comme une puce, Maeve apporta du thé et des biscuits et s'installa dans l'un des gros fauteuils couleur feuille morte équipés de têtières et de protège-accoudoirs sévèrement amidonnés. Jury examina les différents motifs choisis par Maeve pour décorer la pièce. Fleurs de lis du papier peint, rideaux de cretonne agrémentés de personnages rustiques, roses écrasées au tapis. Jusqu'à la petite corbeille à papier, ornée de grappes et de feuilles. Jury trouva, sans pouvoir s'en expliquer la raison, que ce mélange avait quelque chose de poignant. Le rappel d'un chez-soi dont il ne se souvenait pas.

Il ne fallut pas deux minutes à Melrose pour détester le mobilier. Mordant prudemment dans un biscuit, il fit une prière pour que les Shoesmith aient meilleur goût en matière de petits gâteaux. Maeve discourait à n'en plus finir sur Lark Cottage et ses mérites.

— C'est ces vieilles poutres noires qui font tout, pas vrai ? dit Bob. Évidemment, nous, les hommes, faut qu'on se baisse pour pas se cogner la tête dedans.

Et il éclata de rire comme à une bonne plaisanterie.

— Nous avons trois chambres, poursuivit Maeve. Deux en haut, une en bas. Celle du bas a sa propre salle de bains. À l'étage, il y a des toilettes et une autre salle de bains.

Son regard passa de Jury à Melrose, hésitant.

— Lequel de vous deux…

— C'est moi, madame, dit Melrose. Je n'ai pas besoin de beaucoup de place. Ou plus exactement, ma tante… C'est pour elle que je cherche. Elle aimerait se rapprocher de Londres. Et elle veut un jardin.

— Le jardin, dit Maeve, désignant d'un geste la pelouse, n'est pas tellement… Comme vous pouvez le voir.

— En effet, dit Melrose, sentant l'oxygène lui manquer de plus en plus.

Encore un peu et il allait se statufier. Il ne resterait plus qu'à le recouvrir d'une housse pour qu'il fasse un siège acceptable.

— La cuisine n'est pas immense mais elle est fonctionnelle, enchaîna Bob avec entrain. Cuisinière Aga. Lave-vaisselle pratiquement neuf. Un de ces modèles compacts qu'on pose sur le plan de travail, si vous voyez ce que je veux dire.

Oui, une horreur, songea Melrose. À peine assez grand pour y faire tremper un chat.

— Il me semble me rappeler un incident bizarre survenu il y a un an environ, glissa Jury. Une femme et son enfant qui auraient disparu. Pardonnez-moi, ajouta-t-il avec un sourire charmant, je ne suis pas ici à titre officiel, mais quand j'ai entendu parler de cette maison… Forcément, j'ai eu envie de la voir.

Maeve remettait en place des mèches brunes échappées de son chignon strict.

— Une histoire bizarre, n'est-ce pas, Bob ? Marjorie Bathous nous a dit qu'elle n'avait pas eu de nouvelles de cette femme. Qui ne lui a même pas rapporté la clé. Comment s'appelait-elle, déjà, Bob ? Gall ?

— Gault, rectifia Bob. Mme Gault. Elle avait un fils de huit, neuf ans.

— La dame de chez Forester lui avait chaudement recommandé de visiter Lark Cottage. Nous les guettions, bien sûr. Quand on a vu la voiture garée le long de la route et elle, dehors, avec un téléphone portable…

— Je me suis dit qu'elle devait appeler l'agence pour vérifier qu'elle était à la bonne adresse, alors je suis sorti aussi vite que possible, dit Bob.

— Je sais pas comment elle aurait pu nous rater, ajouta Maeve en prenant un biscuit Caedmon. Lark Cottage… le nom est sur la plaque.

— Une femme charmante, précisa Bob. Son fils aussi, et d'un calme… Un petit garçon bien élevé. Même leur chien était bien élevé.

Bob émit un gloussement.

— On lui a montré la maison, elle nous en a fait compliment. Je leur ai offert une tasse de thé. Ils habitaient Chelsea, m'a-t-elle dit.

Maeve passa de nouveau l'assiette de biscuits.

— Comment l'avez-vous trouvée, cette Mme Gault, madame Shoesmith ?

— Je dirais agréable, pas stressée ni irritable ou déprimée ou quoi que ce soit.

— Combien de temps sont-ils restés ici ?

— Oh, une demi-heure.

— Non, Maeve. Plutôt une heure. Quarante-cinq minutes, corrigea Bob.

Jury observa Bob Shoesmith. Voilà un homme qui ferait un bon témoin. Jury se carra dans son fauteuil, leva la tête et étudia le plafond.

Melrose se dit que les Shoesmith devaient avoir oublié la raison de leur visite chez eux. Jury aussi, d'ailleurs. Le flic free-lance... Il remettait ça avec Winterhaus, demandant qui en était le propriétaire.

— Est-ce qu'on connaît leur nom, Bob ? C'était pas un nom espagnol ou italien ? Toro ?

Bob ferma les yeux pour mieux réfléchir, les rouvrit en sursaut.

— Torres ! C'est ça, Torres.

— Huit cents mètres nous séparent de Winterhaus, reprit Maeve, on peut pas vraiment dire qu'on soit voisins. On se sent seuls, ici. C'est pourquoi on veut déménager. Mais pour ça, faut qu'on vende. Encore un peu de thé, peut-être ?

Elle souleva la théière.

— Non, merci. Vous n'êtes jamais entrés à Winterhaus, alors ? fit Jury.

— Non, répondit Maeve en se versant une tasse de thé. La maison, je l'ai seulement vue de l'extérieur.

Elle piqua un fard et ajouta :

— Enfin... comme c'était vide, je me suis approchée. J'ai même collé un œil à la fenêtre. Et je me suis risquée dans le bois, derrière. Je voulais comprendre pourquoi elle était inhabitée. Pour quelle raison le propriétaire ne l'occupait pas.

Jury sourit.

— Et vous avez eu un début d'explication ?

Maeve Shoesmith réfléchit.

— C'est affreux... désolé. Lark Cottage est loin de tout, c'est vrai ; mais c'est pas pareil. Je peux pas vous en dire davantage. Dommage, une aussi jolie propriété. Les jardins sont quasiment à l'abandon. Pleins de broussailles. Et puis le bois... Ce bois est glacial.

Elle se frictionna les bras comme si elle avait soudain la chair de poule.

Jury aurait volontiers posé davantage de questions mais il ne voulait pas que le couple croie que là était le véritable but de leur visite. Il aurait aimé faire parler Maeve. Autant Bob Shoesmith s'intéressait aux détails, autant sa femme se montrait sensible aux atmosphères.

— Mais, dit Maeve, est-ce que ça ne serait pas trop grand pour votre tante ? Trop d'entretien ?

— Ma tante, dit Melrose, est un peu spéciale : elle aime les grandes demeures, elle aime rôder.

— Ne va-t-elle pas venir visiter ?

— C'est inutile. Elle me fait confiance. Dites-moi, la région est particulièrement boisée, non ? Elle n'aime pas tellement les arbres.

Regard interdit des Shoesmith. Et de Jury.

— Elle n'aime pas les arbres ? reprit Bob.

Melrose hocha la tête.

— Eh bien, ç'a été un plaisir !

Il se leva, rajusta sa veste, jeta un coup d'œil à Jury qui semblait avoir oublié en compagnie de qui il était venu.

— Nous ferions bien de partir, ajouta-t-il.

Reprenant ses esprits, Jury se mit debout.

— Merci de ces renseignements concernant Winterhaus. Ils nous seront très utiles.

Maeve s'arracha à son siège, mais Bob, apparemment plongé dans un monde à lui, resta assis, à tirer sur l'un de ses sourcils broussailleux. Soudain il s'ébroua, reprit pied parmi les vivants et, suivant Maeve, accompagna leurs deux visiteurs jusqu'à la porte.

— Au cas où votre tante souhaiterait voir Lark Cottage, dit la femme, nous serions ravis de le lui faire visiter.

— Merci à vous deux.

Il y eut des échanges de poignées de main.

— Au revoir, conclut Maeve en regardant les deux hommes se diriger vers la vieille Bentley.

— Les arbres, bougonna Jury en mettant sa ceinture. Bravo !

Melrose accéléra et fit marche arrière.

— C'était pour enchaîner avec le bois, quoi !

— Que peut-on dire de quelqu'un qui n'aime pas les arbres ? Il n'y a rien de tel pour tuer une conversation. C'est comme dire d'une personne qu'elle n'aime pas les animaux ou les fleurs. Tu leur as coupé le sifflet, mon vieux.

Ainsi mouché, Melrose poussa un profond soupir.

— J'essayais de t'aider. C'est la première chose qui m'est venue à l'esprit.

Ils dépassèrent sur leur gauche un champ en friche. À droite, un muret de pierre sèche.

— Ah bon ? J'aurais cru que c'était la dernière qui viendrait à l'esprit de qui que ce soit.

Jury salua de la main un gamin accompagné d'un baudet. Le gamin ne lui rendit pas son salut.

— J'ai l'impression que tu plonges dans cette histoire rocambolesque comme si tu en faisais partie. Comme si tu en étais un des éléments en perpétuelle refondation…

— Qu'est-ce que tu veux dire ?

— Je n'en sais rien. Mais ça sonne bien, non ?

— Non.

Melrose, enchanté de sa formule, poursuivit :

— Pense à *Alice au pays des merveilles*…

Jury fit un drôle de bruit et se laissa glisser sur son siège.

— Alice traverse le miroir, elle se retrouve dans un monde où aucune des lois naturelles ne s'applique…

— Que fais-tu de la première loi ?

— Quoi ?

Melrose parut s'agacer de cette interruption alors qu'il était sur le point d'exposer une théorie philosophique de son cru.

— Alice se trouve dans le monde dit réel juste avant de traverser le miroir. Alors, comment est-ce que ça fonctionne ?

Melrose poussa un soupir.

— C'est la traversée qui compte.

— Mais pour traverser, il faut qu'elle commence par se trouver du côté de la réalité. Or du côté de la réalité, il existe une loi qui dit que l'on ne peut pas faire une chose pareille. Attends une minute… Ce n'est pas le Swan, là ?

Melrose avisa l'enseigne du pub.

— Merde. On a raté la maison. On est allés trop loin.

— C'est ma faute. J'étais censé te guider. Mais on pourrait peut-être boire un coup. On y retournera plus tard.

— Je n'ai rien vu ; or c'est supposé être une grande maison.

— On parlait. Parler de traverser des miroirs et de ne pas aimer les arbres, ça fait forcément rater pas mal de choses.

Melrose s'engagea sur le petit parking du pub et se gara. Il y avait là une dizaine de voitures.

— Cet endroit est à mille lieues de tout. Il ne doit pas circuler beaucoup de voitures sur cette route. Les environs sont déserts. D'où viennent leurs clients ?

— De nulle part, sans doute.

Ils descendirent de voiture et se dirigèrent vers le pub.

À certaines heures, et particulièrement avant celle qui précède la fermeture, les clients des pubs ressemblent davantage à des meubles qu'à des êtres humains. C'était le cas ici. Les quelque dix ou douze consommateurs qui se trouvaient dans la salle étaient déployés comme des guetteurs sur les remparts d'un fort, avec pour mission de repousser les étrangers à la mine forcément suspecte. Tous les pubs donnaient cette impression en période de calme. L'après-midi, notamment, où l'on s'y réfugiait pour boire un coup ou tailler une bavette.

Lorsque Melrose et Jury entrèrent, ils furent soumis à une inspection digne d'une section armée.

— Une pinte de Foster's, dit Jury.

— Une pinte d'Old Peculier, dit Melrose.

— J'en ai pas à la pression. Seulement en bouteille.

— Parfait, dit Melrose.

Jury adressa un hochement de tête à un homme maigre comme un clou appuyé contre le vieux bar de cuivre, quelques pas plus loin. L'homme lui rendit son salut, imité par deux autres, accoudés au bar un peu plus loin.

Montrant au barman sa carte d'identité, Jury lui dit :

— C'est une vieille affaire, mais peut-être vous la rappelez-vous… Il y a un an, une femme a disparu de la région.

Le barman branla du chef, prit un air pensif.

— Y se passe pas des masses de choses, par ici… On risquerait pas d'oublier un truc pareil, hein, Robin ?

La question s'adressait à l'individu maigrissime qui avait répondu au salut de Jury.

— Pour sûr, Clive, dit Robin avec un petit gloussement. Pour autant, j'peux pas dire que je m'en souvienne vraiment.

— La police sera venue poser des questions la concernant. Vous ne vous rappelez pas ?

Le barman pencha la tête.

— Pourquoi ? Y s'est passé quelque chose ? Pour que Scotland Yard vienne fourrer son nez là-d'dans, j'veux dire ?

Trois ou quatre autres personnes avaient maintenant rejoint le bar afin de ne pas en perdre une miette.

— L'un d'entre vous se souviendrait-il de cette femme ? Elle était accompagnée d'un petit garçon et d'un chien.

Tout le monde au bar secoua la tête en signe de dénégation.

— Dommage que Myra soit pas là, dit Robin. Je l'ai entendue dire qu'elle les avait vus sur la route quelque part.

— Qu'a-t-elle dit exactement ?

Robin parut s'absorber dans la contemplation de la salle.

— Voyons, laissez-moi réfléchir…

Jury coula vers les autres un regard qui était une question muette. Ils secouèrent la tête à l'unisson.

— Très bien. Et elle est où, Myra ?

Une discussion s'ensuivit. Personne ne savait où elle pouvait se trouver.

— Elle passe au pub à cette heure-ci, normalement, dit Clive.

— Quel est le nom de famille de cette Myra ? dit Jury.

Regard atone du barman. Clive enfonça sa casquette sur son front et se gratta le cou.

— Je crois bien ne l'avoir jamais entendu.

— Savez-vous où elle habite ? questionna Melrose.

Nouveaux visages atones. L'homme à la casquette risqua :

— Quelque part dans le coin. À Lark Rise, peut-être ?

Jury prit une autre gorgée de bière, fit un signe à Melrose, qui vida son verre.

— Merci tout de même. Allons-y.

19

Mille cinq cents mètres plus loin environ, le muret de pierre sur leur droite s'élevait pour devenir un mur percé d'un portail qui était demeuré ouvert. Une plaque de cuivre encastrée dans un pilier indiquait *WINTERHAUS*. S'ils n'avaient pas attentivement scruté le mur, ils auraient très bien pu la manquer. Ayant franchi les piliers de pierre, ils remontèrent la route défoncée jusqu'à la maison. Structure géorgienne à façade grise banale.

Melrose se recroquevilla frileusement dans son manteau tandis qu'ils pénétraient dans un hall garni d'un tapis persan que l'ami de Jury estima être de belle facture. Les boiseries du hall l'intriguèrent.

— Ce n'est pas une essence courante dans nos régions, remarqua-t-il en passant la main dessus tel un aveugle explorant les contours d'un visage qui ne lui est pas familier.

Ainsi qu'on l'avait précisé à Jury, seul le salon était meublé. Le reste de la maison était nu. Pas le moindre portrait, buste en plâtre ou en bronze, dans les niches susceptibles d'en abriter.

Tandis que Melrose pérorait, Jury, au lieu d'écouter, entra dans une pièce sise à droite du hall. Il resta planté devant les fenêtres – du verre cathédrale enchâssé dans une structure métallique d'aspect dangereusement fragile. L'une était entrouverte de l'épaisseur d'un doigt, preuve que la maison était loin d'être correctement fermée. Il visualisa soudain une autre fenêtre, ouverte non sur de longues pelouses plantées d'érables mais sur la mer – eau d'un bleu profond, soleil de cuivre, luminosité intense, sable chaud. Il ne reconnut pas ce paysage. Un souvenir parasite, sans doute. Quel rapport avec lui ? Il secoua la tête à plusieurs reprises et avec force, comme pour le chasser de son esprit.

— Qu'est-ce qui t'arrive ? Tu as vu un fantôme ?

Jury eut un demi-sourire et ferma la fenêtre.

— C'est un comble ! commenta Melrose. Tu bousilles les empreintes sur une scène de crime, maintenant ?

— Oh ? Je ne savais pas que c'en était une.

— Ce n'est quand même pas un de ces lieux que les gens du coin croient hantés par des forces maléfiques ?

— Le bien et le mal n'ont rien à voir là-dedans... Suis-moi, fit Jury en se dirigeant vers une autre pièce.

Melrose se tenait les bras étroitement croisés sur la poitrine.

— J'ai froid.

Tête inclinée sur l'épaule, Jury ressemblait à un frère aîné s'efforçant de persuader son cadet d'avancer. Un autre souvenir l'enveloppa. Sur le sable se tenait un garçon plus âgé, bras croisés, impatient, qui semblait considérablement agacé par lui, Richard, et qui ouvrait la bouche pour crier. Mais aucun son ne sortait. Pas plus de la gorge de l'adolescent que des vagues qui pourtant s'écrasaient de toute leur hauteur sur le rivage.

— Tu n'as pas l'air d'être si réchauffé que ça, Richard.

Jury fronça les sourcils.

— Je ne sais pas… des scènes de mon enfance qui me reviennent…

Il fit à nouveau signe à Melrose de le suivre tandis qu'il pénétrait dans la dernière pièce, la seule qui fût meublée. Celle où on avait pris le thé. Il pivota. Melrose semblait cloué sur place.

— Il fait plus chaud ici, remarqua Melrose, les bras toujours croisés, les yeux écarquillés.

Bizarrement, c'était vrai. Les bûches dans la cheminée donnaient l'impression qu'elles venaient juste de s'éteindre ; pourtant, ce n'étaient plus que des cendres effondrées.

Il devrait y avoir quelque chose sous ce tas de cendres, songea Jury en prenant le tisonnier – un mot, une photo, une lettre, un calepin…

— Qu'est-ce que tu fabriques ?

— Je fouine, j'investigue. Tu as toujours froid ?

— Non. J'essaie simplement, en soufflant dessus, de ramener à la vie mes pauvres doigts gelés.

— Toujours ta manie d'exagérer.

— Ce n'est pas une manie : c'est un don. Au moins, ici, il y a des choses à regarder.

Les yeux de Melrose balayèrent la pièce – le mur couvert de livres, la cheminée Adam et son manteau de marbre. Un secrétaire à incrustations d'argent ; un sofa Sheraton crème et ses deux fauteuils assortis. Ces trois meubles étaient disposés sur un tapis que Melrose (qui dans une vie antérieure avait été commissaire-priseur dans le Lincolnshire) estima être un Kerman d'une valeur de quelque dix mille livres. Contre un autre mur se tenait une commode Regency tout en ivoire et marqueterie, au-dessus de laquelle était accroché un miroir à cadre doré et sculpté, réplique en plus petit de celui qui ornait le dessus de la cheminée.

Il y avait plusieurs tableaux – des huiles et des aquarelles. Neige, lumière hivernale, moulins à vent avec de minuscules silhouettes de patineurs emmitouflés. Glacial. Ailleurs, un cheval solitaire dans la neige jusqu'aux jarrets, et tout autour des racines dénudées. Un froid atroce. Ailleurs encore, des navires encapuchonnés de brouillard, à peine visibles, et un soleil couchant lui aussi hivernal. Pas un soupçon de chaleur ne se dégageait de ces peintures.

Le service à thé trônait sur une fort belle table, posé sur un plateau en argent. Melrose prit l'une des tasses, la souleva, avisa les traces brunâtres demeurées au fond. Étrange. Il la reposa et prit la théière. Impossible de distinguer le poinçon de l'orfèvre.

— On a pris le thé ici.

Il croyait s'adresser à Jury mais celui-ci n'était pas là.

— Hé ! s'écria Melrose, soudain pris de panique. Richard !

Puis il vit Jury qui s'avançait, venant du hall.

— Je suis allé faire un tour en haut. C'est désert. Pas un meuble, pas un bibelot.

— Les objets qui sont ici, dit Melrose en les désignant d'un geste, sont d'une grande valeur. Le tapis à lui seul irait chercher dans les dix mille livres. Quant à ce secrétaire si magnifiquement travaillé, Dieu seul sait combien il pourrait se vendre. Si je te dis ça, c'est grâce à la formation éclair d'expert en antiquités que Trueblood m'a permis d'acquérir.

Il souleva une tasse et reprit :

— De la porcelaine de Minton. Et on a bu dedans.

Il montra les traces brunes à Jury, qui examina le fond de la tasse comme pour y lire son avenir ou celui de Melrose, avant de la reposer sur le plateau.

— Je me demande qui ? Marjorie Bathous ? Rien de plus facile que d'entrer ici. Certaines fenêtres ne sont pas complètement fermées.

— Crois-tu qu'on a disposé tout ça à l'intention de visiteurs de passage ? Des locataires potentiels, peut-être ? suggéra Jury.

— Glynnis Gault ?

— Et Robbie ?

— Tu oublies Mango.

— Mun-go.

Les portes-fenêtres de la pièce étaient entrouvertes. Jury était sorti sur l'étroite terrasse, laissant Melrose planté devant la toile au cheval solitaire.

— Il y a quelqu'un là-bas, dit Jury quand son ami l'eut rejoint dehors. Un enfant.

— Où ça ?

— Là-bas.

Jury désigna du doigt une petite structure. Sans doute la maisonnette mentionnée par Harry Johnson.

— Une petite fille, reprit-il. Viens.

Il posa le pied sur une allée de pierre étouffée par les herbes et entreprit la traversée d'une pelouse qui avait dû être agrémentée de massifs.

— On risque de lui faire peur, dit Melrose, lui emboîtant le pas.

— Elle m'a bien fait peur, elle, jeta Jury par-dessus son épaule.

Melrose poussa un soupir et le suivit.

La maisonnette était à quelque distance de la maison de maître, aussi la fillette ne les vit-elle pas arriver : elle était trop absorbée. Quand Melrose la héla et lui fit signe, elle se redressa mais sans hâte, en plaquant un objet, poupée ou peluche, contre sa poitrine, comme pour se protéger, bien qu'elle ne parût nullement angoissée. C'est Melrose qui l'était, angoissé. Il ne désirait qu'une chose : regagner le Boring's et s'installer dans son fauteuil favori, avec un Laphroaig bien tourbé. Il en avait l'eau à la bouche.

Cette gamine de huit, neuf ans était probablement trop futée pour son âge. Trop futée pour Melrose en tout cas, se dit celui-ci en songeant à ses précédentes rencontres avec des bouts de chou de son genre.

— Bonjour, dit Jury. Je m'appelle Richard. On visite la maison.

Elle coula vers Melrose – quantité négligeable ? – un regard oblique, réservant à Jury la vision directe de ses yeux couleur noisette.

— Vous allez habiter ici ?

— En fait, c'est pour un ami que je visite.

— C'est lui ? dit-elle avec un nouveau regard oblique.

Jury se tourna vers Melrose avec une expression qui ressemblait étonnamment – du moins Melrose se l'imagina-t-il – à celle de la fillette.

— Non, cet ami n'est pas venu avec moi aujourd'hui. Tu habites près d'ici ?

Elle désigna ce qui semblait être un carrefour de l'autre côté du bois.

— Comment tu fais pour venir ici, tu passes par le bois ?

— Y a un chemin.

Jury s'était assis près d'elle sur l'unique marche de la maison naine.

— Tu viens souvent ?

Enfilant à son ours un imperméable jaune, elle se mordit la lèvre sans répondre.

— Je ne le dirai à personne, c'est promis.

— Vous direz rien, hein ? Je viens presque tous les jours. Tante Brenda veut pas que je fasse ça.

Désireux de s'asseoir, Melrose avisa une souche d'arbre occupée par une poupée à bouille ronde.

— C'est ma poupée, indiqua la gamine. Mais vous pouvez vous asseoir un moment.

Jury, lui, n'avait pas eu besoin d'autorisation pour s'installer sur la marche de la maisonnette. Melrose fit la grimace en considérant la poupée.

— C'est Oogli. Une Esquimaude.

— Une Inuit, pas une Esquimaude, rectifia Melrose après examen.

Il avait une furieuse envie de demander à la petite si elle estimait comme sa propriété toutes les souches d'arbre des environs, mais elle se tourna vers Jury.

— Tante Brenda, elle dit que c'est pas chez nous, ici. Que j'ai pas le droit de venir sans permission. Mais y a personne à qui demander la permission.

— Alors s'il n'y a personne à qui demander l'autorisation, qu'est-ce que tu peux faire ?

Sourire de la gamine – contraint, mais tout de même. Elle s'amadouait.

— Ta tante ne te demande jamais où tu es allée traîner quand tu rentres chez toi ? ne put s'empêcher de questionncr Melrose.

— Si.

— Qu'est-ce que tu lui racontes ? Que tu es allée faire un tour avec ton ours et Ugly ?

Il brandit la poupée.

— Oogli. Non. Je lui dis que je suis allée chez mon amie Alice.

La fillette ajusta la capuche de l'imperméable de l'ours.

— Ta tante ne téléphone jamais à la mère d'Alice pour s'assurer que tu es bien chez elle ?

— Alice n'a pas de mère.

— Quoi ? Avec qui habite-t-elle alors, la pauvre petite ?

— Avec personne.

— Mais il faut bien qu'elle dorme quelque part. Qu'elle mange, bon sang ! Qu'elle…

Jury étendit les jambes et s'adressa à Melrose :

— Tu en as encore beaucoup, des questions comme ça ?

— J'essaie juste de me faire une idée de la situation, rétorqua Melrose, vexé.

— Non, dit Jury. Tu essaies seulement de faire le malin.

— Il est pas très futé, décréta la petite, comme une évidence.

Elle se mit à fredonner tout en ôtant à l'ours son imperméable et fouilla dans une pile de vêtements miniatures pour lui dénicher une autre tenue.

— Tu es venue souvent jouer par ici, ces temps-ci ?

Elle fit oui de la tête tout en enfilant à son ours un pull-over.

— As-tu vu des gens qui visitaient ? Comme nous ? Tu te souviens d'avoir vu des visiteurs l'année dernière ?

Elle prit un air pensif, le regard au loin.

— Des visiteurs comment ?

— Une dame et son petit garçon.

— Oh, oui. Je me souviens de lui ; il était gentil. Mais il ne parlait pas. Et il avait un chien !

Les questions de Melrose n'avaient pas été accueillies avec autant d'enthousiasme, loin de là.

— Il n'arrêtait pas de bondir et de courir comme un fou. C'est pas l'espace qui manque pour courir ici. On a joué, il m'a donné des bonbons. Le petit garçon, je veux dire. Il s'appelait… Robert ? Bobby, je crois bien. C'est pas lui qui me l'a dit : j'ai entendu sa maman l'appeler. Il m'a donné des bonbons au citron.

— Sa maman, tu lui as parlé ?

— Non, je l'ai juste vue. Elle était au bout de la petite allée, elle l'appelait. Il répondait pas. Je lui ai dit qu'il ferait mieux de répondre, sinon sa mère allait s'inquiéter. Il est parti vers la maison.

— Il a dit quelque chose à propos de la maison ? Si elle plaisait à sa mère ?

Elle fit non de la tête.

— Je lui ai dit qu'il y avait des fantômes.

— Des fantômes ! s'exclama Melrose, sarcastique.

Elle hocha la tête, nullement troublée par sa réaction.

Jury adressa un regard bref à Melrose pour l'inviter à se taire puis il demanda à la petite :

— Il t'arrive d'aller jusqu'à la maison ?

Elle fit non de la tête, avec tant de vigueur qu'il était clair qu'elle mentait.

— Dans ce cas, dit Melrose, la poussant dans ses retranchements, comment fais-tu pour les voir, les fantômes ?

Le regard qu'elle jeta à Melrose n'était pas sans rappeler celui dont Jury l'avait gratifié un instant plus tôt.

— Ils sont dans le bois.

Elle avait pris un petit vêtement sur la pile, une chemise avec des cœurs. Elle retira à l'ours son pull-over et plaqua la chemise contre son torse.

— As-tu vu d'autres gens ici ?

— Une dame. Je crois qu'elle s'occupe de la maison et tout.

— La dame de l'agence, peut-être ?

— C'est ça. Et puis y a longtemps, l'année dernière, j'ai aperçu un homme là-bas...

Du doigt, elle désigna la terrasse.

— Il est pas resté longtemps, précisa-t-elle.

— De quoi avait-il l'air ? s'enquit Jury.

— Je l'ai pas bien vu. Il était grand. Il ressemblait... Il vous ressemblait, acheva-t-elle en regardant Melrose.

Par la Sainte Culotte de Dieu, se dit celui-ci, elle invente. Comment Jury pouvait-il écouter ces inepties ?

— Il ressemblait à M. Plant ici présent ?

— Oui.

Elle avait Melrose dans le nez, c'était clair, et elle n'en démordrait pas. Elle enfila sa chemise à l'ours.

— C'était quand, ça ?

— Oh, je me souviens pas. Avant mon anniversaire...

Ulcéré, Melrose brisa une branchette entre ses doigts.

— Mon anniversaire, c'est en juillet. J'ai neuf ans.

Le ton était incertain. Elle semblait douter de la réalité du chiffre.

— Il y a neuf mois, alors.

— Oui.

— Tu n'as pas peur que ces gens pensent, comme ta tante Brenda, que tu fais quelque chose de mal en venant ici ?

— Si. Mais qu'est-ce que je peux y faire ?

— Tu pourrais, suggéra Melrose toujours sarcastique, t'abstenir de venir jouer ici, par exemple…

— Non, fit-elle d'un ton péremptoire. C'est pas la solution.

Elle s'exprimait avec une telle intensité qu'elle ne parut pas s'apercevoir qu'elle arrachait les yeux de son ours. Elle poussa un grand soupir.

Melrose, se prenant la tête dans les mains, songea l'espace d'un instant à s'arracher les yeux lui aussi. Quand Jury allait-il se décider à comprendre ? Il était policier, bon sang de bonsoir !

— C'est mon coin préféré, poursuivit la petite. Je vais pas me laisser chasser par des gens qui y habitent même pas.

Elle boutonna un cardigan mité par-dessus la chemise à cœurs.

— Très courageux de ta part, commenta Jury.

— C'est pas ça. Mais j'ai pas d'autre endroit où aller.

Il y avait tant de mélancolie dans cette phrase que Melrose lui-même en éprouva de la tristesse. Être obligé de cohabiter avec des fantômes parce qu'on n'avait nulle part où aller…

Jury leva les yeux vers le ciel, qui était d'une morne couleur d'huître.

— Tu viens ici en hiver aussi ?

— Oui, j'aime bien quand il neige.

— Ce doit être beau.

Elle suivit la direction de son regard. Et, comme lui, se mit à contempler les nues.

Un instant plus tard, le ciel commença à s'assombrir, la nuit venant.

— Faut que j'y aille, dit-elle en se levant. Tante Brenda aime pas que je sois dehors quand il fait nuit.

— On va te raccompagner en voiture, proposa Jury.

Elle parut prendre peur.

— Je vais rentrer par mon chemin habituel. À travers les arbres.

Ravi de partir, Melrose dit :

— J'imagine ce que dirait tante Brenda si elle débarquait en compagnie de deux étrangers…

— Au revoir ! leur lança-t-elle en s'éloignant vers le bois, soucieuse de ne rien changer à ses habitudes.

Jury lui rendit son salut tandis qu'elle s'enfonçait au milieu des arbres.

— Bon, ça s'est bien passé !

Ils reprirent le chemin de la voiture et Jury dit :

— Si tu prêtais davantage attention à ce qu'on te dit au lieu de chercher sans cesse la petite bête…

— J'étais suspendu à ses lèvres !

— C'est sans doute Harry Johnson qu'elle a aperçu.

Ils avaient fait le tour de la maison au lieu de la traverser. En montant dans la Bentley, Jury dit :

— Fais un effort, cette fois. Tâche de conduire comme si nous n'étions pas seuls sur la route.

— Mais nous sommes seuls sur cette route, protesta Melrose en faisant sa marche arrière.

— Je dirais, poursuivit Jury, qu'elle est entrée plusieurs fois mais qu'elle garde ça pour elle. C'est son secret. Une vieille maison déserte sur le passé de laquelle on peut broder à son gré, quelle aubaine pour une gamine ! Elle n'a pas envie que d'autres viennent y fouiner.

— Une enfant de cet âge devrait être terrorisée par toutes ces choses qui rôdent la nuit – fantômes, goules, mains coupées, que sais-je encore.

— Pas elle, sourit Jury.

— Terrifiée par moi, par le soi-disant fantôme qui me ressemblait.

— Je n'en suis pas si sûr. Tu es grand, tu es blond, et aujourd'hui tu portes un manteau noir. De loin on peut te prendre pour Harry Johnson.

— Alors il est bien venu ici…

— Naturellement. À la place de Hugh, après les événements. Juste après la disparition de Mme Gault. Peut-être pour effectuer sa petite enquête. Et puis il est revenu en compagnie de Hugh. Je t'ai raconté tout ça.

Jury regarda le crépuscule qui tombait, les arbres, les champs, les fermes opulentes dont les barrières blanches évoquaient des chevaux, de beaux chevaux de course à la robe luisante. Il songea à Nell Ryder, parla d'elle à Melrose. S'en remettrait-il jamais ?

— Allons, Richard, Nell Ryder n'avait rien de commun avec nous. Avec moi, du moins. Elle évoluait dans une autre dimension.

— C'est drôle de dire ça.

— Écoute, elle nous a supportés, nous et nos manières idiotes, tant qu'elle n'a pas eu plus intéressant à se mettre sous la dent. En l'occurrence, les chevaux. Ils parlaient son langage. Ou plutôt elle parlait le leur.

Ils traversèrent Lark Rise, s'arrêtèrent devant l'agence, qu'ils trouvèrent fermée. Melrose glissa la clé dans la boîte prévue à cet effet pendant que Jury inspectait les magasins ; il y avait deux, trois personnes chez le boucher, le pharmacien baissait son rideau de fer.

— Il fait de la rétention d'information, mais qu'est-ce qu'il cache ? dit Melrose.

— Harry Johnson ?

— Oui.

Jury prit le temps d'y réfléchir. Puis :

— Qu'il était – est – amoureux de Glynnis Gault. Qu'il aimerait se rendre à l'endroit où il pense qu'elle a disparu dans l'espoir de trouver une trace, un indice. C'est une possibilité.

Melrose écarta l'explication d'un geste.

— Il y a une autre possibilité beaucoup plus sinistre.

Jury se détourna de la vitrine du pharmacien pour regarder Melrose.

— Laquelle ?

— Imagine qu'il l'ait enterrée sur la propriété et qu'il veuille, comme tous les meurtriers, revenir sur le lieu de son crime ?

— Pourquoi ?

— Peut-être, comme tu l'as évoqué toi-même, parce qu'il était amoureux d'elle. Pris de jalousie furieuse, il l'a tuée et enterrée dans le bois. Avec son fils.

— Drôle d'endroit pour dissimuler des cadavres, une propriété susceptible d'être louée à tout moment. Et à laquelle rien ne le rattache.

— Précisément. Qui songerait à le relier au crime ? Ce type a manigancé quelque chose, je le sens. Je ne comprends pas que tu ne le soupçonnes pas.

— Oh, mais détrompe-toi, je le soupçonne.

— Non. Il t'a complètement embobiné avec ses histoires.

— Embobiné, moi ?

— Embobiné.

Melrose extirpa une cigarette d'un paquet fripé et la coinça entre ses lèvres.

— Tu n'as pas l'intention de fumer dans la voiture, si ?

— Je vais baisser la vitre, répondit Melrose en joignant le geste à la parole.

— Tu ne te donnes même plus la peine de remplir ton bel étui à cigarettes ?

— J'ai toujours eu un petit côté débraillé.

— La tabagie passive, tu n'en as pas entendu parler ? C'est aussi nocif…

— Épargne-moi les sermons, s'énerva Melrose en abattant le poing sur le volant.

— Ce n'est pas un sermon : c'est une simple remarque.

Melrose expédia sa cigarette par la fenêtre.

— Tu as gagné : je me suis débarrassé de cette herbe du diable ! Ne t'étonne pas si le manque de nicotine me met les nerfs en pelote…

— Il faut toujours que tu exagères, dit placidement Jury en contemplant les étoiles.

Ils roulèrent en silence, ou du moins dans le silence relatif dont on peut jouir sur l'A3, jusqu'à ce que Melrose assène un nouveau coup de poing au volant.

— Le chien ! Ce foutu Moonglow !

— Mungo, rectifia automatiquement Jury.

— Chaque fois que je crois avoir trouvé la solution de ce mystère, ce maudit chien refait surface !

— Le chien, c'est le plus facile.

Jury bâilla et se renfonça dans son siège.

— Harry Johnson l'a laissé pour mort mais le chien a réussi à se remettre et à trouver le chemin du retour… hasarda Melrose.

— Je ne m'attendais pas à une si brillante explication. On va prendre un verre au Boring's ?

— Oui. Plutôt tailler une bavette avec le major Champs et le colonel Neame que me triturer la cervelle plus longtemps à propos de ce Mango.

— Mungo.

20

— Commissaire Jury ! Laissez-moi vous offrir un verre ! dit le colonel, aussitôt appuyé par le major Champs.

Se procurer un verre, c'était la priorité des priorités au Boring's ; cela passait avant tout le reste, même avant la mort.

— Avec plaisir. J'attends M. Plant.

Ou fallait-il en ces lieux plutôt dire « lord Ardry » ? Pouvait-on entrer au Boring's sans un titre ou un grade quelconque attaché à son nom ? « Commissaire », cela vous avait une certaine allure. « Commissaire division-naire » aurait fait plus chic encore.

Le colonel, qui avait passé la commande à l'un des serveurs, se tourna vers Jury pour lui confier :

— Nous n'avons toujours pas récupéré de ce fâcheux incident d'il y a deux ans, n'est-ce pas, Champs ?

Le « fâcheux incident » n'était autre que le meurtre d'un des vénérables membres du Boring's. Une passion qui s'étiole, la mort de son chien, la fin d'une guerre – rien de tout cela ne pouvait rivaliser avec un meurtre commis pratiquement sous votre nez. Rien de tel que le meurtre pour déclencher la nostalgie, susciter les réminiscences.

Jury leva le verre qu'on venait de lui apporter :

— Au bon vieux temps, messieurs.

Les deux gentlemen levèrent pareillement leur verre.

Melrose apparut, le cheveu encore humide, bouchonné et frictionné comme un jésus. Il s'installa dans son fauteuil habituel. Un fauteuil habituel, lui ? Allait-il comme Champs et Neame virer au vieux croûton ? Ma foi, il y avait pire comme fin… Regarder voler les mouches dans un salon de campagne, par exemple.

— On devrait, dit Jury à Melrose interloqué, leur raconter l'histoire. Ça n'est pas un secret. Vas-y.

Il consulta sa montre, éclusa son verre, et reprit :

— Je dois vous laisser. J'ai rendez-vous avec Harry Johnson.

Il sourit à Melrose avant d'ajouter :

— Chapitre quatre.

Rien, songea Jury, ne plairait davantage aux deux gentlemen qu'une histoire comme celles qu'on raconte aux enfants pour les endormir et qu'ils écoutent sans se lasser même s'ils en connaissent déjà la fin.

Il y pensait dans le taxi qui l'emmenait sans trop se presser vers la City.

« Z'êtes pressé, m'sieur ? lui avait demandé le chauffeur quand Jury était monté.

— Non, avait répondu celui-ci. Prenez votre temps. »

Pour l'heure, le chauffeur sifflotait, il était de bon poil.

— Vous n'en avez pas assez ? lui demanda Jury.

— De quoi, m'sieur ?

L'homme chercha dans le rétroviseur le regard de son passager.

— De toujours vous dépêcher. De ces gens qui veulent toujours aller plus vite.

Le chauffeur donna un coup de poing au volant.

— Ah, ben oui, alors ! Y sont tous comme ça, dans cette putain de ville. Toujours à la bourre, c'est maladif. J'sais pas ce qui me retient de leur dire : Votre bureau, votre pub, votre bourgeoise, y vont pas s'envoler. Que vous arriviez dans dix minutes ou dans une demi-heure, qu'est-ce que ça change ? Y seront toujours là à vous attendre…

Ils roulaient le long de l'Embankment – le chemin des écoliers, se dit Jury, qui s'en moquait d'ailleurs éperdument. De l'autre côté de la Tamise brillaient les lumières du National Theater et de la Tate Modern. Southwark, la nuit, c'était toujours un peu magique.

— Ma fille, Minnie, il lui est arrivé un drôle de truc pas loin d'ici…

Jury se carra dans son siège, se disant que c'était sans doute pour ça que le chauffeur avait fait ce détour.

— … elle venait de descendre de sa bagnole quand un type se rue vers elle. La pauvre, elle angoisse à mort : forcément, elle se figure qu'il va l'agresser. Mais non. Il lui demande juste le chemin de Scotland Yard. « C'est la première fois, qu'elle me dit, Minnie, qu'on me faisait un coup de drague pareil. » C'est pas fini. Le type lui raconte ensuite qu'on était en train de l'empoisonner. Minnie se dit qu'elle a affaire à un agité du bocal ; mais bon, elle continue quand même à l'écouter. « Min, que je lui ai dit alors, faut jamais faire ça, ma poulette, jamais. » Mais elle, bonne pâte : « Il avait l'air tellement patraque, p'pa. » Elle se remet au volant, elle le charge, direction Saint James's. En chemin, il lui apprend qu'il est antiquaire à Brighton, qu'il est victime d'une tentative d'empoisonnement, que ça dure depuis deux mois. Il dépérit de plus en plus. C'est pas son imagination qui le travaille, non. Il est pratiquement sûr que c'est son cousin le coupable. Ils arrivent à New Scotland Yard, Minnie s'arrête devant l'entrée principale, le gars descend. Soudain un agent passe la tête par la vitre et dit : « C'est pas un hôtel, ici, mademoiselle. Circulez. »

Le chauffeur donna de nouveau du poing sur son volant.

— Minnie, elle est intriguée, elle veut savoir ce qui se passe. Elle trouve une place, se gare, entre. Son client est assis dans la salle d'attente…

Jury ferma les yeux, écoutant et décrochant tour à tour. Il se laissait bercer par le flot des mots. Il les imagina tous à Brighton – le chauffeur, Minnie et le type qu'on empoisonnait, observant la marée qui laissait derrière elle de minuscules coquillages, des oursins, des algues, un mégot, un papier de bonbon, une bouteille en plastique, tous ces détritus que nous semons derrière nous. Seulement nous ne sommes pas aussi malins ou aussi chanceux que Hansel et Gretel et nous ne trouvons pas le chemin du retour. La marée emporte tout sur son passage.

Jury dormait presque lorsqu'ils atteignirent la City et Martin Lane. Il descendit, paya le chauffeur, compagnon fantôme de la traversée du Styx, et s'enquit :

— Votre fille, Minnie, elle n'a jamais su le fin mot de l'histoire ?

Le taxi fit non de la tête.

— Mais elle s'est mise à acheter un journal de Brighton. Pour la rubrique nécrologique. Et deux mois plus tard, patatras : elle tombe sur la photo du mec dans le canard. Le pauvre type, cette fois, il était mort. Cinquante-trois ans, un peu jeune pour calancher. Pas un mot sur la cause du décès.

Il secoua de nouveau la tête et empocha l'argent de la course. Jury prit pied sur le trottoir.

— Le pauv' bougre, il aurait dû aller à la police.

— Mais c'est ce qu'il a fait, lui fit observer Jury, et regardez où ça l'a mené.

Sur ces mots, il abattit la main sur le toit de la voiture et le taxi démarra.

21

Trevor, le barman, semblait pressé de leur faire une suggestion :

— Ce vin, dit-il en brandissant une bouteille de pinot blanc, est un pur délice, c'est du vin de paille. Un peu cher, mais il le vaut.

— Cher comment ? s'enquit Harry.

— Quarante livres la demi-bouteille.

— Vous vous y entendez à dépenser mon argent, Trev.

— C'est certain, dit Trevor en versant le vin.

Ils étaient assis sur les mêmes tabourets que la fois précédente. Mungo s'était glissé dessous.

Jury examina la bouteille. 1982. Une bonne année ? Pour le vin, peut-être ; mais pas pour Jury.

— Hugh Gault. Que dit son médecin ?

— Qu'il est surmené. Mais le médecin ne m'a pas appris grand-chose : je ne suis pas de la famille.

— Le déni, je suppose. Le déni… on en passe tous par là, à un moment ou un autre. C'est ça ou se jeter dans le boulot ou la boisson, pour oublier et oublier encore. Il se peut que Hugh se soit fait admettre dans cette clinique pour fuir la réalité. Rien ne l'empêche de décider de sortir. C'est peut-être ce qu'il devrait faire.

— Vous avez probablement raison.

Jury tripota l'étiquette de la bouteille.

— Il ne les croit pas morts, n'est-ce pas ?

— Non. Pour lui, ils pourraient être n'importe où.

Jury se demanda s'il devait prendre ça au pied de la lettre.

— Einstein se méfiait de la mécanique quantique. Un jour, en plaisantant, il demanda : « La lune n'est-elle pas là si je ne la vois pas ? »

— Je lève mon verre à cette question, dit Jury, joignant le geste à la parole.

— Non, non. L'important n'est pas qu'elle ne soit pas là mais que nous ne sachions pas si elle y est ou non.

— Le chat est vivant, le chat est mort.

— Exactement. Rien n'est réel tant qu'on ne l'a pas mesuré. Et le fait de mesurer appartient à la réalité qu'il mesure. Mesurer est une interaction. Vous ne pouvez en aucun cas mesurer quelque chose sans qu'il y ait interaction avec cette chose. Mesurer, ce n'est pas impersonnel. Ce n'est pas une réalité objective.

— Il se peut que le chat soit mort comme il se peut qu'il soit vivant.

— Décidément, c'est un mantra ?

— Il en vaut un autre. Et je meurs de faim.

Harry consulta sa montre.

— On va dîner ?

Jury opina, vida son verre.

— Il faut qu'on finisse la bouteille. À ce prix-là…

— Gentil à vous de me le rappeler, acquiesça Harry en riant.

Il restait très peu de vin. Jury le répartit entre les deux verres, une gorgée chacun.

Pendant que Harry posait des billets sur la table, Mungo s'extirpa de sous le tabouret de Harry – ou plutôt des deux tabourets, car il s'était allongé de tout son long – et ils quittèrent le pub.

Ils étaient assis dans un restaurant des Docks, connu, prétendit Harry, pour l'excellent accueil qu'il réservait aux chiens. Jury se demanda si l'excellence de l'accueil n'était pas plutôt le résultat de l'argent que son compagnon avait fourré dans la main du maître d'hôtel. La salle était bondée. Partout des yuppies à portable. Le Nirvana.

— Vous me parliez de Ben Torres. Je vous écoute.

Harry but de l'eau avant de goûter son vin. Ils n'avaient pas cherché midi à quatorze heures, optant pour un bourgogne.

— D'après Ben, sa mère lui raconta que le même individu était revenu à plusieurs reprises, toujours au fond du jardin. Planté dans l'allée, il semblait attendre ou observer. Impossible de savoir. Elle s'était promis de trouver le courage de mettre le nez dehors afin de lui demander ce qu'il fabriquait...

Ici Harry s'interrompit et sortit une petite liasse de feuillets qu'il déplia.

— J'ai pris des notes ; sinon je ne me souviendrais pas des détails.

Jury entama un morceau de baguette.

— Vous vous débrouillez drôlement bien.

— En fin de compte, au bout de la quatrième ou cinquième apparition, le soir où, serrant les dents, elle finit par se résoudre à aller trouver l'homme, ce fut pour constater en ouvrant la porte qu'il s'était volatilisé. Entre le moment où elle hésitait encore à sortir et celui où elle s'était risquée dehors, il s'était évanoui dans la nature. Il ne s'était pas écoulé plus de trente secondes.

Harry interrompit son récit pour constater :

— On dirait que c'est la mère de Ben qui raconte l'histoire. Mais, bien sûr, c'est son histoire à lui. C'est important ?

Jury comprit que la question était purement rhétorique. Lui-même s'interrogeait.

Quand Harry cessa de parler et prit un petit pain dans la corbeille, Jury se dit que c'était tout ce qu'il savait concernant les Torres. Il balaya le restaurant du regard, comme à la recherche d'une suite qui aurait pu se dissimuler dans un coin d'ombre.

— C'est tout ?

Mastiquant, Harry fit non de la tête et brandit ses papiers.

— Pas exactement.

Jury se demanda d'où lui venait ce sentiment de soulagement.

— Alors, racontez.

— Ç'a été la fin des apparitions de minuit du personnage mystère, mais pas la fin de l'histoire : une semaine plus tard environ, un soir, le jardinier, qui habitait dans…

Ici, Harry dut consulter ses notes.

— … Laycock Road, rentrait chez lui par un sentier à travers bois. À mi-trajet, il entend comme un froissement. Un renard ou un écureuil, se dit-il. Mais ensuite il perçoit une voix, sans pouvoir distinguer de paroles. Il s'enfonce dans les taillis, et c'est tout juste s'il ne trébuche pas sur un homme allongé, un homme en piteux état. Le jardinier, un certain William Cannon, est saisi de frayeur. Ce n'est pas l'inconnu qui lui fait peur mais la situation. Il s'apprête à aller chercher de l'aide quand l'homme l'attrape par le bras et marmonne : « Dites-leur de quitter cet endroit. » Il parle si bas que Cannon est obligé de coller son oreille à ses lèvres. Cannon, qui a fait la guerre et vu des mourants de près, comprend que le temps qu'il aille quérir la police, ou un médecin, le type aura passé l'arme à gauche.

Jury s'arrêta de mâcher.

— Une autre histoire ? C'est au moins la quatrième ou la cinquième...

Harry le regarda, pensif.

— Oui, reprit Jury. Votre récit, c'est un récit à tiroirs. D'abord la disparition de Glynnis Gault, puis l'histoire de Ben Torres, suivie de l'histoire de sa mère, et maintenant celle de ce Cannon...

Sur une serviette en papier, Jury dessina quatre carrés en disant :

— Je suis sûr qu'il y en a une cinquième quelque part.

— Vous devez avoir raison, convint Harry. On s'éloigne de plus en plus des Gault.

— Ce n'est pas ce que je me disais.

Jury pensait aux commentaires de Melrose Plant.

Le serveur s'était matérialisé devant leur table et énonçait la liste des plats du jour. Jury commanda la sole meunière. Une merveille de simplicité, grillée, avec un filet de beurre. Harry commanda un poisson dont la recette apparemment tortueuse devait nécessiter un temps de préparation non négligeable. Du bar à la chilienne. Le serveur partit chercher les salades.

— Êtes-vous certain que Glynnis n'est pas partie de son propre gré ? questionna Jury.

— Glynnis, quitter Hugh ? Non, jamais de la vie. Ils étaient réellement amoureux l'un de l'autre.

Cela semblait être un cri du cœur, mais Harry avait employé le passé.

— Alors elle avait une autre raison de partir.

— Si elle projetait de s'en aller, pourquoi diable emmener Robbie ?

— Et Mungo.

Jury sourit en sentant la tête du chien se presser contre sa chaussure. Il jeta un coup d'œil sous la table. Mungo lui rendit son regard. Le chien avait l'air de s'ennuyer ferme.

— Glynnis n'était pas du genre à filer et emmener leur fils sans prévenir. Jamais elle n'aurait fait une chose pareille.

De nouveau, le passé. Un garçon apporta une nouvelle corbeille garnie de petits pains et de morceaux de baguette. Jury se saisit d'un petit pain, se demandant si Mungo aimait ça. Il le rompit, en glissa un bout sous la nappe. Reniflement. Claquement de mâchoires. Gagné : il était tombé sur un chien qui aimait le pain.

— Comment allait Robbie ? Comment le traitait-on à la maison ?

Harry eut l'air suffoqué.

— Vous ne voulez pas dire… vous pensez que Robbie faisait l'objet de mauvais traitements ?

Le serveur était revenu avec les salades.

— Je ne suggère rien. C'était une question.

Jury coupa un morceau d'endive avant de poursuivre :

— Vous semblez penser que Glynnis Gault ne serait pas partie parce qu'elle était malheureuse en ménage ou pour une autre raison. Vous vous dites certain qu'elle n'aurait pas disparu de son plein gré. Pourtant, imaginons qu'elle ait décidé de disparaître. Qu'est-ce qui aurait pu l'y inciter ? Elle ne voulait pas quitter son mari, alors pourquoi l'a-t-elle fait ? Robbie allait bien, non ?

— À ma connaissance, oui.

Harry considéra sa salade d'un air surpris. Poires et noix.

— C'est ça que j'ai commandé ? demanda-t-il.

— Ouais, répondit Jury, qui avait opté pour la salade maison.

— Je dois avoir trop bu…

Harry coupa une lichette de Stilton et en coiffa sans conviction un minuscule morceau de poire.

Un couple en bleu Ferragamo et gris Armani prit place, *glissando*, sur les chaises que leur avançaient deux serveurs qui restèrent là, au garde-à-vous. Jury se demanda qui étaient ces gens. Ce qu'ils faisaient dans la vie. La femme portait trois bagues à une main. Assez grosses pour faire office de coup-de-poing américain en cas d'agression.

Le sommelier revint avec une bouteille de blanc qu'il soumit à l'examen de Harry. Celui-ci fit oui de la tête. Le sommelier et lui échangèrent quelques mots en français pendant qu'on débouchait le vin et qu'on le servait. Le sommelier s'approcha ensuite de la table voisine, où il entama une longue conversation, en français toujours, avec le couple d'élégants. L'homme parlait fort, comme pour faire savoir à ses voisins qu'il connaissait le français. Harry, lui, n'avait pas élevé la voix et s'était exprimé dans une langue beaucoup plus fluide, ne cherchant pas à faire étalage de ses connaissances linguistiques.

— Ils n'avaient qu'un sujet de dispute, poursuivit Harry, c'était l'école. Je vous l'ai dit. C'est la raison pour laquelle Glynnis voulait une maison près de Lark Rise. Cette école a une excellente réputation. L'autisme peut prendre des formes diverses. Chez Robbie, cela se manifestait par des troubles du langage : il ne parlait pas, ou alors à peine. Il avait des résultats médiocres dans son école, mais Hugh n'était pas chaud pour l'en changer. Ils se disputaient à cause de ça.

— Robbie n'était pas sujet à des crises de violence, d'excitabilité ?

— Non. Glynnis ne savait pas ce qu'il pensait de l'école ; elle se disait que s'il obtenait si peu de résultats, c'était parce qu'il ne s'y plaisait pas, un truc dans ce goût-là. En tout cas, ce n'était pas une raison pour se séparer de lui.

— Et cela n'expliquerait pas ce qui s'est passé. Loin de là. Mais il était d'accord pour faire cette petite excursion dans le Surrey ?

— Oui.

Jury n'avait pas encore dit à Harry qu'il s'était rendu à Winterhaus, mais il ne savait pas pourquoi.

— Vous avez emmené Mungo ?

— Mungo était parti, vous vous rappelez ?

— Bien sûr. Ainsi, vous ne vous êtes pas rendu là-bas récemment ?

— Non, fit Harry, le nez sur sa salade.

— Croyez-vous le chien capable de flairer une piste après tout ce temps ? Croyez-vous un retriever ou un limier capable d'une chose pareille à un an de distance ?

— Mungo n'est pas un limier, ça, c'est sûr. J'ignore quelle est sa race. Avec des oreilles pareilles, toutefois, il est possible qu'il ait les gènes d'un chien de chasse. Hugh l'a trouvé dans un refuge.

— C'est tout à son honneur ; il ne cherche pas à frimer par chien interposé.

Harry souleva un pan de nappe et clappa de la langue, produisant une sorte de clic clic.

Un bruit dénué de toute signification pour un animal, songea Jury.

— Non, vraiment, il n'a rien de prestigieux, ce chien, s'esclaffa Harry. Glynnis se fichait elle aussi du standing. Les gens bien, la robe qui convient, l'adresse chic…

— Quelqu'un de sympathique, Glynnis. Une femme charmante.

— Elle l'était, de fait.

— Vous ne cessez d'utiliser le passé. Avez-vous renoncé, Harry ?

— Non. Seulement, il y a si longtemps qu'elle est partie, elle semble si loin…

— Et Hugh ? Vous disiez qu'il ne les croyait pas morts.

— Hugh pense qu'ils sont perdus.

Jury fronça les sourcils.

— L'amnésie ? Elle est quelque part, elle ne sait où, et elle n'arrive pas à retrouver le chemin du retour ?

Harry but.

— Non. Perdus dans une autre dimension.

Jury s'adossa à son siège.

— Qu'est-ce que vous racontez ? Qu'est-ce qu'il raconte, plutôt ? Il est vraiment cinglé ?

— Non. C'est un physicien. Il n'est cinglé qu'en apparence. Hugh, sa passion, c'est la théorie des cordes. Mais ça, je vous l'ai dit.

Harry marqua une pause.

— Poursuivez, le pressa Jury, effaré.

— C'est un concept difficile à appréhender. Les tenants de cette théorie soutiennent qu'il existe des dimensions autres que celles que nous connaissons. Il n'y en a pas quatre – trois spatiales et une temporelle. Mais dix – neuf spatiales et une temporelle.

— Dix dimensions ?

— C'est exact.

Perplexe, Jury regarda autour de lui – à droite, à gauche, en haut, en bas.

— Où sont-elles ?

Harry éclata de rire.

— Où sont-elles ? Ratatinées, recroquevillées sur elles-mêmes peut-être. Si petites qu'on ne peut les voir.

Jury lui jeta un regard noir tandis qu'il continuait de manger.

— Pas la peine de me regarder comme ça, mon vieux. Je ne suis que le messager. Cela dit, si l'on croit, avec Einstein et Gödel, que le temps n'est pas réel, que le passé n'est pas passé, ce n'est pas trop difficile à accepter.

Jury se mit à cogiter.

— Alors ce n'est pas un truc à la T. S. Eliot…

— À quel truc pensez-vous ? s'enquit Harry, souriant.

— Le présent et le passé se rencontrent dans le futur. Quelque chose de ce genre. C'est un cercle. Non, ça c'est plutôt le bouddhisme zen.

— Je ne connais pas très bien Eliot…

— Moi non plus, apparemment.

Jury embrocha une tomate cerise.

— Gödel croyait que le temps est une illusion. Tout ce qui se passe – passé, présent, futur – s'étale devant nous. Imaginez que vous renversiez par terre une boîte contenant les pièces d'un puzzle, que vous les retourniez pour les regarder. Elles sont là toutes ensemble, sans rapport avec le passé, le présent ou le futur… Évidemment, c'est là une simplification grossière.

— Ne vous croyez pas obligé de simplifier pour moi.

— Dans un premier temps, on ne prêta pas beaucoup d'attention à sa théorie de l'incomplétude. La communauté scientifique n'y comprit goutte lorsqu'il l'exposa à l'occasion d'une conférence…

— Je vous interromps : voilà le poisson.

Harry tourna la tête vers le serveur – c'en était encore un nouveau – qui déposait un plateau. Il débarrassa les salades et les remplaça par la sole et le bar. Le poisson de Harry n'avait pas l'air aussi compliqué que ça, et la sole était parfaite.

— L'incomplétude…

Jury leva la main.

— Pas si vite. Je suis encore aux pièces du puzzle. S'il n'existe ni passé, ni présent, ni avenir, qu'est-ce qui empêche quelqu'un de revenir du passé ?

— Le passé n'existe pas, je veux dire en tant que « passé ».

— Ainsi Glynnis et Robbie pourraient reparaître à un moment quelconque ?

— Pourquoi pas ? C'est fou ce que la physique et les mathématiques libèrent notre pensée. Les dix dimensions, c'est toute une école de pensée. Pas seulement Hugh.

— Mais c'est théorique ; ça ne s'applique pas à notre existence quotidienne.

— Hugh essaierait de vous prouver le contraire, j'en suis sûr. Vous ne pensez pas que c'est possible ?

— Comment puis-je penser quoi que ce soit dans un sens ou dans l'autre ? Quel rapport avec notre vie réelle ? Nous en sommes encore à nous bagarrer avec les quatre dimensions. Désolé de passer à vos yeux pour un vieux réac opposé au progrès, mais si cette théorie n'a aucune conséquence sur notre moi à quatre dimensions… ?

— Elle en aurait une si vous soupçonniez votre femme et votre fils d'avoir disparu et d'être passés sur un autre plan de réalité.

Jury sourit.

— Il y a une faille dans ce raisonnement. Vous ne croyez pas plutôt que Hugh aurait disjoncté ?

— Je ne dis pas que je suis d'accord avec lui. Je me contente de répondre à votre question concernant ce que Hugh pense. Étant donné qu'il n'y a pas d'explication à la disparition de Glynnis et de Robbie, et étant donné la spécialité qui est celle de Hugh – la physique –, de son point de vue ça n'a rien de dingue.

Ils mangèrent un moment en silence.

Jury sentit Mungo remuer sous la table. Sa patte ou sa tête se posa sur la chaussure de Jury.

— Et Mungo ? Mungo n'a pas disparu avec eux dans une de ces folles dimensions. Pourquoi ? Soit ils disparaissaient tous, soit aucun ne disparaissait. Comment Hugh explique-t-il cela ?

— Vous avez raison, concéda Harry. Le chien… Hugh n'a pas fait mention du chien.

— Est-ce que votre ami ne serait pas dans le déni ?

— Le déni, peut-être. En tout cas, il est parfaitement rationnel dans sa façon de s'exprimer.

— Je ne dis pas qu'il ne l'est pas. La théorie des cordes…

— Elle expliquerait un tas de choses, je vous assure.

— Si seulement j'y comprenais quelque chose, j'en serais ravi.

— Pourquoi ne viendriez-vous pas avec moi faire sa connaissance ? Je dois passer à la clinique Stoddard demain.

Jury le regarda fixement.

— Parce qu'il existe réellement, Hugh ?

Harry éclata de rire.

— Bien sûr qu'il existe !… Vous pensez toujours que je vous mène en bateau ?

22

— Je ne vois pas pourquoi tu dînes dehors tous les soirs avec cette personne, dit Carole-Anne, agacée, en examinant une mèche de ses cheveux blond vénitien.

Ladite personne n'étant pas de sexe féminin, son agacement restait dans les limites du raisonnable.

— Parce que c'est quelqu'un d'intéressant.

Loin d'être endormie quand Jury était rentré, Carole-Anne, allongée sur son canapé dans un débraillé coquet – pyjama d'intérieur et peignoir bleu canard assorti –, passait sa chevelure en revue en quête d'éventuelles traces de gris.

— Moi aussi, je suis intéressante. Mais ce n'est pas pour autant que tu m'emmènes dîner dehors tous les soirs.

— À quoi bon ? Puisqu'on se retrouve ici même soir après soir pour faire la chasse aux cheveux blancs…

— Tu en as, je te signale. Mais inutile de t'en faire ; tu es un homme. Les cheveux blancs, chez un homme, ça fait distingué ; tandis que chez une femme, ça fait vieux.

Avec un soupir, elle se remit à tripoter ses cheveux, s'efforçant d'évaluer les dégâts.

Jury lui avait suggéré à maintes reprises d'utiliser une glace mais elle avait refusé : elle ne voulait pas en repérer trop à la fois.

— Je ne comprends pas pourquoi tu as été suspendu, poursuivit-elle.

— Suspendu ? Pas exactement. On m'a demandé de garder profil bas. De me calmer sur les enquêtes.

— Qu'est-ce que je t'avais dit ? Ne t'avais-je pas dit de ne pas pénétrer dans cette maison sans mandat ?

— Tu me l'as dit et même redit.

— On t'a demandé de rendre ton badge et ton flingue ? Comme à la télé ?

— La télé, c'est nettement plus intéressant que la réalité. Je ne porte pas d'arme.

— On aurait dû te donner une médaille pour avoir sauvé ces pauvres gamines. Tout le monde est d'accord là-dessus.

Il ne fallait pas prendre ce « tout le monde » au pied de la lettre car il ne concernait que Carole-Anne et Mme Wasserman.

— Mes supérieurs ne sont pas de cet avis.

— Cette bande d'empaillés !

Jury jubila intérieurement. La police, sa hiérarchie – des empaillés !

— Tu veux que je te raconte cette histoire ?

— Quelle histoire ?

— Tu souffres d'un déficit d'attention ?

Carole-Anne lui adressa une moue dont il était difficile de démêler si elle exprimait la compréhension ou l'incompréhension.

— Vas-y, raconte, dit-elle avec le soupir de martyr d'une infirmière en charge d'un service de gâteux surpeuplé.

— Bon. J'ai rencontré Harry Johnson dans un pub de la City qui s'appelle l'Old Wine Shades…

— Un pub sympa ? Je vais rarement dans ce quartier…

— Veux-tu oui ou non entendre mon histoire ?

— Je t'ai déjà dit que oui.

— Alors ne m'interromps pas. Harry Johnson m'a raconté qu'un de ses amis…

Et Jury de résumer l'histoire des Gault jusqu'à la dixième dimension. Carole-Anne inclinait la tête d'un côté et de l'autre par intermittence, comme en proie à un intense travail de réflexion.

Jury s'arrêta :

— Fumante, cette histoire, non ?

Et il attendit les tonnes de questions qu'elle n'allait pas manquer de poser.

Sauf qu'elle n'en posa aucune.

— Il ment, à tous les coups, dit-elle.

Jury fronça les sourcils.

— Harry ?

— Non, l'autre – Hugh. Il ment comme un arracheur de dents.

Il s'était attendu que Carole-Anne soit amusée par son récit, pas qu'elle relance le débat. Beaucoup de gens semblaient prendre son histoire – ou plutôt celle de Harry – par-dessus la jambe. D'abord Wiggins. Et maintenant Carole-Anne.

— À propos des dix dimensions, tu veux dire ?

— Non. Ça, c'est facile.

Facile ? Sidéré, il ôta ses pieds de la table basse, les posa bien à plat par terre et se pencha, prêt à la secouer pour lui faire cracher la solution. Facile ?

— Il ment à propos de tout le reste, dit-elle.

Jury se demanda où elle voulait en venir.

— Comment ça, « tout le reste » ?

Elle lui adressa un sourire vaguement moqueur.

— J'ignorais que c'était contagieux, le déficit d'attention. Il ment à propos de tout, sauf à propos des dix dimensions.

Jury ouvrit une bouche comme un four.

— M… mais, bafouilla-t-il, sa femme est allée visiter cette propriété, elle a rencontré la négociatrice, elle s'est rendue à Winterhaus, son fils a joué là-bas avec une petite fille… Tout cela s'est réellement passé ; il y a des témoins…

— Oui, mais si cela s'est passé, c'est parce que Hugh a fait en sorte que cela se passe, vois-tu. Je m'étonne que toi, bien que suspendu, tu n'aies pas compris ça, monsieur le grand détective. Hugh l'a assassinée – et son fils aussi peut-être –, ensuite il a fait son numéro de dingue et il s'est mis à blablater sur les dix dimensions et sa théorie des super… trucs…

— La théorie des supercordes.

Jury restait là, l'œil vitreux. Il s'était attendu à une centaine de questions haletantes auxquelles il aurait fourni une centaine de réponses brillantes. Pas qu'elle propose une solution. Encore moins une solution à laquelle lui-même n'avait pas songé. Il secoua la tête, tentant de s'éclaircir les idées.

— Hugh est dans une clinique psychiatrique. Je vais le voir demain.

— Très bien. Tu pourras lui parler, te rendre compte par toi-même. N'importe qui peut faire semblant d'être fou.

Elle s'étira.

— Neuf mois se sont écoulés et la police n'a toujours pas trouvé de corps.

— Tu l'as dit toi-même, ils ne cherchent pas vraiment. Ils sont persuadés qu'elle a déserté le domicile conjugal. On retrouvera les corps. On les retrouve toujours.

Jury se sentait l'esprit en déroute, les idées aussi embrouillées que les cheveux de Carole-Anne. Bien sûr, elle se trompait, mais ça l'énervait d'être incapable de dire pourquoi. Et le mobile, alors ?

— Pourquoi aurait-il fait ça ?

— Probablement qu'il s'est entiché d'une jeunette et que sa femme refusait de lui accorder le divorce. Il enterre sa femme quelque part, il fait celui qui la cherche partout, qui est désespéré, qui perd la boule. Puis il nous sort sa théorie des supermachins. Après tout, qui savait qu'elle allait visiter cette propriété ? Lui, évidemment. Il savait qu'elle serait là-bas et que la maison était vide.

— Tu as dit tout à l'heure que les dix dimensions, c'était facile…

Carole-Anne glissa ses pieds dans ses pantoufles. Le dessus était brodé d'or et d'argent et orné de fausses pierres précieuses. Elles devaient provenir de la grotte d'Ali Baba, dans Portobello Road.

— Je passe mon temps à perdre mes affaires. Mes boucles d'oreilles, par exemple. J'en enlève toujours une pour répondre au téléphone. Et lorsque, une minute plus tard, je veux la remettre, impossible de mettre la main dessus. J'ai beau chercher, rien. Elle est forcément allée se fourrer quelque part. À moins qu'elle ne se soit sauvée sur ses petites pattes.

— Elle est dans ta chambre, c'est évident.

— Eh bien, monte la chercher, commissaire.

— Elle sera restée coincée entre un coussin et le bras du fauteuil.

S'étant levée, Carole-Anne, qui s'apprêtait à regagner ses appartements, le toisa et désigna le plafond du doigt.

— Si tu veux mon avis, il doit exister un bureau des objets trouvés où atterrissent toutes les affaires que nous avons égarées. Peut-être que Dieu tient un mont-de-piété, qui sait ? Ou peut-être qu'elles filent dans la dixième dimension.

Jury resta prostré sur son siège, se mordant l'intérieur de la joue.

Sauvagement.

23

Le lendemain matin, assis à son bureau, Jury se mordait toujours l'intérieur de la joue tout en regardant Wiggins tremper des sachets de thé dans des mugs en faïence bleue, cadeau de son cousin de Manchester. Il hésitait à exposer la théorie des cordes à Wiggins. Ne serait-ce pas un test si les deux personnes les moins ouvertes aux théories scientifiques qu'il ait jamais connues – Wiggins et Carole-Anne – tombaient d'accord pour dire que l'histoire de Hugh Gault n'était qu'un tissu de mensonges ?

Certes, il savait que Wiggins allait lui fournir une réponse à base de coq-à-l'âne. Il se promit donc de ne pas l'interroger. Et bien sûr la tentation fut la plus forte.

— Wiggins, la théorie des cordes, vous connaissez ? C'est de la physique.

Wiggins, qui remuait son thé et celui de Jury, parut cogiter ferme.

— Pour l'amour du ciel, Wiggins, pas besoin de vous creuser la cervelle : vous connaissez ou vous ne connaissez pas.

— J'aurais pu la connaître et l'avoir oubliée.

Avec beaucoup de délicatesse, Wiggins tapota de sa cuillère le flanc du mug qu'il venait de sucrer. Quatre sucres pour lui, un pour Jury.

D'un coup de pied bien ajusté, Jury ferma le tiroir du bas de son bureau qui lui avait servi de repose-pieds. Il y avait des moments où il était bon de savoir se défouler physiquement. En s'autorisant à maltraiter le mobilier, par exemple.

— C'était une question rhétorique, Wiggins. Bien sûr que vous ne la connaissez pas. Pour cela, il faudrait que vous soyez physicien.

— Vous la connaissez, vous ?

Jury se mordit la langue tandis que Wiggins lui apportait son mug à son bureau. Regagnant son fauteuil, il se rassit et dit :

— Pourquoi faudrait-il que je sois physicien pour la connaître ? Je prends un exemple : je ne travaille pas au commissariat du 87e District, pourtant je le connais comme ma poche.

Et de brandir en direction de Jury un nouveau roman d'Ed McBain en format poche.

— Il n'y a personne au 87e District, Wiggins. Ni Carrera ni Meyer Meyer. Pas même Ed McBain. C'est de la fiction.

— Ce que j'en disais, c'était juste histoire de parler.

Parler ? Autant parler avec des baleines !

— Éclairez-moi, dit Wiggins en s'asseyant avec son thé et un petit sourire satisfait.

Pourquoi les gens comme lui se montraient-ils si insupportablement condescendants ? Passaient-ils leur temps à échafauder des théories et à plancher dessus comme si leur esprit était un tableau noir ne demandant qu'à se couvrir d'élégantes équations ?

Tu vas t'en mordre les doigts, mon pote ! songea Jury, qui se lança :

— La théorie des cordes réconcilie la relativité et la mécanique quantique.

Non, ça n'était pas ça.

— La théorie des cordes postule l'existence de dix dimensions, neuf dans l'espace et une…

Wiggins l'interrompit :

— Eh ben, c'est là qu'elle se goure, la théorie. Il y a trois dimensions, quatre, si l'on compte le temps. Votre théorie en a six de trop.

Tout content de lui, il sirota son thé.

Jury se pencha au maximum au-dessus de son bureau.

— C'est une théorie, bon Dieu. Une hypothèse.

— Une élucubration, vous voulez dire.

— Oui, mais ça, c'est une façon plutôt simpliste de définir une « hypothèse ». Une théorie est une chose qui attend d'être prouvée.

Wiggins ricana.

— Elle a pas fini d'attendre, alors.

Merde ! Où allait-on si tout le monde – excepté Jury – devenait intelligent ?

Son téléphone sonna, le faisant sursauter. Jury l'empoigna comme il l'aurait fait d'un parachute. Au bout de la ligne, Fiona lui annonça que Racer voulait le voir.

— Il n'est pas de mauvaise humeur, pour une fois.

— Ça veut sans doute dire qu'on lui a confié la tâche agréable de me retirer ma plaque et de me foutre dehors.

Fiona ricana, un peu à la manière de Wiggins.

— Il n'est quand même pas à ce point-là de bonne humeur.

Elle n'allait pas s'y mettre, elle aussi ?

Jury prit sa veste accrochée au dossier de son fauteuil pivotant. Il adressa à Wiggins un regard meurtrier et quitta le bureau.

Il s'agissait d'un simple rapport sur le déroulement de l'enquête dont Jury faisait l'objet ; aucune décision n'avait encore été prise le concernant. Racer en profita pour lui faire un nouveau sermon. Respect des règles. Travail d'équipe. Ne pas chercher à jouer les héros. « Héros », c'était le terme qui posait problème : Jury et le sergent Cody Platt, qui avait fait irruption avec lui dans la maison, étaient qualifiés dans la presse de héros pour avoir sauvé les dix petites filles. Du moins est-ce ainsi que les médias présentaient la chose.

Tandis que Racer pérorait (il s'était levé et faisait maintenant les cent pas), Jury se débattait intérieurement avec la théorie des cordes. Ou plutôt des supercordes. Comment un physicien pouvait-il concevoir l'idée d'une particule si petite qu'il fallait, quand on l'évoquait, préciser qu'elle était des milliards et des milliards de fois plus petite qu'un atome ? Jury avait déjà du mal avec les centaines… Comment quelqu'un comme Hugh Gault pouvait-il, comme on aurait joué avec de la pâte à modeler, penser en termes de milliards ? Cela devait être un truc du genre des poupées russes, les matriochkas, qu'on retirait l'une après l'autre jusqu'à la dernière, si minuscule qu'on la voyait à peine. Il songea aux quarks. Aux quarks charme, particulièrement. Il sourit, considéra Racer. Existait-il également des quarks dénués de charme ?

— Jury ! C'est quoi, ce sourire ? À quoi pensez-vous ?

— Au charm... je veux dire, aux charlatans. Je me demandais si le médecin qu'on m'a ordonné de consulter n'en était pas un. Un charlatan.

Jury se fendit d'un nouveau sourire. On lui avait recommandé d'aller voir un psychologue de la police, mais il n'en avait rien fait.

Racer bichait toujours quand on disait du mal d'une profession, du moment qu'il ne s'agissait pas de la sienne.

— Continuez quand même à y aller, mon garçon. C'est pour votre bien.

Tout le monde au Yard semblait penser que l'expérience vécue par Jury dans la maison de Hester Street avait été traumatisante. Elle l'avait été. Mais surtout libératrice.

— Entendu, monsieur.

Le regard de Jury était maintenant braqué sur le chat Cyril, qui s'était réfugié sur la corniche. L'animal était assis, prenant la mesure de sa victime. Racer, naturellement. Lequel allait et venait dans la pièce. Ces derniers temps, au lieu de se précipiter sur les épaules de Racer, Cyril avait changé de tactique et lui sautait par-dessus la tête. Cyril s'apprêtait manifestement à bondir, mais pour cela il fallait que la porte du bureau soit ouverte afin de lui permettre de prendre la fuite, son forfait accompli.

— Est-ce tout, monsieur ?

— Quoi ? Oui, oui, dit Racer, le congédiant.

Jury ouvrit la porte et Cyril, prenant son envol, s'élança, frôla le crâne de Racer, atterrit, se rua vers la porte et, cliquetis-clac, se glissa sous le bureau de Fiona, coursé par un Racer furibond.

— Où est-il ? Où est passé ce maudit chat pelé ? Je vais le tuer !

Racer promena des yeux furieux autour de la pièce, ratant de peu le petit bout de la queue du matou qui dépassait de dessous la table de travail de sa secrétaire.

Cyril, songea Jury, devenait un tantinet imprudent.

— Il est peut-être passé dans la neuvième dimension.

Et Jury, à l'instar de Wiggins et Fiona avant lui, se mit à ricaner.

— Je vous conseille vivement de continuer à voir ce médecin, charlatan ou pas !

Sur ces paroles, Racer disparut dans le couloir.

Le chat Cyril émergea de sa cachette et sauta sur le bureau de Fiona, où il entreprit de faire sa toilette. Patte levée, il fixa Jury.

— Dis-moi, Cyril, tu as entendu parler du chat de Schrödinger ?

Cyril se passa une patte sur le museau, sans daigner répondre.

Jury avait deux heures à tuer avant de retrouver Harry Johnson à l'Old Wine Shades. Aussi sauta-t-il dans un taxi pour se rendre au Boring's.

Lorsqu'il entra dans la grande salle, Jury constata qu'on en était au sherry et au whisky préprandial. Melrose était assis en compagnie du colonel Neame et du major Champs dans les fauteuils qu'ils avaient précédemment occupés, à croire qu'ils n'en avaient pas bougé et s'en trouvaient bien.

— Commissaire ! Quel plaisir ! Tâchons de trouver un serveur…

Il était rare qu'on eût à chercher longtemps un serveur au Boring's. Il y en avait toujours un qui croisait dans les parages. Celui qui passait justement par là prit la commande de Jury, à savoir un café.

— Nous avons réfléchi à votre petit problème, commissaire.

Des petits problèmes, il y en avait tellement que Jury faillit demander duquel il s'agissait. Il avait jeté son manteau sur le dossier du sofa et s'assit.

— Vous avez trouvé quelque chose ?

Le colonel Neame sortit une feuille de papier à lettres pliée en quatre de la poche de sa veste.

— Nous avons une question à vous poser.

— Allez-y ! dit Jury tandis que le garçon posait son café sur la table jouxtant le canapé.

Le colonel Neame regarda le major Champs, qui lui fit signe de poursuivre.

— Très bien, sur ce plan…

Il déplia la feuille, la lissa du plat de la main. Elle portait l'en-tête du Boring's.

— Voilà le village. Lark Rise, n'est-ce pas ?

Ledit village était figuré par une ribambelle de petits carrés entourant un carré plus vaste. Les petits carrés devaient correspondre aux maisons ou bâtiments groupés autour de la place.

— Douze kilomètres plus loin, c'est le cottage où Mme Gault s'est arrêtée. Lark Cottage. La négociatrice a reçu un coup de fil de cette même Mme Gault, disant qu'elle trouvait la maison un peu trop « léchée ». La seconde maison se trouvait huit cents mètres plus haut, ici…

Neame avait dessiné un carré plus grand au bout d'une longue allée.

— Elle n'a pas fait part à la négociatrice de ses impressions concernant cette propriété. Nous supposons qu'elle y est entrée…

— Rectification, dit Melrose. Nous savons qu'elle y est entrée. Il y a eu un témoin.

— J'avais oublié, oui. La gamine qui jouait dans le parc. Bref. Ensuite elle est passée au Swan…

Neame leur désignait un carré avec une enseigne. Il marqua une pause avant de poursuivre :

— Voilà notre question : Comment savons-nous que c'est bien dans cet ordre qu'elle a procédé ? Elle aurait pu faire halte au Swan avant d'aller faire ses visites. À la suite de quoi, pour visiter les deux maisons, il lui aurait fallu rouler dans la direction opposée, atteignant d'abord Winterhaus et ensuite Lark Cottage. La négociatrice a supposé que Mme Gault faisait référence à Lark Cottage quand elle a téléphoné ; normal, compte tenu de l'emplacement, c'est ce qui se serait passé si Mme Gault s'était rendue à l'agence venant de Lark Rise.

Le colonel Neame se carra dans son fauteuil. Le major Champs se racla la gorge à plusieurs reprises pour s'encourager à prendre la suite.

— Nous savons que son fils et elle ont pris le thé chez les Shoesmith ; un drôle de nom, pas franchement anglais…

Il s'interrompit, apparemment perdu dans les pensées que lui inspirait le patronyme. Melrose remit le récit sur les rails.

— Rappelle-toi, dit-il à Jury, comme ils ont paru contents de nous voir arriver chez eux. Si cela se trouve, les Shoesmith ont été les dernières personnes à voir Mme Gault et son fils vivants.

Cet énoncé quelque peu inquiétant sembla flotter quelques instants dans la pièce. Jury sourit, repensant aux propriétaires de Lark Cottage : des gens normaux, accueillants. Que les Shoesmith aient pu trucider Glynnis Gault et son fils lui semblait difficile à avaler.

— On se demande, dit le major Champs, s'il ne serait pas arrivé quelque chose là-bas. Quelle sorte de gens sont ces Shoesmith ? Ils ne me semblent pas très catholiques.

— Le commentaire que Mme Gault a fait à la négociatrice, dit le colonel Neame, le fait que la maison lui semblait « un peu trop »... Qui sait ce qu'elle entendait par « trop » ?

— Ce cottage, dit Melrose, est très isolé. Surtout pour un couple âgé.

— Où voulez-vous en venir ? questionna Jury. Vous pensez que les Shoesmith ont versé du laudanum dans le thé et qu'ensuite ils ont traîné leurs visiteurs dans les bois ? Cela me semble peu probable. Ne pourrait-on éclaircir la chose en vérifiant l'heure à laquelle Glynnis Gault est passée à Lark Cottage et au pub, ainsi que celle à laquelle elle a appelé Marjorie Bathous à l'agence ?

Tous, Melrose compris, le dévisagèrent comme s'il était un vilain garnement s'approchant de leur ballon une aiguille à tricoter à la main. Jury, l'empêcheur de tourner en rond...

— Ça pourrait être une piste, dit Melrose.

— Tu as tout à fait raison.

Jury appela d'un geste un serveur et réclama un téléphone.

— Tu n'as pas de portable ?

— Si, mais il est toujours déchargé. Je déteste les portables. On devrait les interdire sauf en cas d'urgence.

— Tu es policier. Quand on t'appelle, c'est forcément pour une urgence. Si tu en avais eu un en décembre dernier, ça n'aurait pas été du luxe.

— Parfaitement vrai, opina Jury.

Il avait composé un numéro et s'adressa à son interlocuteur :

— Wiggins, vous pouvez faire quelque chose pour moi ? C'est à propos d'un couple dans le Surrey. Les Shoesmith. Maeve et Robert. Près du village de Lark Rise. Fouinez un peu et tâchez de voir si vous ne trouvez pas quelque chose, voulez-vous ? Merci.

Il raccrocha.

Champs, Neame et Melrose parurent satisfaits de voir que Scotland Yard les prenait maintenant au sérieux.

Tel n'était pas le cas. Jury poursuivit :

— Il y a d'autres possibilités. Mme Gault et son fils auraient pu déjeuner au pub, retourner à Lark Cottage et ensuite à Winterhaus. Une femme les a vus, semble-t-il. Enfin, elle a vu Glynnis Gault près de sa voiture, le gamin était sans doute à l'intérieur. Si l'on pouvait savoir à quelle heure, cela nous aiderait à déterminer où elle a été vue en dernier. Ça, et l'heure à laquelle ils étaient à Lark Cottage…

— Comment fait-on pour établir l'heure si les Shoesmith mentent ? voulut savoir Melrose.

— Tu tiens absolument à les impliquer, c'est ça ?

— Non. J'envisage cette possibilité, c'est tout.

Quelle mouche piquait Melrose ? Pourquoi se rangeait-il du côté des deux gentlemen ? Certes, c'étaient des gens charmants, et le colonel Neame était loin d'être idiot. (Pour ce qui était des capacités intellectuelles du major Champs, Jury ne se sentait pas en mesure de se prononcer.) Ils semblaient former un trio partageant les mêmes idées et les mêmes intuitions. Bien calé dans son fauteuil, fumant l'un des cigares de Champs, Melrose braquait sur Jury, à l'instar du colonel Neame, un regard d'acier. À un détail près : la couleur. Car si le regard de Neame était gris, celui de Plant était vert.

— Fort bien, nous allons prendre cela en compte.

Jury reposa sa tasse de café et écouta midi sonner sinistrement. L'horloge de parquet du Boring's semblait inviter tous ceux qui se trouvaient dans la salle ombreuse à évacuer leurs morts. Jetant les yeux autour de lui, Jury crut en repérer un ou deux. Avec une claque sur les accoudoirs, il se leva.

— Gentlemen, ravi de vous avoir vus, merci pour le café. Je resterais bien mais j'ai un déjeuner.

— Un déjeuner important ? Un déjeuner d'affaires ?

— Pas si important que ça : un déjeuner dans un pub.

Tous les trois plissèrent les yeux, le fixant d'un air soupçonneux, Plant plus encore que les deux autres. Puis Melrose se carra dans son fauteuil, tirant sur son cigare, les yeux toujours étrécis. Jury ne put s'empêcher de penser non à un propriétaire terrien titré et plein aux as mais à Humphrey Bogart dans *Casablanca*.

— Quelque chose de drôle ?

— En aucun cas, répondit Jury.

24

Un autre barman avait pris la place de Trevor. Plus âgé, serviette négligemment jetée sur l'épaule, accent guttural du nord de Londres. Jury se demanda où était passé Trevor ; peut-être était-ce son jour de congé. Il se demanda également si son remplaçant s'y connaissait aussi bien en vin. Il en doutait. Les barmen comme Trevor ne devaient pas courir les rues.

Jury était en avance pour son rendez-vous avec Harry et il prit un verre au bar. Il se sentait un peu gêné car il lui arrivait rarement de boire de l'alcool en milieu de journée, et ce pour une raison bien simple : il n'en avait pas le temps.

Les clients étaient plus nombreux à cette heure-ci que le soir. Agents de change, gens de finance, secrétaires. Il avait lu quelque part que cet établissement était le dernier survivant du Grand Incendie, il datait donc des années 1600. Les murs lambrissés de bois foncé étaient ornés de publicités pour différents vins et de gravures représentant des scènes de rues du vieux Londres. Il se demanda si parmi les documents accrochés aux murs certains témoignaient de son ancienneté.

L'endroit était bondé. La fumée, épaisse. Intérieurement, Jury pestait : la tabagie passive était aussi nocive que la tabagie tout court. C'était à vous rendre fou, les fumeurs savourant le tabac tandis que ceux qui en avaient bavé (et en bavaient toujours, comme lui) pour renoncer à leurs mauvaises habitudes auraient aussi bien fait de continuer à s'intoxiquer. Il songea un instant à repiquer.

Histoire de penser à autre chose, il se repassa les propos qui s'étaient tenus au Boring's. Il lui faudrait parler de nouveau à la négociatrice. Peut-être pourrait-elle être plus précise concernant le coup de fil qu'elle avait reçu de Glynnis Gault. Mais Jury était certain que l'explication la plus évidente était la bonne dans cette affaire.

— Vous déjeunez ?

Jury pivota et se trouva nez à nez avec Harry Johnson, vêtu d'un nouveau manteau, en poil de chameau, tout aussi coûteux que le précédent.

— Non, je prends juste un verre.

— Il y a un excellent restaurant à l'étage.

Jury baissa la tête et s'enquit :

— Où est Mungo ?

— Dans la voiture. Je suis en stationnement interdit, on ferait mieux d'y aller si vous êtes prêt. Désolé pour le déjeuner.

Jury hocha la tête, laissa son verre à moitié plein : non, finalement, l'alcool à l'heure du déjeuner ce n'était pas son truc. Il avait déjà eu assez de mal à arrêter le tabac. Ce n'était pas pour sombrer dans l'alcoolisme.

Mungo s'installa près de la vitre ouverte, la tête à la portière.

— Pourquoi les chiens font-ils ça ?

— Je l'ignore ; peut-être pour profiter de la brise.

Brise… Jury pensa aux Ryder et aux courses de chevaux. Et à Nell. Quel gâchis, oh, quel gâchis, se dit-il tandis qu'ils dépassaient une BMW dans Upper Thames Street et filaient le long de l'Embankment.

La clinique Stoddard, d'inspiration gothique, était défendue par un portail massif ; des lions de pierre surmontaient les piliers gris de part et d'autre dudit portail. Les voitures devaient s'arrêter et utiliser l'interphone encastré dans l'un des piliers. Harry appuya sur le bouton et une voix, au milieu de crachotements, lui demanda ce qu'il voulait.

— Je viens voir M. Gault. Hugh Gault. Je m'appelle Johnson.

Un silence, des bruits de friture.

— Monsieur Harry Johnson, c'est ça ?

— En effet.

Le portail s'ouvrit et ils entrèrent. Le bâtiment, comme le portail, était vaguement intimidant. Si cette clinique était conçue avant tout pour des gens stressés ayant besoin d'un peu de repos, son aspect avait quelque chose de franchement excessif. Architecture médiévale, créneaux, pierre grise et clocher, absence de chaises sur la vaste pelouse… Pas une âme en vue alors que la journée était belle.

Alors qu'ils se garaient sous un énorme chêne, Jury remarqua :

— Cette clinique m'évoque un tout autre genre d'établissement : le genre dont on ne sort pas exactement quand ça vous chante, si vous voyez ce que je veux dire.

— Je vois. Mais elle n'est pas aussi sinistre que vous le pensez.

Avant de descendre de la voiture, Harry caressa Mungo et lui dit qu'ils ne tarderaient pas à être de retour. Mungo fit entendre quelques bruits de gorge ; non pas, Jury en aurait mis sa main à couper, pour leur faire savoir qu'ils allaient lui manquer mais parce qu'il semblait se dire que la liberté était à sa portée.

Ils contournèrent un minibus blanc sur les flancs duquel on pouvait lire *STODDARD* – et non *CLINIQUE* –, pour montrer sans doute que l'établissement ne datait pas d'hier et que la précision était inutile.

— Une autre de mes amies a séjourné ici. Elle en est sortie, maintenant. Sa thérapie a réussi. Hugh n'est pas prisonnier. Écoutez : il y a des fois où il a envie de parler de ce qui s'est passé et des fois où il préfère s'abstenir. Il ne met pas sans cesse le sujet sur le tapis. Je le laisse manœuvrer à sa guise. Vous imaginez…

Jury opina mais il n'arrivait pas à imaginer. Il n'arrivait pas à imaginer non plus comment on pouvait vivre avec une chose pareille au-dessus de la tête.

Stoddard était aussi imposant dedans que dehors. Toutefois il régnait à l'intérieur une certaine chaleur. Celle-ci émanait des cheminées, du papier peint à fleurs couleur bronze, des rampes d'acajou luisant. De part et d'autre du vaste hall s'ouvraient deux salons ou salles de réception. Trois personnes – une femme et deux hommes – se tenaient au centre de la pièce de droite, riant. Jury se demanda si l'une d'elles était le patient que les deux autres étaient venus voir ; il trouva leur groupe étonnamment bruyant. La femme se baissa pour caresser la tête d'un chien-loup irlandais, race que Jury avait toujours trouvée vaguement ridicule sans savoir pourquoi.

Lorsqu'ils s'avancèrent, Harry fut chaleureusement accueilli par une infirmière qu'il appela par son prénom – Mary ou Merle – et qui l'accompagna jusqu'au bureau de la réception en bavardant. La réceptionniste, genre gravure de mode, avec son élégant tailleur et ses cheveux noirs coupés court qui lui faisaient comme un casque, se révéla aussi affable que l'infirmière. Les visites de Harry devaient être fréquentes pour que le personnel se montre aussi amical.

Un homme venait de descendre le large escalier du hall, regardant alternativement l'une et l'autre salle de réception. Jury se demanda si c'était Hugh Gault : le pauvre garçon avait l'air complètement dépassé. Une infirmière s'approcha de lui en souriant et l'emmena dans l'autre pièce, où tout le monde (y compris le chien, qui faillit le renverser) l'accueillit avec force démonstrations.

Hugh Gault, alors, ce devait être cet homme qui entrait dans le salon jumeau. Il était grand et un peu maigre, mais son « état » ne semblait pas être la cause de sa maigreur. Il salua Harry, fut présenté à Jury et se laissa tomber dans l'un des profonds fauteuils près du feu. Harry et Jury prirent place en face de lui dans des sièges identiques. La pièce était faiblement éclairée, ce qui était agréable. Quelqu'un, ici, croyait à la nécessité de tamiser l'éclairage. Jury se demanda pourquoi. Désir de faire meilleure impression ? De créer une atmosphère plus douce et donc plus propice aux soins ? Quelle que fût la raison, c'était extrêmement cosy et même reposant. Cet intérieur, avec les flammes qui crépitaient dans la cheminée, paraissait digne d'une luxueuse auberge de campagne. Sans doute prêtait-on à ces aménagements des vertus thérapeutiques. Jury se dit que cela devait coûter une petite fortune.

— Un commissaire de police ? Ça alors !

Hugh Gault inclina la tête en direction de Harry avant d'ajouter :

— Allons-nous devoir nous servir d'alibi l'un à l'autre ? En ce qui me concerne, il y a huit mois que je suis ici. Les témoins ne manquent pas. En revanche, pour Harry, je ne peux rien affirmer. Sait-on jamais où il se trouve ? Ici, là, partout.

— Une particule, dit Jury en souriant. Impossible à identifier parce que impossible à mesurer.

Hugh renversa la tête en arrière et éclata de rire.

— C'est l'une des meilleures définitions de Harry qu'il m'ait été donné d'entendre. Vous vous intéressez à la théorie des quanta ?

— Le peu que j'en sais m'intéresse.

— Comment avance le livre, Hugh ? s'enquit Harry.

— Je peine toujours. Ce serait plus facile si tu me rendais mes satanées notes.

C'était dit sans colère ni agacement, mais avec bonne humeur. Hugh s'adressa alors à Jury :

— Dites-moi, commissaire, vous semblez désireux de prouver que nous sommes de mèche dans une conspiration criminelle. Avez-vous progressé ?

— Moi ? Pas tellement. Je suis resté coincé avec le chat de Schrödinger.

— Ah ! Tant mieux pour vous !

— Peut-être. Mais je ne suis pas sûr que ce soit si bien que ça pour le chat.

Hugh s'esclaffa de nouveau.

— Vous apprenez vite, commissaire.

– Non, je ne comprends rien au monde quantique.

— Eh bien, rappelez-vous que ce qui gouverne le comportement dans notre expérience de tous les jours est sans valeur dans le monde des quanta. La fonction d'onde de Schrödinger était l'une des révélations de la physique quantique. La fonction d'onde…

Jury ne put s'empêcher de sourire : Hugh Gault tournait les syllabes dans sa bouche comme s'il dégustait un chocolat particulièrement délicieux ou un whisky pur malt.

— C'est une quantité mathématique. Il faut résoudre l'équation de Schrödinger pour comprendre.

— Le chat de Schrödinger. Vivant et mort en même…

Hugh détourna les yeux. Puis il considéra de nouveau Jury.

— Désolé. J'ai pris de sacrés coups et… Ma femme me manque. Mon fils me manque.

Jury comprit combien l'ambiguïté du chat – non, c'était beaucoup plus que de l'ambiguïté – pouvait l'accabler par analogie. Ils restèrent silencieux quelques instants, puis Harry reprit la parole pour combler le vide :

— Vous savez, je comprends l'intérêt suscité par la théorie des quanta chez les détectives. L'observation modifiant les choses observées, comment est-il possible de mesurer ? Tout se dédouble. Le chat est en même temps mort et vivant. Il ne fait aucun doute que Schrödinger a mis en évidence l'un des points de désaccord dans la théorie de la superposition.

— Superposition ? Qu'est-ce que c'est que ça ? questionna Jury.

Ainsi encouragé, Hugh prit le train en marche :

— Considérons l'expérience suivante : vous avez lancé un caillou dans l'eau, d'accord ? Résultat, des cercles concentriques naissent à partir du point d'impact du caillou sur la surface de l'eau. Puis, vous lancez un second caillou près du premier. Même résultat : vous obtenez une nouvelle série de cercles concentriques. Mais maintenant, les deux configurations se chevauchent et en provoquent une troisième. Si bien qu'une partie des cercles en question, qui appartiennent aux deux systèmes, génèrent un troisième train d'ondes. Par superposition. Vous avez l'air sceptique, commissaire.

— Non, abasourdi, plutôt.

Ils éclatèrent de rire.

Hugh reprit :

— Le chat de Schrödinger. Simultanément vivant et mort. C'est là le chevauchement. Ce qui est vrai au niveau microscopique entre en conflit avec ce que nous observons de nos yeux. Le niveau macroscopique. Le niveau des chats, par exemple. Le chat est impliqué dans le processus de désintégration. Quand le noyau se désintègre, le poison est libéré et le chat meurt instantanément. N'oubliez pas que dès que l'on observe on modifie le résultat. L'un des aspects du principe d'incertitude de Heisenberg est que tout acte d'observation finira par modifier les choses observées…

Jury décrocha. Il essayait de retrouver quelque chose que Harry avait dit au pub, mais il n'arrivait pas à mettre le doigt dessus. Il fronça les sourcils. Qu'était-ce donc ?

— … avec la théorie d'incomplétude.

Jury secoua la tête comme pour s'éclaircir les idées.

— Désolé. Vous disiez ?

— Gödel. Sa théorie d'incomplétude. Une proposition peut être à la fois vraie et indémontrable.

— Oh, ça...

— Ne vous inquiétez pas, dit Hugh avec un rire. Les mathématiciens les plus brillants y ont perdu leur latin. Après tout, cela bouleverse l'idée établie que les mathématiques sont un système fermé parfait, démontrable de l'intérieur. Et on les comprend : comment une proposition peut-elle en même temps être vraie et indémontrable ? C'est pourtant ce que Gödel a réussi à démontrer.

— Vous êtes en train de dire que ce Gödel a démontré l'indémontrable ?

— Exactement, confirma Hugh. C'est en quelque sorte un double langage, n'est-ce pas ? Gödel a confirmé sa théorie tout en la subvertissant. Un vrai chef-d'œuvre digne du plus grand génie. Il a proposé une solution par la numérotation. Les numéros de Gödel. Mais n'entrons pas là-dedans.

— Ça vaudra mieux, opina Jury. Revenons-en aux supercordes.

Le sourire de Hugh, vaste et chaleureux, était éminemment contagieux.

— Bien.

— Comment peut-on travailler sur quelque chose qui est un milliard de fois plus petit que le noyau d'un atome ? Ne sommes-nous pas là au niveau de la taille de vos cordes ?

— On s'en rapproche. En fait, c'est un milliard de milliards de fois plus petit, dit Hugh.

— Autant dire qu'on est revenus à zéro, non ?

Hugh se carra dans son siège.

C'est comme ça qu'il s'en sort, songea Jury. Comme ça que Hugh réussissait à supporter la disparition de sa femme et de son fils : en se réfugiant dans le monde de l'abstraction.

— Il n'y a pas de zéro, dit Hugh. Le stade ultime, c'est la corde. Et n'oubliez pas que nous parlons d'énergie. D'énergie vibratoire. Il n'y a plus rien au-delà de la corde. Plus rien du tout. On s'arrête là.

Hugh se détendit comme si, maintenant qu'il avait fourni son explication, la détente lui était permise.

— Comment est-ce possible ? Ça me dépasse. Ce dont vous parlez est absolument indivisible.

— Bien sûr que c'est inimaginable. Mais on peut s'en sortir par la logique… Dites-moi, qu'est-ce qui vous intéresse là-dedans, commissaire ? C'est tellement abstrait. Vous avez affaire à des faits dans votre métier. Ce que vous cherchez, ce sont des preuves. Même les preuves indirectes ne vous satisfont pas ; pourtant, Dieu sait qu'elles sont concrètes. Un milliard de milliards de fois… pas étonnant que cela dépasse votre imagination.

Jury songea que Hugh paraissait parfaitement sain d'esprit. Mais jamais il n'avait été question de mettre en doute sa santé mentale. S'il était venu s'installer ici, c'est parce qu'il ne pouvait supporter qu'on lui retire le tapis de sous les pieds. Jury se demanda si lui-même serait capable de supporter sa situation. Sans doute que non. Mais il poursuivit, s'efforçant de se montrer à la hauteur de la discussion :

— L'abstraction ne contredit pourtant pas les faits. Prenons un exemple : A désigne une empreinte digitale sur une arme, B l'empreinte digitale d'un suspect, et C l'assassin. Nous avons les empreintes sur l'arme, les empreintes du suspect, et nous concluons que le suspect est l'assassin. Les empreintes sont bien des faits indéniables. Mais pour passer de A et B à C, je suis obligé de faire un saut – pas grand, mais un saut tout de même. Eh bien, ce saut est une abstraction.

— Ce n'est pas exactement de ça que nous parlons, fit alors Harry.

— Ah bon ?

— Harry, dit Hugh en riant, pense toujours que nous ne parlons pas de ce dont nous parlons. Il pense qu'il s'agit d'un double langage. Nous ne pensons pas de la même façon, vous savez : nous sommes en désaccord sur des points fondamentaux. C'est pour ça qu'il est parti avec mes notes. Pour voir s'il comprenait.

Harry eut un regard amusé.

— Aucun problème.

Jury se demanda si les deux hommes n'étaient pas en rivalité ; et si oui, à propos de quoi ? Glynnis Gault ? Il était évident que Harry s'intéressait à elle. Mais jusqu'à quel point ?

— Non, en fait, Harry est en contradiction avec lui-même sur ce point. Ses idoles sont Bohr et Gödel. Mais Gödel n'avait pas plus confiance qu'Einstein en la théorie des quanta.

— Très bien. Mais où est le rapport avec notre vie quotidienne ? Si je dis que l'empreinte A et l'empreinte B sont identiques, je peux dire également que C est l'assassin. Mais je ne vois pas comment la théorie d'incomplétude se traduit dans vos activités de tous les jours, par exemple.

— Je pense que c'est ce que Harry voulait dire à propos de votre définition de l'abstraction : ce n'est pas de ça que nous parlons.

— Combien de types d'abstraction existe-t-il ?

— Les mathématiques sont une abstraction ; les nombres aussi, mais pas les empreintes digitales, dit Hugh.

— Ce n'est pas une description exacte, dit Harry. Je parle là de Gödel. Ou d'*Hamlet*. Vous vous rappelez la pièce dans la pièce de la troupe itinérante ? Les acteurs de la « pièce » jouée endossaient les personnages, portaient les masques de la famille de Hamlet. Ils empoisonnaient le roi comme Claudius avait empoisonné le roi en réalité, ou plutôt dans la pièce proprement dite. Cela devenait autoréférentiel. Les acteurs faisant des commentaires sur les faits et gestes de leurs homologues « réels ».

Jury songea à l'histoire de Harry : une histoire dans une histoire dans une histoire. Finalement, en savait-il aussi peu sur les événements « réels » que sur le principe d'incertitude ou la théorie d'incomplétude ?

D'une certaine façon, cela le fit sourire, sans qu'il sache trop pourquoi. À cause de ce maudit chat, peut-être.

25

Jury était enchanté de disposer du reste de l'après-midi pour se rendre dans le Surrey et faire un tour au Swan à titre officieux. Même en l'absence de scène de crime, les habitués du pub seraient contents de le voir, à présent qu'il avait éveillé leur intérêt pour ce meurtre – à supposer qu'il s'agisse bien d'un meurtre. Ils avaient dû passer pas mal de temps à parler de lui et de Melrose Plant et de leur apparition au Swan. Et il y avait la femme qui avait vu Glynnis Gault. Elle pourrait sans doute lui apprendre des choses.

Il traversait Slough lorsqu'il se sentit soudain envahi par une tristesse inexplicable ; au point qu'il fit deux fois le tour d'un rond-point placé devant l'un des multiples parcs industriels que comptait le secteur. Une ville grise, tout en béton et en verre. Pouvait-on imaginer qu'il y ait des gens pour évoquer avec des trémolos « ce cher vieux Slough » ?

Jury sourit. Son sourire s'évanouit lorsqu'il s'arrêta à un passage clouté pour laisser traverser une petite vieille avec un filet à provisions. Il distinguait jusqu'au paquet de céréales et à la demi-baguette de pain qui dépassait dudit filet. Cette petite dame-là, oui, il l'imaginait tout à fait évoquant avec émotion « ce cher vieux Slough ».

Dans son dos des coups de klaxon furieux retentirent. La vieille dame, apparemment percluse d'arthrose, n'était qu'au milieu de la chaussée ; mais derrière Jury, on semblait penser que c'était bien assez. Jury laissa le temps à la petite mamie de prendre pied sur le trottoir tandis que l'automobiliste énervé klaxonnait de plus belle. Jury sourit et poursuivit sa route.

Il s'engagea sur l'une des places de parking aménagées devant Forester et Flynn et entra. Les deux agents mâles déjeunaient sans doute à l'extérieur, laissant la boutique sous la garde de Marjorie Bathous.

Celle-ci leva les yeux de l'affichette qu'elle était en train de préparer, surprise.

— Inspecteur… Jury ? C'est ça ?

N'étaient-ils pas tous « inspecteurs » dans la police ?

— C'est presque ça, madame Bathous.

Il lui remontra sa carte et ajouta :

— Je me demandais si je ne pourrais pas revoir Winterhaus… Et parler aux Shoesmith, si possible ?

Marjorie Bathous sautait déjà sur son fichier. Elle empoigna ensuite son téléphone.

— Cela ne devrait pas poser de problème. Votre visite l'autre jour les a laissés tout émoustillés. Asseyez-vous, je vous en prie.

Elle lui sourit en attendant qu'on décroche à l'autre bout du fil. L'un des époux Shoesmith répondit. Après s'être mis d'accord avec lui, elle raccrocha et annonça :

— Ils seront ravis de vous voir dès que vous serez sorti d'ici. Maintenant, pour ce qui est de Winterhaus…

Elle ouvrit et ferma plusieurs tiroirs.

— Ah, voilà ! Cela ne vous ennuie pas d'y aller seul ? demanda-t-elle à Jury en lui tendant la clé. Sinon, bien sûr, je pourrais vous accompagner. Je n'ai pas de client avant six heures…

Son sourire n'était que fossettes.

— Ça ne m'ennuie pas du tout, madame Bathous…

— Marj. Tout le monde m'appelle Marj. Est-ce que vous… Est-ce que Scotland Yard enquête sur cette vieille affaire ?

Elle parut alors se rendre compte que le sujet exigeait de la gravité, non des fossettes. Elle reprit :

— C'est bizarre, n'est-ce pas ?

Jury se leva.

— Oui. Merci beaucoup.

Il agita la clé.

— Je vous la rapporterai.

Il ouvrit la porte, sourit, sortit.

Il se rendrait d'abord chez les Shoesmith : pas question de leur laisser le temps de se lancer dans des préparatifs compliqués pour le thé. Maeve Shoesmith était le genre d'hôtesse à faire les choses en grand.

— C'est la flicaille, Maeve ! brailla Bob Shoesmith Planque le butin !

Et de rire de sa petite plaisanterie.

Maeve rappliqua au trot. De la cuisine, probablement. Elle gratifia le bras de Bob d'une tape enjouée.

— Tu es impossible ! Entrez, entrez. On va s'installer dans la petite pièce de derrière. Ça ne vous ennuie pas ? Il y a un radiateur électrique, c'est très cosy.

Jury la remercia et examina la pièce du fond, qui n'était pas très différente de celle de devant. Le thé attendait. Un cake aux graines de cumin et des biscuits Carr's étaient disposés sur un plateau avec la théière et les mugs. Maeve Shoesmith avait un sens hallucinant du timing.

— Votre ami ne vous a pas accompagné, dit-elle, soulignant sans complexe l'évidence en versant du lait dans les trois mugs.

Pas de tasses ni de soucoupes aujourd'hui ; pas de chichis, on était entre amis.

— A-t-il trouvé une maison à son goût ou réfléchit-il toujours ? ajouta-t-elle.

— Il continue de réfléchir. Merci, dit Jury comme elle lui tendait un mug. La vôtre lui plaisait beaucoup. Il est allé faire son rapport à sa tante.

Ne voulant pas qu'ils se fassent des idées, il ajouta :

— Le problème, c'est que c'est loin de la ville. Pour une personne âgée, ne pas avoir un hôpital ou un médecin à portée de main, c'est angoissant. Pour une personne âgée qui vit seule, je veux dire. Ce qui est son cas. Elle est très indépendante.

Bob hocha la tête avec sagacité.

— Bien sûr, c'est un point qui mérite considération. Mais vous trouverez difficilement une maison plus saine que Lark Cottage.

Bob Shoesmith se mit à taper vigoureusement sur le mur chaulé près duquel se trouvait sa chaise, comme si le fait que le mur ne s'écroulait pas sous ses coups prouvait que la tante de Melrose ferait bien de sauter à pieds joints sur l'affaire.

— Solide comme un roc. Et pas humide. Sec comme de l'amadou…

Jury coupa court à ce qui menaçait d'être un déluge de clichés.

— Je repensais à votre rencontre avec Mme Gault.

— Étrange, n'est-ce pas ? dit Maeve, le front plissé. On n'a jamais su ce qui s'était passé, pas vrai, Bob ?

Jury but son thé, trop citronné à son goût. (Même Wiggins, qui aimait pourtant tous les thés, s'était plaint de ce que les producteurs de thé y ajoutaient toutes sortes de fleurs, de fruits et d'épices. « On va bientôt être obligé de spécifier qu'on veut du thé nature, avec cette mode des thés trafiqués et parfumés », avait-il rouspété.)

— Mme Gault vous a vraiment dit qu'elle allait se rendre ensuite à Winterhaus ?

Les deux époux se regardèrent, puis Bob dit, plissant le front :

— Maintenant que j'y repense… Elle a parlé de la maison, ça, c'est sûr… Maeve ?

— Mais est-ce qu'elle s'y rendait ou est-ce qu'elle en revenait, c'est ça ? La maison « un peu plus loin », c'est l'expression qu'elle a employée. Nous devions être les premiers, vu qu'on passe devant chez nous pour aller à Winterhaus. Je me rappelle l'avoir entendue dire qu'elle était plutôt grande. Mais ça, elle pouvait le savoir grâce au dossier fourni par l'agence, la photo et tout.

— Son fils est resté dehors ?

— Oui. Il jouait avec le chien, dit Maeve.

— Un grand chien ?

— Un chien de taille moyenne.

— Tout à fait.

Sur ce point, du moins, ils tenaient à se montrer précis.

— Avec des oreilles pendantes, ajouta Maeve. Le petit garçon lui lançait des bouts de bois.

Jury poursuivit :

— J'avais supposé que Mme Gault s'était arrêtée ici, qu'elle avait ensuite poussé jusqu'à la grande maison puis qu'elle avait fait halte au Swan. Mais si elle a procédé dans l'ordre inverse, son premier arrêt aura été le pub…

Bob plissa de nouveau le front.

— C'est important ?

— Pour vous ? Je dirais que oui. Dans ce cas, vous seriez les dernières personnes à l'avoir vue vivante.

Bob blêmit, s'adossa à son siège.

— Ça ne peut pas être nous, les derniers à l'avoir vue. Il devait y avoir quelqu'un avec elle quand elle a pris la poudre d'escampette.

Maeve, que la remarque de Jury avait également inquiétée, retrouva la sérénité grâce au raisonnement de son mari. Se balançant sur sa chaise, elle enchaîna, avec un sens certain du mélodrame :

— Un autre homme, sans doute. Elle s'est probablement enfuie avec lui.

— C'est possible, convint Jury. Quelle heure était-il quand elle est partie ?

— Deux heures, deux heures et demie, répondit Maeve. Elle avait intérêt à se dépêcher. On n'a pas les mêmes horaires qu'à Londres ici, et c'est tant mieux. Avec tous ces crimes…

Jury trouva le commentaire savoureux.

— Vous diriez donc qu'il était autour de deux heures et demie ? Vous avez une mémoire remarquable, madame Shoesmith, compte tenu que tout ça remonte à un an.

— Si je m'en souviens, c'est parce qu'elle a dit quelque chose à propos du Swan. Je lui ai fait remarquer qu'il fermait une demi-heure plus tard. C'est pour ça que l'heure est restée gravée dans ma tête.

— Dommage qu'il n'y ait pas davantage de témoins comme vous, remarqua Jury avec un sourire.

Maeve se rengorgea.

— Ma foi, dit-elle avec un petit gloussement.

— Cela voudrait donc dire que c'est bien ici qu'elle s'est arrêtée en premier… Après quoi, elle est allée à Winterhaus, puis au pub…

— Content qu'on ait tiré ça au clair ! clama Bob. On aurait pas aimé être les derniers à l'avoir vue, je vous assure.

Il éclata de rire.

— De quoi avez-vous parlé ?

— Eh bien, d'école, il me semble… dit Bob.

Maeve hocha la tête.

— De l'école spécialisée de Lark Rise. Un établissement pour les enfants qui ont des handicaps du genre, oh, quel genre déjà ?

— L'autisme ? suggéra Jury.

— C'est ça ! À Lark Rise, ils sont spécialisés là-dedans. Son petit garçon…

Maeve se pencha et baissa la voix, sans doute de peur de porter malchance au gamin en parlant trop fort :

— … il était autiste. Je lui ai apporté un biscuit et une tasse de thé. Il a souri, mais n'a pas dit un mot.

— Elle comptait l'inscrire dans cette école, c'est ça ?

Maeve fit oui de la tête.

— Je ne crois pas qu'elle cherchait une maison de week-end, qu'en penses-tu, Bob ? Je crois qu'elle voulait s'installer ici pendant l'année scolaire, passer les vacances de Noël à Londres. C'est l'impression que j'ai eue.

Jury les remercia pour le thé, disant :

— Il va falloir que je retourne à Winterhaus. Merci infiniment. Vous m'avez été très utiles.

Tandis qu'ils le raccompagnaient jusqu'à la porte, Bob ajouta :

— Pour en revenir au chien, y a une chose que je peux vous dire : il avait l'air sacrément futé. Y donnait l'impression de percevoir des trucs qui nous échappent, à nous autres.

Et Bob de partir à rire.

— Entièrement d'accord avec vous, monsieur Shoesmith.

Ils se serrèrent la main.

26

La morne façade de Winterhaus se dressait devant Jury. Il abandonna sa voiture, ouvrit la porte de la maison avec une grosse clé qui aurait parfaitement fait l'affaire dans un cauchemar peuplé de caveaux et de cryptes et entra.

Non sans éveiller sous ses pas des échos. Il traversa le vaste hall pour se rendre dans… le salon de musique ? la salle à manger ? le petit salon ? Oui, un petit salon, vraisemblablement. Encore qu'à la réflexion Jury ne fût pas très sûr de sa destination. Toutefois, avec ces portes-fenêtres qui ouvraient sur la terrasse, il devait être agréable de s'y asseoir pour contempler les matins pluvieux. Il décida que ce devait être là, finalement, la fonction de cette pièce.

Cela le plongea dans une rêverie dont il avait précédemment fait l'expérience ici même, un état hypnotique qui lui ôtait la capacité ou l'envie de bouger. Il songea à Hugh Gault, se demandant si cette catatonie lui apportait du réconfort. Probablement. Winterhaus ne semblait guère avoir remué Melrose. Jury l'aurait pourtant cru plus sensible aux atmosphères : des deux, c'était lui le plus imaginatif, le plus impressionnable. Jury trouvait amusant de se dire qu'il était le plus réceptif. Lui qui baignait dans les faits et les chiffres, et non dans la magie et les sorts. Il sentait le poids du passé peser sur lui, mais c'était son passé, pas celui de la maison. Il lui semblait projeter des images sur l'écran nu du mur, certaines vécues, d'autres inventées.

Troublé, il se déplaça vers la gauche, où la porte-fenêtre lui fournissait au moins une vue à regarder. Il distingua du mouvement dehors et identifia la petite fille que lui et Plant avaient rencontrée. Il sortit alors et traversa la longue pelouse pour rejoindre la maisonnette.

La gamine tenait dans ses mains deux poupées, l'une joliment habillée, l'autre mal fagotée. Alors qu'il approchait, la mal fagotée flanqua un coup de poing dans la figure de l'autre.

— Bonjour, dit la petite fille.

— Bonjour.

Jury s'assit sur la souche qui avait servi de siège à Melrose et eut un mouvement de menton vers la poupée inuit, celle qui avait frappé l'autre. Comment s'appelait-elle ? Pas Ugly.

— Oogli cogne sec, dis donc. Sur qui elle tape ?

— Caroline.

Elle tourna vers lui la poupée en robe rose à volants. Une petite pimbêche.

— Qui est Caroline ?

— Ma cousine. J'habite avec elle. Je dois dormir dans la même chambre qu'elle.

— Quelle horreur ! s'exclama Jury.

— Oui, c'est l'horreur. Je dois me coucher en même temps que Caroline, me lever avec Caroline, prendre mon petit déjeuner avec Caroline.

Caroline était partout et en tout lieu ; ce n'était pas une petite fille, c'était Dieu.

— C'est pour ça que je viens ici. Si Caroline découvrait cet endroit, il faudrait que je la tue.

Cette perspective lui arracha un sourire.

— Mais y a pas de danger : c'est trop loin, faut traverser le bois, elle est trop feignante. Elle a toutes les jolies robes, et moi les trucs moches.

Elle fourra la poupée sous le nez de Jury pour qu'il se rende compte. Puis elle recula pour qu'il puisse voir son vieux jean, trop court, son tee-shirt blanc et son cardigan marron.

— Mais les filles ne portent plus ces robes chichiteuses. Caroline est complètement démodée. Les petites filles, elles s'habillent toutes comme toi.

Cela la laissa sans voix. Elle s'examina. Puis :

— Elles essaient d'avoir l'air moches ?

Elle réfléchit, ajouta :

— Peut-être qu'elles ont toutes des Caroline.

C'était si vrai que Jury éclata de rire. Elle ne tarda pas à l'imiter.

— Et ta maman dans tout ça ?

— C'est pas ma maman. C'est ma tante. Tante Brenda. Je vous l'ai dit quand vous êtes venu avec votre ami.

Effectivement.

— Et où est ta maman ?

— Elle est morte. Je sais pas où est mon papa. Il est jamais revenu me chercher.

Les coins de sa bouche s'abaissèrent et la vilaine poupée flanqua de nouveau un coup à la jolie.

Jury dit, faisant dévier la conversation :

— C'est à ce moment-là que tu es venue vivre chez ta tante ?

Elle hocha vigoureusement la tête.

— Caroline, elle va à des fêtes. Pas moi. Elle a des amis. Pas moi. Et elle les invite à jouer à la maison.

— Pendant ce temps-là, elle te fiche la paix.

Elle roula les yeux comme pour lui reprocher de ne pas voir plus loin que le bout de son nez.

— Non, justement ! Ils se moquent tous de moi.

— C'est affreux, mais… si Caroline passe les trois quarts de son temps à te faire enrager, c'est peut-être parce qu'elle est jalouse ?

Son air stupéfait montra que cette idée ne lui était jamais venue.

— Qu'est-ce que vous voulez dire ?

Et là, elle vint s'asseoir près de lui, sur la souche d'arbre, avec ses deux poupées.

— Si une personne en veut à une autre au point qu'elle éprouve sans arrêt le besoin de l'humilier, cela veut généralement dire qu'elle convoite ce qu'a l'autre.

— Convoite ?

— Veut. Comme quand quelqu'un veut posséder les bijoux, les vêtements ou la maison de quelqu'un d'autre.

Jury considéra le paysage monochrome de mars, un mélange réussi de tons de blanc, de gris et de brun formant une toile de fond uniforme sur laquelle se détachaient la demeure géorgienne et son bois touffu et silencieux.

— Tu te souviens du jour où tu as vu la dame et son petit garçon, l'an dernier ?

Hochement de tête.

— À quoi ressemblait-il, le petit garçon ?

— Il était gentil. J'aimerais bien qu'il revienne. Mais ça me plairait pas qu'ils habitent ici. Parce que je pourrais plus venir.

Elle baissa la voix avant d'ajouter :

— Je viens souvent ici. J'ai pas le droit.

Jury baissa lui-même la voix pour se mettre à l'unisson de cette confession :

— Tu as vu d'autres gens, ici ? En dehors du petit garçon et de sa maman ? Et de l'homme sur la terrasse ?

— Oui. Une dame. Qui s'occupe de la maison, je crois.

Marjorie Bathous.

— La dame de l'agence ?

— Ça doit être ça.

Elle tira sur un bouton du manteau d'Oogli qui était cassé.

— Elle vient, elle déplace des choses, elle change les tableaux de place, ou des fois un meuble. Je sais pas pourquoi.

Elle ne se rendit pas compte qu'elle venait de se trahir : elle avait passé pas mal de temps dans la maison.

— Sans doute pour donner l'impression que l'endroit est habité. Les agents immobiliers doivent s'imaginer que certaines des maisons qu'ils vendent sont leur chez-soi.

Il se demanda si c'était vrai ; en tout cas, il trouva cela poignant. Puis il dit :

— Tu prends le thé parfois, là-bas ?

Elle hésita, se demandant si on pouvait lui faire confiance.

— Eh ben… ça m'arrive.

— Dans ce cas, ouvre l'œil, des fois qu'il y aurait des gens qui viendraient, tu veux bien ? Il se peut que j'aie encore besoin d'informations.

Elle eut un grand sourire.

— Je peux surveiller, pas de problème. De là-haut.

Elle désigna un orme dont l'entremêlement de branches basses offrait à quiconque souhaiterait s'y réfugier la possibilité de grimper facilement. Les branches recouvertes de mousse et d'un épais feuillage offraient en outre un excellent camouflage. L'orme dépassait en hauteur les autres arbres, érables et chênes.

— J'aime grimper dans cet arbre, dit-elle simplement. Bon, faut que j'y aille maintenant.

— Moi aussi. J'ai été content de bavarder avec toi.

Jury songea soudain qu'il ne connaissait pas son prénom.

— Tu ne nous as pas dit ton nom. Comment tu t'appelles ?

— Tilda. En fait, c'est Mathilda. Mais on m'appelle Tilda.

— Tu passes par où pour rentrer chez toi ?

— Par le bois.

Il y avait jadis une route à travers bois…

— Qu'est-ce qu'il y a ?

— Rien, répondit Jury. Je pensais à une poésie.

— Une poésie triste ?

— Je crois bien, oui.

27

Les habitués du Swan se souvenaient de Jury. Il était leur spectacle vivant, leur numéro de music-hall revenu pour un *bis*.

— Ah, entendit-il à son arrivée, là, ça devient sérieux, les gars. Clive, dépêche-toi de planquer la cargaison que Belfast vient de t'envoyer…

— Hé, Reggie, assume, mon vieux, rétorqua le barman. J'te vois venir, tu veux m'faire plonger pour le gros colis qu'est arrivé à ton nom l'aut' soir !

Jury sourit à ces traits d'humour convenus.

— Je ne suis pas là pour vos trafics d'armes, Clive. Je cherche quelqu'un qui se rappellerait avoir vu cette femme, vous savez, celle dont vous n'avez gardé aucun souvenir… À croire que vous avez tous été frappés de cécité temporaire, puisque vous dites savoir que dalle.

Il tendit le bras, montrant la photo à la ronde.

— Avec son petit garçon, et son chien.

Clive jeta un coup d'œil à la photo en signe de bonne volonté, puis haussa les épaules.

— Non, ça m'dit rien, mon gars.

— Il y a forcément quelqu'un qui l'a remarquée.

Une femme d'un certain âge posa alors son verre vide sur le comptoir et laissa tomber :

— Ça doit être moi, ce quelqu'un.

— Myra… commença Clive.

— Pour toi, c'est lady Easedale, espèce de crapaud imbibé.

Jury se retourna et plongea ses yeux dans un regard bleu délavé. L'expression de cette femme était magnifique : c'était manifestement le genre de personne à se mettre en quatre pour son prochain. Elle regarda la photo de Glynnis Gault.

— Oui, je l'ai vue, enfin… y me semble. Y avait un petit garçon avec elle, et un chien, je crois.

— Oui, c'est bien Mme Gault. Qu'est-ce que vous buvez ? demanda Jury en lui souriant.

— Demandez-lui plutôt ce qu'elle boit pas, ricana le barman, jetant la serviette sur son épaule. Tout ce qui est liquide, elle l'avale. Imbibé, qu'elle dit ! Vu c'que tu t'envoies, Myra, c'est la poêle qui s'fout du chaudron !

Cette sortie souleva l'hilarité d'un bout à l'autre du comptoir, alors que Clive disposait un verre sous l'une des pompes à bière, où il resta à monter la garde tel un bon petit soldat.

— Ne vous occupez pas d'eux, madame, venez à ma table.

— D'accord.

Jury commanda une Foster's avant de suivre Myra à une table d'angle.

— Lady Easedale ? Votre mari était quoi ? Duc ? Vicomte ? Honorable ?

— Duc de Peau-de-Balle, lord Balai-de-Crin. Honorable de Rien-du-Tout : mon mari est allé un jour en Irlande et s'est acheté un titre. Ici aussi, ça s'achète, les titres, mais faut remplir beaucoup plus de paperasses. Enfin, vous connaissez ça. Les titres, je veux dire.

— La paperasse aussi, à vrai dire.

— Je ne porte jamais ce titre, c'est trop prétentieux, vous trouvez pas ? Myra Easedale, voilà, c'est moi.

Et elle lui tendit la main.

— Richard Jury, commissaire à Scotland Yard. Heureux de vous rencontrer.

— Bon, alors. Cette femme. Je n'y avais pas repensé avant que vous ne veniez l'autre fois au pub poser vos questions. C'est Clive qui m'a dit que vous étiez passé…

— Il s'occupe pas de disparitions, Myra, précisa Clive en posant leurs verres sur la table. Il est de la Criminelle. Tu sais, les homicides, ces trucs-là…

— Ah ouais, t'en connais un fameux rayon, toi, sur « ces trucs-là » !

Clive s'éloigna en haussant les épaules.

— Imbécile, murmura-t-elle. Cette histoire, je l'ai entendue de Marjorie Bathous, vous savez, la femme de l'agence immobilière. C'est elle qui m'a dit que cette dame n'avait jamais rapporté la clé. Elle avait ensuite essayé de la joindre au numéro qu'elle lui avait donné, mais pas de réponse. Elle a essayé plusieurs jours de suite, mais jamais personne n'a répondu.

— Et Mme Bathous n'a pas appelé la police ?

— Pas que je sache, en tout cas. Bon, c'est vrai qu'il y a des gens qui prennent peur dès qu'il s'agit de la police, mais à mon avis, Marjorie Bathous devait penser que Mme Gault finirait par revenir. Vous savez, cette maison, les gens d'ici pensent qu'elle est pas nette. Certains s'amusaient à dire qu'elle avait avalé les disparus. Les gens sont de vrais charognards, vous ne trouvez pas ? Bon, évidemment, elle est immense, cette baraque, et en plus elle est isolée et vide. Ça fait un moment qu'elle est vide, d'ailleurs. Elle avait été louée voici quelques années. Mais depuis, les locataires se sont pas bousculés. Qui a envie de louer une villa au milieu de nulle part et loin d'une ligne directe pour Londres ?

— Et si vous me racontiez quand vous avez vu Mme Gault ?

— Mon Dieu, quand vous avez une idée en tête, vous ! s'écria Myra, faussement choquée, en reculant de quelques centimètres.

— Absolument, je ne l'ai pas ailleurs.

— Quand je l'ai vue, je roulais sur cette route, celle qui passe devant le Swan et les maisons plus loin. Je revenais de Lark Rise, où j'étais allée faire une ou deux courses. J'arrivais juste à hauteur de Winterhaus, et c'est là que j'ai vu sa voiture, et elle debout à côté, qui lisait une carte. Je me suis arrêtée pour lui demander si elle était perdue, et elle m'a répondu que non. Alors je suis repartie. Sa voiture était juste en face de l'allée de Winterhaus.

— Et c'était à quelle heure ? interrogea Jury, qui avait sorti son petit carnet relié cuir.

— Oh, je dirais vers trois heures, enfin en tout cas entre trois et quatre heures. Maintenant, est-ce qu'elle allait visiter la maison ou avait juste fini et en repartait, ça je ne saurais le dire.

Myra sirota une gorgée de whisky, la mine songeuse.

— Vous pensez à quelque chose ?

— C'est-à-dire… ça faisait bizarre : s'arrêter à cet endroit-là pour lire une carte. C'est plus tard que ça m'a semblé pas normal. Mais bon, c'était vraiment un tout petit détail, alors j'ai laissé tomber.

— Dites toujours.

— Eh bien… il y avait l'allée menant à la maison… je veux dire, de là où elle était, on ne peut pas ne pas la voir. Si donc elle voulait regarder sa carte, pourquoi ne pas s'arrêter dans l'allée ? Qu'elle y entre ou qu'elle en sorte, ça revient au même, non ? Dans un cas comme dans l'autre, pourquoi ne pas s'arrêter quelque part dans l'allée, plutôt qu'au beau milieu de la route ?

D'un geste, elle parut balayer ses propres paroles, comme gênée par leur banalité.

— C'est vraiment un tout petit détail, répéta-t-elle.

Jury eut un sourire et leva son verre comme pour porter un toast.

— Ce sont des petits détails comme ça qui peuvent faire la réussite ou l'échec d'une enquête. Vous feriez un sacré témoin.

Il avait utilisé les mêmes termes avec Maeve Shoesmith, et Myra eut l'air tout aussi heureuse du compliment.

— Et qu'avez-vous donc pensé, reprit-il, en la voyant arrêtée à cet endroit-là ?

Constatant que le verre de Myra était presque vide, il fit un signe à Clive.

— Peut-être qu'elle s'était arrêtée pour faire sortir le chien, ou même le petit. Mais ça ne change rien au problème. Peut-être qu'en sortant de l'allée le petit a dit : « M'man, pipi ! » Mais ça n'est pas très crédible, vous ne pensez pas ? Pourquoi quitter la propriété, où l'on peut faire ça en toute discrétion, il y a plein d'arbres et de haies là-bas, si on ne souhaite pas, comme de juste, être vu ?

À nouveau, elle eut un geste comme pour chasser ses propres dires.

— Si seulement j'avais été plus curieuse… J'aurais dû arrêter ma voiture derrière la sienne et regarder… Bon, enfin, avec des « si », on serait tous sauvés, hein ? Enfin, presque tous, ajouta-t-elle en regardant Clive, debout près d'eux, la serviette sur l'épaule.

— Qu'est-ce que ça sera, ma vieille Myra ? s'enquit-il avec un large sourire.

— La même chose pour tous les deux, répondit Jury.

— Faites attention où vous mettez les pieds, inspecteur, sinon elle va vous manger à son petit déjeuner, ricana Clive avant de repartir avec les verres vides en sifflotant.

— Crétin, fit Myra.

— Permettez-moi une question : si la voiture s'était trouvée dans l'allée, vous l'auriez vue ?

— J'aurais pu l'apercevoir, peut-être. En fait, il y a un vrai mur d'arbres et de haies à cet endroit, alors j'aurais pu juste voir un bout de voiture… ou peut-être rien du tout.

Elle se redressa sur son siège, scrutant le visage de Jury.

— Vous voulez dire qu'elle voulait être vue, c'est ça ?

— Ma foi…

Myra garda les yeux fixés sur lui, sourcils légèrement froncés.

— Dans toute cette histoire, c'était comme si elle avait voulu un témoin.

— Mais un témoin de quoi ? interrogea Jury.

La femme qui vint ouvrir la porte était tout en os mais quand même agréable d'apparence, avec un air quelque peu renfrogné, comme si elle se préparait en permanence à apprendre de mauvaises nouvelles.

— Madame Hastings ? Brenda Hastings ?

Jury lui montra sa carte.

— Je m'appelle Jury, de la brigade criminelle de Scotland Yard.

De renfrognée, l'expression de la femme passa à apeurée.

— Qu'est-ce que… Qu'est-ce qui se passe ? Il est arrivé quelque chose à Caroline ?

— Non non, rien de tel.

Elle eut un soupir de soulagement, et Jury laissa passer un silence, s'attendant qu'elle lui pose la même question pour Mathilda. Mais rien ne vint, tout au moins pas avant que Jury ne lui tende la perche.

— Vous avez une nièce, Tilda ?

— Hein ? Ah oui, oui, Mathilda. On l'appelle Tilda. Pourquoi ? Elle a fait des bêtises ?

Intéressant, pensa Jury : il aurait pu « arriver quelque chose » à Caroline, mais Mathilda n'aurait pu que « faire des bêtises ».

— Non, mais elle est peut-être…

Jury s'interrompit. Pourquoi dévoiler le secret de la petite fille ? Il avait failli dire qu'elle était peut-être en danger, à se promener dans les bois, peut-être à cause de quelqu'un qui était venu à Winterhaus. En danger, peut-être à cause d'un défaut de surveillance, d'une absence d'intérêt, d'un manque d'amour. Il se demanda ce qu'il avait pu advenir des parents de Tilda. Mais pourquoi fallait-il toujours qu'il tombe sur des petits orphelins ? Il savait trop bien ce que l'on ressentait ; il savait bien que ce sentiment ne le quitterait jamais, qu'il colorerait à jamais ses réactions. Là, par exemple : à peine arrivé devant la porte, il était déjà prêt à détester Brenda Hastings.

— Non, ma visite ne concerne aucune des deux petites.

De la main, elle rejeta en arrière une mèche rebelle de cheveux jaunes ; pas blonds mais jaunes, d'un jaune presque fluo et pourtant passé, à l'éclat depuis longtemps évanoui.

— Je cherche simplement des renseignements, en fait.

— Ah !

De la tête, Jury indiqua le salon si inhospitalier de cette petite maison si kitsch.

— Vous permettez que je m'assoie ?

— Oui, oui, allez-y, répondit-elle avec une moue perplexe.

Jury s'installa dans un fauteuil recouvert d'un tissu ordinaire et rugueux au toucher où gambadaient de monstrueux tournesols. Les rideaux gaufrés des deux fenêtres lui faisant face exhibaient les mêmes motifs de tournesols.

La tante de Mathilda prit place au bord du canapé, qui était d'un gris sourd et déprimant.

— Vous disiez donc…

— Vous connaissez Winterhaus ?

— La grande bâtisse au milieu des bois ? Je n'y suis jamais entrée, mais, oui, je connais. Elle est inhabitée. Je crois que les propriétaires essaient de la louer.

— Vous êtes la voisine la plus proche, mis à part les Shoesmith, à Lark Cottage.

— Oui, c'est possible, mais depuis des années, c'est tout juste si on a échangé trois paroles.

— Ce ne sont pas les Shoesmith qui m'intéressent. Mais Winterhaus.

— Ah bon ? Je ne suis pas très bien renseignée. Les anciens propriétaires, ou peut-être qu'ils le sont toujours, avaient, je crois, un nom à consonance italienne…

— Della Torres. Des Italiens, oui. Enfin, le père du propriétaire actuel. Sa femme était anglaise. J'imagine que c'est pour ça qu'ils ont acheté cette maison. Mais ce n'est pas au sujet des della Torres que je viens vous voir. C'est au sujet de la disparition d'une femme voici neuf mois…

— Disparition ? Première nouvelle ! Que s'est-il passé ?

— Une femme du nom de Gault a été vue pour la dernière fois dans ce secteur. C'était il y a neuf mois environ. Les derniers à l'avoir vue, pour ce que nous en savons, sont les Shoesmith. La police a sûrement fouiné dans le coin, posé des questions…

— Pas à moi, coupa-t-elle en se redressant brusquement. Je ne suis au courant de rien.

Elle semblait si catégorique que Jury ne put s'empêcher de douter.

— Enfin, reprit Brenda Hastings, ça fait un moment, de toute façon, non ?

Elle haussa les sourcils, comme déconcertée par l'impassibilité de Jury.

— L'enlèvement n'est pas exclu, madame Hastings, mais tout renseignement que vous pourriez… Est-ce que vous vous souvenez d'avoir vu quelqu'un, à cette époque ? La femme en question avait sans doute un petit garçon et un chien avec elle…

Elle avait commencé à secouer la tête avant même la fin de la question.

— Non, jamais vu, confirma-t-elle après avoir jeté un coup d'œil à la photo qu'il lui tendait.

Jury entendit une porte s'ouvrir et une petite voix aiguë :

— Ma-man !

La petite fille avait des cheveux presque aussi jaunes que ceux de sa mère, plus clairs et brillants, néanmoins. Elle alla se blottir contre elle en dardant sur Jury de grands yeux bleus. Satisfaits au possible. À l'instar des rideaux, Caroline avait une apparence gaufrée. Même ses vêtements de jeu, une salopette rose et un chemisier fuchsia, étaient gaufrés aux manches et aux chevilles.

— Ce monsieur est de la police, Caroline, tu as intérêt à être sage.

Elle avait laissé traîner le mot, « sa-a-a-ge », de sorte que la gamine tordit son petit nez en pouffant. Puis elle commença à flirter du regard avec Jury. C'était là un trait de l'adolescence à venir qu'il détestait toujours voir déjà présent dès l'enfance.

Jury demanda d'un ton amical, en contre-pied de l'injonction maternelle :

— Qu'est-ce que tu fais quand tu es vilaine ?

Mère et fille se trouvèrent déstabilisées. Brenda Hastings prit un air soupçonneux, et Caroline un air assez méchant, comme si Jury l'avait percée à jour.

— Je ne suis pas vilaine !

— Non, bien sûr, pas tout le temps.

Ne sachant comment prendre la remarque, Caroline tenta de tirer son épingle du jeu :

— C'est Tilda qui est vilaine ! fit-elle avec une violence plutôt surprenante.

— Tilda, c'est ta cousine ?

Elle ignora la question, impatiente qu'elle était de détailler les méfaits de Tilda.

— Elle va tout le temps dans les bois, expliqua-t-elle en montrant la direction du doigt, et elle a pas le droit. Maman lui a défendu d'y aller.

— Allons, allons, ma chérie, interrompit sa mère, elle n'y va plus, maintenant.

— Oh que si, elle y va ! Même qu'elle y est en ce moment ! proclama triomphalement Caroline.

— Comment le sais-tu ? demanda Jury.

— Quoi ?

— Comment le sais-tu ?

Caroline se détacha de sa mère.

— Je... je... je savais qu'elle avait pas le droit, alors je l'ai suivie !

— C'est pas grave, Caroline, dit sa mère avec un sourire indulgent, qu'elle dirigea aussitôt vers Jury. Que voulez-vous, c'est ça, les enfants...

— Caroline, reprit Jury, est-ce que tu te rappelles avoir vu une femme que tu ne connaissais pas à Winterhaus l'année dernière ?

Caroline releva le défi.

— C'est possible.

Sur quoi elle retourna se réfugier en minaudant près de Brenda Hastings.

— Fais attention à ce que tu dis, ma petite poulette, roucoula cette dernière. Tu sais que ce n'est pas bien, de raconter des histoires.

Caroline resta silencieuse, tortillant d'un doigt une mèche jaune. Jury éclata de rire.

— Allez, allez, Caroline. C'est pas vrai que tu l'as vue, hein ?

Avec ses petits bras croisés sur la poitrine de sa salopette en jean, son menton levé et son front plissé, elle avait l'air d'une petite vieille. Jury en fut attristé pour elle.

— Dis-moi, vous jouez ensemble, Tilda et toi ?

Elle secoua la tête avec force.

— Non. Elle est bête.

— Caroline ! intervint sa mère. Tu ne dois pas parler comme ça de ta cousine !

Le ton était si badin, presque chantant, que la réprimande en avait perdu toute force. Caroline devait sans doute recevoir en permanence des signaux tellement contradictoires qu'elle ne savait plus ni qui elle était ni sur quel pied danser.

— Tout ce qu'elle veut, persista la fillette, c'est jouer avec ces poupées débiles et ce nounours, et toute seule.

— J'imagine que ça ne lui fait rien, à Tilda, d'être seule, expliqua Jury.

Jalouse de ce qu'elle ne comprenait pas, ça ne faisait plus aucun doute.

— Une des fois où tu as suivi Tilda, poursuivit-il, convaincu qu'il y en avait eu beaucoup, est-ce que tu as vu une femme que tu ne connaissais pas ?

Caroline acquiesça de la tête, beaucoup moins assurée à présent.

Brenda Hastings s'interposa, indignée :

— Si c'est le cas, c'était probablement quelqu'un qui venait visiter la propriété, c'est tout.

— Est-ce qu'il y avait un petit garçon avec elle ? continua Jury, comme si de rien n'était.

Caroline se rapprocha un peu de lui, comme si elle distillait des confidences :

— Il y avait un chien. Un chien avec des grandes oreilles qui pendent. Il était avec ce garçon. Mais il ne faisait pas attention à lui.

— Qui ça, le garçon ?

— Non, le chien. Il ne voulait pas venir quand on l'appelait, tout ça. Il fallait le tenir en laisse, sinon il se serait sauvé et serait jamais revenu.

Jury se dit que Caroline elle-même devait se sentir tenue en laisse et qu'elle vivait mal cette situation : il l'imaginait cachée derrière un arbre ou tapie dans le sous-bois, sans oser se montrer, car cela serait revenu à reconnaître que ce qu'elle désirait au fond, c'était faire partie du monde de Tilda, un monde de vêtements plus simples, de paroles plus rares, d'imagination plus riche.

— Après, il ne voulait plus partir.

— Ah bon ?

— Oui, il a fallu le prendre et presque le porter à la voiture. Il était gentil, ce chien.

— Caroline, intervint sa mère, tu sais très bien que tu n'as pas le droit d'aller là-bas ! Ni toi ni elle !

Caroline comme Jury firent comme s'ils n'avaient rien entendu.

— Tu es déjà allée dans cette maison ? continua-t-il.

Un silence, puis un petit oui de la tête, sans regarder maman.

— Quoi ? s'écria Brenda, se levant à moitié. Je t'ai dit de ne jamais aller…

Jury la fit taire d'un geste.

— Tu fais quoi, là-bas ?

Un haussement d'épaules pour toute réponse. La bouche de Brenda s'ouvrit, puis se ferma au regard que lui lança Jury.

— Tu as suivi Tilda à l'intérieur ?

Nouveau signe de tête, plus ferme cette fois.

— Il y a une porte vitrée, vous savez, qui donne dehors et qui ferme pas bien. C'était facile d'y entrer.

— C'est Tilda qui mettait la table pour le thé, n'est-ce pas ? demanda-t-il avec un sourire.

Lequel fut récompensé par des détails non sollicités :

— C'est elle qui les sortait du placard, la théière, et les tasses, et puis les petites cuillères et les serviettes, elle les prenait dans un tiroir.

Jury se sentit attristé. Deux tasses, deux cuillères, deux petites assiettes à dessert. Le couvert mis pour deux petites filles jouant à prendre le thé.

— Mais elle ne voulait pas te laisser prendre le thé avec elle, c'est ça ?

— Elle ne savait pas que j'étais là, répondit Caroline en fronçant les sourcils.

— Tu te cachais ? Dehors ? Dedans ?

— Derrière la porte, dans le petit placard avec tous les balais. C'était facile. De toute façon, elle asseyait cette poupée débile sur le canapé et mettait une tasse pour elle…

— Je parierais que Tilda préférerait jouer à la dînette avec quelqu'un de vrai.

— Je sais pas, fit Caroline avec un nouveau haussement d'épaules.

— Dis-moi, tu l'aimais bien, le petit garçon ? Robbie, il s'appelait, au fait.

— Oui, ça allait.

À présent, elle faisait sauter une petite boule de papier dans la paume de sa main.

— Mais la dame, elle était en colère contre lui, je crois. Elle n'arrêtait pas de l'appeler depuis la terrasse.

— En colère ? Pourquoi donc ?

— Parce qu'il était sorti de la maison pour aller voir Tilda. Il faisait semblant de ne pas l'entendre.

— On dirait bien que le chien et le petit garçon étaient dans le même bateau…

Caroline se retourna pour le regarder dans les yeux. Le sourire était heureux, et franc. Rayonnant, même.

Sous son vernis de fausse joliesse, c'était le vrai visage de Caroline qui se révélait.

28

— Donc, ce que tu suggères, dit Marshall Trueblood, c'est que chacun d'entre nous propose une solution à ce petit mystère…

Ils étaient tous attablés au Jack and Hammer, occupés à grossir leur ardoise. Aucun n'était venu avec de l'argent en poche, tout au moins pas de billets, ce qui était assez risible compte tenu du revenu moyen des uns et des autres. Ce revenu, Melrose Plant et Vivian Rivington l'avaient reçu en héritage. Celui de Diane Demorney était le fruit de trois divorces spectaculairement rémunérateurs. Marshall Trueblood (antiquaire fortuné) et Joanna Lewes (écrivain incroyablement friqué) gagnaient, eux, leur vie en travaillant (ou du moins en « faisant semblant », pour reprendre la formule de Joanna). De Mme Withersby et de Theo Wrenn Browne, on pouvait dire qu'ils travaillaient pour vivre ; à eux la fortune n'avait guère souri. (Theo n'aurait pas été content de se voir rangé dans la même catégorie que Mme Withersby.)

Melrose avait passé la plus grande partie de l'après-midi à leur faire un rapport sur l'affaire que lui avait racontée Jury. Fascinés, ils avaient insisté pour qu'il leur livre les plus infimes détails, et il s'était bien volontiers exécuté. Joanna Lewes (forcément, l'écrivain) l'avait harcelé pour qu'il ne laisse rien de côté, et Melrose avait laborieusement exposé la mécanique quantique, la théorie des cordes, la clinique Stoddard, et le peu qu'il savait du mathématicien Gödel. À sa grande stupéfaction, ils avaient tous (surtout Marshall Trueblood) bu ses paroles en même temps que leurs bières, whiskies ou martinis. Bien sûr, étant donné que Long Piddleton n'était pas exactement un village touristique, et ne pouvait s'enorgueillir ni d'un Relais et Châteaux tout en pierre pastel, ni d'une côte rocheuse battue par les tempêtes et survolée de mouettes rieuses, ni d'un ou deux restaurants pouvant rivaliser avec Les Quatre-Saisons (bastion des « gourmands » chers à Polly Praed), ni d'une abbaye en ruine, encore moins d'un parc safari, on pouvait dès lors comprendre que la disparition de Mme Gault les tienne ainsi en haleine.

— Un concours ! s'exclama Diane, pour qui une bonne journée était avant tout une journée riche en divertissements.

Elle se laissait occasionnellement distraire par des séismes, incendies, inondations, des carambolages d'au moins vingt véhicules sur l'autoroute M1, mais c'étaient là des distractions un peu trop sinistres à ses yeux, et qui n'avaient finalement pas grand-chose à voir avec sa conception du divertissement.

— Pourquoi un concours… ? commença Joanna Lewes.

— Moi j'en suis, nom de diou ! beugla Mme Withersby, la femme de ménage de Scroggs.

Joignant le geste à la parole, elle balança sur la table une pièce de dix pence, comme s'ils étaient au poker. Personne ne fit attention à elle.

— Et pourquoi pas un concours ? rétorqua Theo Wrenn Browne, propriétaire de la librairie d'en face, qui ne pouvait s'asseoir à leur table qu'à la condition expresse d'y apporter quelque chose.

Il prétendait aussi ne pas avoir apporté d'argent, mais c'était là un mensonge, en fait il n'avait simplement aucune envie de se voir refiler l'addition.

Melrose ne pouvait pas le sentir. Les autres n'en pensaient pas moins. Theo s'était démené comme un diable pour faire fermer la bibliothèque municipale et se lancer dans le prêt de livres, plus rentable ; il avait pris le parti de la tante de Melrose dans la querelle du pot de chambre ; il faisait impitoyablement sangloter les petits enfants lorsqu'ils rendaient leurs livres avec ne serait-ce qu'une trace de doigt. Non, décidément, il ne faisait pas partie de la bande, il n'avait pas sa place dans l'équipe. Theo, c'était le remplaçant, le cireur de banc, le gars que l'entraîneur ne consent à laisser entrer sur le terrain que quand les autres joueurs sont allongés sur le gazon, incapables de seulement se relever. Cet exécrable veston de velours côtelé, avec du cuir aux coudes… Il disait à qui voulait l'entendre que c'était une veste Hugo Boss. Avec cet infâme veston couleur bouse, jamais il n'aurait dû avoir le droit de s'installer près de Marshall Trueblood, qui avait toujours l'air d'être la réincarnation de Hugo Boss ou d'Armani.

Joanna Lewes, auteur d'au moins deux dizaines de romans de genre, mystère, amour, horreur, ou cocktail de tout cela, intervint :

— Vous savez, Leo…

— Theo ! ! !

— Vous savez, Theo, reprit-elle en souriant, on connaîtra le nom du gagnant quand la police aura résolu l'affaire.

— Pas forcément. La police s'est parfois trompée. Y compris le fameux commissaire Jury… ajouta Theo.

La note de triomphe dans sa voix était telle qu'on ne put s'empêcher de lui poser la question :

— Quand cela ? fit Trueblood. Quand s'est-il trompé ?

— Eh bien, balbutia Theo en rougissant, c'est-à-dire…

— On est bien d'accord : c'est-à-dire.

Et Trueblood recommença à se limer le bord d'un ongle avec son petit coupe-ongles en or.

— Ce n'est pas une affaire de police à strictement parler, intervint Melrose. Jury agit de son propre chef, *pro bono*, pourrait-on dire, simplement parce qu'il est intrigué…

— Qui dit concours dit règles ! glapit Theo Wrenn Browne, en abattant sur la table un petit poing efféminé.

Diane suspendit le trajet du martini vers ses lèvres (un spectacle rarissime) :

— Mettez-la en veilleuse, Theo.

— Bon, qu'est-ce qu'on fait ? On pense ensemble à haute voix ? demanda Vivian Rivington, l'image même de l'élégance et de la décontraction en cachemire bleu. Ou bien on rentre tous chez nous pour réfléchir, et on revient ensuite ?

— Moi, je réfléchis ici, merci, annonça Diane en levant son verre. Si je rentre, il faudra que je me prépare moi-même mes martinis…

— Eh ben, moi, j'peux pas penser tout haut, pas avec tout c'monde autour. Pour qu'on me pique les idées dans ma tête… pas question ! objecta Mme Withersby.

— Withers, espèce de débris, calmez-vous ! Personne ici n'a envie d'aller voir ce qui se passe dans votre tête, même pour des droits d'auteur.

Et Trueblood remit son coupe-ongles dans sa poche.

— Ah ben ouais, ça vous va bien d'causer, vieux fainéant !

— Bon, dit Melrose, qui a une solution à proposer ?

Dick Scroggs, le patron du pub, était venu ramasser les verres vides.

— Si jamais l'un d'nous avait une bonne idée, demanda-t-il, y s'en servirait, M. Jury ?

Melrose en avait déjà entendu en ces lieux, des questions idiotes, mais là, c'était le pompon.

— S'en servir ? Écoutez, Dick, on n'est pas dans un jeu télévisé à la noix. Bon, qui veut commencer ?

Joanna leva la main qui tenait son stylo.

— Moi, je serais prête à parier que Hugh Gault ment. Il assassine sa femme et son fils, ensuite il monte un bateau à son ami Harry Johnson, pourquoi, je n'en sais rien, je l'avoue, et ensuite il se rend dans cette clinique pour donner le change à tout le monde, en disant que la disparition de sa famille l'a rendu fou. Peut-être que c'était elle qui avait l'argent et qu'il voulait mettre la main dessus. L'idée que quelqu'un tue son propre enfant ne me plaît guère, mais…

Haussant les épaules, elle posa son stylo. Un jour, elle avait déclaré qu'elle était capable d'écrire des livres entiers au pub, au milieu de conversations animées, et même si elle y prenait part.

— Ça c'est une idée ! fit Diane. Je suis sûre que Mme Browne y a pensé pour elle-même.

— Très drôle, grinça Theo Wrenn Browne.

Diane lui adressa un sourire glacial.

— Il doit bien y avoir, dit Vivian, une explication quant au rapport de Harry avec toute cette histoire.

Joanna réfléchit un moment, puis risqua :

— Et si c'était seulement par amitié qu'il agissait ? Ou alors, peut-être que Hugh l'utilise, histoire de voir jusqu'où les gens sont prêts à croire cette histoire abracadabrante.

— Pas mal, Joanna, approuva Melrose. Quelque chose à ajouter ?

— Pas pour le moment.

Trueblood prit une goulée d'air et se lança :

— Moi je suis pour la théorie des supercordes, les mondes parallèles. La femme et le petit sont bel et bien passés dans une autre dimension.

Satisfait de lui-même, il alluma une cigarette Sobranie du même gris-vert que sa chemise.

Ils le dévisagèrent tous d'un air stupéfait, irrité même.

— Vous ne dites pas ça sérieusement, laissa tomber Joanna.

Petit rire nasillard de Theo Wrenn Browne.

— Prenez donc un martini, suggéra Diane, en agitant son verre devant Trueblood.

— Fainéant, répéta Mme Withersby en sortant sa serpillière dégoulinante du seau pour la balancer sur le sol.

— Allons, allons, dit Melrose. Hugh Gault est lui-même de cet avis, et c'est un physicien respecté.

— Oui, mais quand même, Melrose ! Des gens qui disparaissent pour de vrai dans un autre monde ?

— Et pourquoi pas ? dit Marshall Trueblood. Regardez autour de vous. Quoi qu'il en soit, vous avez déjà fait l'expérience du déjà-vu, non ?

— C'est différent, ça.

— Pourquoi le passé ne ferait-il pas partie du présent ?

— C'est encore différent, intervint Joanna. Alors comme ça, vous pensez que la mère et le fils se baladent actuellement dans une espèce de monde perdu…

— Attendez une seconde. Et si le monde « perdu » c'était le nôtre, et si eux étaient dans le vrai monde…

— Moi, ma théorie, interrompit Theo Wrenn Browne avec conviction, c'est que, bon, Hugh est dans cette clinique, d'accord ? Il ne fait pas du tout semblant d'être fou, en fait il est vraiment fou, et tout ce plan sophistiqué n'est dû qu'à la surchauffe de son cerveau.

— Peut-être, n'empêche qu'il a quand même convaincu machin, là…

— Harry Johnson.

— … que c'est une histoire vraie, poursuivit Diane. Moi j'ai l'impression que ce Harry n'est pas du genre crédule, qu'il est très intelligent, et qu'il connaît bien Hugh. Si Hugh était psychotique, il le saurait. Racontez-nous encore la visite à la clinique.

Melrose répéta le récit que Jury lui avait fait de sa visite, dans les moindres détails.

Son intérêt relancé, Diane demanda :

— Est-ce qu'on sert à boire, dans cet endroit ?

— Diane, lança Melrose en la fusillant du regard, c'est d'une clinique qu'on parle, pas d'un bar. De toute façon, la moitié des patients sont probablement alcooliques. Autant commander un bloody mary à un mormon !

— En tout cas, insista Diane, un bar, ça ajouterait pas mal à l'ambiance d'un hôpital. Pas pour les patients évidemment, je ne suis pas idiote, mais pour les visiteurs ! Vous savez, juste à côté de la boutique souvenirs, peut-être. Enfin quoi, vous en avez entendu beaucoup, des gens qui disent qu'ils aiment visiter les hôpitaux ?

— C'est votre théorie ? questionna Melrose.

— Non, ma recommandation.

— Bien, je veillerai à la relayer à qui de droit à la Chambre des Communes.

— Quant à ma théorie, c'est que Hugh mène Harry en bateau parce que Harry est amoureux de madame, ou peut-être même a eu une aventure avec elle.

Diane haussa les épaules et rectifia l'angle de son fume-cigarette. Elle fumait une des Sobranie de Trueblood, celle-ci d'un rose révoltant.

— Imaginez-vous l'horreur : votre maîtresse qui tout d'un coup se volatilise...

— Mais si ce n'est pas le cas, où peut-elle être ?

— Partie dans un endroit comme New York ou la Finlande, suggéra Trueblood en plissant le front. Je n'ai jamais bien compris à quoi ça servait, la Finlande.

— Bien, reprit Melrose, je vais récapituler. Solution numéro un : Hugh ment, il a assassiné sa femme et son fils, et simule la folie pour brouiller les pistes...

Signe de tête en direction de Joanna, qui répondit de même.

— Deux : un monde parallèle les aurait engloutis. La théorie des cordes...

— Des supercordes, rectifia Trueblood.

Il avait l'esprit le plus vif de la bande et absorbait les détails à la vitesse de la lumière.

— Trois : Hugh est vraiment dérangé, et toute l'histoire, c'est du pipeau... C'est bien cela, Theo ?

Hochement de tête de Theo.

— Quatre : Hugh fait ce numéro à Harry pour se venger de la liaison de ce dernier avec son épouse...

Diane exhala un panache de fumée et hocha la tête à son tour.

— Mais ce que j'aimerais qu'on m'explique, c'est tout le ramdam dans l'autre salon, dit Joanna.

Trueblood laissa tomber, entre deux ronds de fumée :

— Diversion.

Tout le monde se tourna vers lui.

— De quoi diable parles-tu ? demanda Melrose. Quelle diversion ?

— C'était fait exprès pour détourner l'attention des gens qui se trouvaient dans le premier salon. Là où le commissaire Jury, Hugh Gault et Harry Machinchose étaient en conversation.

Melrose passa sa main plusieurs fois devant le visage de Trueblood, tel un hypnotiseur vérifiant que son patient est profondément en transe.

Trueblood continua à souffler ses ronds de fumée.

Diane inséra une nouvelle cigarette dans son élégant fume-cigarette noir. Elle attendit pour l'allumer que Melrose lui offre du feu par-dessus la table. Puis elle se tourna vers Trueblood, assis là comme un chat devant un bol de lait.

— Ce dont nous venons de parler n'est – pas – une – histoire.

Elle avait bien détaché les derniers mots, comme si la santé mentale de son interlocuteur ou sa prothèse auditive (il n'en portait pas) connaissaient des ratés.

— Bien sûr que si, rétorqua-t-il.

— Non, c'est arrivé, interrompit Joanna. C'est arrivé, en vrai !

— Dans ce cas, poursuivit Trueblood, la diversion était « en vrai » au niveau de la porte du salon.

— Mon Dieu, soupira Melrose. C'est pire que la théorie de la pièce dans la pièce. Les gens jouaient alors une histoire que personne n'avait écrite.

— Non, renchérit Vivian, c'est pire que ça encore : dans la pièce dans la pièce, les personnages de la vraie pièce sont quand même des acteurs. Ce sont des personnages de fiction. Mais dans le cas qui nous occupe, il n'y a pas de fiction.

— Nous n'en faisons pas partie, rétorqua Trueblood, tout en ôtant une minuscule peluche de la manche de son costume Armani pure soie. Sinon, c'est bel et bien de la fiction.

— Mais le fait que nous ne soyons pas dedans, dit Melrose, pensif, ne signifie pas qu'il n'y ait personne ! Cette histoire, c'est une histoire sur eux, non ? Ce n'est pas eux en chair et en os !

Trueblood haussa les sourcils, qu'il avait parfaits.

— C'est exactement ce que je disais.

Piqué au vif, Melrose tapa du poing sur la table.

— Les gens du deuxième salon ne sont rien d'autre que les gens du deuxième salon !

Trueblood haussa ostensiblement les épaules.

— Évidemment. C'est bien là que se situe la diversion. Vous voyez, nous sommes censés les soupçonner alors qu'il n'y a rien à soupçonner. Richard Jury, Hugh Gault et Harry Johnson. Regardez…

Il sortit un stylo en or de la poche de son gilet et demanda à Joanna une page de son bloc-notes.

— Tenez, vous pouvez tout prendre. Il y a mes derniers écrits là-dedans, et j'ai bien peur que ça ne vaille pas plus que du brouillon, en fait.

Grands dieux, pensa Melrose, si seulement Polly Praed pouvait avoir la même attitude !

— Merci, dit Trueblood en commençant à noircir une feuille. Alors : la pièce dans la pièce…

Il dessina deux carrés, un grand et un tout petit à l'intérieur.

— Alors, voyons, lorsque la troupe itinérante… lorsque les comédiens sortent de leur rôle dans la pièce intérieure – appelons-la pièce deux – pour entrer dans la pièce elle-même – la pièce un, donc –, ils redeviennent des acteurs. Au cours de la pièce deux, les acteurs deviennent Gertrude, Claudius, et tous les autres rôles de la pièce deux. Tout comme Richard Jury devient Richard Jury, commissaire de police…

— Attends une seconde, articula Melrose, les objections se bousculant dans sa gorge. Ça n'est pas l'histoire de Jury !

— Mais si ! Il est devenu un personnage de l'histoire. Il est devenu un commissaire qui joue un commissaire, et par conséquent il modifie le dénouement. Enfin, quoi qu'il en soit, il ne peut pas parler de lui-même en tant que commissaire.

Ils le regardaient tous, bouche bée. Theo Wrenn Browne, réduit au silence jusque-là par son incompréhension totale de ce qui se disait, mais toujours prêt à aller dans le sens du vent, déclara d'un ton pénétré :

— Vous savez quoi ? Je pense qu'il a raison.

— Vous êtes incapable de penser, Theo, le moucha Diane, rudement.

Puis, à l'adresse de Trueblood :

— Vous êtes fou, Marshall. Enfin, je veux dire, il faut être fou pour se torturer l'esprit comme ça.

Impavide, Trueblood poursuivait, tapotant son schéma de temps en temps :

— Ce mathématicien dont tu parlais…

— Gödel ? suggéra Melrose, qui ne comprenait pas un traître mot à Gödel.

— Oui, c'est ça. Rappelez-vous, la santé mentale ne peut pas porter de jugement sur elle-même, impossible de dire si je suis fou ou non, parce que je dois le faire de l'intérieur du système. Gödel nous dit qu'aucune validation de notre rationalité n'est possible en utilisant notre rationalité. Et voilà ! Le commissaire Jury n'a pas eu de chance, sur ce coup-là. Il ne résoudra pas cette affaire, voyez-vous. C'est impossible.

— Mais bien sûr que si ! s'écria Melrose en abattant la main sur la table.

Trueblood poussa un fragment de cendre vers le cendrier métallique.

— Seulement si le destin s'en mêle et se range à ses côtés, dit-il dans un sourire.

À ce stade, c'était tout juste si Melrose se souvenait du sujet de leur débat. Pour donner le change, il se tourna vers Vivian :

— On ne vous a pas encore entendue ?

Vivian s'était retournée sur sa banquette située sous la fenêtre, et elle contemplait à travers la vitre l'allée bordée de daphnés pourpres.

— Moi, je n'ai pas encore de théorie. Mais j'ai une question.

— Laquelle ? dit Melrose.

Elle le regarda, l'air pensive. Puis lâcha sa bombe :

— Pourquoi n'ont-ils pas emmené Mungo ?

POURQUOI N'ONT-ILS PAS EMMENÉ MUNGO ?

29

Il était grand temps que quelqu'un pose la question, se disait Mungo. Toute l'affaire était si évidente, si incroyablement simple, et si ces gens-là étaient aveugles, pourquoi était-ce à lui de leur rendre la vue ? Il poussa un soupir et s'allongea sur le canapé vert, ventre à l'air. Détendu au possible.

Tiens, voilà qu'arrivait la chatte Schrödinger, couleur nuage d'orage, qui venait d'avoir toute une flottille de petits luisants qu'elle cachait dans le tiroir inférieur d'un secrétaire en noyer style Queen Ann. Les montants d'or moulu étaient suffisamment bas pour que le tiroir soit accessible ; c'était là-dedans qu'ils étaient nés et qu'ils nichaient. La petite Mme Tobias, la cuisinière-femme de ménage, avait simplement eu un geste blasé en direction du tiroir en disant : « Bof, qu'est-ce que ça peut bien faire, de toute façon le patron ne vient presque jamais ici. »

« Ici », en l'occurrence, c'était la salle de musique qui faisait face à la salle à manger, de l'autre côté du vestibule. On la nommait ainsi uniquement en raison de la présence d'un piano à queue, sur les touches duquel Schrödinger adorait se promener : Mme Tobias devait régulièrement l'en chasser.

Mungo aimait bien les chatons. Il s'amusait beaucoup à en prendre un dans le tiroir pour aller le cacher à divers endroits de la pièce. Le spectacle de Schrödinger cherchant partout son petit était pour lui un régal.

Bon, c'était une activité comme une autre, après tout, guère différente de celle consistant à se promener dans la maison avec une pantoufle dans la gueule.

Mungo, après un nouveau roulé sur le dos, se retrouva nez à nez avec Schrödinger, qui le regardait fixement de ses yeux jaunes. Tu ressembles à un hibou, tel fut le message qu'il lui envoya. Elle répondit par une question : Où est Elf ?

Où est qui ? Il feignit la curiosité.

Ne fais pas semblant de ne pas comprendre : Elf.

Quiconque était condamné à traîner toute sa vie un nom pareil méritait probablement la sympathie de Mungo. Mais pas le chaton. Content de lui, le chien braqua les yeux vers la cheminée et le seau à charbon, d'où émergeait une petite, toute petite tête, remontant tel un apnéiste d'une cuve de purin.

Schrödinger suivit son regard, puis lança un bon coup de griffe sur le flanc de Mungo, qui poussa un jappement. Regardez-moi cet air satisfait ! Regardez-la, nez en l'air et Elf dans la bouche.

Et voilà qu'elle revenait vers lui de son pas hautain, traversant une tache de soleil blafarde ; du coup il se demanda si c'était déjà l'heure du dîner : pourvu qu'il ne soit pas contraint de passer une nouvelle soirée dans quelque pub victorien étouffant de fumée, dans les éclaboussures d'alcool et les bruits de gargarismes vineux…

Elle était assise juste sous sa truffe humide à présent, tenant comme un morceau de charbon le petit asticot, qu'elle laissa tomber sans cérémonie sur le sofa où il se mit à ramper en piaulant aveuglément. Mais si, tu y vois clair, espèce de petite miette de chat noir : tel fut le message de Mungo à Elf avant de le balancer sur la moquette.

Très franchement, il ne comprenait pas comment ces créatures parvenaient à survivre jusqu'à la prochaine aube, à l'heure où blanchit… Tiens, j'aurais dû être poète, se dit-il. Je pourrais poursuivre ainsi, sur ce rythme si simple…

Schrödinger lui en colla une bonne sur la truffe, reprit entre ses dents le chaton gémissant, puis repartit en ondulant jusqu'au tiroir du bas.

Mungo faisait le mort, immobile, les pattes en l'air. Si cette chatte était assez stupide pour remettre sa progéniture au même endroit, alors elle méritait bien de se la faire chat-parder. Est-ce que ça existait, au fait, ce mot ? Est-ce que lui-même avait pu être un jour chien-pardé, et bizarrement ne garder aucun souvenir de la chose ? Y avait-il une bonne raison de s'en souvenir, d'ailleurs ? Il n'en avait pas la moindre idée et s'en fichait éperdument.

Le limier de Scotland Yard, il était passé si près ! Et jusqu'à ce qu'il trouve enfin la solution, Mungo devrait rester couché sous les tabourets de l'Old Wine Shades et se laisser traîner dans des gargotes…

Comment se pouvait-il, se demandait Mungo, qu'on raconte cette histoire à cinq personnes dans un pub du Northamptonshire, sans qu'aucune trouve le mot de la fin ? À part peut-être celle qui avait posé la question. S'il y en avait une qui brûlait, c'était bien elle.

Je l'ai déjà dit et je le répète : ça n'a rien à voir avec ce bois, bon Dieu ! Des cadavres enterrés dans les bois, c'est d'un banal ! En revanche, la fillette, la fillette, ça c'est autre chose. Elle et cette peste de Caroline. Ça c'est un autre indice que quelqu'un va bien finir par remarquer. Et il se dit limier ?

Peut-être après tout que les gens ont envie d'être bernés. C'est bien pour ça qu'il était si facile de les abuser. Une forme d'évasion, peut-être. On a tous besoin d'évasion, alors pourquoi ne pas pousser jusqu'en Toscane pour demander à ce type, Torres, ce qui se passe ? Répondrait-il ? Est-ce qu'il le sait, seulement ? Peut-être que non. En tout cas, ça ferait un peu de changement… San Gimignano. Tu parles d'un nom ! Et comment cette femme qui sifflait martini sur martini l'avait-elle prononcé ! San Gimmi-yanno ! Tiens, mets ton mouchoir par-dessus !

Il savait tout de l'évasion. Il cessa de faire le mort, sauta du canapé et se dirigea vers le secrétaire et son tiroir inférieur.

Vivian, laissant sa question en suspens et sans autre explication, avait quitté le pub en raison d'une obligation qu'elle n'avait pas davantage commentée.

Mais que diable voulait-elle dire par : « Pourquoi n'ont-ils pas emmené Mungo ? » ?

Ils étaient restés assis à se regarder, bouche bée, à la fois ahuris et en rogne contre Vivian, qui les avait plantés là sans autre forme de procès.

Et avec qui donc avait-elle rendez-vous ? Qui avait-elle dans sa manche ? Tous connaissaient les amis de tous, puisque c'étaient eux, ces amis, en fait.

Mon Dieu, se dit Melrose, ce n'est pas un remake de sa liaison avec le Comte Dracula, quand même ? Cette relation-là avait duré, quoi ? cinq ans, à en croire Trueblood, cinq ans de travail acharné de toute la bande pour saboter enfin cette idylle.

Joanna Lewes déclara qu'elle avait son compte pour la soirée ; il lui fallait rentrer chez elle pour terminer ses deux chapitres du jour. Tous étaient d'accord pour trouver la question de Vivian trop profonde, trop...

Sauf Theo Wrenn Browne, qui affirmait avoir une petite idée de ce qu'elle avait voulu dire, mais qui bien évidemment refusait de s'expliquer, car c'était l'idée de Vivian. Sur quoi, cette sale fouine, ce menteur de libraire, avait tiré à son tour sa révérence, laissant les trois autres ruminer toute l'affaire. Ils avaient décidé d'aller dîner à Sidbury, même si Trueblood aurait préféré le Blue Parrot, pour rigoler ; Diane, pour sa part, avait lourdement insisté pour qu'ils aillent à Londres, sous prétexte qu'elle n'avait jamais essayé le merveilleux petit restaurant nommé Snipers que Melrose lui avait vanté, et dont elle pensait qu'avec un nom pareil il était tout indiqué pour des francs-tireurs comme eux.

Ils commandèrent une nouvelle tournée. Il était alors huit heures passées, trop tard donc pour Londres, et ils se mirent à peser le pour et le contre du Blue Parrot, sachant que Trevor Sly y servait la cuisine la plus exécrable de Grande-Bretagne.

Puis Trueblood lança :

— Ben Torres... Plutôt l'outsider à grosse cote dans cette histoire, vous ne trouvez pas ?

— Elle est remplie d'outsiders, cette histoire.

Mais Torres était tout de même celui dont personne ne remettait la version en question, et Dieu sait pourtant si cette version était bizarre.

« San Gimignano », avait répété Diane.

— C'est bien là-bas que se trouve le musée de la torture, non ?

— Marshall, vous êtes le seul Britannique qui se souvienne de San Gimignano pour son musée d'instruments de torture antiques.

— Oui, mais c'était drôle.

— Je crois, fit Melrose en le regardant fixement, que je devrais aller discuter avec ce Ben Torres. Je vais aller à San…

Il s'interrompit avec un léger froncement de sourcils.

— Gimignano, compléta Diane, avec son accent parfait.

— Très bien, répondit Trueblood en se redressant sur son siège. Trouve-moi des gants de conduite.

Ben Torres. Bon Dieu de bon Dieu, vous êtes enfin tombés sur l'évidence, un bon point pour vous, pensait Mungo en se dirigeant vers l'écritoire.

Schrödinger était dans la cuisine, à gratter partout, à la recherche de fromage et d'autres reliefs de nourriture, tandis que Mungo retirait Elf du tiroir inférieur. Il se disait que cela serait encore plus énervant pour Schrödinger si c'était toujours le même chaton qu'il dissimulait dans tous les recoins de la maison. Il savait transporter Elf dans sa gueule, sûrement mieux encore que sa mère. Il regarda autour de lui, et ne tarda pas à remarquer une grande jardinière près de la fenêtre en saillie, avec un de ces petits arbres de la taille d'une touffe d'herbe, tout tordu par le vent, qu'aiment tant les Japonais. Guilleret, il s'en approcha, laissa choir Elf dans l'interstice entre pot et jardinière, puis remonta d'un bond sur le sofa, où il reprit sa place, faisant semblant de dormir lorsque Schrödinger, de retour dans la pièce, alla au tiroir pour y compter ses chatons. Se retournant, elle poussa un long cri rauque qui s'achevait en plainte, comme dans une bagarre entre chats, puis elle se précipita dans tous les coins de la pièce à la recherche d'Elf.

Mungo l'observait, la trouvant pathétique à fouiller frénétiquement les rayonnages, regarder dans le seau à charbon (Pour l'amour du ciel, comme si j'allais le mettre deux fois au même endroit !), bondir sur les chaises, fureter sous les coussins…

Tout en suivant son manège, il pensait à Ben Torres : pourquoi avait-il fallu si longtemps à tout le monde (y compris au Limier, qui était vraiment sympa et lui passait des rogatons sous la table) avant de penser à aller voir cet homme-là ?

Schrödinger avait posé ses pattes sur le bord de la jardinière, mais, incapable d'en sortir Elf, elle se laissa glisser à l'intérieur. On entendit aussitôt un tapage du diable, miaulements, crachats et autres sons félins. Elf était parfaitement capable de sortir de là sans aide, à condition de se hisser dans le pot contenant l'arbre et le terreau, et de là sur le rebord de la jardinière, d'où il pouvait sauter par terre. Mungo était las de devoir penser pour tout le monde.

— Mais je ne sais pas ce qu'elle a voulu dire ! dit Melrose à Jury, qui se trouvait à l'autre bout du fil.

— « Pourquoi n'ont-ils pas emmené Mungo ? » Effectivement, si on y pense…

— J'aime mieux pas, interrompit Melrose, qui, récepteur en main, tripotait un petit morceau de velours qui se détachait de son fauteuil dans le vestibule d'Ardry End. J'ai assez pensé, ça suffit.

— Ah bon ? Tu connais le sens de ce mot ? Donc, si on y pense, dans l'hypothèse où Glynnis et Robbie ont bien été enlevés, il paraît absurde que le ravisseur ait embarqué le chien par la même occasion…

Melrose ne répondit pas et continua à triturer le petit bout de velours. Il avait appelé Jury pour l'informer de son départ pour Florence.

— Florence ? Un peu pénible, comme voyage, non ?

— Tu me connais. « Pénible », c'est mon deuxième prénom.

— Ça, c'est bien vrai.

— Ne te crois pas obligé d'être sarcastique.

— Ce n'est pas une obligation, juste un penchant.

— Évidemment, il se peut que Ben Torres ne me parle même pas de tout ça.

— Et pourquoi pas ? Il en a bien parlé à Harry Johnson. Ce n'est pas comme s'il s'agissait d'un secret, c'est juste de l'histoire ancienne.

— Oui, probablement. Mais pour qui pourrais-je me faire passer ?

— Pourquoi ne pas essayer Melrose Plant ou lord Ardry ?

— Très drôle. Mais quel rapport avec Winterhaus ?

— Eh bien, tu donnes un coup de main à un ami, en l'occurrence moi, le commissaire Richard Jury.

— Mais c'est la vérité, ça, objecta Melrose, perplexe.

— Précisément, tu vas devoir apprendre à vivre avec. Tu pars quand ?

Melrose jeta un coup d'œil à la grande horloge de parquet dans le vestibule.

— Trop tard pour ce soir. Demain matin donc, probablement.

— Destination Florence ?

— Florence, évidemment. Tu t'imagines que San Gimignano est doté d'un aéroport ou d'un héliport ?

— Je te connais, Melrose : tu veux juste retourner chez ce gantier.

Melrose poussa un gros soupir. Tout cela l'agaçait prodigieusement. Alors qu'il se préparait à partir pour l'Italie, pour la Toscane, pour aider à résoudre cette énigme, Jury banalisait ses efforts. Il le lui dit.

— Non, je ne banalise rien. Tu veux aussi aller à l'église pour revoir les peintures murales de Masaccio. Rien de banal chez Masaccio.

— Puis-je quand même te rappeler que, sans les penchants particuliers de Masaccio pour la solitude, tu n'aurais peut-être jamais résolu cette affaire ? Aussi pénible qu'elle ait pu être.

— Mais je ne l'ai pas résolue. Je me suis juste fait tirer dessus. C'est toi qui l'as résolue, et sans te faire tirer dessus.

Melrose subodora un compliment bien caché sous tout cela, mais n'avait pas très envie de pousser la comparaison entre leurs sorts respectifs.

— Quoi qu'il en soit, il faudra que tu me donnes l'adresse et le téléphone de Torres.

— Son adresse ? Ce type habite San Gimignano depuis des années. Je suis prêt à parier que n'importe quel Sangimignanese pourra t'indiquer au débotté la demeure de Ben Torres.

— N'importe quel quoi ?

— Sangimignanese.

Un bref silence.

— Depuis quand parles-tu italien ?

— Je ne parle pas italien. J'ai sous les yeux *Time Out Florence*. Un guide de Florence et de ses environs, essentiellement destiné aux ados qui veulent trouver la discothèque branchée du coin.

— Eh bien, tu as bien maîtrisé la prononciation de ce San-Truc-Chouette. Tu peux me l'épeler ? J'ai un crayon.

Jury émit un bredouillis infâme.

— S-a-n-g-i-m-i-g-n-a-n-e-s-e, au pluriel Sangimignanesi. C'est le nom des habitants du village, comme on dirait « Florentin » pour les habitants de Florence.

— Ah oui, « Florentin », là, pas de problème. Mais celui-là en revanche, je veux le soumettre à Diane, qui apparemment est une championne de la phonétique italienne. Enfin, pour dire « Allons tous nous asseoir sur la piazza », ça va. Bon, passons. Qu'aimerais-tu que je demande à Ben Torres ?

— Je n'en sais franchement rien, moi. C'est pour ça que tu vas discuter avec lui. Cette histoire bizarre sur la maison et sur sa mère, c'est par quelqu'un d'autre que je l'ai apprise, et donc je ne serais pas autrement surpris si des détails manquaient, ou avaient été changés…

— Des Sangimignanoniais… C'est ça ?

— Oh, arrête un peu, grinça Jury. Bon, n'oublie pas ton portable.

— Je n'ai pas…

Jury avait déjà raccroché.

Assis sur le canapé, Mungo observait Schrödinger qui bondissait entre chaises, tables et bibliothèque, tentant de localiser les petits miaulements.

Elle passa à côté d'un chapeau en feutre posé sur une table. Mungo en avait tout bêtement soulevé le bord et fourré Elf dessous. Pour l'heure, le couvre-chef marchait. Le feutre ambulant. Mungo poussa un soupir de contentement.

30

Melrose avait retenu une chambre à l'hôtel où Trueblood et lui étaient descendus au cours de ce voyage plein d'imprévus à Florence, l'année précédente. Il adorait cet établissement, situé dans les étages supérieurs d'un vieux bâtiment et dont l'accès se faisait par un escalier de marbre à demi dissimulé dans la fraîcheur de l'ombre. Il n'avait jamais aperçu les occupants du rez-de-chaussée. Probablement était-il inoccupé. L'air était aussi calme aujourd'hui qu'alors.

Cet hôtel était un havre ; ce qui n'était pas immobile ne s'y déplaçait que comme à regret, et dans un silence feutré. À croire que le personnel, du réceptionniste au directeur en passant par les serveurs, portait des chaussons au lieu de chaussures. Malgré le sol de marbre, jamais on n'y entendait aucun bruit de talon. Melrose était allé jusqu'à demander la même chambre, et la direction s'en souvenait parfaitement. Bien sûr, son séjour datait de quelques mois à peine ; mais tout de même, ces Florentins avaient tant de choses susceptibles d'occuper leurs pensées, le David, le Dôme, l'or, les gants, qu'il était tout ébahi de constater que lui-même était digne de trouver place dans leurs souvenirs. À vrai dire, c'était plus probablement de ce dingue de Trueblood qu'ils se souvenaient, qui se promenait partout comme en transe avec ses Masaccio sur panneaux de bois (enfin, ce qu'il présumait être des Masaccio).

Le petit hôtel était situé dans une ruelle pavée, ce qui n'avait rien d'original dès que l'on quittait le centre et le palais Saint-Marc. Le Ponte Vecchio était à deux pas à pied. C'est cette direction qu'il prit.

L'Arno, scintillant sous le soleil, coulait si lentement qu'il en paraissait presque immobile. Le pont était bordé de petites boutiques, surtout des joailliers et des bijoutiers. C'était agréable de fouler de vieilles pierres, d'admirer du vieil or, de humer du vieil air.

La ganterie, au bout du pont, était tout aussi bondée que la dernière fois : tout juste si on pouvait s'approcher du comptoir ou attirer l'attention d'une vendeuse. Le cuir de ces gants était si exquis, les couleurs si moelleuses, si chatoyantes, qu'on eût dit la boutique garnie d'arcs-en-ciel et autres couchers de soleil.

La minuscule dame dont la tête n'arrivait pas plus haut que le coude de Melrose n'eut cependant aucun scrupule à pousser vigoureusement ledit coude, et avec lui le reste de Melrose, dans l'espoir de lui passer devant. Mais ses efforts demeurèrent vains, déclenchant un torrent d'italien qui ne pouvait être qu'un flot d'invectives.

Il y avait là des centaines, des milliers de paires de gants dans leurs pochettes transparentes, bien rangées dans de petites niches qui couvraient le mur, telle une gigantesque boîte à lettres. Couleurs chaudes, froides, pastel, vives, couleurs jamais vues sauf dans les fonds sous-marins ou au soleil levant. Les bleus se déclinaient dans toutes leurs nuances, depuis le bleu de la mer Égée jusqu'aux ombres d'un jour de neige.

Melrose constata soudain que, depuis qu'il était là à contempler ce déluge de gants bien rangés par tailles et couleurs tout le long du mur, la foule s'était éclaircie comme par magie, et il se vit même aborder par la vendeuse. Il voulut voir le rose, le bleu canard, le bleu marine, le bleu hivernal. Il en acheta douze paires, pour une somme équivalant à sa note d'hôtel, persuadé d'être encore gagnant dans l'affaire. Il regarda la dame emballer ses emplettes ; il adorait voir les Français et les Italiens se livrer à cet exercice : c'était si raffiné, si joli que tout paquet devenait paquet-cadeau.

Il lui demanda toutefois de ne pas emballer l'une des paires, non pour la porter, mais pour en sentir la douceur crémeuse sous ses doigts. Puis il sortit de la boutique.

Melrose retraversa le Ponte Vecchio, s'arrêtant de temps en temps pour contempler le cours tranquille de l'Arno. Il pressait les gants contre son visage, sensation de réconfort, tout en pensant vaguement à chez lui.

31

Telle la forteresse qu'elle avait probablement été, San Gimignano, perchée en haut d'une colline toscane, était entourée de murailles percées de portes, au-dessus desquelles pointaient de gracieuses maisons-tours. Aux douzième et treizième siècles, les portes étaient sûrement fermées et gardées la nuit, les rues barrées de chaînes, les habitants endormis sous le couvre-feu. Tout au moins, c'était ce qu'imaginait Melrose. Des grandes familles féodales avaient construit ces tours, rivalisant sans doute pour bâtir la plus haute. Il visualisait un paysage de petit matin d'hiver, le sommet des tours émergeant de la fumée ou de la brume, toute la petite ville comme suspendue au-dessus de la colline.

Melrose laissa sa minuscule voiture au parking, puis commença l'ascension vers le centre-ville de San Gimignano, ou ce qui en tenait lieu. Cette excursion aurait pu avantageusement remplacer un duel à l'aube, avec pour vainqueur le premier arrivé en haut.

Il fit halte dans une petite trattoria sur la Via San Marco, commanda une *acqua minerale*. Il en faisait une grande consommation, pour la simple raison que c'était l'une des rares choses dont il prononçait correctement le nom. « *Acqua minerale* », lançait-il avec plus ou moins de nonchalance, pour se voir aussitôt servi sans que le garçon ait à lui demander de répéter.

Il reprit son chemin à l'assaut de la rue pavée, atteignant bientôt le fameux musée de la torture, et une fois celui-ci dépassé, il se mit à chercher le numéro que les serveurs de la trattoria avaient fini par lui fournir, non sans s'être brièvement disputés sur l'emplacement exact de la demeure du signore della Torres.

Un air très anglais, ce Ben Torres. Pantalon de flanelle et chemise de lin bleue ; taille moyenne, cheveux bruns, long nez et regard du même bleu que sa chemise. Très anglais à l'écouter, aussi, une vraie bénédiction, un anglais impeccable. Bon, mais il était anglais, après tout. C'est juste que, quand quelqu'un a vécu très longtemps dans un pays étranger, on a tendance à penser qu'il va forcément en adopter l'accent, le costume et les manières…

— Monsieur Plant… ?

Melrose acquiesça d'un signe de tête, avant de suivre Ben Torres jusqu'à une pièce qui tenait à la fois de la salle à manger et de la bibliothèque. Lorsqu'il se vit proposer à boire, il lâcha automatiquement « *Acqua minerale* », puis, se rappelant brusquement que Torres était anglais, opéra en une nanoseconde la transmutation de l'eau en whisky.

— Ah ! fit Torres dans un grand rire. Je crois pouvoir identifier un alcoolique : c'est toujours celui qui demande de l'*acqua minerale* !

Melrose, son lourd gobelet à la main, parcourut la pièce du regard. Cette maison était véritablement un paradis de bibliophile. Partout des livres : sur les rayonnages, sur le sol, sous la fenêtre, sur le bureau, où certains étaient ouverts, empilés en croix les uns sur les autres, comme en cours de consultation. Un de ses empilages se trouvait juste à côté d'un ordinateur.

— Bizarre de voir ça dans un endroit comme San Gimignano, commenta Torres en désignant l'ordinateur. Ça jure un peu avec le reste, non ?

— Pas pour l'utilisateur, j'imagine.

— Vous vouliez me rencontrer au sujet de ma maison du Surrey ?

— J'ai fait part à votre agence de mon désir de la louer. Mais finalement, je préférerais l'acheter. On m'a répondu que vous n'aviez pas l'intention de vendre. Comme j'étais de passage à Florence, je me suis dit : Pourquoi ne pas faire un petit détour pour en discuter avec vous ?

— On vous a bien informé. Je peux vous consentir un bail plus long, disons quatre ou cinq ans, mais je ne suis pas vendeur. Winterhaus est la maison de mon enfance, un bien qui se trouve dans la famille depuis presque un siècle ; je ne saurais m'en séparer.

Il s'interrompit pour contempler la lumière de la fin de matinée à travers son verre de whisky puis reprit :

— Vous êtes-vous renseigné sur la maison ?

— Que voulez-vous dire ?

— C'est un endroit troublant... Des choses s'y produisent...

Le sourire de Ben Torres était très légèrement de travers.

Melrose sourit à son tour.

— C'est assez fréquent. À l'agence, on m'a dit que la maison était vide depuis déjà assez longtemps.

— Elle est très isolée. Quand j'étais enfant, je trouvais ces lieux un peu effrayants. Cet intérieur sombre, ces bois hantés…

— Hantés ?

— Vous connaissez les enfants : ils aiment bien considérer certains endroits comme maléfiques. Pour moi, c'était le bois qui entoure la maison. Idéal pour faire naître des frissons d'effroi. J'avais trop d'imagination, et j'habitais un endroit qui facilitait les débordements…

Ben Torres l'avait-il percé à jour ? Après tout, il n'était guère courant que des gens désirant louer une propriété se déplacent à l'étranger pour en discuter avec les propriétaires.

Melrose essaya donc une autre tactique pour lui faire raconter l'histoire qu'il avait entendue de sa mère :

— Votre famille habite en Angleterre ?

— Tous morts, malheureusement.

— Oh ! Je suis navré.

— Oui, mon père et ma mère sont décédés, à quelques mois d'intervalle. Ils étaient divorcés, de toute façon.

— Ils partageaient votre sentiment sur la maison ? Sur sa nature troublante ?

— Peut-être ma mère, répondit Ben Torres en pesant ses mots. Mais elle aussi avait une imagination excessive.

Continue. Mais continue donc, parle-moi de cette silhouette sur le chemin, qui lui a fait si peur. Melrose prit brusquement conscience, au cours de ce qu'il ne pouvait qualifier que de mini-épiphanie, qu'il désirait l'entendre, cette histoire, non pas uniquement parce qu'il espérait y trouver des éléments qui lui permettraient de résoudre l'affaire qui les occupait, mais aussi parce que c'était une sacrément bonne histoire. Il était comme envoûté.

— Donc, ils n'ont jamais vu de fantômes sylvestres ? Ni d'apparitions inquiétantes ?

Il se demandait comment amener Torres le plus près possible de la silhouette sur le chemin sans révéler la raison de sa visite.

— Non, aucun fantôme, aucune apparition, que je sache. Mais ma mère, je vous l'ai dit, avait l'imagination fertile…

Il eut un sourire, prit une gorgée de whisky, sans toutefois achever sa phrase.

Melrose éprouva une brusque envie de le gifler.

— Cela se traduisait comment ?

Dieu, qu'elle était lourde, cette question !

Ben Torres n'eut pas l'air de le remarquer.

— Elle ne voulait pas me voir jouer dans le bois… dit-il en riant, comme amusé de sa propre remarque.

Ce n'est pas le bois, bon sang, ce n'est pas le bois !

Melrose jeta un coup d'œil furtif alentour. D'où avait bien pu lui parvenir ce message ?

— … mais sans me dire pourquoi.

Enfer ! Melrose allait-il être obligé d'utiliser la torture ?

— Est-ce que cette maison aurait été, au fil des années, le théâtre d'événements bizarres ?

— Pas à ma connaissance. Seulement, on ne peut pas empêcher les gens de fantasmer. La maison isolée, le jardin interdit, le bois touffu… Autant d'ingrédients classiques de la littérature gothique, non ? Ma mère était un esprit romanesque. Un autre ? demanda Torres en levant son verre.

Melrose fit oui de la tête, tout en adjurant mentalement son hôte de ne pas s'interrompre à tout bout de champ, comme il se plaisait apparemment à le faire.

Torres se retourna après avoir rempli le verre et interrogea Melrose :

— Ai-je raison de détecter en vous un homme qui veut à tout prix croire aux maisons hantées ?

Melrose se tortilla sur sa chaise, avant de partir d'un rire quelque peu artificiel. Ce qu'il voulait, c'était la suite de l'histoire de la mère.

— Mon Dieu, non ! Enfin, j'espère. Est-ce cela que voulait votre mère ?

Torres lui tendit son gobelet et alla se rasseoir. Il ne lui avait versé qu'une larmichette d'alcool. Non qu'il fût pingre ; peut-être préférait-il de petites rasades afin de se prouver qu'il ne buvait pas exagérément. Midi venait à peine de sonner.

— Très honnêtement, je ne sais pas ce que voulait ma mère.

Il y avait dans sa réponse comme un très léger grincement. De la déception ? De la colère ? Bien évidemment, il s'interrompit à nouveau. Melrose n'était pas encore prêt à rendre les armes :

— Quand je suis allé visiter Winterhaus, il y avait une enfant, dehors, tout au fond du jardin, qui jouait dans une sorte de maisonnette...

— Ça doit être Tilda. Oui, elle habite à côté. La dernière fois que j'y étais, je l'ai vue. Je suis sûr que c'est elle derrière cette histoire de thé dans les tasses qui a tant perturbé la dame de l'agence. Mais je ne lui en ai rien dit.

Voilà donc la réponse à une des questions qui les turlupinaient. Sauf qu'ils la connaissaient déjà.

Melrose brûlait de voir Torres en venir enfin à l'histoire de la silhouette sur le chemin, celle qu'il avait racontée à Harry Johnson.

Mais il y avait une différence entre lui et Harry Johnson. Ce dernier était en mission, brûlant de découvrir tout ce qu'il pouvait sur la maison, dans l'espoir que son histoire lui permettrait d'élucider la disparition de Glynnis Gault. Alors que Melrose, lui, était venu uniquement pour demander si la maison était à vendre. Il s'était trompé de tactique, et il ne lui restait plus qu'à se trouver un plan B.

— Que diriez-vous d'aller déjeuner ? proposa Ben Torres. La trattoria de la Via San Marco est assez correcte. Vous êtes sûrement passé devant en montant ici.

Melrose accepta, et ils se mirent en route.

— J'ai un ami qui est fana du musée de la torture, dit Melrose en l'indiquant d'un geste au passage.

— Incroyable, répondit Ben Torres en riant. Quelqu'un dont le souvenir de San Gimignano tiendrait uniquement à ce musée... C'est fou ; ou peut-être est-ce l'individu en question qui est fou.

— Un endroit intéressant, pour un meurtre.

— Vous vous intéressez au meurtre ? s'étonna Torres en inclinant la tête vers Melrose.

— Pas plus que, disons, la moyenne des gens.

Il pensait à cet instant au jardinier, William Cannon, et à cet inconnu mort si longtemps auparavant dans le bois de Winterhaus.

— Il y en a eu dans le vôtre ? poursuivit-il.

— Le mien ? Comment ça ?

— Votre passé, veux-je dire.

Ils entrèrent dans la trattoria, où Ben Torres reçut un accueil si empressé qu'on eût dit qu'il y déjeunait tous les jours. Peut-être était-ce le cas. En tout cas, il n'eut pas même besoin de regarder le menu, commanda simplement les calamars, tout en les recommandant fortement à Melrose, lequel songea qu'il aurait été désobligeant de réclamer autre chose. Il avait toujours su qu'à un moment donné de sa vie il se verrait contraint de manger des calamars.

Cependant, lorsque le plat arriva, il le trouva délicieux. Cuisiné aux baies de quelque chose, et agrémenté d'un ail si transparent qu'on l'eût dit tranché au rasoir. Tomates, olives et semoule complétaient le tableau.

— Ah, si seulement ma cuisinière pouvait faire ce plat ! commenta Melrose, qui à vrai dire rêvait d'en mettre une énorme assiette (le calamar sans accompagnement) sous le nez d'Agatha la prochaine fois qu'elle viendrait dîner, le plus tard possible, espérait-il.

— C'est étrange, mais j'ai eu un visiteur voici quelques mois. Nous avons parlé de la maison, de Winterhaus. Quelqu'un que je connaissais juste comme ça. Mais je ne pense pas qu'il était intéressé par une location…

Torres laissa sa phrase en suspens et prit quelques gorgées de vin.

Harry Johnson. Continue, mais continue donc ! Et c'est à cet instant que Melrose prit conscience qu'il se conduisait comme un idiot : Ben Torres n'avait aucune envie de lui raconter l'histoire qu'il tenait de sa mère. Ce qu'il voulait, c'était louer la maison, pas faire fuir les gens. Or le récit de l'étrange histoire de Winterhaus n'était pas franchement fait pour attirer les clients. Ils terminèrent leur déjeuner et leur vin (superbe), et continuèrent à discuter pendant encore une heure, à l'issue de laquelle Melrose prit congé, l'estomac plein et Gros-Jean comme devant.

Il visita le Dôme, se promena dans la galerie des Offices, se rendit à celle de l'Académie, où il se contenta de s'asseoir sur la piazza et de contempler le *David* de Michel-Ange, ou plus exactement sa copie, puisque l'original avait été retiré, ce qui déclencha dans sa tête la voix de Lou Reed :

They've taken her children away
Because they said she was not a good mother...[1]

Il était là, assis sur la piazza, à remuer son espresso sans raison particulière, puisqu'il ne l'avait pas sucré. Il y laissa tomber le petit zeste de citron. Tournant encore sa cuillère dans sa tasse, contemplant d'un air solennel la copie du *David*, il se demandait combien de temps il fallait pour nettoyer une sculpture. Lou Reed continuait sa chanson sur cette femme perdue, ravagée par la drogue. Melrose était là, avec son sens esthétique aigu : Lou et Michel-Ange.

La statue n'est pas créée, mais découverte, révélée. Michel-Ange était persuadé qu'il libérait la figure emprisonnée dans le bloc de marbre. Melrose aimait cette idée.

1. « Ils lui ont enlevé ses enfants / Parce qu'ils disaient que c'était une mauvaise mère » (Lou Reed, « The Kids »). (*N.d.T.*)

Tout en tournant sa petite cuillère, il se repassa mentalement sa liste de noms : n'avait-il oublié personne ? Voyons, Vivian, Joanna, Trueblood, Agatha…

Mme Withersby !

Il avait oublié la femme de ménage de Dick. Il n'y avait plus qu'à y retourner. Cette perspective ne manquait pas de charme, après tout.

Il lâcha sa petite cuillère, avala d'un coup son dé à coudre de café, puis se leva et se dirigea vers la ganterie de l'autre côté du pont.

— Rien, dit Melrose à Jury le lendemain matin.

Il tenait d'une main le récepteur et de l'autre son croissant tartiné de confiture. Un domestique lui avait apporté le téléphone dans la petite salle à manger du matin.

— Rien de plus, poursuivit-il, que ce que Harry Johnson t'a déjà raconté, avec pas mal de détails en moins, en fait. J'ai eu l'impression qu'il y avait bien plus, mais qu'il ne voulait pas en parler. Mais c'étaient peut-être mes idées préconçues ?

Oui.

Melrose jeta un regard autour de lui. D'où venait cette réponse ?

— Tu as dit quelque chose, là ?

— Moi ? Non, je profite simplement du silence d'un appel international.

— Très drôle. « Tu ne résoudras pas cette affaire. » Là, je cite Marshall Trueblood. « Seulement si le destin s'en mêle et se range à tes côtés. »

— Il a raison. Peut-être que la cote est trop élevée, même pour le destin. Mais quelle impression t'a-t-il faite, ce Ben Torres ? Harry Johnson l'avait trouvé très agité, limite paranoïaque…

— Il ne m'a pas fait l'effet d'un futur client de la clinique Stoddard. Il avait l'air plutôt calme. Mais bon, ça fait presque un an que Johnson l'a rencontré, non ?

— Oui, c'est ça.

— Je repars cet après-midi, sur le tard. Je serai à Londres vers sept ou huit heures.

— Tu t'arrêtes au Boring's ?

— Oui.

— Bon, au moins tu ne seras pas allé à Florence pour rien.

— Comment ça ? Je n'ai récupéré aucune information utile chez Ben Torres…

— Sans doute, mais tu as les gants.

32

— La même chose, monsieur Johnson ?

— Pas question que je m'aventure dans l'inconnu, Trev.

Trevor sourit et se tourna vers Jury.

— Et pour vous, monsieur ?

— Donnez-moi un verre de rouge. Celui que j'ai pris l'autre fois, peut-être ?

— C'était un pinot noir, monsieur, un 81, précisa Trevor, l'air meurtri par l'expression « verre de rouge ».

— Oh ! Euh… oui, il était très bon.

Accablé, Trevor s'éloigna en secouant la tête.

— Bon, continuez, reprit Jury.

Sous le siège, la truffe humide de Mungo semblait collée à la cheville du commissaire.

Harry obtempéra :

— Je ne savais vraiment plus quoi faire, les options étaient réduites à zéro, à peu de chose près. Comment disait Sherlock Holmes, déjà ? Après avoir éliminé l'impossible, prenez ce qui reste, même si ce reste est hautement improbable, c'est bien ça ? Mais là, il ne restait rien.

— Si, forcément. Nécessairement, parce qu'elle... ils, plutôt, ne se sont pas volatilisés. Ils ne sont pas non plus passés dans une autre dimension, n'en déplaise à Hugh Gault, martela Jury.

— Vous avez raison. Mais je pensais sincèrement que Winterhaus avait quelque chose à voir avec tout ça. Oui, je sais, ça ressemble à un film d'épouvante ; mais c'était mon sentiment. Je n'ai trouvé aucune preuve que c'est le dernier endroit où Glynnis s'est rendue, mais ça semble bien être le dernier endroit où elle a été vue, au bord de la route, par la femme du Swan.

À cet instant, Jury pensa soudain à la clé.

— Mais s'il ne lui était rien arrivé, est-ce que Glynnis n'aurait pas vu la négociatrice en rapportant la clé ?

— Ils ont une boîte aux lettres, sur un côté de la porte, où on dépose les clés en dehors des heures d'ouverture de l'agence. C'est probablement ce qu'a fait Glynnis. De toute façon, Marjorie Bathous ne l'a pas vue. Et la clé n'a pas été renvoyée à l'agence.

— Je me retrouve constamment à la case départ, se lamenta Jury. Si Glynnis et Robbie étaient partis de leur plein gré, ils auraient emmené Mungo. Mais s'ils ont été enlevés, il paraît très improbable que le ravisseur ait embarqué le chien aussi, non ?

La question de Vivian, « Pourquoi n'ont-ils pas emmené Mungo ? », lui trottait dans l'esprit. Il en fit part à Harry.

— Mais il a été emmené, fit remarquer ce dernier. La différence, c'est que lui est revenu.

Jury sentit le battement de la queue du chien et jeta un coup d'œil sous son tabouret. Mungo en émergea et fixa tour à tour Harry puis Jury de ses grands yeux.

— Voilà un regard de dévotion, ou je ne m'y connais pas, sourit Harry.

Jury, pour sa part, y voyait moins de la dévotion que de l'incrédulité.

— Ah, si seulement tu pouvais parler, mon vieux, poursuivit Harry en se baissant pour gratter le cou du chien.

Mais Mungo évita la manœuvre en se réfugiant prestement sous le tabouret de Jury, où il s'installa, une patte sur les yeux.

La deuxième tournée arriva, et Harry continua son récit :

— Oui, je sais, ça peut paraître idiot, mais ayant essayé toutes les solutions rationnelles, j'ai décidé de passer de l'autre côté du miroir, et de retourner dans le Surrey en compagnie d'une personne qui travaille dans le paranormal…

— Un voyant ? s'étonna Jury en reposant brutalement son verre.

Il l'avait approché de ses lèvres avec l'intention de boire. Toutefois, comprenant qu'ils s'apprêtaient à aborder aux marches du surnaturel, il préférait s'abstenir.

— Voyant, médium, peu importe. J'étais presque décidé à aller consulter une diseuse de bonne aventure sous une tente de foire.

— Et elle… il vous a accompagné jusqu'à Winterhaus ?

— Oui. C'était une Mme Chase, de Putney. Une vraie mamie gâteau. Souriante, cheveux gris, replète. Je me suis dit que si une dame comme ça baignait dans l'occultisme, c'est que celui-ci devait être plus terre à terre, plus ordinaire, que je ne l'avais pensé jusque-là.

Elle est arrivée, s'est postée devant la porte-fenêtre, a regardé longuement à l'extérieur. Je lui ai demandé s'il y avait quelque chose là bas, ou quelqu'un, mais pas un mot, sauf « Il fait très froid, ici ». Alors, nous sommes retournés dans le salon, la pièce meublée. Elle est restée plantée au milieu, à regarder tout autour d'elle. « Ce n'est pas votre maison, n'est-ce pas, monsieur Johnson ? – Non, elle appartient à un M. Torres. – Dont vous m'avez déjà parlé. Où se trouve ce M. Torres ? – En Italie, près de Florence. – Vous le connaissez ? – Oui, je lui ai déjà parlé. – Vous a-t-il dit pourquoi il n'habite plus ici ? – Trop de mauvais souvenirs. – Ce n'est guère étonnant. Vous sentez, non ? – Quoi ? – L'atmosphère. » On l'aurait dite métamorphosée : la gentille grand-mère était soudain devenue quelqu'un de précis et de mesuré. Pas grand-chose à voir avec le médium tel que nous le vend la télé. Je ne pensais pas voir Mme Chase submergée par de grandes vagues d'émotion, et en l'occurrence j'avais raison. « Pourquoi m'avez-vous fait venir ici ? m'a-t-elle demandé ensuite. Que suis-je censée chercher ? » C'est là que je lui ai parlé de Glynnis et Robbie. Cette dame, ce n'était pas le genre à donner des réponses à la va-vite. Elle a réfléchi un bon bout de temps avant d'annoncer : « Oui, c'est certain qu'ils sont venus ici. – Et alors ? » Là, elle me regarde un moment sans un mot, puis : « Par contre, le petit garçon, je ne le vois pas aussi distinctement. Robbie ? C'est son nom ? » Je fais oui de la tête, tant ce qu'elle laissait entendre était incroyable. « Vous voulez dire qu'il y avait quelqu'un d'autre ici ? – Oui, je pense que l'on peut dire cela… – On peut dire cela… ? fais-je, n'en croyant pas mes oreilles. Madame Chase, c'est absurde. » À son tour, elle ouvre de grands yeux. « Monsieur Johnson, vous ne m'avez pas engagée pour éliminer l'absurde. Bien au contraire. C'est dans cette pièce qu'elle a été assassinée. » Elle dirige alors son regard vers mes pieds. « Vous êtes à l'endroit même où se trouvait son corps. » Là, j'ai fait un bond en arrière, horrifié. Mon esprit était incapable de saisir, et encore moins d'assimiler…

— Mais l'avez-vous crue ? demanda Jury.

— Au bout d'une minute de peur panique, franchement, non. J'ai pensé qu'elle tentait par ce biais de justifier ses cinq cents livres d'honoraires.

— Cinq cents… ? Diable, ça fait un peu cher l'excursion à la campagne. Le problème avec ces prétendus voyants, c'est que leurs visions sont difficiles à réfuter…

— Comme preuve, répliqua Harry en riant, il faudrait quand même le corps de Glynnis…

Il avait prononcé cette phrase très vite, comme si le moindre bafouillage, la moindre hésitation, risquait de transformer ses paroles en faits.

— Donc vous n'en avez rien dit à la police ?

— Tu parles, Charles ! grogna Harry. Raconter à la police que, d'après une voyante de ma connaissance, Glynnis Gault a été assassinée ?

— Vous n'avez pas fouillé les alentours ?

— Si, je l'admets. J'ai cherché de la terre fraîchement retournée, l'emplacement d'une tombe… Même si j'étais certain à quatre-vingt-dix-neuf pour cent que cette bonne femme avait tout inventé.

— Ou peut-être disait-elle la vérité, mais se trompait-elle sur l'interprétation. C'est toujours possible.

— Il y avait ce tout petit un pour cent, approuva Harry. Toujours cette infime probabilité… De toute façon, il est sans doute inutile de chercher un cadavre là-bas, alors que l'assassin l'aurait sûrement enterré ailleurs, vous ne pensez pas ?

— C'est possible, confirma Jury en posant son coude sur le bar et sa tête sur sa main. Il me semble quand même que vous accordez à la théorie de Mme Chase plus de un pour cent de crédibilité, si vous voulez le fond de ma pensée.

— Pas faux. Enfin, sur le moment, je n'en ai pas cru un mot. Et puis en y repensant, je me suis dit que quelqu'un aurait parfaitement pu suivre Glynn depuis Londres, ou tout au moins aurait pu savoir exactement où elle allait.

— Ce qui, ajouta Jury, fait des gens de Forester et Flynn des suspects, entre autres Marjorie Bathous.

— Non, je ne pensais pas à ça. Je pensais plutôt à quelqu'un surgi de son passé, un vieil ennemi, un ancien amant, une ancienne connaissance, quelqu'un pour qui elle représentait une menace, ou qui voulait se venger…

— Et cette Mme Chase aurait été capable de faire surgir cette image-là ?

— Bon Dieu, ça n'aurait pas été la première fois qu'une voyante aurait fait une découverte de ce genre. À supposer, bien évidemment, que j'admette qu'elle est vraiment voyante.

— Oui, ou une excellente actrice.

Harry, qui à cet instant regardait fixement son verre, se retourna brusquement, interrogeant Jury du regard.

— Supposons qu'elle-même soit impliquée dans le meurtre, ou bien que quelqu'un l'ait payée pour vous raconter cette histoire…

— Là, c'est peut-être pousser le bouchon un peu loin, non ? fit Harry, dubitatif.

Jury termina son vin et fit signe à Trevor à l'autre bout du bar, qui s'approcha, tenant à la main la bouteille emmaillotée d'une serviette. Jury lui fit oui de la tête, puis il se retourna vers Harry.

— Pas nécessairement, non. Supposons que le tueur n'ait pas voulu que l'affaire soit associée à Londres. Il choisit cette maison dans un coin perdu du Surrey, qu'il sait que Glynnis va visiter. La mère Chase est diligentée pour vous débiter cette histoire, qui du coup en devient encore plus fantastique, et la disparition de Glynnis et Robbie viendrait confirmer sa soi-disant vision…

— Attendez une minute. Comment quelqu'un aurait-il pu être sûr que j'allais contacter cette Mme Chase ? Je ne la connaissais pas avant.

— Comment l'avez-vous trouvée, au fait ?

— C'est une femme, une connaissance d'une connaissance de Hugh qui était au courant pour sa femme et son fils, qui lui a écrit. Hugh m'a montré la lettre. Elle disait, enfin son auteur disait, que Mme Chase avait retrouvé sa fille disparue.

— Dans ce cas, cette lettre pouvait être un piège. N'importe qui aurait pu l'écrire.

— Ça se complique de plus en plus, alors. Mais enfin, qu'est-ce que Hugh avait à perdre, si on va par là ? Quelques livres, tout au plus.

— Je ne suis pas d'accord. Hugh avait à perdre autre chose que de l'argent. Il y avait aussi la tranquillité d'esprit, l'espoir. Mais même en admettant que tout cela soit à côté de la plaque, alors c'était quoi, la plaque ? Qu'y avait-il à gagner à introduire une voyante dans cette sale affaire ? Si Glynnis et Robbie ont été assassinés, et rappelez-vous, elle n'a pas vu ce dernier, pourquoi attirer l'attention sur le meurtre ? Un mois déjà s'était écoulé. Les gens auraient sûrement pensé que l'épouse s'était fait la malle pour fuir son mari, ou pour rejoindre un amant quelconque. Alors pourquoi attirer l'attention sur l'affaire, à peine oubliée ?

Jury s'interrompit un instant. Puis :

— À moins que…

— Que quoi ?

— À moins qu'on n'ait prévu qu'il se passe quelque chose.

— Comment ça ?

En fait, Jury pensait à ce qu'avait dit Melrose : un événement futur…

— Voyons… en admettant que quelqu'un ait assassiné Mme Gault, il s'en est tiré sans dommage jusqu'à présent. Mais un événement ultérieur pourrait braquer à nouveau les projecteurs sur cette affaire. Un exemple : s'il était prévu des travaux sur le terrain ? Des travaux de terrassement, qui amèneraient à exhumer le corps ?

— Mais alors, que gagnerait le tueur à faire faire cette révélation par Mme Chase ? On trouverait un corps, de toute façon.

— Bien sûr, mais pour le coup, c'est Mme Chase qui prendrait de l'importance, pour avoir annoncé cette découverte. Si elle sait qu'il y a un corps, alors peut-être sait-elle où est le tueur…

— Je vois. Vous voulez dire qu'elle pourrait ainsi entraîner les recherches loin du véritable assassin ? Tout ça me semble un peu trop risqué…

— Certes. Mais souvenez-vous d'une chose : il se serait écoulé presque un an avant que la police ne s'intéresse au crime. Enfin, quoi qu'il en soit, ce raisonnement se fonde sur un événement futur : nous n'avons aucune idée ni de sa nature ni même de sa réalité. En fait, je doute qu'il s'agisse de l'exhumation du corps de Glynnis Gault.

Jury ne put s'empêcher de repenser à la prédiction de Carole-Anne, quelques jours auparavant : « On retrouvera les corps. On les retrouve toujours. » Il jeta un coup d'œil à sa montre.

— Huit heures déjà ? Il faut que j'y aille. Je dîne en tête à tête avec notre médecin légiste…

Il avait déjà passé une manche de son manteau.

— Diantre, ça a l'air émoustillant. Vous parlez boutique entre deux huîtres ? demanda Harry en relevant le col de son cachemire noir.

— Non, sauf en cas d'absolue nécessité, rétorqua Jury en se boutonnant. Si Trevor trouve un jour votre cadavre ici, sous les bouteilles, ce sera moi qui vous aurai supprimé pour vous dépouiller de votre manteau en cachemire.

Harry éclata de rire et, une fois déroulée la laisse, tira dessus d'un petit coup sec accompagné d'un claquement de langue pour faire sortir Mungo de sous le tabouret de Jury.

— Ah, fit-il, j'ai oublié de vous dire… Lorsque Mme Chase est sortie de Winterhaus, elle s'est tournée vers moi et m'a demandé : « Et le chien, alors ? » Franchement, j'en suis resté comme deux ronds de flan.

33

Mungo était confortablement installé dans son coin favori : sous le canapé de la salle de musique, juste en face du salon. Pourquoi une salle de musique, se demandait-il, alors que personne n'utilisait jamais le piano, délaissé là-bas dans la saillie d'une fenêtre ? Il en avait plus qu'assez d'observer Schrödinger (surnommée Shoe), occupée à tenter d'arrêter la trajectoire d'un poisson rouge en tapant de sa patte sur la paroi de l'aquarium.

Il voulait réfléchir. Réfléchir à ce limier de Scotland Yard qui commençait à le décevoir sérieusement. Il faisait l'idiot, pas possible. Il ne pouvait pas l'être vraiment, sinon comment aurait-il conservé son poste ?

Mungo roula sur le dos et contempla la toile de jute au-dessous du sofa, ce qui ne tarda pas à l'ennuyer ferme, aussi s'extirpa-t-il de son repaire pour constater que la chatte avait dû renoncer, de guerre lasse, à attraper le poisson, car il lui semblait l'entendre dans la cuisine. Ah, oui, c'était bien ça, la planche à fromage venait de tomber sur le carrelage…

Il alla jusqu'au secrétaire, où, dans le tiroir du bas, il vit l'enchevêtrement de chatons dormant les uns sur les autres. Elf était tout à fait dessous, aussi se dit-il qu'il lui rendrait service en poussant ceux du haut et en le sortant du tiroir. Tirés soudain d'un bon sommeil, ils se mirent tous à couiner, à croire qu'on les écorchait.

Mungo, tenant Elf dans sa gueule, tournicota dans la pièce à la recherche d'une cachette adéquate. Cette salle de musique, il en avait déjà utilisé quasiment tous les coins et recoins. De la cuisine lui parvint un nouveau bruit de chute : Shoe était-elle en train d'explorer les placards ? Il traversa le vestibule et emmena Elf dans le salon.

Il y avait un casier à compartiments sur le haut du bureau, où Harry rangeait des papiers. Peut-être l'un des compartiments serait-il assez grand pour y dissimuler Elf ? Il grimpa en trois étapes : tout d'abord, sur un tabouret bas, puis du tabouret à la chaise de bureau, et enfin sur le plateau dudit bureau. Il en examina toute la surface, les casiers et les petits tiroirs. Il posa Elf afin de mesurer avec précision les dimensions respectives des compartiments et du chaton ; ce dernier se mit à trembler et miauler, mais Mungo n'y prêta pas attention : il venait d'apercevoir quelque chose qui lui mit le cerveau en ébullition.

Un prospectus, ou une brochure – plusieurs, en fait –, de l'endroit où s'étaient rendus Harry et le Limier, le jour où ils l'avaient laissé dans la voiture. Il y avait des photos de la façade, des pignons, du parc, et de ces vieux impotents.

Un exemplaire de la brochure entre les dents, il redescendit du bureau par le même chemin. Puis il se glissa sous une causeuse en velours pour réfléchir tranquillement, sans plus se soucier d'Elf. Il était grand temps qu'il disparaisse, en vérité, car il entendait Shoe qui revenait. Manifestement, elle avait aperçu son rejeton sur le bureau. La chatte y monta d'un seul bond gracieux, puis Mungo entendit un bref concerto de grands et de petits miaous, et l'instant d'après chatte et chaton, Shoe portant Elf, s'en retournaient au tiroir dans la salle de musique.

Avoir cette brochure en sa possession et en faire un bon usage étaient deux choses différentes. Il se rappelait avoir été abandonné dans la voiture, jappant à en perdre la voix quand Harry et le Limier l'avaient planté là. Pour ce que ça leur avait servi ! Il resta encore quelques instants couché à réfléchir, puis, ses réflexions ne débouchant sur rien de constructif, il sortit de sous le siège et regagna la salle de musique, où Elf venait juste de se réinstaller confortablement. Trimballer le chaton à droite et à gauche l'aidait parfois à réfléchir, d'autant plus que Schrödinger était retournée dans la cuisine. Il déposa Elf dans une cachette sûre, puis resta assis un moment à penser à cette brochure, qu'il avait été contraint de laisser par terre pour saisir le chaton.

Supposons qu'il essaie de l'apporter au pub : Harry penserait que c'était un malheureux bout de papier plein de bave et le mettrait d'office à la poubelle. N'y aurait-il pas, se dit Mungo, l'un de ces uniformes noirs patrouillant dans cette rue ? Voyons, ces gens n'allaient-ils pas avec… Mais oui, c'est ça ! Il y en avait des voitures pleines. Des lumières bleues qui tournaient et des grands cris prolongés qui lui rappelaient Shoe et ses chatons. Le Limier lui-même n'était-il pas descendu d'un de ces véhicules un soir ? Ils faisaient tous partie du même club. Ils doivent tous se réunir…

Ils se connaissaient ! Ils se parlaient !

Il ne lui fallut pas plus d'une minute pour bondir jusqu'à la cuisine, brochure entre les dents, passer en trombe devant Shoe, qui lui cracha furieusement après, et sortir par sa trappe au bas de la porte. Puis il fit le tour de la maison en courant et se retrouva sur le trottoir, où il s'arrêta pour balayer la rue des yeux. Pas le moindre uniforme en vue.

Bon sang, où étaient-ils, ces uniformes, quand on avait besoin d'eux ?

Ah ! Là-bas, au bout, l'un d'eux tournait l'angle de la rue.

Mungo fila ventre à terre, la brochure coincée dans la gueule, tâchant de ne pas trop baver dessus.

C'était le gentil, celui qui l'appelait par son nom.

— Tiens, Mingo !

Enfin, plus ou moins. Mungo, sans se formaliser pour l'erreur, déposa la brochure à ses pieds.

— Qu'est-ce que tu m'amènes là, mon toutou ?

Mungo s'abaissa à aboyer.

L'uniforme, accroupi, fixait Mungo, dont le regard était carrément vrillé au sien. Il ramassa la brochure.

— Clinique Stoddard… Qu'est-ce que c'est que ça ?

Toujours accroupi, l'uniforme ouvrit le dépliant et l'examina, s'arrêtant sur chaque photo de la clinique.

— Là, je suis largué, mon toutou. Qu'est-ce qui se passe, là-bas ?

Grands dieux ! Pourquoi les gens étaient-ils si stupides, si niais ? Si les rôles avaient été inversés, lui serait déjà dans une de ces voitures aux lumières bleues, fonçant jusqu'au pub sur les chapeaux de roue pour remettre cet indice au Limier !

Et voilà qu'arrivait du trottoir d'en face un autre uniforme, à qui le premier faisait signe. Perte de temps (« Salut, Kyle. – Salut, Mac, ça roule, ma poule ? Et Greta et les gamins, ça boume ? » Blablablabla...). Puis le second uniforme, Kyle, se mit à étudier la brochure de la clinique Stoddard, lisant même des passages à haute voix :

— Une oasis en plein centre de Fulham... !

Bien sûr, ils ne pouvaient s'empêcher de commenter et de plaisanter :

— Ah bon, une oasis dans le secteur SW7 ? Première nouvelle. Tu savais ça, toi, Mac ?

Oh, très drôle, vraiment. Mungo s'autorisa un aboiement irrité.

— C'est une clinique, expliqua le premier uniforme.

Mungo eut une soudaine envie de se coucher, les pattes sur les yeux. C'est ça, les gens qui protègent Londres ?

Et les voilà tous deux accroupis, à présent, à l'assaillir de questions.

— Y a quelqu'un que tu connais là-bas, mon vieux ? demanda Kyle.

Oui Oui Oui Oui Oui !

Mungo tenta d'enfoncer ça dans le crâne de ces types avec un regard pénétrant comme une perceuse électrique.

— Y sait pas, fit Mac en secouant la tête.

Le pub le pub le pub le pub le pub.

— Qu'est-ce qu'on fait ? Tu crois qu'il y a quelqu'un qu'on devrait voir là-bas ?

Mungo se mit presque à danser à ces mots.

Le Limier le Limier le Limier.

Mac regarda par-dessus son épaule vers le bout de la rue.

— C'est peut-être chez lui, chez Mingo ? Peut-être qu'il y a un problème ?

— Bon, on va vérifier, dit Kyle. Allez, viens, Bruno !

— Mingo, c'est Mingo qu'y s'appelle.

— Allez, Mingo, montre-nous.

Même sous la torture, Mungo était décidé à ne pas bouger d'un millimètre.

— Y reste assis, constata Kyle.

— Bon, allez, viens, répéta Mac, en allongeant le bras vers l'animal.

Il va me prendre dans ses bras, se dit Mungo. Ça, pas question.

Il se dirigea vers la maison.

Le trio monta l'escalier de marbre, et Kyle se saisit du heurtoir en cuivre en forme de dauphin.

Qui croyaient-ils voir ? se demanda Mungo. Shoe, peut-être ?

La porte s'ouvrit. Ah, oui ! Il avait oublié Mme Tobias ! Tout en elle rappelait une pomme, jusqu'à ses joues, du même rouge vif ou presque.

— Mungo !

Les uniformes se présentèrent, racontant que le chien paraissait désemparé. Rien de particulier à la maison ? Rien d'inhabituel ?

— Mon Dieu, non, je viens juste d'arriver, mais tout a l'air normal. Enfin, puisque vous êtes là, vous feriez p't-êt' aussi bien de jeter un coup d'œil…

Elle s'écarta pour laisser passer les uniformes, l'un après l'autre.

Comme il n'y avait pas grand-chose d'autre à faire, Mungo les suivit.

Les uniformes inspectèrent la salle de musique comme s'ils faisaient leur shopping, soulevant puis reposant un objet après l'autre, le tout sous les yeux de Mme Tobias, restée prudemment dans le vestibule.

Mungo s'était affalé sur le sol du vestibule, dans un état second, la tête posée sur ses pattes. Détruit.

Depuis la salle de musique lui parvint alors la voix de Kyle :

— Hé ! Qu'est-ce qu'il fait dans le piano, ce chaton ?

34

— Que savez-vous sur les voyants ?

Le Dr Phyllis Nancy reposa son couteau à beurre.

— Sans doute pas autant que ce qu'ils savent sur moi.

Jury rit. Puis, revenant à sa question :

— Est-ce qu'un jour vous pourriez en croire un ?

— À quel propos ?

— Je veux dire : vous serait-il possible de le croire ?

— C'est la même question. Ou tout au moins, elle appelle la même réponse : à quel propos ?

Attablés à l'Aubergine, ils attendaient leur commande : steak (Phyllis) et canard (Jury).

Phyllis était vêtue de soie bleue. Jury n'avait jamais vu plus bleu que ce bleu-là : un bleu exubérant. Assez profond pour y nager. L'image lui trotta un moment dans la tête.

— Alors ?

— Oh, pardon, je pensais à votre robe bleue : elle est superbe.

— Merci.

— Bon, je prends un exemple : imaginez qu'un voyant vous dise que vous vous êtes trompée sur les causes d'un décès. Vous le croiriez ?

Elle prit le temps d'entamer un petit pain tout en réfléchissant. N'importe quel autre médecin légiste de la police lui aurait répondu d'arrêter son délire. « Quoi, un voyant qui remettrait en cause mon diagnostic ? »

— C'est une idée intéressante qui demande réflexion… commença Phyllis avant de s'interrompre pour une nouvelle bouchée de son petit pain. J'essaie d'imaginer dans quel domaine j'aurais le plus de chance de me tromper. Les poisons, les plantes vénéneuses ? Sûrement quelque chose comme ça.

— Donc, vous ne rejetteriez pas d'emblée l'opinion du voyant ?

— Bien sûr que non. Dieu sait qu'il y a suffisamment de place pour le doute en médecine légale. La noyée qui reste un mois dans la rivière, l'enfant assassiné et traîné dans un coin sombre… Il y a beaucoup d'incertitude. Ce que je crois, au fond, c'est que dans notre branche il y a beaucoup d'ambiguïtés et de contradictions. On peut concevoir tellement de théories, toutes apparemment contradictoires, qu'il serait absurde d'en rejeter une sous prétexte qu'elle semble à première vue déraisonnable. Vous êtes bien placé pour le savoir, vous. Regardez la situation : une femme et son fils disparaissent…

— Rectification, interrompit Jury : et leur chien. Les gens oublient toujours Mungo.

Phyllis sourit alors que le serveur disposait leurs plats devant eux.

— Non, je n'ai pas oublié Mungo. Qui pourrait oublier Mungo ? Enfin, quoi qu'il en soit, ils se volatilisent pendant qu'ils visitent des maisons. Tout au moins, c'est ce que vous pensez. Mais en fait, ils pourraient être allés n'importe où, non ? En toute logique, qu'est-ce qui peut expliquer cette disparition ? La femme est-elle partie délibérément ? Non seulement son ami affirme que c'est impossible, mais en plus elle emmène son fils. Et si le petit était « abusé », et qu'elle agissait pour le protéger ?

— Oui, mais que faites-vous du chien ? Est-il raisonnable de penser qu'une femme qui veut changer de vie va s'embarrasser d'un chien ? Et puis, il y a le contexte : elle visite des propriétés, elle en parle à des gens. Pourquoi faire tout ça si elle veut partir ?

— D'accord, la première explication – elle fuit son ancienne vie – est inacceptable. Prenons la seconde : ils sont enlevés, maman, fiston, toutou. Évidemment, je pense qu'elle est meilleure que la première, mais, encore une fois, pourquoi les ravisseurs auraient-ils embarqué le chien ?

Jury, repensant à Vivian, répondit :

— J'ai dans mes relations quelqu'un qui se demande pourquoi ils n'ont pas emmené le chien.

Phyllis coupa un morceau de son steak.

— C'est bizarre, ça. Et comment explique-t-il cela ?

— Elle. Elle ne l'explique pas.

Jury planta sa fourchette dans son canard rôti sur un lit de cerises noires.

— Si c'est aussi bon que ça en a l'air, ajouta-t-il, je vais demander un doggy bag.

— Vous n'avez pas de chien.

— Si, en fait. Enfin, il n'est pas vraiment à moi, il appartient à mon voisin du dessus. Un très très très célèbre guitariste underground. Stan Keeler. Vous en avez entendu parler ?

— Oui. Vous ne vous rappelez pas ? Vous m'aviez appelée pour cette fusillade au Hammersmith Odeon, là où il jouait avec son groupe ? Moi qui suis un médecin légiste très très très underground.

Puis, avec un grand geste en direction de la salle, elle poursuivit :

— Mon plat est succulent. D'où est-ce que ça vient, ce mot, « succulent » ? Il sonne exactement comme ce qu'il décrit. C'est là, mon cher, que les Américains ont tout faux, avec leurs régimes. Ils devraient apprendre à manger de petites portions de plusieurs plats différents sur une durée de deux heures.

— Oui, vous avez sans doute raison.

— Mais ce chien…

— Mungo.

— C'est bizarre, ça : tout le monde l'oublie.

— Moi pas. Qu'est-ce qu'il y a de sucré ? s'inquiéta Jury en s'emparant de la carte des desserts, qu'il ne tarda pas à reposer. Ce que vous disiez il y a un instant, « ils pourraient être allés n'importe où », ça me fait penser au chat de Schrödinger.

— Au quoi ?

Phyllis allait porter son verre de vin à ses lèvres, mais elle interrompit son geste et prit un air étonné.

— Je ne vous en ai jamais parlé ? dit Jury. C'est très intéressant.

Et il expliqua l'analogie du chat dans la boîte.

— Seulement, ce n'est pas une analogie, mais une théorie. On ne peut pas savoir si le chat est vivant ou mort avant d'ouvrir la boîte. Ce que j'en retiens, c'est que le chat, tant qu'il est dans la boîte, et donc non mesuré, n'a pas de réalité. Il est vain de poser la question : « Le chat est-il mort ou vivant ? » Enfin non, pas vraiment vain, mais surtout, la question n'a aucun sens.

— C'est extraordinaire. « Non mesuré » ? Que voulez-vous dire par là ?

— Mécanique quantique.

Incrédule, Phyllis le regarda dans les yeux.

— Vous ne voulez quand même pas dire que cette Mme Gault est… disons nulle part, jusqu'au moment où vous la trouverez ?

— C'est une bonne formulation, Phyllis. Oui, je pense que c'est ce que je crois. Parce que quelque chose m'échappe.

Et Jury de répéter :

— Quelque chose m'échappe.

35

Enfin !

Aussi rapide qu'une impulsion électrique, la chose s'était propagée de l'Aubergine, South Kensington, à Sloane Square, dont elle avait fait plusieurs fois le tour avant de poursuivre sur Pimlico, et de revenir sur ses pas jusqu'à Belgravia.

Tout excité d'entendre que le Limier était enfin sur la bonne piste, Mungo laissa tomber Elf et cessa de s'en préoccuper jusqu'à l'arrivée de Shoe, qui, apercevant le chaton baladeur, se précipita pour le récupérer.

Mais qui donc était cette créature en bleu néon qui avait envoyé le message ?

Parlons-en, des voyants, tiens !

36

Le lendemain matin, lorsque Jury fit son entrée dans le bureau, Wiggins lui tendit un message qu'il venait de détacher du bloc.

— Je ne sais pas si j'ai bien noté le nom. Elle vient juste d'appeler, la dame. Un truc comme Bath, Balthazer. Bref, voilà le numéro. Comme elle avait l'air de vous connaître, je me suis dit que vous arriveriez toujours à retrouver son nom.

— Bien raisonné, Wiggins : je connais justement une excellente voyante, ça devrait m'aider…

Wiggins se raidit et lui demanda s'il voulait une tasse de thé.

— Non, pas pour le moment, merci. Pour en revenir au nom de cette femme… l'idée ne vous a pas effleuré de lui demander d'épeler ?

— Je l'aurais fait, soupira Wiggins, sauf qu'elle était si perturbée que je n'ai pas voulu la faire lanterner.

— Bon, vous avez de la chance ; elle s'appelle Marjorie Bathous. Vous a-t-elle donné une idée de ce qui pouvait la perturber à ce point ?

— Pas la moindre. Elle a juste dit que c'était urgent, précisa Wiggins en touillant l'épais liquide jaunâtre dans son verre.

Combiné téléphonique en main, Jury se promit de ne pas poser de question. En vain, bien sûr :

— Qu'est-ce que c'est ?

— Un smoothie aux fruits.

Le mot seul aurait dû suffire à dégoûter n'importe quel individu de plus de dix-huit mois. Jury composa le numéro sur les touches.

— Encore une de ces boissons-santé qui contiennent plus de calories qu'un pudding de Noël… Madame Bathous ? Ici le commissaire Jury.

Il avait roulé le message en boule et visé la corbeille à papier. Raté. Il entreprit de faire une autre boule avec un mémo de Racer, mais s'arrêta net quand Marjorie Bathous lui dit de quoi il retournait :

— Ils m'ont appelée à cause de la pancarte Forester et Flynn, ils…

Très rapidement, Jury mit fin à l'appel, sur un « Oui j'arrive, merci beaucoup et au revoir ».

Il se leva, saisit au vol sa veste sur le dossier de la chaise, l'enfila n'importe comment et lança :

— Je file dans le Surrey !

Puis, brandissant son téléphone portable :

— Si jamais vous avez besoin de moi…

37

Elle portait un tailleur noir, sans doute celui dont Harry Johnson avait parlé, le même qu'elle portait en quittant Londres ce jour-là, presque un an auparavant. On l'avait allongée sur le canapé couleur crème pour que Jury puisse la voir ; puis on l'avait emmenée.

— Asphyxie traumatique, annonça le Dr O'Reilly. Presque certainement d'origine criminelle.

C'était le médecin légiste de la police du Surrey, ou tout au moins de ce secteur.

— Vous voulez dire qu'elle a été étouffée ?

— Oui, répondit le médecin, mais pas au sens où on l'entend d'habitude. Je veux dire, pas d'oreiller sur le visage, de choses comme ça. Je parle d'une compression thoracique qui a bloqué la respiration. Bloqué l'effet de soufflet.

Joignant les poignets, il ouvrit et referma les paumes à plusieurs reprises pour imiter un soufflet.

— De toute façon, compte tenu de l'absence de meurtrissures autour des lèvres, j'aurais rejeté d'emblée l'hypothèse de l'oreiller sur le visage.

S'emparant d'un petit coussin de soie sur le sofa, il se mit à faire une démonstration, comme si Jury et l'inspecteur-chef qui l'accompagnait avaient besoin d'une leçon en matière d'asphyxie.

— Non, là, c'est le thorax. Plus exactement, une pression exercée dessus. Probablement par un genou, puis par tout le poids du corps. Nous verrons. Enfin, nous l'espérons.

Sur ces mots, le Dr O'Reilly leur refit son sourire en coin et ramassa sa sacoche.

— En tout cas, commenta l'inspecteur-chef Dryer, si elle est morte par asphyxie, pas la peine de chercher d'arme.

Il soupira, reprit :

— Nous avons identifié le corps sur la base du témoignage de la femme de l'agence, qui l'a reconnue. J'ai pensé que si elle était là, c'était peut-être qu'elle visitait les lieux, et donc qu'ils la connaîtraient chez Forester. Si elle avait un sac, il a disparu. Cette Mme… Bathous, hésita-t-il en jetant un coup d'œil à ses notes, nous a signalé que vous enquêtiez sur elle. Moi, je n'ai jamais vu cette femme, mais vous oui, si je comprends bien ?

— Non, jamais.

Jury songea à la morte allongée sur le sofa : Dryer n'avait pas permis qu'on l'emporte avant que Jury ne l'ait vue. Cheveux châtains courts, teint pâle, presque délicat, un visage qui, en même temps que sa mobilité, avait perdu de sa beauté.

— Mais, reprit-il, plusieurs personnes l'ont vue ici, à part Mme Bathous. Les Shoesmith, qui habitent à environ huit cents mètres. Ils l'ont reçue pour le thé ; leur propriété est en vente, c'est également l'agence

Forester et Flynn qui s'en occupe. Et puis, une certaine Myra Easedale a vu Mme Gault sur cette route.

— Bon, les choses sont donc claires. Admettons que ce soit bien Glynnis Gault ; savez-vous quelque chose de sa famille ?

L'inspecteur-chef Tom Dryer avait repris le petit carnet qu'il avait laissé près du plateau à thé. Les tasses, le sucrier emplirent Jury d'un sentiment de tristesse infinie, comme si on avait servi le thé pour un visiteur, lequel était venu, et était tombé raide mort.

— Je connais le mari, Hugh Gault. Il séjourne dans une clinique à Londres, en ce moment. Vous disiez que c'est Mathilda Hastings qui l'a trouvée ?

Dryer acquiesça de la tête.

— C'est affreux pour une enfant d'annoncer ce genre de nouvelle, mais c'est ce qui est arrivé. Elle a couru chez elle pour le dire à sa mère… non, sa tante, corrigea-t-il en consultant ses notes, Brenda Hastings. Puis Mme Hastings a téléphoné à la police. Mathilda dit qu'elle était entrée dans la maison pour boire un verre d'eau.

Moi, je parie que Tilda est venue jouer à la dînette, se dit Jury, c'est pour ça qu'elle est entrée dans cette pièce.

— Tout est resté branché, eau, électricité, même si la maison est inoccupée. Si vous voulez mon avis, c'est de l'argent gaspillé, mais comme l'agence essaie de la louer, j'imagine que ça fait meilleure impression comme ça…

Il soupira.

— Je n'y pige pas grand-chose, je l'avoue. Qu'est devenu le petit ? Il était avec elle, m'a dit la dame de l'agence.

— On sait quand même une chose, dit Jury en hochant la tête.

— Laquclle ?

— Ce qu'est devenu le chien.

Loin de réconforter l'inspecteur-chef Dryer, cette précision ne fit qu'ajouter à sa confusion.

L'un des techniciens de scène de crime était encore en train de prendre des photos.

— Il va falloir, reprit Dryer, que je montre sa photo à tous ceux qui auraient pu l'apercevoir à part la dame de l'agence, les habitants de Lake Cottage...

— Lark, corrigea Jury.

— Ah oui. Bon, nous avons établi son identité, tout au moins officieusement. Il nous faudra un membre de la famille pour l'identification officielle, bien sûr. Comme je disais, j'ai essayé de contacter son mari. Vous dites qu'il est dans une clinique ?

— La clinique Stoddard, confirma Jury. C'est à Fulham.

— Oui, j'en ai entendu parler. C'est un établissement psychiatrique ?

Nouveau hochement de tête de Jury.

Dryer se passa l'ongle du pouce sur le front, l'air méditatif. Ses paroles étaient lentes, ainsi que ses gestes. Mais Jury n'allait certainement pas commettre l'erreur d'en conclure que son esprit l'était aussi. Le regard de Dryer était implacable.

— Voyons, cette femme, prénom... Glynnis, fit-il en feuilletant ses notes. Glynnis Gault. Voici un an à peu près... non, un peu moins, au dire de Mme Bathous... elle se trouvait dans la région, visitant des propriétés à louer en compagnie de son fils, et...

— Il y avait un chien, aussi.

Petit sourire de Dryer.

— Oui, vous avez raison. Mme Gault n'a pas rendu la clé de cette maison, n'est pas repassée à l'agence, et Mme Bathous ne l'a jamais revue. Quand elle a appelé son numéro à Londres, elle n'a eu aucune réponse. Elle a essayé à plusieurs reprises, toujours sans succès. Et puis vous arrivez et lui apprenez que Mme Gault et son fils… euh ! et son chien ont disparu. Et que Winterhaus est le dernier endroit où on les a vus. Vous lui apprenez, à Mme Bathous, que Glynnis Gault est portée disparue depuis neuf mois…

Dryer ferma le carnet et regarda Jury.

Le commissaire se sentit curieusement mal à l'aise, juste un soupçon de nervosité.

— Oui, c'est exact.

Mais n'était-ce pas à lui que Marjorie Bathous avait raconté l'essentiel de tout cela ? Il garda cette réflexion pour lui.

— J'ai demandé à Mme Bathous, poursuivit l'inspecteur-chef, si elle avait pensé à signaler la chose à la police, ce à quoi elle a répondu que non, elle s'était dit que Mme Gault n'était tout simplement plus intéressée et était retournée à Londres. C'est bizarre, dans ces circonstances, que personne n'ait signalé cette disparition, vous ne trouvez pas ?

— Mais si. Son mari l'a signalée à la police du Surrey, rétorqua Jury, interloqué.

Dryer refit le geste de se passer l'ongle du pouce sur le front.

— Non, je ne pense pas. Je vais revérifier, mais je crois que vous faites erreur. Quoi qu'il en soit, c'est quand même une affaire bien étrange.

Jury ne répondit pas, sentant remonter en lui une bouffée d'appréhension.

— Voyons, serais-je à côté de la plaque, demanda Dryer, si je disais que l'entrée du mari en clinique a un rapport avec tout cela ?

— Au contraire, vous mettriez en plein dans le mille. Hugh Gault s'est rendu volontairement à la clinique Stoddard lorsqu'il a senti que la coupe était pleine : il sombrait dans la dépression.

— N'importe qui aurait craqué, à sa place.

— Il va beaucoup mieux, maintenant. Ce doit être une très bonne clinique.

— Donc, vous lui avez parlé.

— Oui, effectivement. Je lui ai rendu visite avec un de ses amis. Comme je vous l'ai expliqué, elle m'intriguait, cette histoire. Hugh Gault est physicien.

Dryer garda le silence quelques instants, cherchant peut-être le rapport entre les disparitions mystérieuses et la physique. Puis il hocha la tête, comme s'il l'avait trouvé, et déclara :

— Je serais très heureux que vous m'apportiez votre aide concernant cette affaire. Vous en savez déjà beaucoup.

Jury fut surpris. Il était rare que les polices locales sollicitent l'aide de la Metropolitan, la police londonienne. D'habitude, elles l'envoyaient plutôt au diable. Les questions de territoire, ça comptait beaucoup. De tous les officiers de police avec lesquels Jury avait été amené à collaborer, un seul (à part Brian Macalvie, bien sûr) s'était montré aussi peu sur la défensive que Dryer : c'était dans le Lincolnshire, un inspecteur chevronné du nom de Bannen. Bannen était un des meilleurs enquêteurs avec qui il avait travaillé. Bannen avait également l'air presque léthargique. C'était la raison pour laquelle Jury ne sous-estimait en rien l'agilité intellectuelle de Dryer.

— Je ne voudrais pas avoir l'air de vous refiler le bébé, mais voudriez-vous vous charger d'annoncer la nouvelle à M. Gault ? Puisque vous le connaissez…

— Bien sûr. Seulement, j'aurais besoin de plus de détails. Hugh Gault voudra naturellement savoir ce que sait la police. Donc, tout ce que vous avez…

— En l'absence d'autopsie, je ne peux pas lui apprendre grand-chose de plus. Il y a très certainement des tas de questions sans réponse, à commencer par la question numéro un : pourquoi, nom de Dieu, était-elle ici ?

Feuilletant ses notes, Dryer poursuivit :

— Cette maison a pour propriétaire un certain Benjamin della Torres, selon Mme Bathous. Il habite en Italie, en Toscane, une petite ville en haut d'une colline avec un nom imprononçable.

— San Gimignano, fanfaronna Jury, qui n'avait pu résister.

— Seigneur, vous savez cela aussi ?

À ce stade, Jury regrettait presque de le savoir.

— Je tiens cette information de Harry Johnson, l'ami de Hugh Gault.

Et de Melrose Plant.

— Torres ne veut pas vendre, plutôt louer. C'est la maison de son enfance, et il y est très attaché. Elle a une histoire étrange, plutôt inquiétante, certainement douloureuse… Tout cela, c'est de l'information de seconde main, vous savez…

— De cet ami de M. Gault.

— Harry Johnson. Il est même allé jusqu'en Toscane…

— À San Jimmy-Jimmy… ?

— Gimignano.

— Ah !

— Johnson a fait le déplacement pour interroger della Torres. Cette maison a suscité bien des rumeurs et des légendes au fil des années : les imaginations sont en surchauffe, à mon avis. Harry Johnson pensait que la maison elle-même pouvait avoir un rapport avec la disparition de Glynnis Gault.

— Et vous y croyez ? Ça relève plutôt du paranormal, non ? Ou de la paranoïa.

— Oui. J'ai quand même beaucoup de mal à croire que quelque chose ici pourrait…

— Sauf éventuellement un genou sur le thorax. Je me demande si ça s'est vraiment passé comme ça.

— Bien sûr, il est facile de prétendre qu'il n'y a rien de bizarre ici, mais ce n'est pas ma femme et mon fils qui se sont volatilisés.

— Non, bien sûr, concéda Dryer.

— Et la maison a certainement un rapport avec la mort de cette Mme Gault, sinon elle n'aurait pas été tuée ici. Elle n'aurait pas non plus disparu dans les environs. En matière d'explication, on n'est pas beaucoup plus avancés.

— Mais si on cherchait un cadavre, si.

Et Dryer de passer encore une fois l'ongle de son pouce sur son front, l'air profondément perplexe.

— Qu'a-t-il pu advenir du petit ? J'ai peur rien qu'à la pensée qu'il soit mort aussi.

Il regarda les marques sur le sol.

— Vous savez, ça me paraît tellement délibéré, tellement...

Il cherchait le terme exact.

— Mis en scène ?

— Oui, c'est ça. C'est un peu dur à avaler, que la victime soit venue ici au lieu de retourner à Londres. Chez elle. Cette petite fille, Mathilda, si vraiment elle venait ici pour s'amuser, est-ce qu'elle aurait vu quelqu'un ?

— C'est le cas. Elle a vu Glynnis Gault, de loin, et le petit garçon, de près.

— Oui, c'est vrai, elle me l'a dit.

Était-ce ainsi que Dryer fonctionnait ? se demanda Jury. En laissant croire qu'il ne savait pas, alors qu'il savait ? Ça pouvait être bigrement agaçant. Il se sentait légèrement agacé, d'ailleurs.

— Mais si quelqu'un l'avait vue, cette gamine ? continua l'inspecteur-chef. À mon avis, ses parents feraient bien de lui interdire cet endroit.

— Des parents, elle n'en a plus. Elle habite avec sa tante, Brenda Hastings ; mais là je ne vous apprends rien. Ladite tante lui a défendu cent fois de venir jouer ici, mais la petite vient quand même.

— Vous êtes une mine d'informations, commissaire, remarqua Dryer avec un sourire.

— La personne qu'il vous faut interroger est Harry Johnson, répondit Jury en lui rendant son sourire. C'est de lui que je tiens tout ça.

— Oui, je crois que cela s'impose, approuva Dryer, qui jeta un coup d'œil à sa montre. Deux heures passées. Si on faisait un saut au Swan avant la fermeture ?

— Très bonne idée.

— C'est en partie pour boire un verre, en partie pour voir si des clients sauraient quelque chose. En fait, c'est surtout pour boire un verre. À mon avis, aucun espoir de tirer quoi que ce soit de ces bougres-là.

Le parking du Swan était bien encombré pour un début d'après-midi.

En traversant l'aire gravillonnée, Jury s'en étonna :

— D'où viennent-ils, ces gens ? Il n'y a quasiment aucune habitation dans le coin ; la ville la plus proche, Lark Rise, est à une quinzaine de kilomètres, et ce ne sont pas les pubs qui manquent, là-bas.

— Allons, allons, monsieur Jury, répondit Tom Dryer dans un grand rire, vous connaissez l'histoire, non ? Celle du type qui est perdu dans la jungle avec rien d'autre qu'une bouteille de gin et une de vermouth, et une bonne douzaine de têtes jaillissent des buissons pour lui expliquer comment préparer un martini ?

Le barman salua Dryer de façon très respectueuse.

— Comment allez-vous, inspecteur-chef ?

— Ça va, Clive, merci. Pour moi, ça sera une pinte de ce qu'il y a dans ces pompes. Guinness ? Excellent.

Jury commanda une Foster's. Clive disposa deux grands verres sous les pompes et tira sur les deux à la fois.

— J'ai entendu parler d'cette histoire de meurtre à la grande maison, là-bas. Sale affaire.

— Déjà ? Ça ne fait que deux ou trois heures que je suis au courant, moi.

— Ouais, mais vous savez c'que c'est…

Clive, mains sur les hanches, avant-bras massifs, attendit que la mousse retombe, puis il tira à nouveau, moins longtemps, sur les poignées des pompes.

— Toutes ces bagnoles de flics devant la baraque. Plus le corbillard. Forcément, on peut pas s'empêcher de tirer des conclusions.

Là, il eut un rire hoquetant, tel un nageur qui reprend sa respiration, tout en enlevant d'un geste preste, à l'aide d'un couteau, la mousse qui dépassait de la Guinness. Il posa les deux pintes devant eux.

— Oui, c'est une sale affaire.

— J'me souviens pas qu'on ait eu des meurtres, dans l'coin…

Le front de Clive, profondément plissé, suggérait qu'il s'efforçait de battre le rappel de ses souvenirs, et non de tirer les vers du nez de l'inspecteur-chef Dryer.

— Moi non plus, le rassura Dryer.

Il fit un signe à Jury et ils se dirigèrent vers une table.

— Mme Gault et le petit… commença-t-il.

— Et le chien.

— Oui, c'est quoi, cette histoire de chien, au juste ?

— Il s'appelle Mungo. Il était avec Glynnis Gault et son fils. Et, voici quelque temps, il est revenu.

— Revenu ? Crénom, dites-moi que j'hallucine ! Revenu à Londres ? Tout seul ?

— J'imagine que quelqu'un l'y a ramené.

L'expression de Tom Dryer était totalement ahurie.

— Mais pourquoi ?

— Pas la moindre idée.

— C'est absurde.

Dryer secoua la tête et attaqua sa bière.

— La mère est morte, reprit-il, le gamin est toujours porté disparu. Et le chien…

Il se tourna vers Jury.

— Vous êtes sûr d'avoir bien entendu ?

— Interrogez Harry Johnson.

— Bon sang de bonsoir, pourquoi un ravisseur garderait-il une bonne femme prisonnière pour finir par la tuer près d'un an après, qui plus est dans la maison où elle est censée avoir été enlevée ? Je perçois, comme disait Wallace Stevens, « le besoin d'une thèse ».

Jury faillit recracher sa bière.

— Stevens ? Le poète ? Un policier du Surrey qui cite Stevens ?

— Qu'est-ce que vous avez contre le Surrey ? Il est très intéressant, Wallace Stevens !

— L'arabe aussi, c'est intéressant, mais ce n'est pas pour autant que je le parle. C'est tellement ardu, Wallace Stevens. Moi, je n'y comprends rien.

— Allons, allons. Écoutez plutôt : « Elle chantait par-delà le génie de la mer… Tel un corps pleinement corps, battant de ses manches vides ; et pourtant, son mouvement mime modèle… »

— Vous pensez que c'est facile, ça ? interrompit Jury. Permettez-moi de ne pas être de cet avis.

— Même si ça n'est pas facile, insista Dryer, c'est très beau.

L'attention de Jury fut soudain attirée par Myra Easedale, assise à ce qui devait être sa table attitrée, en grande conversation avec une femme jeune, à l'air hagard, aux cheveux douteux.

— Cette femme là-bas, la plus âgée, dit-il en indiquant la table d'un signe de tête. C'est elle, Myra Easedale. Vous l'avez interrogée ?

— Oui. Enfin, un de mes hommes a interrogé une demi-douzaine de personnes ici. C'est elle qui a vu Mme Gault et son fils. C'était la troisième fois qu'on voyait cette femme par ici : la femme de l'agence, le couple de Lark Cottage, puis elle.

Donc, Dryer savait tout cela. Jury n'avait pas besoin de le mettre au courant.

— J'avais pensé que Myra Easedale avait levé un lièvre intéressant, expliqua Jury. Elle m'a dit qu'elle ne comprenait pas pourquoi Mme Gault, qui ne pouvait logiquement qu'entrer ou sortir de la propriété, s'était crue obligée de garer la voiture sur le bord de la route, en face de l'allée de Winterhaus, et d'en descendre pour lire une carte. La seule conclusion, selon moi, était qu'elle voulait être vue. Ce qui nous ramène à cette idée de mise en scène.

— Vous avez peut-être raison, fit Dryer en faisant tourner et tourner son verre.

— Ce corps dans le poème de Stevens…

— La mer est comparée à un corps, celui du récitant, « battant de ses manches vides »…

— Le « mouvement mime ». Mime. Écoutez, ça risque de vous paraître fumeux, mais c'est ça qu'elle m'évoque, cette affaire. Ça a seulement l'air vrai ; en réalité, c'est du mime d'enlèvement et de meurtre.

— Pourtant je vous certifie que la femme est morte, objecta Dryer en lui jetant un regard effaré.

— Oh oui, pas de doute. Ce qu'il me semble, c'est que ça a été une surprise pour elle. Du genre la pièce qui devient réalité.

— Ce que vous dites, c'est que tout a été « mis en scène », d'accord, c'est le terme que nous avions employé. Effectivement. Donc, de bout en bout, pour vous ? Mais dans quel but ?

— Je n'en sais rien.

Une heure plus tard, Jury repartait pour Londres, sans être plus avancé.

38

Abasourdi, Melrose Plant regardait sa chèvre, Chavirée, occupée à brouter tranquillement les primevères. Ce n'était pas le spectacle de Chavirée qui l'avait abasourdi, mais le coup de fil de Richard Jury.

Si Melrose était déjà perdu avant la découverte du cadavre de Glynnis Gault, il l'était encore davantage après. Ce meurtre soulevait de nouveaux problèmes, dont celui-ci : qu'était-il arrivé au petit garçon ? Pourquoi ne l'avait-on pas découvert mort, lui aussi ? Ou découvert tout court ?

Melrose fit à Chavirée un bref sermon sur les vertus du régime. Elle se contenta de le fixer, sans cesser sa mastication. D'ailleurs, l'animal mastiquait en permanence, qu'il fût ou non en train de manger. S'emparant de la longe, Melrose le reconduisit à son box.

Puis il rentra dans la maison, enfonça sa casquette de laine sur sa tête et se mit en route pour le Jack and Hammer.

— On l'a retrouvée, la dame, au fait ? demanda Mme Withersby, appuyée sur son balai, une des cigarettes de Trueblood au bec.

Lorsqu'elle avait vu entrer Melrose Plant, elle était allée se poster près de la table dans l'embrasure de la fenêtre.

— Si vous parlez de Mme Gault, déclara-t-il, prenant place entre Trueblood et Joanna Lewes, les deux seuls convives présents à la table, oui, on l'a retrouvée. Morte.

À cette nouvelle, Mme Withersby, incapable de se retenir, se donna de grandes claques sur les cuisses comme s'il fallait arroser ça.

— J'vous l'avais dit ! Hein, que j'vous l'avais dit !

— Non, intervint Trueblood, vous n'aviez rien dit de tel, vieille bique.

Et, se tournant vers Melrose :

— Où cela ?

— Des détails ! Des détails ! réclama Joanna Lewes.

S'il y en avait une pour se délecter du récit d'un meurtre, surtout commis avec art, c'était elle, forcément.

— Je n'ai pas grand-chose à vous offrir que l'essentiel. Le corps a été retrouvé dans cette maison du Surrey dont je vous ai déjà parlé.

— La maison d'où elle s'est évaporée ? Et si longtemps après ? Quelle horreur ! commenta Joanna.

Elle avait dit cela avec un frisson qu'elle aurait elle-même qualifié de délicieux. Même ses lèvres frissonnaient.

— J'l'avais dit ! glapit à nouveau Mme Withersby, déchaînée.

— Oh, fermez-la, Withers ! grogna Trueblood en sortant son porte-monnaie de sa poche. Allez donc vous payer un verre.

Il extirpa du porte-monnaie un billet de cinq livres, que Mme Withersby attrapa d'un geste vif tout en bougonnant :

— Dites donc, mylord, on vous sert, pourquoi pas moi ?

De sa voix de crécelle, elle héla Dick Scroggs, lui commanda un gin, sans susciter la moindre réaction de ce dernier.

— Si on ne vous sert pas, c'est parce que vous êtes la femme de ménage, Withers.

— Elle est bonne celle-là ! Y en a qui se croivent mieux qu'les copains, ici, c'est ça ?

— Je ne « croive » pas, Withers, j'en suis sûr : je suis mieux que vous.

Mme Withersby fusilla Trueblood du regard, puis elle alla chercher son gin et se mit à enguirlander son patron, jusque-là tranquillement plongé dans la lecture du journal de Sidbury.

— Elle était où, dans la maison ? demanda Joanna.

— Dans le salon, la seule pièce meublée. C'est la femme de l'agence qui l'avait arrangée parce qu'une maison vide, c'est sinistre. Bref, c'est là qu'on a retrouvé Mme Gault, allongée sur le sol.

— Du sang ? questionna Trueblood avec une certaine délectation, comme s'il débarquait tout droit de Transylvanie, passablement assoiffé par le voyage.

— Non. Elle a été étouffée.

— Comment ? s'enquit Joanna. Avec un oreiller ?

— Non, on lui aurait écrasé la poitrine…

— Qui l'a trouvée ? dit Trueblood. La police ?

— Une petite fille qui habite à côté, et qui aime jouer dans une vieille maisonnette sur la propriété. Elle a pénétré dans Winterhaus pour prendre un verre d'eau et a trouvé le corps en entrant dans le salon.

Joanna porta la main à son front comme si cette nouvelle lui causait de la peine.

— Pauvre petite puce.

— Oh, je vous rassure, c'est loin d'être une petite puce. Cela dit, ça a quand même dû lui faire un choc. Elle a couru le dire à sa tante, laquelle a appelé la police.

— Mise en scène, décréta Trueblood.

Et il eut une sorte de rire avorté.

— Quoi ? fit Melrose.

— Eh bien, comme tu le disais, ou comme le commissaire Jury l'a dit, tout ça a l'air – enfin, d'après la description –, tout ça a l'air mis en scène. Si on y réfléchit, la disparition, la mère, le fils, le chien, a de quoi intriguer. Mais se faire assassiner, presque un an après ? Et là-bas, en plus ? Ça sent le chorégraphié, non ?

Il se mit à siroter son verre.

Melrose se mordit la lèvre.

— Oui, j'imagine. Ce qui nous amène à poser la question : pourquoi ?

— Grands dieux, toute cette histoire, c'est un gigantesque « pourquoi », depuis le début. Et Richard Jury n'est pas plus près de la réponse aujourd'hui. Au contraire, à mon avis. Je te l'ai déjà dit et je le répète : il ne va pas la résoudre, cette affaire. Il s'est laissé enfermer à l'intérieur du système, et tu sais ce qu'en disait ce type, Gödel…

— Un parano, ce Gödel. Il croyait qu'on essayait de l'empoisonner et il a fini par se laisser mourir de faim…

— C'est horrible ! C'est épouvantable ! s'alarma Diane, qui avait pris le train en marche.

— Cette théorie qu'il a pondue, poursuivit Trueblood, les yeux fermés, le visage légèrement levé vers le plafond, tentant de se souvenir… L'incomplétude ! Oui, c'est ça. La théorie d'incomplétude. Une idée intéressante…

Oh, la ferme ! Melrose était on ne peut plus agacé de voir Trueblood assis là, à blablater sur le théorème d'incomplétude.

Diane se tourna vers Trueblood.

— Il s'est peut-être laissé mourir de faim. Mais pas de soif, tout de même ?

Et elle leva son verre de vodka, bien décidée à se réconforter d'une bonne rasade.

39

Jury s'arrêta à un feu rouge juste en face de la sortie de métro South Kensington, à un carrefour extrêmement complexe, confluent de rues, feux, passages-piétons et petits terre-pleins où l'on se réfugiait d'urgence pour éviter de se faire écraser par les conducteurs irascibles débouchant de trois, voire quatre directions différentes.

En attendant le passage au vert, il se demandait comment annoncer à Hugh le décès de son épouse, quand la question de Vivian lui revint brusquement à l'esprit : « Pourquoi n'ont-ils pas emmené Mungo ? » Bon Dieu, qu'avait-elle bien pu vouloir dire ?

Merde. Klaxon frénétique derrière lui : il avait oublié le feu. Jury démarra dans un cahot, puis s'engagea plus loin sur Fulham Road. Il passa devant la station Fulham/Broadway, franchit une autre intersection périlleuse et continua de remonter Fulham Road. C'était une nuit d'encre, froide et sans étoiles.

Il ralentit un peu devant les grilles de Fulham Palace. Jury repensa au parc et aux événements qu'il y avait vécus : il avait en tête l'image du jardin médicinal avec ses plantes médiévales, et cette morte incongrûment allongée dans un carré de lavande. Il revit le magnifique parc planté de grands arbres – tilleuls argentés, chênes verts, châtaigniers, séquoias – et se demanda s'il retrouverait un jour une raison, ou simplement le courage, de s'y promener à nouveau.

L'élégante clinique Stoddard faisait toujours au visiteur le même effet réconfortant d'un havre délibérément coupé des exigences de la vie ordinaire, un peu à l'instar des dimensions multiples et des mondes alternatifs chers à Hugh. Sans trop savoir pourquoi, Jury repensa au feu qu'il n'avait pas vu passer au vert devant la station de South Kensington : son intuition lui soufflait (il était grand temps qu'elle se mette à fonctionner, la diablesse !) que la conception du temps de Hugh Gault ressemblait davantage à cet enchevêtrement de feux et d'intersections qu'à des voies parallèles.

Il avait prévenu de sa visite par téléphone, ce qui, sa carte aidant, lui avait fait franchir sans encombre le contrôle à la grille d'entrée. À présent, assis dans sa voiture sous un énorme chêne, il essayait de faire le vide dans sa tête. Toute cette affaire se détricotait comme un vieux pull-over et il ne voulait pas en voir trop tôt la fin. Il tournait et retournait dans ses mains l'enveloppe contenant les photos prises sur le lieu du crime que Dryer lui avait confiées, avec un sentiment voisin de celui qu'il devait éprouver, enfant, lorsqu'il refermait brusquement le livre juste avant la fin de l'histoire, même si on la lui avait lue bien des fois. Il refusait d'entendre la fin. Étrange analogie, se dit-il, et il se mit à s'interroger sur sa signification. Plus que le sort de la malheureuse Glynnis Gault, n'était-ce pas la perspective de la fin de cette histoire qui l'attristait ?

Rangeant sa clé dans sa poche, il sortit de la voiture et resta un moment à contempler l'architecture complexe de la façade gothique. Tout était complexe. Tout. Un faible sourire aux lèvres, il se dit que l'affaire était en passe d'être résolue : non par lui-même, Jury le Nigaud, mais par Wiggins, Carole-Anne et Vivian.

Et Mungo. Surtout Mungo, peut-être.

Jury traversa le hall, et, à l'accueil, informa l'élégante hôtesse, tailleur chic et casque de cheveux noirs, qu'il était venu voir Hugh Gault. Bien sûr, elle était au courant, prévenue par le planton à la grille. Jury lui montra sa carte, et elle se passa la main dans les cheveux, noirs et lustrés, comme s'il s'agissait d'une caméra. Rien de grave ? Non, du tout. Il devait simplement demander quelques détails à M. Gault.

— De toute façon, il descend tout de suite. Si vous voulez bien patienter ?

À l'aide de son stylo, elle désigna le salon où Harry et Jury avaient attendu la dernière fois.

— De toute façon ? fit Jury en se retournant vers l'hôtesse.

— Pardon ?

— Vous avez dit que M. Gault descendait « de toute façon ».

— Ah, oui. C'est qu'on vient de l'informer qu'il avait de la visite.

Le visiteur, donc, était soit cette femme à l'air aimable, encore jolie pour son âge, qui leva les yeux de son magazine pour lui adresser un bref sourire, ou ce jeune homme grand et maigre, une veste en mouton retourné sur les genoux, qui ne jeta à Jury qu'un coup d'œil indifférent.

Jury n'eut guère le temps de s'interroger plus avant, car Hugh Gault fit son entrée ; la femme se leva et ils s'enlacèrent. Ou plutôt non, ils s'étreignirent, très fort, chacun paraissant vouloir emmagasiner la chaleur de l'autre.

Puis Hugh relâcha son étreinte pour tendre la main à Jury.

— Vous êtes l'inspecteur… non, pardon, le commissaire Jury. Ravi de vous revoir.

Et, se tournant vers la femme, il fit les présentations :

— Mon épouse, Glynnis.

Les choses changent lorsqu'on les regarde. Une chose en devient deux.

Jury regarda Glynnis Gault.

« Il ne résoudra pas cette affaire, voyez-vous… Seulement si le destin s'en mêle et se range à ses côtés. »

Le destin venait de s'en mêler.

40

Jury tendit la main à Glynnis avec un sentiment singulier, mais, curieusement, pas désagréable : comme si l'eau pénétrait dans ses narines et commençait à l'étouffer, et pardon, madame, auriez-vous l'extrême obligeance de me ramener au bord, s'il vous plaît ?

La voix de la jeune femme était douce et sa main tiède.

— Mon Dieu, quelle bêtise a bien pu faire Hugh ? J'ai été absente quelque temps…

On pouvait le dire comme ça. Neuf mois, à peu près. Les mots brûlèrent les lèvres de Jury. Sa surprise était si grande toutefois qu'il ne put que la fixer, bouche bée. Puis il finit par articuler :

— Rassurez-vous, M. Gault n'a rien fait du tout. Je voulais simplement lui montrer quelques photos de l'identité judiciaire.

Son soulagement était immense : la cause première de sa visite n'avait plus de raison d'être, à présent. Pire encore : lui ou l'inspecteur-chef Dryer aurait très bien pu débarquer ici pour lui annoncer la mort de son épouse avant que cette dernière n'arrive.

— Examinons donc ces clichés, proposa Hugh, invitant d'un geste tout le monde à s'asseoir.

Jury sortit les deux photos de la morte, en les avertissant que la femme était décédée et qu'il s'agissait d'un meurtre.

Ces deux-là, Hugh et Glynnis, faisaient partie de cette espèce rare de témoins : ceux qui pensent d'abord et parlent ensuite.

— Non, désolé, dit Hugh en secouant la tête.

Glynnis fit non, également.

— Qui est-ce ? ajouta-t-elle.

— C'est justement le problème. Nous ne le savons pas. Elle a été retrouvée asphyxiée dans une maison du Surrey provisoirement inoccupée. Cette femme avait apparemment disparu voici neuf ou dix mois, avec son fils et le chien de la famille.

— Excusez-moi, réagit Glynnis, mais… vous avez dit « le chien de la famille » ?

Jury acquiesça et les regarda s'installer confortablement dans leur fauteuil, prêts à écouter l'histoire. Jury en raconta l'essentiel, mais en omettant de préciser que la morte s'était fait passer pour Glynnis Gault. Et le petit pour Robbie Gault. Et Mungo pour… Mungo, en l'occurrence. Il laissa cette partie-là de côté – la plus intéressante, en fait – parce que toute cette histoire était si invraisemblable… Et pourtant il avait tout gobé, hameçon, fil et bouchon.

— Vous êtes une mine de renseignements, commissaire.

— Le chien est revenu, précisa Jury.

Il se mordit aussitôt la langue, prenant conscience du son étrange que rendaient ces paroles. Excessivement étrange, même, sortant de la bouche d'un policier de la Metropolitan. Un détective de Scotland Yard, s'il vous plaît !

Hugh répéta :

— Le chien est revenu ?

— C'est du moins ce que m'a dit Harry Johnson, lança-t-il, attendant que Hugh saisisse la perche.

Ce qui ne manqua pas :

— Harry ? C'est Harry qui vous a raconté cette histoire ?

Et Hugh éclata de rire.

À en juger par l'expression de sa femme, celle-ci trouvait aussi la situation tout à fait cocasse.

— Oui, c'est lui.

— Allez, dites-nous, monsieur Jury, demanda Glynnis en riant aussi, c'est un truc de policier, non ?

— Non, prononça Jury avec difficulté.

— J'avoue avoir été très intrigué, intervint Hugh, le jour où il vous a amené ici…

— C'était bien Harry Johnson, alors ? l'interrompit Jury.

— Bien sûr que c'était lui. Ce type est d'une grande intelligence. Dommage qu'il ne l'investisse pas dans des choses un peu plus productives que la mécanique quantique et ma personne.

— Il m'a dit que vous et lui collaboriez à un livre sur le sujet.

— Ce maudit bouquin. Il en est encore à radoter là-dessus ? Non, Harry n'est pas en train d'écrire un livre, même si je suis certain que lui en est persuadé. Et sûrement pas avec moi, en tout cas. Je lui ai prêté mes notes, parce qu'elles concernent le principe de complémentarité. Niels Bohr, vous savez… il en est complètement gaga.

Un silence se fit, embarrassé pour Jury, perplexe pour les Gault.

— Puis-je faire une suggestion ? finit par dire Hugh.

— Bien sûr.

Jury n'aurait pas été le moins du monde surpris s'il l'avait entendu lui dire : « Pourquoi ne pas rester ici quelque temps ? Vous devez être terriblement stressé par votre travail… »

— Cette femme, celle qui est morte. Il est possible qu'elle ait agi ainsi de son propre chef, non ? C'est-à-dire, aller voir l'agence pour demander à visiter des maisons…

Jury n'avait vraiment pas envie d'aborder le sujet, mais il y était à présent contraint :

— Je suis navré d'y faire allusion, mais vous aviez un fils…

— Effectivement, il est mort, noyé, intervint Glynnis, d'un ton qui se voulait neutre.

— La femme sur ces photos… elle avait un fils aussi. Ou plutôt, il y avait un petit garçon avec elle. Il faut que vous sachiez, madame Gault, que cette femme utilisait votre nom. Elle se faisait passer pour vous.

— Quoi ?

Le visage de Glynnis était d'une extrême pâleur.

— Avec un fils du nom de Robbie.

— Robbie, dit Hugh, est mort l'année dernière. C'est pourquoi…

Il ne termina pas sa phrase.

— C'était un accident de bateau, reprit-il. Nous faisions de la voile sur le bateau d'un ami, la tempête s'est levée, et il a été emporté par-dessus bord.

Hugh détourna les yeux.

Jury laissa passer quelques secondes, ne voulant pas que la question paraisse cruellement frivole.

— Possédez-vous un chien ?

— Non. Hugh y est allergique.

— Est-ce que, insista Jury, Harry Johnson possède un chien ?

— Oui, confirma Hugh. Il s'appelle Mungo, je crois. Intelligent, ce chien. La direction est très compréhensive : on peut amener des animaux en visite, à la condition qu'ils soient bien élevés.

Jury écarquilla les yeux. Il avait compris. « Pourquoi n'ont-ils pas emmené Mungo ? » Il connaissait à présent la réponse à la question de Vivian. Ce qui l'avait étonnée, c'était la chose suivante : pourquoi, si les chiens (comme le berger irlandais, par exemple) étaient admis dans la clinique, n'avaient-ils pas emmené Mungo lorsqu'ils avaient rendu visite à Hugh ? Mungo aurait sauté de joie à la vue de celui-ci. Un chien fidèle, qui revoit son maître après si longtemps…

Parce que Mungo n'était pas le chien de Hugh. Mungo n'aurait pas fait à son maître la fête attendue. Mungo n'aurait rien fait du tout. Et ça, Harry le savait.

Jury se tourna vers Glynnis, encore étourdi par sa présence.

— Vous venez de rentrer, j'imagine…

— Oui, acquiesça-t-elle. Du midi de la France. J'étais à Aix-en-Provence, chez mon père.

Elle hésita, baissa son regard vers le tapis.

— J'étais anéantie… Désolée.

Des milliers de questions se bousculaient, mais Jury sentit qu'il ne pouvait les poser pour le moment. Il se leva, souriant.

— Merci de votre aide. Je suis navré, pour votre fils.

Il était si soulagé qu'il n'y ait pas eu de nouveau chagrin pour Hugh Gault que son « navré » lui parut manquer singulièrement de conviction.

— Je pense que je vais vous laisser, à présent.

— Si nous pouvons encore vous aider, n'hésitez pas, commissaire, dit Hugh, se levant à son tour. Enfin, je ne pense quand même pas que Harry soit assez atteint pour être mêlé à tout cela.

Il avait prononcé ces mots avec une certitude proprement sublime.

S'il y avait un dingue dans l'histoire, c'était Jury, pas Harry.

Jury était sur le point de les remercier et de prendre congé, mais la remarque le fit se raviser.

— « Assez atteint », Harry ?

— C'est-à-dire, expliqua Hugh, comme il était entré ici volontairement, comme moi, il pouvait sortir à tout moment, évidemment.

Comment puis-je être aussi idiot ? Aussi totalement, aveuglément idiot ?

— Harry a séjourné ici comme patient ?

— Ma foi, oui, confirma Hugh, surpris. Il y a passé un peu plus d'un an. C'est comme cela que j'ai fait sa connaissance.

— C'est ici que vous l'avez rencontré ?

— Oui. Je suis étonné qu'il ne vous l'ait pas dit.

Moi pas.

Jury le remercia, les remercia, et s'en alla. Beaucoup plus avancé, ce coup-ci.

41

Carole-Anne descendait du deuxième étage alors même que Jury montait au premier. Clip-clop, faisait-elle dans l'escalier. Encore ces satanées chaussures ! C'était quoi, son dernier coup de cœur vestimentaire ? Bruno Magli ?

— J'ai oublié ta clé, dit-elle.

— D'habitude, c'est : « J'ai oublié ma clé », grinça Jury en introduisant la sienne dans la serrure.

— Eh bien, pas aujourd'hui !

Ils pénétrèrent dans le salon de Jury, ou plutôt, comme le pensait sans doute Carole-Anne, dans leur salon.

— Pourquoi te précipitais-tu ainsi dans mon appartement, Carole-Anne ?

— J'ai entendu ton téléphone. Et je sais que ton répondeur n'est pas très fiable. Tu as l'air crevé, remarqua-t-elle en s'affalant sur le canapé.

— Je suis crevé. Complètement lessivé.

Jury lança son manteau sur le sofa et fila à la cuisine prendre une bouteille de Foster's dans le réfrigérateur.

— Si tu veux boire un verre, on pourrait aller à l'Angel's, suggéra-t-elle quand il regagna le salon.

— Pas envie d'un pub, soupira Jury en se laissant tomber dans son fauteuil relax.

— Allons, allons, commissaire, insista-t-elle en le gratifiant d'un sourire enjôleur. Tout le monde a envie d'un pub.

— Il faut que je passe un coup de fil. Tu veux bien m'excuser ?

— Oh…

Elle était inquiète chaque fois qu'il manifestait le désir de s'isoler. Elle se leva néanmoins, mais d'un air si triste que Jury se sentit obligé d'ajouter :

— Tu peux rester. Mais n'écoute pas !

Rassérénée, elle se rassit sur le sofa, saisit un magazine, probablement un vieil exemplaire de *Time Out*, son sourire retrouvé.

Jury secoua la tête. Si seulement les étoiles étaient aussi radieuses…

Il composa le numéro de la police du Surrey, même s'il était sûrement trop tard pour attraper Dryer au bureau. Allons, allons, quelle drôle d'idée ? Comme si la police de province s'en tenait strictement aux heures ouvrables pendant que celle de Londres bossait sans discontinuer jusqu'au cœur de la nuit et au-delà !

Un flic du nom de Delancy, doté d'un accent caractéristique, prit l'appel. Jury demanda à parler à l'inspecteur-chef Dryer.

— S'il est là. Ici le commissaire Richard Jury, de la Metropolitan. Nous nous sommes vus, aujourd'hui.

Jury sentit que l'atmosphère même du Surrey se mettait au garde-à-vous.

— Un petit instant, commissaire…

Jury entendit Delancy beugler dans le commissariat. Puis il dit, dans l'appareil cette fois :

— Pas là, commissaire.

— Pourriez-vous essayer de le joindre et lui demander de me rappeler ? C'est urgent.

Et il lui donna son numéro de domicile.

— M'en occupe tout de suite, commissaire.

Jury raccrocha et prit une nouvelle gorgée de bière. Carole-Anne était à présent quasi allongée sur le canapé, ses infâmes sabots gisant sur le sol.

— Ce qui est urgent, expliqua-t-il, c'est que la police du Surrey a découvert une femme morte dans une maison.

— Pardon ? fit-elle, les yeux écarquillés.

— Allons, tu m'as bien entendu dire « urgent », non ?

— Pas du tout, je n'écoutais pas.

Intriguée, elle se redressa.

— Qui est-ce ? Où ça ?

— Qui, une inconnue pour l'instant. Où, dans une maison appelée Winterhaus.

— Ah, celle-là.

— Oui, celle-là. Je te vois venir : tu vas encore me faire le coup du « Je te l'avais bien dit », pas vrai ? Tu avais prévu qu'un cadavre apparaîtrait. Mais attends, j'ai gardé le meilleur pour la fin : cette femme, c'était bien celle que la femme de l'agence connaissait sous le nom de Glynnis Gault. La même qu'un vieux couple avait identifiée comme étant Mme Gault. Seulement, ce n'est pas elle. Quand je suis allé à la clinique voir Hugh Gault, sa femme était là. Mme Gault. Glynnis.

Carole-Anne manifestait suffisamment d'intérêt pour arrêter de se tripoter les cheveux. Elle les ramena en arrière, les tordit, mais ils lui retombèrent sur le visage.

— Alors il se trompe.

— Qui se trompe ?

— Hugh. Il se trompe sur les dix dimensions. Sa femme n'est pas partie dans une des dix, comme on le pensait…

« Comme on le pensait »… Jury trouva cela savoureux.

— … et pourtant, je ne l'ai pas retrouvée, ma boucle d'oreille. Il ne se trompe peut-être pas, alors. T'es sûr que tu ne veux pas aller à l'Angel's ?

Jury se sentit désemparé devant le dédale que pouvaient emprunter les pensées de Carole-Anne. Non, il ne voulait pas aller à l'Angel's. Ce qu'il voulait, en revanche, c'était se faire passer au papier de verre.

42

Le lendemain matin, Jury et Tom Dryer, en route vers Belgravia, roulaient sur King's Road en direction de Sloane Square. Wiggins était au volant, Dryer derrière, Jury devant, carrément retourné vers l'inspecteur-chef, un bras passé autour du siège.

— Je pense que Harry Johnson saura que je sais que la morte n'est pas Glynnis Gault. En supposant, bien sûr, qu'il sache que la vraie Glynnis est rentrée d'Aix-en-Provence…

Dryer s'accrochait à sa ceinture, un tantinet crispé à l'idée que Wiggins puisse une fois de plus oublier que les passages cloutés étaient en principe destinés aux piétons.

— Oui, je pense aussi, enfin, ça dépend…

Il s'interrompit, et, s'adressant à Wiggins :

— Sergent, ces trois vieilles dames ne sont pas montées sur des planches de skate !

Wiggins était en train de forcer sournoisement le passage alors que les petites mamies tentaient de contourner la voiture. Ils se trouvaient en face du Safeway's, et toutes trois étaient chargées de cabas pleins de provisions. Dès qu'elles eurent traversé, la voiture démarra en trombe et fila sur King's Road.

— Ça dépend de quoi ? demanda Jury d'un air pensif.

Wiggins, comme pour ne pas laisser Dryer s'endormir, traversa sans ralentir un carrefour en face de Peter Jones, ce qui fit bondir en arrière plusieurs clients du grand magasin imprudemment engagés sur le passage clouté.

— Wiggins, faites attention, bon Dieu !

Quand Dryer avait rappelé Jury, tard la veille au soir, il l'avait d'abord remercié de l'avoir prévenu. Jury avait seulement dit : « Après tout, elle est de votre ressort, cette affaire, Tom. » Il avait ajouté qu'il aurait dû emmener Dryer avec lui à la clinique, mais qu'il pensait que ce ne serait rien de plus qu'une opération d'identification de routine. Pas vraiment de la routine pour Hugh Gault, bien sûr, mais Hugh était censé jeter un simple coup d'œil aux photos et dire « Oui, c'est bien Glynnis » avant de s'effondrer en larmes.

« J'interrogerai les Gault quand j'arriverai à Londres, avait répondu Dryer. Ce n'est pas grave. »

En fait, Jury se félicitait que Dryer n'ait pas été présent tant il s'était senti idiot face au couple Gault.

— Ils ne comprenaient pas comment Harry avait pu faire ce qu'il a fait.

— Ah bon ? J'ai entendu mille fois ce genre de chose. Enfin, il faut bien reconnaître que cette histoire-là est assez incroyable quand même.

Jury le regarda, mais le visage de Dryer était sans expression.

Wiggins fit le tour du square et s'arrêta devant une élégante maison de brique rouge, qui se distinguait de ses voisines par une paire de lions de pierre gardant majestueusement l'escalier.

— Nous y sommes, monsieur.

— Restez dans la voiture, Wiggins.

Jury et Dryer descendirent et gravirent les marches entre les lions pensifs. Jury appuya sur la sonnette.

Un instant plus tard, la porte s'ouvrit sur Mungo. Le chien avait l'air si déterminé qu'on eût dit qu'il avait ouvert lui-même. Mais les deux hommes entrevirent alors une petite dame presque cachée derrière le battant, la tête penchée. Une gouvernante, ou une femme de ménage, ou une cuisinière, se dit Jury. Elle se montrait bien plus craintive que Mungo, en tout cas. Jury se présenta, présenta Dryer, puis il se baissa pour caresser la tête de Mungo. La toute petite dame les conduisit jusqu'à un salon.

Il eut brusquement envie de rosser Harry Johnson, qui s'était levé, sourire aux lèvres, après avoir posé lunettes, journal et tasse de café.

— Ravi de vous voir, commissaire.

Il tendit la main à Dryer quand Jury fit les présentations.

— Inspecteur-chef ? De la police du Surrey ? Que puis-je pour vous ? Puis-je vous offrir un café ?

Et il eut un geste en direction de la verseuse en argent, douillettement nichée, avec le pot à lait et le sucrier, dans les replis d'un linge d'un blanc neigeux.

Ils déclinèrent tous les deux son offre.

— Ceci n'est pas une visite de courtoisie, Harry, dit Jury.

Harry leur fit signe de s'asseoir dans des fauteuils club en cuir sombre et prit une cigarette dans un coffret en argent qu'il tendit à Dryer, mais ce dernier refusa.

Mungo s'assit, soulevant une patte avant, puis l'autre, comme si l'envie le démangeait de participer.

— Je suis allé voir Hugh Gault après vous avoir quitté à l'Old Wine Shades, Harry. Figurez-vous que c'est drôle : sa femme était avec lui, elle paraissait en très bonne santé pour une morte. Tout juste revenue en Angleterre.

— Ah ! Elle est de retour d'Aix, alors. Elle était partie depuis des mois.

Jury détesta instantanément ce ton détaché.

— Elle ne ressemble pas beaucoup à la morte. Ce qui, somme toute, est assez logique dans la mesure où elle est… vivante.

Harry mit la cigarette entre ses lèvres et s'empara d'un lourd briquet de table.

— L'inspecteur-chef Dryer adorerait entendre votre histoire, Harry. Je lui ai dit qu'elle battait tous les records. Moi-même j'ai été fasciné, je dois l'avouer.

Harry actionna le briquet, alluma sa cigarette à la longue flamme, aspira profondément et lâcha, en soufflant la fumée :

— Quelle histoire ?

43

Jury écarquilla les yeux. Assez bizarrement, il éprouvait la même impression que lors de la première soirée à l'Old Wine Shades, quand Harry avait entamé son étrange récit.

Parce que, à présent, il l'aurait parié, il allait avoir droit à une tout autre histoire.

— Vous le savez pertinemment, Harry, répondit-il, frustré de ne pouvoir lui servir une réplique plus cinglante. Celle qui commence par la prétendue disparition de Glynnis Gault et de son fils…

Baissant les yeux, il croisa le regard de Mungo.

— … et de son chien.

Ou par un événement à venir.

Jury avait le poing qui le démangeait quand Harry secoua la tête d'un air désolé, sans à aucun moment se départir de son sourire.

— Commissaire, Glynnis Gault est bel et bien de ce monde, comme vous-même venez de le dire.

Jury insista, lourdement lui sembla-t-il :

— Hugh Gault, vous savez, le pauvre homme qui avait tout perdu, femme, fils, même son chien. « Le chien est revenu », disiez-vous au tout début.

Jury avança le pied en direction de Mungo.

— Ce chien, Harry.

— Oui, c'est mon chien, Mungo ; il a toujours été là. « Le chien est revenu », avez-vous dit ?

Son sourire s'élargit, comme pour dire : « Alors ça, c'est la meilleure ! »

— C'est captivant. Je reconnais que c'est un sacré bon début pour une histoire. Seulement, je n'ai jamais rien raconté de tel.

Harry se retourna vers Tom Dryer qu'il fixa de son regard bleu.

Ce qui inquiétait Jury à cet instant précis, toutefois, c'est que les yeux de Tom n'étaient pas fixés sur Harry, mais sur lui. Il se sentit ridicule. « Le chien est revenu »… Bon Dieu de bon Dieu !

— Vous n'allez pas nous dire maintenant que vous n'êtes jamais allé dans une maison du Surrey appelée Winterhaus ?

Mungo, jusque-là assis aux pieds de Jury, s'affaissa, la truffe collée au sol, la tête coincée entre les pattes, à la manière d'un humain se bouchant farouchement les oreilles pour ne pas entendre ce qui allait suivre.

— Ah mais si, commissaire, c'est exactement ce que je vais vous dire. Vous ne voulez pas de café, vous êtes sûr ?

Il souleva la cafetière en signe d'invitation.

Jury serra involontairement le poing.

— La femme de l'agence, Marjorie Bathous…

Jury prit brutalement conscience que Marjorie Bathous n'avait jamais vu Harry Johnson. Elle n'avait vu que la femme qui se faisait appeler Glynnis Gault. À la réflexion, qui avait vu Harry Johnson ?

— Et Ben Torres ?

Au moins, Torres, Harry ne pouvait nier le connaître. Même si, d'après Melrose Plant, Torres n'avait pas mentionné son nom, il y aurait toujours moyen d'obtenir confirmation d'un côté ou de l'autre. Non, attendez... (Jury éprouva un nouveau choc à cette pensée)... Ben Torres n'avait strictement rien dit à Melrose qui puisse corroborer cette histoire tordue. Il connaissait Harry Johnson, mais d'assez loin. L'important tout de même était qu'il le connaissait avant sa visite en Italie.

— Ben ? Oui, je suis allé voir Ben. Il habite à San Gimignano. Près de Florence, ajouta-t-il obligeamment, comme si Jury ne connaissait pas le dossier et qu'il voulait l'aider.

— Et vous l'avez vu au cours des douze derniers mois. Comme par hasard, vous vous êtes rendu en Italie. Pourquoi prendre cette peine ?

— L'Italie, de la peine ? Allons, commissaire, rétorqua Harry dont la bouche sembla réprimer un sourire devant la paranoïa de l'homme qui se tenait en face de lui. Mais je ne vois pas ce que vous voulez dire par « comme par hasard »...

Oh que si, tu le vois.

— Je veux dire que ce voyage à Florence coïncidait avec la visite de cette inconnue à Winterhaus.

— Ce que je sais, c'est que Ben possède une maison en Angleterre, mais où au juste, aucune idée. Nous n'avons fait que mentionner cette propriété ; nous avons surtout discuté mécanique quantique.

Harry avait écrasé sa première cigarette et ne tarda pas à en allumer une autre à l'aide du briquet de table.

— Vous m'avez emmené voir Hugh Gault. Selon lui, vous êtes assez calé sur le sujet : la théorie des quanta, Niels Bohr, et bien sûr le chat de Schrödinger.

— Le chat de qui ? finit par demander Dryer. Excusez-moi, mais je débarque, là…

— C'est une théorie, expliqua Harry, selon laquelle, puisque nous ne pouvons pas connaître un résultat avant de regarder dans la boîte, toute spéculation est vaine.

— J'aurais mieux fait de me taire, désolé, dit Dryer, contrit.

— Je sais, ça paraît étrange, dit Harry.

Mungo se leva, et, dans un cliquetis de griffes sur le plancher bien lisse, se dirigea vers le sofa, sous lequel il se glissa. À la manière d'un être humain fuyant une mauvaise nouvelle.

Tom Dryer se racla la gorge et commença :

— N'oublions pas qu'il y a une victime dans cette affaire, une femme qui se faisait appeler Glynnis Gault. La voici, ajouta-t-il en tirant de son enveloppe les photographies qu'il tendit à Harry.

Harry prit ses lunettes sur le plateau en argent et les chaussa. Il examina attentivement les clichés avant de les rendre à Dryer.

— Je ne la connais pas.

— Elle a été vue par la négociatrice de l'agence, précisa Dryer, par un couple de personnes âgées habitant un cottage que Mme Gault visitait aussi, par une femme qui l'a aperçue debout près de sa voiture, et par une petite fille qui, elle, les a vus tous les trois, la femme, le petit et le chien…

Dryer jeta un coup d'œil vers le canapé.

— … un chien dont la description correspond au vôtre.

— Quelle petite fille ?

Il est surpris, se dit Jury.

C'était la première fois qu'il manifestait de la surprise.

— Une gamine qui aime jouer dans le parc.

— Ah ! En ce qui concerne le chien, c'est un chien de chasse, un croisé Saint-Hubert, inspecteur-chef. Ils se ressemblent tous, même s'il peut y avoir des différences de couleur. Organisez donc une séance d'identification, je me ferai un plaisir d'y amener Mungo.

À ces mots, Mungo réapparut, tout au moins en partie.

Pourquoi Harry avait-il inclus Mungo dans son plan ? Après tout, bon Dieu, c'était plutôt bizarre qu'on ait vu un chien ressemblant au sien en compagnie de la femme qui s'était fait passer pour Glynnis Gault. Soudain, Jury pensa avoir compris la raison : élever cette histoire à un tel niveau d'absurdité qu'il serait difficile d'imaginer que quiconque puisse la gober. Quiconque, en l'occurrence, ayant les traits de l'homme qui accompagnait l'inspecteur-chef Dryer.

Mungo était sorti de sous le sofa pour se promener dans la pièce, pour l'arpenter presque. D'un bout à l'autre, puis retour, comme si tout cela n'avait vraiment que trop duré.

J'ai essayé de lui dire, ne me dites pas le contraire. Mungo évoluait sur le parquet de hêtre ciré comme sur une patinoire et il avait envie d'aller jusqu'à la salle de musique pour se calmer les nerfs. Seulement voilà : Shoe, installée dans le tiroir du bas du secrétaire, montait la garde auprès d'Elf et de ses frères.

— Oui, reprit Tom Dryer, j'imagine qu'il serait difficile de jurer que le chien accompagnant cette femme était bien le vôtre. Il y a toujours les tests ADN, n'est-ce pas ?

Et il adressa à Harry un petit sourire entendu.

Sourire que Harry ne manqua pas de lui renvoyer.

— C'est vrai. Encore faut-il pouvoir en relever sur la scène de crime.

Puis, désignant l'enveloppe du menton :

— Pourriez-vous me remontrer ces photos ?

Dryer lui tendit l'enveloppe par-dessus un abysse de tapis sombres qui se chevauchaient au point que le parquet en était presque recouvert. Des tapis aux coloris et aux motifs intéressants.

Harry reprit ses lunettes, en ajusta les branches souples autour de ses oreilles et ressortit de l'enveloppe les photos de la morte.

Qu'est-ce qu'il pouvait bien mijoter, à présent ?

Dryer commenta, sur un ton faussement indifférent :

— Encore une coïncidence, si ça se trouve ?

Harry considéra Dryer, le sourcil interrogateur.

— Oui, enchaîna le policier, voilà une femme qui se fait appeler Glynnis Gault, la Mme Gault que vous connaissez. Difficile de croire que la femme sur ces photos ne connaissait aucun d'entre vous, qu'elle n'agissait pas au nom des Gault, ou en votre nom, ou bien… attendez, je vais reformuler : qu'elle n'avait de rapport avec aucun d'entre vous. Très improbable, vous ne trouvez pas ?

— Oui, ça semble improbable. Mais cela ne veut pas dire que je la connais. Mais Hugh…

— Pouvez-vous me citer une seule raison pour laquelle M. Gault aurait demandé à quelqu'un de se faire passer pour son épouse ? Comme ça, au débotté, la seule qui me vient à l'esprit est celle-ci : il a besoin d'un alibi ou d'établir que sa femme était en vie après qu'il l'a tuée. Mais ça ne marche pas, parce que le meurtre est venu bien plus tard, bien après la mascarade, et non avant. Vous voyez une autre raison, vous ? Pendant qu'on est là à envisager des hypothèses ?

Dryer se tirait le lobe de l'oreille, parfaitement à l'aise, prenant tout son temps.

Jury n'était que trop heureux de le laisser faire le travail.

Mungo était venu s'asseoir entre Dryer et Jury, son regard naviguant de l'un à l'autre.

Harry se laissa glisser au fond de son fauteuil, très à l'aise également.

— Tout ça est bien beau, mais qu'est-ce qui vous permet de penser que Hugh ou son épouse seraient à l'origine de cette mascarade ? Et si c'était la morte elle-même ?

— À votre insu ?

— À l'insu de tout le monde.

— C'est possible, bien sûr. Agissant pour son propre compte, vous voulez dire. Une femme se faisant appeler Glynnis Gault, accompagnée d'un petit garçon se faisant appeler Robbie, et d'un chien, Mungo, prend rendez-vous à l'agence Forester et Flynn, à Lark Rise, pour visiter des propriétés. Elle fait le maximum pour être vue, faire savoir aux gens qu'elle est là. Et puis, pffftt ! elle n'est plus là, volatilisée, avec le petit et le chien. Voilà qui est hautement intéressant, vous ne trouvez pas ? Pourquoi veut-elle que l'on pense qu'elle a disparu ?

— C'est fascinant.

— Hmm, fit Dryer, en jetant des regards à travers la pièce, comme pour traquer une idée vagabonde. C'est peut-être ça, le fin mot de l'histoire : la fascination.

Harry sourit à nouveau, l'air de s'amuser comme un fou.

— Je ne saisis pas bien…

— Disons que ça fonctionne un peu comme l'attirance sexuelle. Si un homme est tourneboulé par la beauté ou la sensualité d'une femme, il y a peu de chances qu'il remarque qu'elle n'a rien dans le citron.

Dryer eut un bref sourire, qu'il fit disparaître aussitôt.

— En d'autres termes, poursuivit-il, il ne va pas tenter de comprendre ce qu'elle a dans la tête. Seulement de la mettre dans son lit.

Cette fois, le sourire de Harry était franchement radieux.

— Excellent, inspecteur-chef.

— Merci, répliqua Dryer, avec un nouveau sourire éclair.

— Miroirs et écrans de fumée ? intervint Jury.

— Exactement, acquiesça Dryer.

— Tout cela est très embrouillé, non ? commenta Harry.

— Très. Mais voyons… Est-ce que cette femme ne vous rappelle pas quelqu'un maintenant, monsieur Johnson ? demanda Dryer. Vous n'avez pas changé d'avis ?

Soit Harry ne perçut pas le sarcasme, soit il s'en contrefichait. Il semblait perdu dans ses pensées.

En train d'inventer une nouvelle histoire, se dit Jury.

— Bon, commença Harry, je n'ai pas été honnête à cent pour cent avec vous…

Sans blague ! pensa Jury, furieux mais également fasciné. Un bras en travers du dosseret, Harry continuait à fumer avec bonhomie. Le commissaire se demanda ce qu'il allait bien pouvoir inventer.

Harry baissa le bras, se pencha en avant, dans une attitude solennelle, et se lança :

— Je la reconnais, en fait. Je vous avais dit que cette femme sur la photo n'était pas Glynnis, c'est vrai, mais également que je ne l'avais jamais vue. Ça, c'est inexact. Il faut vous dire, à ma décharge, que la femme de Venise était physiquement assez différente. Les traits superficiels, les cheveux, le maquillage épais autour des yeux, les vêtements étaient très différents. Mais le nez et les pommettes étaient très similaires à ceux de la photo. Si je n'ai pas pensé à cette Vénitienne, c'est sans doute parce qu'un visage de morte ne ressemble que rarement au même en vie. Il lui manque l'expression pour l'animer.

Jury savait que les haussements d'épaules embarrassés, le sourire de petit garçon pris en faute n'étaient que réactions feintes de la part de Harry.

— Donc, vous la connaissiez, monsieur Johnson ? reprit Dryer.

— Je l'ai connue, oui. Elle s'appelle Rosa Paston. Son vrai nom est Pastoni, mais elle l'a abrégé pour qu'il sonne un peu moins italien. Son père était italien, sa mère anglaise…

— Ça ressemble très exactement au profil de Ben Torres, l'interrompit Jury.

Harry fit comme s'il n'avait rien entendu, se leva et poursuivit, en se dirigeant vers son bureau :

— Je l'ai rencontrée à Venise…

— Vous n'étiez jamais allé là-bas avant de rencontrer Ben Torres, coupa Jury.

— Où ça ?

— En Italie.

Harry, devant un esprit aussi obtus, ferma les yeux comme pour s'exhorter à la patience.

— Non, commissaire. « Là-bas » pour moi, cela voulait dire Florence, pas l'Italie tout entière. Évidemment que je suis déjà allé à Venise. Comme tout le monde, non ? Puis-je continuer ?

— Je vous en prie, acquiesça Jury.

Baissant légèrement la tête, il se mit à étudier le motif du tapis, alambiqué, tout en arabesques, en tours et détours, mais sûrement pas autant que Harry Johnson.

— Comme je viens de vous le dire, je l'ai rencontrée à Venise.

— C'était quand ?

— Il y a un an. L'été dernier, fin juin, je crois.

— Peu avant l'arrivée de cette Mme Paston en Angleterre, alors ?

— C'est exact.

Harry s'appuya sur son bureau, déposant la cendre de sa cigarette dans un petit cendrier argenté.

Dryer intervint :

— Vous aviez une liaison avec elle, c'est ça ?

— Oh non ! Je ne l'avais jamais rencontrée auparavant. J'étais là-bas pour… négocier.

Jury se remémora cette scène au Jack and Hammer : toute la bande était là, parlant de Henry James, quand le vieil escroc était entré.

— Comme Lambert Strether, observa-t-il.

— Quel est le rapport… commença Dryer, que les interruptions de Jury commençaient à agacer.

Harry pencha la tête en répliquant :

— Ah ! Un policier qui lit Henry James ! Non, pas comme Strether, qui était délibérément américain.

— Négocier quoi, monsieur Johnson ? reprit patiemment Dryer.

Harry se mit à examiner le bout incandescent de sa cigarette avec l'expression d'un homme qui a le derrière entre deux chaises. Jury attendit qu'il se décide à sortir de cette situation pour le moins inconfortable. Harry finit par pousser un soupir résigné : étant l'unique détenteur de la vérité, il se trouvait à présent contraint de la révéler.

Jury avait une folle envie de lui taper dessus.

— Négocier avec Rosa Paston. Pour le compte de Hugh.

Bordel de merde ! pensa Jury, se doutant de ce qui allait suivre.

— Ce n'était pas moi qui avais une liaison avec elle, inspecteur-chef. Mais Hugh. Cela durait depuis un certain temps et il voulait y mettre fin. Il se sentait atrocement coupable…

— Tout ça, c'est des conneries ! s'écria Jury.

Dryer leva la main, signifiant par là à Jury qu'il allait devoir cesser ses interruptions.

— Continuez.

— J'ai tenté de l'acheter contre une grosse somme d'argent. Elle m'a ri au nez.

— Je la comprends, ironisa Jury.

Il irritait de plus en plus Tom Dryer, qui le fusilla du regard.

— Elle m'a dit que c'était Hugh qui l'intéressait, pas l'argent. Qu'elle avait pris des dispositions pour se rendre en Angleterre. Et qu'elle était enceinte.

— Une chose est sûre, elle ne l'était pas lorsqu'elle est morte, remarqua Dryer. L'enfant serait donc déjà né, mais tout juste. Où est-il, alors ?

Toujours souriant, Harry secoua la tête, comme s'il avait du mal à comprendre qu'un policier puisse poser une telle question.

— Inspecteur-chef, je n'en sais rien. Il est probable que cette femme mentait.

— L'autopsie nous le dira, Harry. Je suis sûr que vous savez cela, dit Jury.

— Nous dira quoi ? Qu'elle mentait ? demanda Harry, dont les sourcils s'étaient légèrement haussés.

— Elle affirmait que cet enfant était de M. Gault ? interrogea Dryer.

— Oui. Elle a été catégorique sur ce point. Mais qu'espérait-elle en se faisant passer pour Glynnis Gault, je n'en ai pas la moindre idée.

— C'est un jeu à la con, n'est-ce pas, Harry ? grinça Jury, la mâchoire crispée.

Harry venait d'allumer une nouvelle cigarette et considéra Jury au travers d'un écran de fumée.

— Pour Rosa Paston, oui, apparemment.

Jury était de plus en plus agacé par l'attitude de Tom Dryer. Puis il se rappela à quel point le discours de Harry Johnson paraissait plausible.

Dryer de son côté enchaîna, comme si ce bref échange n'avait pas eu lieu.

— Pourquoi se déguiser en Mme Gault pour chercher une maison ? Pensait-elle que Hugh Gault allait laisser tomber sa femme pour s'installer avec elle ?

— C'est ce que j'en conclus, déclara Harry dans un haussement d'épaules.

Jury s'éloigna, suivi par Mungo. Commissaire et chien s'approchèrent de l'une des deux bibliothèques installées de part et d'autre d'une immense fenêtre en arc brisé. Jury écoutait Harry Johnson tout en passant les livres en revue. Il en sortit un, intitulé *La Gravité apprivoisée*. Clin d'œil à Shakespeare ? Le titre lui sembla trompeur dans sa simplicité et son humour. Hugh Gault était l'un des trois auteurs, les deux autres étant un certain Charles Borman, un Américain, et un dénommé Sven Skagaared, un Suédois. Précisions qu'il avait glanées sur les courtes biographies de la quatrième de couverture. Hugh devait être une pointure dans son domaine, car ses deux coauteurs étaient des prix Nobel. Il y avait aussi un ouvrage de Hugh tout seul, un de Skagaared, et un collectif sur la théorie des supercordes, dirigé par Hugh.

— Il a beaucoup écrit sur la théorie des quanta, Hugh, remarqua Jury.

— C'est le théoricien des supercordes.

— C'est drôle, lorsque je lui ai parlé hier, il a nié écrire un livre en collaboration avec vous.

Le bref silence laissa Harry imperturbable.

— Il a probablement oublié.

— Quoi ? Un homme qui oublie qu'il écrit un livre ?

— Nous n'en étions pas encore à l'écriture, commissaire. Plutôt au stade du ping-pong conceptuel, prise de notes, recherche, et tout ça.

— Je vois. Hugh a oublié qu'il avait entamé une partie de ping-pong conceptuel.

— Hugh a oublié beaucoup de choses, soupira Harry. Il est dans un état de déni massif depuis la mort de son fils et les difficultés de son couple. Lequel craquait sous le poids de la mort de Robbie. Peut-être que ça s'est arrangé aujourd'hui, mais les choses étant ce qu'elles sont, j'imagine que notre collaboration ne fait pas partie de ses priorités.

— Pourrions-nous revenir à cette Rosa Paston ? intervint Dryer. Pourquoi n'avoir pas simplement reconnu que vous la connaissiez ? Et dans quelles circonstances ? Vous pensiez que la police vous suspecterait ?

— C'était une possibilité, mais ce n'était pas la raison.

— Alors pourquoi ? insista Dryer.

— Si je vous avais raconté tout ça, ce n'est pas moi qui serais devenu votre suspect numéro un. Mais Glynnis Gault. J'essayais de la protéger, voilà tout, expliqua Harry avec un sourire radieux.

Écœuré, Mungo se dépêcha de retourner sous le canapé.

— Il ment, Tom. Ce type est un menteur pathologique !

Ils redescendaient les marches du perron pour regagner la voiture.

— Quand même… vous êtes sûr de l'avoir bien compris ?

— Ne me dites pas que vous l'avez cru, quand même ! s'écria Jury, atterré.

Dryer le regarda d'un air amusé.

— Vous l'avez bien cru, vous.

44

— Mungo !

Melrose reposa le couteau avec lequel il venait de tartiner son petit pain.

— Pour l'amour du ciel, embauche-le ! suggéra-t-il en attrapant sa fourchette. En qualité de renifleur. C'est comme ça qu'on les appelle, ces chiens, non ?

— Mungo, fit Jury, ne renifle pas. Il pense. Ce que voulait dire Vivian, c'est ceci : si les chiens sont autorisés à Stoddard – et la présence de ce berger irlandais semble le prouver –, pourquoi n'avons-nous pas emmené Mungo voir Hugh ?

— Je pourrai récupérer Mungo quand ils auront bouclé Harry ?

— Non. Et je ne suis pas du tout certain qu'on le boucle un jour, répondit Jury d'un ton découragé.

— En tout cas, sa comédie est finie…

— Pour moi, oui. Mais pour l'inspecteur-chef Dryer, je n'en jurerais pas.

Higgins le Jeune leur apporta leur plat principal.

— Poisson, dit Jury, je gagne encore.

— Harry nie tout ?

— Tout.

— Et comment a réagi ton collègue du Surrey ?

— L'inspecteur-chef Dryer se demande si par hasard je n'aurais pas compris de travers.

Melrose reposa sa fourchette.

— Tu plaisantes ?

— Il n'écarte pas totalement cette hypothèse. Après tout, cette histoire est assez incroyable, non ? Ce qui est, bien évidemment, le résultat cherché par Harry. Regarde-moi : émotionnellement perturbé, professionnellement vulnérable. Dryer se demande si je n'aurais pas « mal compris » ce que m'a raconté Harry. « Le chien est revenu »... Bon Dieu de bon Dieu !

— Dans l'esprit de Harry, toute cette combine avait pour but de donner cette impression.

— C'est en ça qu'elle est belle : la sophistication. Quel pied pour lui !

Jury harponna de sa fourchette un morceau de flétan, le dégusta, et reprit :

— Écoute : ces gens ont vu une femme et un petit garçon, mais aucun n'avait entendu parler d'une disparition. Ni Marjorie Bathous, ni les Shoesmith, ni Myra Easedale. Au moins un, sinon plusieurs, avait entendu dire que « Glynnis Gault » n'était pas repassée à l'agence, et que Mme Bathous s'était étonnée de ne pas arriver à la joindre. Mais aucun n'avait entendu l'histoire de Harry, sauf moi. Apparemment, c'est moi qui fournissais les détails.

Jury secoua la tête.

— Joli, très joli, conclut-il.

— Pourquoi souris-tu ?

— Je ne souris pas.

— Donc, reprit Melrose, tu penses qu'il l'a tuée ?

— Je ne le pense pas, je le sais. Il l'a tuée. Tout cela ne pouvait que mener à ce dénouement. Tu te souviens ? Tu avais toi-même suggéré que tout avait peut-être été planifié en vue d'un événement futur. Que cette histoire invraisemblable aurait pour fonction de dissimuler.

Jury embrocha un autre morceau de flétan.

— Regarde : je suis, moi, convaincu que Harry a tué cette Rosa Paston, mais pourquoi devrait-on me prendre au sérieux ? Imagination débordante, perturbation émotionnelle, et c'est moi qui viens raconter cette histoire à la noix ! Penses-y une seconde : qu'a dit Marjorie Bathous, en réalité ? Que « Glynnis » n'avait pas rapporté la clé. Et que c'était bizarre qu'elle, Marjorie, n'ait pas réussi à la contacter. En fait, elle n'a jamais dit ce que Harry prétend qu'elle a dit. Elle n'a jamais parlé d'une enquête de police, et personne d'autre n'en a parlé. Parce qu'il n'y en a jamais eu, d'enquête.

— Mais quand même, pourquoi se donner tout ce mal ? Pourquoi ne pas simplement zigouiller cette Mme Paston pendant qu'elle étend sa lessive, ou dans une rue sombre, ou la balancer dans le Grand Canal ?

— Je viens de te l'expliquer, répliqua Jury, quelque peu agressif à présent. Peut-être pour éviter d'établir un lien trop direct entre Harry et elle. Quand on va enquêter sur Rosa Paston, je suis sûr qu'on va dénicher un amant, et je te parie qu'il ne s'appellera pas Harry Johnson. Il se méfie trop. Elle était probablement sa maîtresse. En tout cas, elle était suffisamment proche de lui pour jouer son rôle dans l'affaire. Ce qui me fascine, c'est que certains éléments de l'histoire sont vrais : la recherche d'une maison, la négociatrice, les

Shoesmith, la femme qui a vu la soi-disant Glynnis debout près de son véhicule. Je suis prêt à parier que Harry lui avait demandé de tout faire pour être vue, parce qu'il lui fallait établir un rapport entre Glynnis Gault et Winterhaus. Et Ben Torres. Harry est bien allé le trouver.

— Ben Torres. Je ne sais pas pourquoi ça n'a pas fait tilt quand je lui ai parlé : c'est ce qu'il a passé sous silence qui comptait, pas ce qu'il a dit. Harry ne pouvait pas raconter à Torres cette histoire sophistiquée ; c'était impossible, parce que, après, jamais il n'aurait pu nier l'avoir racontée ! Ce qu'il voulait, c'était te convaincre. Et maintenant, il semblerait qu'il existe une nouvelle histoire, ou un nouveau chapitre : la maîtresse présumée de Hugh Gault. Vraiment, ce type prend son pied à raconter des bobards…

Melrose examina son verre à vin, puis poursuivit :

— Ça élargit la liste des suspects. Hugh, impossible, il était à la clinique. Mais sa femme ? Elle n'a pas dû être ravie d'apprendre l'existence de la maîtresse…

— Non. Enfin, si elle a cru à l'histoire de Harry. Ce qui est certain, c'est qu'elle et son mari avaient du mal à croire que Harry m'ait raconté ce qu'il m'a raconté. Tous deux, Glynnis aussi bien que Hugh, ont trouvé la chose risible.

— Donc, cette Rosa Paston… Harry a très bien pu concevoir toute l'affaire lorsqu'il l'a rencontrée à Venise.

— Mais quel serait son mobile ?

Jury réfléchit un moment, piqua une pomme de terre nouvelle de sa fourchette.

— Je n'en vois aucun, reprit-il.

— Tu veux dire que Harry a fait ça juste parce qu'il en était capable ?

— Possible. Il est tellement vaniteux, je ne le crois pas au-dessus de ça. Inventer de toutes pièces une histoire abracadabrante pour ridiculiser la police. Sauf que là, il y a un cadavre au dernier chapitre, on n'est plus dans la fiction.

— Et s'il avait voulu nuire à Hugh Gault ?

— Pour ça, il aurait fallu qu'il enlève la vraie Glynnis, pas sa doublure. Mais comme il n'y a jamais eu d'enlèvement, en réalité…

— Il avait concocté toute cette histoire un an à l'avance. Mais je ne vois pas en quoi cela aurait pu nuire à Glynnis…

— Si elle est mise en examen pour meurtre, à mon avis ça suffira, comme nuisance…

Ils mangèrent en silence pendant une minute.

— N'oublie pas, il y a toi aussi, dit Melrose.

— Moi ?

Jury repoussa son assiette et demanda :

— Tu paries quoi, pour les sucreries ?

Démarrant au quart de tour, Melrose s'écria :

— Tarte tatin !

— Moi je dis fruits à la crème anglaise. Bon, alors, il y a moi quoi ?

— Il est allé te chercher.

Jury grimaça, alors que Higgins le Jeune s'approchait de sa démarche traînante pour desservir, et bientôt repartait avec leurs assiettes vides.

— Mais, objecta Jury, il ne savait absolument pas qui j'étais, et de toute façon, c'était la première fois que je mettais les pieds à l'Old Wine Shades…

— Parce que tu penses vraiment que c'était un hasard ?

Jury vit Melrose sortir son étui à cigarettes.

— Tu ne vas pas fumer, si ?

— Tu me dis ça à chaque fois. Je doute que le Boring's adopte une règle antitabac.

Le doute de Melrose était fondé, compte tenu du nombre de cigares et de pipes allumés dans la grande salle. Le Boring's n'oserait jamais.

Melrose désigna une table à quatre mètres d'eux, où deux vieux croûtons à la mine grincheuse lâchaient d'épaisses volutes de fumée dans l'atmosphère.

— Tu imagines ces deux-là, là-bas, contraints par Higgins le Jeune de renoncer à leur tabagie ? Non, le Boring's n'a pas changé depuis les années quarante et cinquante, quand mon père en était membre.

Il alluma sa cigarette juste au moment où Higgins le Jeune revenait avec les desserts.

— Fruits à la crème anglaise ! exulta Jury.

Melrose écrasa sa cigarette et jeta un coup d'œil maussade à l'assiette.

— Tu gagnes encore.

— Pour en revenir à Harry Johnson… Comment pouvait-il savoir que j'étais dans ce pub ? Comment pouvait-il même connaître mon visage ?

— Comment ? Il s'est étalé à la une de tous les journaux, ton visage, suite à cette affaire de pédophilie ! Et pour ce qui est du lieu, je suppose qu'il t'aura suivi.

— Jusqu'à la City ? Ça fait une sacrée trotte depuis Victoria Street. Et de toute façon, pourquoi ?

— Ne sois pas aussi littéral, rétorqua Melrose d'un ton irrité. Je veux dire qu'il s'est arrangé, d'une manière ou d'une autre, pour se trouver là où tu te trouvais. Et on se heurte toujours à cette question du « pourquoi ». Tu es commissaire, un commissaire vulnérable, compte tenu de la publicité dont tu as fait l'objet, et de la suspension qui te pend au nez. Tu es la cible parfaite.

— Tu veux dire que, venant de moi, personne ne croirait à cette histoire ?

Jury eut un sourire renfrogné.

— Il me menait en bateau…

— Oui, mais il avait de bonnes raisons pour ça. Il savait que lorsqu'on retrouverait la fausse Glynnis tu viendrais lui demander des comptes. Et il y était préparé. Imagine un peu : une femme, son fils et son chien qui disparaissent pendant un an. Et le chien qui revient.

Melrose se mit à rire.

— Tu parles d'une histoire, bon sang ! Il sait que tu sais, mais personne d'autre ne le sait. « Commissaire, vous hallucinez. » C'est sa parole contre la tienne…

Jury se mit à fulminer :

— Sa parole ? ! Il n'en a pas, Harry, de parole ! C'est un menteur congénital. Ça me rappelle Mary McCarthy disant de Lillian Hellman : « Tous les mots qu'elle écrit sont des mensonges, y compris les "et" et les "le" ».

Jury s'arrêta un instant pour réfléchir.

— Et ce petit garçon ? reprit-il. Le soi-disant fils que Rosa Paston a embarqué dans cette aventure ? La police serait heureuse de l'interroger. Qui était-ce ? Où l'a-t-elle trouvé ? Je me fais du souci pour lui.

— Pourquoi ?

— Si Harry a tué Rosa Paston, qu'est-ce qui peut l'empêcher de le tuer aussi ? Ce gamin savait que tout cela était une comédie. Est-il au fond d'une carrière, ou d'une rivière ?

— Peut-être n'était-il pas nécessaire de le tuer, objecta Melrose. Peut-être ne savait-il pas ce que Rosa savait.

— Je pense que si. Il savait pour la comédie elle-même.

Jury termina son dessert et s'empara de celui de Melrose.

— Je ne pense pas, poursuivit-il, que cette femme était payée. Je pense qu'elle était liée à Harry, sa maîtresse par exemple. S'il y avait eu paiement, elle se serait contentée de l'argent et n'aurait pas représenté une menace, pas vrai ?

— Non, faux. Elle aurait toujours constitué une menace. Le chantage, une épée de Damoclès.

Jury acquiesça de la tête et dégusta quelques cuillerées de crème anglaise. Puis :

— Harry savait qu'il finirait par l'assassiner. C'est glaçant. Quand on pense qu'elle s'est amusée à jouer ce rôle, tout ça pour se faire supprimer en récompense de ses efforts… De son amour. Parce que je pense que c'est pour ça que cette femme a agi : par amour.

— C'est très hypothétique, tout ce que tu me racontes.

— Mais cela ne change rien sur le long terme. Que ce soit par amour, cupidité ou naïveté, elle est morte, un point c'est tout.

— Et le petit… Et il y a Tilda aussi, non ?

Jury leva vivement les yeux de sa crème anglaise.

— Tilda… répéta-t-il, repensant à la question de Harry : « Quelle petite fille ? »

— Oui, Tilda. Elle est tout le temps dans la maison, il est possible qu'elle ait vu quelque chose.

— Ça se peut, mais elle en aurait parlé. Elle a bien couru dire à sa tante qu'elle avait trouvé le corps.

— Et si Harry avait été encore là ?

— Si elle a vu quelque chose…

Jury s'interrompit, sortit son portable.

— Il y a des règles pour ça, au Boring's ? demanda-t-il.

— Probablement. Comme ces engins nuisent au confort général, ils sont sans doute interdits. De toute façon, si tu as fini mon dessert, on va passer dans la grande salle pour boire le café, répondit Melrose en lançant sa serviette sur la table.

Jury se rendit à la réception afin de téléphoner pendant que Melrose commandait café et cognac.

Jury revint pour lui annoncer que Tilda allait bien, et qu'elle avait désormais interdiction absolue de s'approcher de Winterhaus.

— Bah ! Les interdictions, on sait ce que ça vaut pour les enfants, ironisa Melrose. Cela dit, la découverte du cadavre lui a peut-être ôté l'envie de remettre les pieds là-bas…

— Oh, mais cette gamine est coriace. Elle s'y est rendue toute seule je ne sais combien de fois, alors que même moi, cette maison me file la chair de poule.

Jury fit tourner son cognac dans son verre, appréciant les reflets des flammes de la cheminée dans l'alcool. Appréciant le feu, aussi.

— Quelle petite nature tu fais.

— C'est vrai. Merci pour le digestif. Et pour le dîner.

Melrose souleva un sourcil.

— C'est moi qui régale ?

— Exactement. Ah, bonjour, major Champs.

— Nous pensions bien vous avoir aperçus dans ce coin, mais les dossiers des sièges sont si hauts qu'il est difficile de reconnaître les gens, gloussa le major.

— Où est le colonel Neame ? demanda Melrose.

— Il arrive. Il s'est arrêté à la salle à manger pour dire un mot à Higgins le Jeune. Dites-moi, je ne voudrais pas paraître indiscret, mais comment avance votre enquête ? De nouveaux éléments…

Dépliant prestement le *Daily News*, il l'ouvrit à une des pages intérieures et montra de l'index un petit entrefilet, un article de suivi, plutôt une resucée, d'ailleurs. La conclusion était que l'enquête n'avait pas progressé. La police avait contacté le propriétaire de la maison, Ben Torres.

— Ben Torres, répéta Melrose. Nous ne l'avons pas mis sur notre liste de suspects.

— Eh bien, s'il a quitté l'Italie, la police le saura certainement.

— San Gimignano, soupira Melrose. À sa place, jamais je ne quitterais cet endroit.

45

Mungo avait pensé à la jardinière mais, pour y introduire Elf, il aurait fallu forcer, et ça, pas question. Il jeta un coup d'œil au salon : toutes les cachettes avaient été utilisées… À moins que… Le coffre sous la fenêtre était mystérieusement resté ouvert, son couvercle calé par deux ou trois livres. Pouvait-il l'atteindre ? Non, et de toute façon, quelqu'un risquait de le fermer et il serait alors incapable de le rouvrir.

Voyons, là-bas : ce gros objet de cuivre dans lequel jadis on crachait. C'était assez bas, Shoe verrait pointer les oreilles d'Elf, mais cela devrait faire l'affaire ; Mungo n'en pouvait plus. Ce « miaooou » aigu lui vrillait les tympans jusqu'à lui mettre les nerfs en pelote. Et ils n'étaient déjà pas en bon état, ses nerfs, après cette histoire de brochure avec les uniformes. Bien sûr, l'idée était d'amener le Limier jusqu'à la clinique, mais il n'avait pas imaginé d'autre méthode. Il ne pouvait pas dire à ce type qu'il n'était pas le chien de Hugh (vraiment pas de chance). Bon, enfin, à sa décharge, même certains gamins s'y étaient trompés. Tenez, le petit garçon avec qui il avait passé l'après-midi voici un an…

Quel après-midi ! Jamais, dans ses souvenirs, il n'en avait passé un meilleur. Jouer à la balle, la suivre en courant aussi loin que possible, galoper dans la campagne, oreilles au vent, queue au vent, presque porté par le vent de sa course folle, ce vent qui sifflait et les arbres qui scintillaient, rejoindre la fille, repartir au galop, revenir encore… Et il l'aimait, cette femme, Rosa, et elle était morte à présent.

Parfois il avait envie de s'enfuir. Mais qui s'occuperait d'Elf et des autres ? Il laissa tomber le chaton bien à la verticale dans le crachoir et recula pour voir. Oui, les oreilles dépassaient.

Même un chien, ça devrait avoir un plan, au lieu de courir à droite et à gauche, à brasser du vent. Mungo avait un plan, à présent. Qui valait mieux que se poster en haut des marches au moment où Harry descendrait. Trop primaire. Non, son plan avait débuté ce matin même.

Sur le bureau de Harry, il y avait ces notes qu'il trouvait si précieuses. Il les relisait constamment, à haute voix même, comme si elles pouvaient lui répondre. Harry était intelligent, extrêmement intelligent, mais pas autant que Hugh. Il était cependant bien plus inventif. Pourquoi les gens ne pouvaient-ils se satisfaire de ce qu'ils étaient ? Harry n'arrêtait pas d'aller à ce rayonnage pour en extraire l'un ou l'autre des ouvrages de Hugh et s'y absorber, dans la petite flaque de lumière que la lampe de bureau projetait sur les documents.

Pour commencer, Mungo dut déplacer le presse-papiers immobilisant les feuilles et les empêchant de s'envoler en cas de courant d'air. Ensuite il repoussa la liasse, qui tomba, et regarda les pages s'éparpiller sur le sol. Puis il se mit à aboyer. Constatant que Mme Tobias ne venait pas, il remit ça.

Elle arriva enfin.

— Qu'est-ce qui se passe ? Pourquoi tu aboies ? Et qu'est-ce que tu fabriques sur le bureau ?

Puis elle s'approcha et, voyant les notes répandues sur le parquet, s'arrêta net.

— Oh, mon Dieu ! Vilain, très vilain chien ! Oh, il va être furieux !

Elle se pencha.

— Jamais je ne vais pouvoir remettre ça dans le bon ordre : ces pages ne sont pas numérotées !

Bon, ça.

— Toutes ces formules, ces signes et ces chiffres... Je n'y comprends rien.

Bien.

La pauvre Mme Tobias était maintenant à genoux, occupée à rassembler tant bien que mal les feuillets épars. Elle se releva et essaya de remettre la liasse en forme en la tapotant sur le bureau jusqu'à ce que rien ne dépasse. Puis elle la reposa à sa place supposée.

Presse-papiers presse-papiers... Mungo poussa l'objet de la truffe et regarda la gouvernante d'un air insistant.

— Quoi encore ? Ah oui, dit-elle en replaçant le presse-papiers sur la liasse.

Elle recula pour juger de l'effet d'ensemble.

— Bon, c'est exactement comme si personne n'y avait touché. Sauf que les feuilles sont rangées n'importe comment. Il va se demander...

Eh oui, se dit Mungo. Il va se demander.

Le lendemain matin, alors que Mungo transportait Elf vers le récipient de cuivre, il entendit Mme Tobias pousser un grand cri. Déposant Elf au milieu du tapis, il fonça à la cuisine.

— Regarde-moi ça, regarde ce que je me suis fait !

Elle lui montra sa main, qui saignait abondamment : elle s'était profondément entaillé le pouce. Mungo se mit à courir dans tous les sens, voulant lui porter secours mais ne sachant comment. Ah, si : les pansements dans les toilettes du rez-de-chaussée ! Il s'y précipita, mais la gaze se trouvait sur une petite étagère inaccessible. Il bondit sur la cuvette, attrapa dans sa gueule l'extrémité du rouleau de papier hygiénique, puis repartit en courant vers la cuisine, le déroulant dans son sillage.

Malgré sa douleur, Mme Tobias se mit à rire.

— Brave toutou ! Bravo ! Merci, ça suffira pour le moment.

Elle enroula le papier autour de son pouce en faisant plusieurs tours.

— Bon, ça ira. Ça a l'air méchant, mais ça ne doit pas être bien grave, au fond. Je vais quand même appeler M. Humphries.

M. Humphries était le médecin de Harry. Mme Tobias quitta la cuisine pour aller jusqu'au téléphone.

Il y avait pas mal de sang, une petite flaque.

Mungo la contempla un moment, puis il prit son élan, sortit d'un bond de la cuisine, grimpa l'escalier, s'empara d'une pantoufle de Harry, une pantoufle de cuir très légère, et redescendit.

Mungo trempa la pantoufle dans le sang, en appuyant bien, puis il remonta précipitamment à l'étage, l'objet sanglant dans la gueule. Il déposa la pantoufle sur le sol dans la chambre à coucher de Harry, appuya dessus avec sa patte, la reprit, la déposa un peu plus loin, appuya. Et ainsi de suite. Le sang marquait encore étonnamment bien à la sixième impression.

Des empreintes sanglantes. Pas mal. En les voyant, Harry chercherait certainement sa pantoufle.

Mungo regarda les appliques Art déco tout autour de la pièce et soupira. Des lumières tremblotantes, un éclairage vacillant : il ne manquait plus que ça pour que la mise en scène soit complète. Comme dans *Hantise*[1]. Les vieux films, c'était sa passion, à Mungo.

Les choses se mettent en place petit à petit. Question de patience.

1. Film de George Cukor (1944), dans lequel l'éclairage au gaz joue un rôle prépondérant. (*N.d.T.*)

46

Hugh Gault était installé dans le même fauteuil que l'avant-veille, à examiner les mêmes photos criminelles. Il leva la tête et regarda Jury.

— Vous voulez rire ?

— Non.

— Ma maîtresse ? C'est ce que vous a dit Harry ?

Jury opina.

— La sienne, plus que probablement. Elle habite… habitait, plutôt, à Venise ; il est probable qu'il a passé du temps avec elle à Florence au moment où il est allé voir Ben Torres, qu'il connaissait… enfin, c'est ce qu'il dit. La police italienne va interroger Torres pour savoir exactement ce qu'ils se sont dit, mais je doute que cela soit très différent de ce que Harry a raconté à l'inspecteur-chef Dryer.

— Et moi qui pensais que Harry était tout à fait inoffensif, soupira Hugh en lui rendant les photos.

— Il ne l'est pas.

— Mais cette histoire qu'il vous a racontée, à vous…

— Oh, Harry soutient mordicus qu'il ne m'a jamais rien raconté de tel, évidemment. En partie, tout au moins : il a bien pris soin de ne nommer que des gens existant, à commencer par Ben Torres ; la négociatrice de l'agence a effectivement reçu la femme se faisant appeler Glynnis Gault, et dont nous savons aujourd'hui que c'était en fait Rosa Paston. Il fallait que son histoire soit suffisamment vérifiable pour que j'y croie, mais pas assez pour que le reste du monde y croie quand c'est moi qui la raconte. Par exemple, la police du Surrey n'a jamais été contactée.

— Mais pourquoi ? Pourquoi a-t-il fait ça ?

Jury se mit à rire.

— Décidément, vous ne connaissez pas Harry, monsieur Gault. Cet homme a un ego surdimensionné. L'une de ses motivations, à mon avis, est qu'il voulait contrôler une partie au moins de votre vie. Je me demande s'il n'avait pas une certaine hostilité envers votre femme…

— Glynnis ? Pourquoi ?

— Je n'en sais rien, répondit Jury avec un haussement d'épaules. Peut-être était-elle un obstacle pour lui, qu'il devait éliminer pour vous atteindre…

— Et pour cela, il assassine sa doublure ? C'est dément !

— Ce n'est pas à cause de son… disons, rôle symbolique qu'il avait décidé de tuer Rosa Paston ; c'était pour se débarrasser d'elle. Ce n'est que plus tard qu'il y a vu une façon de mouiller votre épouse dans une sale histoire. Mais encore une fois, cela n'était… comment dire ? qu'un des bénéfices annexes de l'opération. Mon hypothèse est que Rosa Paston a été tuée à cause des ennuis qu'elle causait à Harry. Elle devenait un gros problème, et il voulait s'en débarrasser.

Quand au juste a-t-il monté tout ce scénario, je l'ignore. Dès qu'elle a commencé à devenir trop encombrante, j'imagine.

— J'avoue que je nage, fit Hugh.

— Voilà une femme qui se fait passer pour la vraie Glynnis Gault. Combien de temps a-t-il fallu à l'inspecteur-chef Dryer pour rappliquer ici et vous interroger tous les deux ? Pas longtemps. Interroger tout particulièrement Mme Gault, en fait, puisque vous aviez un alibi pour cet après-midi-là. Votre femme, en revanche, n'en avait pas.

— Attendez. Vous êtes en train de me dire que Glynnis est suspectée ?

— En fait, non. Mais la police du Surrey aurait très bien pu la mettre sur la liste. Et rappelez-vous, faire soupçonner votre épouse n'était pas la première motivation de Harry lorsqu'il a tué cette femme… mais je peux me tromper complètement. Peut-être même n'était-ce jamais entré en ligne de compte.

— Elle s'appelait… comment, déjà ?

— Rosa Paston. Peut-être voulait-elle se faire épouser par Harry ; quoi qu'il en soit, elle lui causait des ennuis. Et il n'aime pas les ennuis ; il ne supporte aucune menace sur son monde d'illusions. Ou peut-être devrais-je dire « de divagations ».

— À vous entendre, monsieur Jury, il est fou à lier, observa Hugh en riant.

— C'est le cas. Et, poursuivit-il en fixant le physicien, vous avez l'air très sceptique, monsieur Gault. Ce qui est exactement le résultat recherché par Harry.

— Toute cette machination délirante simplement pour se débarrasser d'une femme… pardonnez-moi si je vous parais cynique, mais vous voyez ce que je veux dire…

— Oui, je vois. Harry est d'une habileté démoniaque. Il vous a sans doute paru tout à fait rationnel pendant les mois où vous l'avez fréquenté ici. Malgré le fait même qu'il était ici.

— Mais il est entré volontairement, tout comme moi…

— C'est ce qu'il raconte, dit Jury en haussant les épaules.

— Son psychiatre, Santiago, est aussi le mien. Lui saura. L'avez-vous interrogé ?

— Non. Je vais y aller de ce pas.

Jury hésita, les yeux baissés vers le tapis aux motifs de chameaux, de palanquins et de singes à la mine délurée.

— Monsieur Gault, vous me voyez navré d'aborder un sujet aussi douloureux, mais votre fils, Robert, quel âge avait-il… au moment de l'accident ?

Hugh se mit la main sur les yeux, comme si la lumière le blessait. Il n'y avait pourtant dans la pièce que le rougeoiement tamisé des lampes aux abat-jour de damas à franges. C'était l'une des raisons de la quiétude de cette pièce. Par les hautes fenêtres, on pouvait compter les étoiles tant la nuit était claire. Dans la cheminée, une bûche dégringola dans une gerbe d'étincelles, et des flammes en jaillirent, aux teintes surnaturelles de bleu et de vert.

— Robbie avait neuf ans. C'était notre enfant unique. Non pas que les choses auraient été plus faciles si nous en avions eu une dizaine. Après l'accident, Glynnis et moi ne pouvions quasiment plus… oui, c'est terrible à dire, ne pouvions plus nous supporter. C'est alors qu'elle est partie en France. Son père habite là-bas. Je pensais que c'en était… enfin, que c'en était fini de notre couple, mais par bonheur il n'en est rien.

Il haussa les épaules, souriant comme s'il avait réussi quelque tour de magie.

Jury se pencha, s'assit du bout des fesses, réduisant la distance qui les séparait.

— Monsieur Gault, il y avait aussi un petit garçon impliqué dans l'affaire de l'année dernière, tout au moins au début, le jour où Rosa Paston visitait des maisons. Ce jeune garçon a été vu avec elle par les mêmes témoins. Il jouait le rôle de son fils. J'imagine que Harry voulait rendre les choses encore plus convaincantes. Est-ce qu'il connaissait Robbie ?

— Oh, non. Voilà plus d'un an que Robbie est mort, et je n'ai rencontré Harry qu'à mon entrée ici, c'est-à-dire voici neuf mois environ. Qu'en est-il de ce garçon ?

— Nous ne savons ni qui il est ni où il se trouve. Comme aucun enfant n'a été signalé disparu à l'époque, nous supposons qu'il est retourné à son existence.

— Qui pourrait-il être ?

— Il devait être important aux yeux de Harry, car à présent c'est un autre témoin. Avez-vous parlé de Robbie à Harry ?

— Je crois que j'ai parlé à tout le monde de Robbie.

— Harry a dû rechercher une ressemblance aussi convaincante que possible entre ce garçon et votre fils… Que pourriez-vous me dire sur Robbie qui puisse nous aider à retrouver l'autre enfant ?

Hugh resta un moment silencieux, puis il mit à nouveau sa main sur ses yeux. Il considéra Jury d'un air affligé.

— Saviez-vous qu'il était autiste ?

— Oui, acquiesça Jury, Harry me l'a dit.

— Robbie était un cas assez grave. Il parlait très peu. Mais il était adorable. Nous l'avions fait voir à plusieurs sommités, sans beaucoup de résultats.

Jury réfléchit. Si la jeune doublure était réellement autiste, il était probablement encore en vie. Quelque part. Il n'était pas en mesure d'épater ses copains en leur racontant la super-aventure pour laquelle il avait été embauché. Était-ce Rosa Paston qui avait trouvé le gamin ? « Robbie aimerait-il faire une excursion, madame Smith ? » Ou Jones, ou Brown. « C'est une si belle journée, pas un nuage. Et il y a cent billets à gagner… »

Non, c'était trop gros. Ou bien il n'y avait eu aucun échange d'argent. Les gens ne devaient pas soupçonner que Robbie puisse se trouver mêlé à quelque chose de louche. « Mon ami photographe donnerait bien deux cents livres pour faire poser Robbie… » Pas mieux. Il y avait sûrement quantité d'autres approches possibles, et en définitive, la manière d'attirer l'enfant importait peu.

Jury se leva et remercia Hugh de lui avoir accordé cet entretien.

Aussitôt sorti de la pièce, il passa un coup de fil à Tom Dryer.

— Si ce gamin est autiste, il ne représente peut-être pas une menace pour Harry Johnson, dit l'inspecteur-chef. C'est peut-être la raison même de son implication dans cette histoire.

— Pas tout à fait. Je pense que la raison essentielle était sa ressemblance avec Robbie Gault.

Un silence se fit. Dryer pensait-il à la même chose que lui ? Apparemment, oui, car il dit :

— Mais Robbie Gault est mort.

— Tout juste. D'un accident de bateau. C'est pour ça que je suis inquiet.

Tom Dryer énonça, dans un souffle :

— Alors je ferais bien de faire fissa, non ?

47

Le cabinet du Dr Santiago n'était pas tant un cabinet qu'un écrin dont il était le joyau. Vêtu d'un somptueux costume noir sur mesure, le psychiatre était un bel homme, d'aspect calme et sympathique – style qu'il avait dû cultiver patiemment et dans les moindres détails, en tenant compte de la vulnérabilité de ses patients. Quant à ses patientes, se dit Jury, il devait les maintenir entre l'espoir et le désespoir, tant il était à la fois accessible et à jamais inaccessible. Le phénomène de transfert devait frapper ces dames avec la force d'un marteau-pilon. Les messieurs aussi, d'ailleurs. Mais chez eux cela devait se traduire par de l'hostilité. D'une part parce qu'ils le haïssaient et de l'autre parce qu'ils ne pouvaient lui ressembler.

Son nom suggérait des origines vaguement méditerranéennes, des ancêtres espagnols ou portugais peut-être. Mais il y avait quelque chose de très anglais dans ses traits, avec le même teint rose qui donne aux Anglaises une allure si nette, si fraîchement lavée, juste séchée au soleil.

Derrière le bureau du médecin, le mur était couvert de diplômes encadrés. Il avait étudié un peu partout : Suisse, Séville, Oxford, entre autres.

Assis à sa table de palissandre, Santiago déclara :

— Je suis tout disposé à vous aider, commissaire, mais il m'est impossible de vous fournir le moindre détail sur mes séances avec Harry Johnson.

— Je ne vous demande pas un profil psychologique, expliqua Jury. Je le connais. Nous avons à plusieurs reprises pris un verre et dîné ensemble.

— Harry est un grand charmeur, comme vous avez dû le constater, commenta le docteur avec son sourire ravageur.

— Harry est un menteur et un manipulateur, comme vous, vous avez également dû le constater. Il est d'un narcissisme sans bornes. Tous les gens qu'il rencontre, tous les visages ne lui servent apparemment qu'à refléter le sien.

Le Dr Santiago semblait à la fois troublé et surpris. Son sourire s'effaça complètement, il se pencha en avant sur son fauteuil pivotant, coudes appuyés sur le bureau.

— C'est une description assez exacte de Harry lorsqu'il est arrivé ici. Je pensais qu'une bonne partie de ces problèmes avait été résolue. Je pensais, pour être franc, que j'avais plutôt bien travaillé.

— Ce n'est pas le cas.

Jury lui décocha à son tour un sourire ravageur afin d'atténuer le côté un peu mordant de sa remarque.

— Ce qui prouve simplement, enchaîna-t-il, l'incroyable capacité de Harry à tromper son monde.

— Quand je disais « bien travaillé », nuança le psychiatre, je voulais dire en termes relatifs. Mais certainement pas qu'il était guéri. S'il n'avait tenu qu'à moi, je l'aurais gardé plus longtemps. En fait… Harry n'était rien.

— Que voulez-vous dire ? interrogea Jury, perplexe.

Le docteur rajusta sa cravate avant de répondre :

— Vous dites que c'est un menteur et un manipulateur… moi je pense que c'est juste la surface.

— « Juste la surface ? » répéta Jury, qui avait failli éclater de rire. En profondeur, Harry ne ferait pas de mal à une mouche, c'est ce que vous voulez dire ?

Le Dr Santiago dévisagea Jury de ses yeux marron clair.

— Ce que je veux dire, c'est que, dans le cas de Harry, « en profondeur » n'a aucun sens.

— Venant d'un psychiatre, c'est une réflexion étrange. Est-il possible qu'il existe des gens qui ne soient que façade ? Car c'est votre conclusion, si je comprends bien ? Harry serait un… trompe-l'œil ?

— C'est possible. Ce n'est qu'une autre façon de dire « creux », non ?

Jury réfléchit et finit par lâcher :

— Creux ou non, Harry est une grenade dégoupillée, docteur.

— C'est vrai dans un sens, mais Harry…

— Vous n'allez pas me dire qu'il a eu une enfance malheureuse ?

— Oh, sourit le Dr Santiago, tout le monde a eu une enfance malheureuse. Nous sommes tous condamnés à la ressentir comme telle, qu'elle l'ait été ou non. Question de degré, n'est-ce pas ?

Pensant à la sienne, Jury resta silencieux.

— Commissaire, dites-moi : vous n'êtes pas un de ces réactionnaires qui pensent que Freud avait tort sur toute la ligne, si ?

Jury ne répondit pas, là non plus, mais il demanda :

— Combien de temps Harry a-t-il passé chez vous ?

— Environ un an, peut-être un peu plus.

Le médecin, perplexe, se pencha à nouveau en arrière, en roulant sa cravate de soie.

Jury eut un sourire : cette cravate était ô combien révélatrice.

— Et Hugh Gault ?

— Plus de huit mois.

Santiago lâcha sa cravate et la défroissa.

— Et tous deux sont-ils, étaient-ils de bons amis ? Harry affirme que oui.

— Non, je ne dirais pas cela, répondit le docteur en secouant la tête.

— C'est important. Très important. J'apprécie votre sens de la déontologie. Mais regardez les circonstances et leurs exigences. Si un patient est un danger pour lui-même ou pour les autres, la déontologie ne doit-elle pas passer au second plan ? Croyez-moi, Harry est un danger.

Devant le silence du psychiatre, il insista :

— Vous savez, je pourrais obtenir un mandat.

Non, il ne pourrait pas, en fait.

Santiago hocha la tête.

— Hugh Gault était une obsession pour Harry.

— Pourquoi ?

— Je n'en comprends pas l'origine, avoua Santiago, sourcils froncés. Une hypothèse est son enfance éclatée. Entre parents, entre familiers. Mais une des raisons, très certainement, est que Hugh est si brillant dans son domaine. La physique. La mécanique quantique, du moins un de ses aspects.

— La théorie des supercordes.

— Vous avez l'air de vous y connaître un peu.

— Pas du tout, dit Jury en secouant la tête. J'en ai beaucoup parlé avec Harry et j'ai retenu quelques bribes. Croyez-moi, je n'y comprends rien. Mais Harry disait que la mécanique quantique était sa spécialité.

Le Dr Santiago éclata de rire.

— Harry n'a aucune spécialité. Il n'a jamais travaillé, pour autant que je sache. Il est très riche. Vieille fortune familiale.

— Pourtant il en parle comme un expert.

— Je n'ai pas dit qu'il n'était pas doué. Il a assimilé ce qu'il a entendu de Hugh Gault, et fait lui-même quelques recherches. Lu les livres de Hugh, en tout cas. Harry est très intelligent. Ne vous y trompez pas, il pourrait vous en cuire.

— C'est déjà fait, rétorqua Jury, acide.

— Il joue donc encore au physicien ?

— Exactement. Dites-moi, comment Hugh Gault prenait-il cette prétendue amitié ?

Le psychiatre lança à Jury un regard hésitant.

— Hugh est toujours mon patient.

— Je ne vous demande pas de répéter ce que Hugh a pu vous confier lors de vos séances. Uniquement ce qui aurait pu être observé par n'importe lequel des membres du personnel de la clinique.

Jury repensa à l'infirmière, à la réceptionniste, à quel point elles s'étaient montrées amicales envers Harry. Forcément : elles le connaissaient bien.

— Hugh s'en accommodait plutôt bien. Je pense que ce fantasme de Harry d'écrire ce livre ensemble…

— Oui, il m'a dit être en train d'écrire un ouvrage en collaboration avec Hugh.

— C'était un fantasme sophistiqué, commissaire. Ils allaient recevoir le prix Nobel. Son idole, enfin je parle de Harry, était Niels Bohr.

— Le physicien.

Santiago opina de la tête.

— La mécanique quantique.

Il leva les deux mains, comme pour prévenir les objections de Jury, et précisa :

— Avant que vous ne me repreniez, je précise que je n'y connais rien. J'ai dû lire quelques trucs pour pouvoir en parler avec Harry. Ce que je vais vous dire fait partie du peu que j'en ai retenu. Ce que Harry affectionnait particulièrement, c'était la complémentarité. La théorie de Bohr.

Jury fouilla dans sa mémoire.

— On peut percevoir une partie de quelque chose, ou une autre, mais pas les deux à la fois…

— Exactement. Comme cette image archi-connue où l'on peut distinguer soit un vase, soit deux profils. Vous connaissez sûrement. On peut dire que pour Harry Bohr était Dieu, et Hugh une espèce d'archange officiant…

Le psychiatre eut un grand sourire qui lui donna une expression étonnamment enfantine.

— Harry était également obsédé par cette théorie selon laquelle on ne peut pas spéculer sur la position d'un objet avant de l'avoir mesurée. C'est un peu comme l'histoire de l'arbre dans la forêt, ou celle de l'existence de la lune. Si on n'est pas dans la forêt pour l'entendre, l'arbre n'est pas tombé. Si on ne voit pas la lune, elle n'est pas là-haut.

Jury réfléchit un instant.

— Mais ce n'est pas exactement ça. N'est-ce pas plutôt que la question n'a pas de sens, parce que le sujet ne peut pas être mesuré ?

— Excellent. Vous apprenez vite.

— Pas assez, docteur. Il m'a mené en bateau. Mais quelqu'un qui croirait que l'arbre n'est pas là n'aurait aucun problème à réajuster le temps et l'espace, n'est-ce pas ? Parce que Harry soutenait mordicus que Hugh pensait son épouse Glynnis partie dans un autre temps, ou un autre espace-temps, ou une autre dimension… enfin, des trucs de ce genre.

— Ça, c'est bien du Harry, dit Santiago en riant.

Il recommença à rouler sa cravate, baissa les yeux pour la regarder.

— C'est Harry et non Hugh qui croit en cette théorie. C'est là qu'il pense que se trouve Niels Bohr, sur un vecteur différent de l'espace-temps.

À nouveau, il lâcha sa cravate, la défroissa, commença à tambouriner sur l'arête du bureau.

Jury sourit à nouveau à ces tics. Cette cravate, c'était décidément révélateur.

— Après la mort de son fils… commença le Dr Santiago.

— Robbie ? Si j'ai bien compris, il était autiste.

— Effectivement. Hugh et sa femme n'étaient pas d'accord sur la manière de faire face au problème, du moins en ce qui concerne les écoles… Enfin, peut-être que je m'avance, là. Mais le fait est que Robbie est mort dans un accident de bateau. L'une des voiles l'a heurté au cours d'une manœuvre et l'a expédié par-dessus bord. Bien évidemment, les Gault s'en sont voulu pour la simple présence du gamin sur le voilier. Il était si jeune, il ne savait rien des bateaux. Il s'est noyé. Hugh et Glynnis…

Il s'interrompit, sentant qu'il révélait peut-être un détail confidentiel. Puis il reprit :

— En un mot, Hugh est arrivé ici accablé de culpabilité après ce décès. Sa femme Glynnis est partie vivre chez son père, dans le sud de la France. Ils ont géré cette tragédie séparément. C'est malheureux quand cela arrive, mais ça arrive, et beaucoup plus souvent qu'on ne pourrait le croire. Plus souvent que les gens qui retrouvent des forces au contact du conjoint.

Le Dr Santiago en était attristé.

— C'est vraiment le plus navrant. À quoi sert le mariage si l'on ne peut pas partager de telles tragédies ? Mais, soupira-t-il en se penchant en arrière, je pense qu'on est tellement bouleversé qu'on n'a plus aucune ressource pour se préoccuper de quoi que ce soit d'autre.

Ils restèrent un moment silencieux. Puis Jury demanda :

— Mme Gault, je suppose qu'elle n'est de retour que depuis peu ?

— Exact. Quelques jours seulement. Je suis heureux qu'ils semblent trouver un réconfort mutuel à présent.

Jury prit le temps de digérer cette information avant de reprendre :

— Pour Harry, sa disparition pouvait signifier qu'elle était tombée dans un repli quelconque de l'espace-temps.

— Oui, ça ne m'étonnerait pas.

— Pour Harry, c'est là une explication très satisfaisante. Il ne restait plus, bien sûr, qu'à se débarrasser des preuves, conclut Jury en se levant.

— Je ne vous suis pas, fit Santiago en se levant à son tour.

— Je veux dire que si un homme croit que l'arbre ne tombe ou que la lune ne brille qu'en sa présence, alors il est sans doute prêt à se débarrasser de quiconque ou de tout ce qui prouverait qu'il a tort. À se débarrasser de tout ce qui pourrait mettre sa réalité cul par-dessus tête.

— Niels Bohr serait sans doute d'accord, sourit le médecin. Je dois dire, commissaire, que vous êtes un élève très doué. Apparemment, vous avez beaucoup retenu de la théorie quantique.

— Pas assez doué, docteur. Harry m'a baladé.

Santiago eut un léger haussement d'épaules et remarqua :

— Vous n'êtes pas le seul. Est-ce pour ça que vous êtes si en colère ?

— En colère ? Non, je ne suis pas en colère.

Jury fronça les sourcils, sentant la colère lui mettre le rouge au front, ce qui l'irrita profondément contre lui-même.

— Mais si, commissaire.

— Non, insista Jury, secouant la tête.

Le Dr Santiago ne tint pas compte de sa dénégation :

— Je ne pense pas que ce soit parce qu'il vous a baladé. Je pense que c'est parce que vous avez de la sympathie pour lui. C'est ça, commissaire, qui doit être le plus rageant.

48

Marshall Trueblood brandissait un quotidien londonien, un infâme torchon (mais ne l'étaient-ils pas tous ?).

— Ça ? demanda-t-il en tapotant un article sur une page. C'est ça que tu veux dire ?

— C'est bien ça, oui, acquiesça Melrose.

— « Rosa Paston », lut Trueblood. C'est son nom. C'est ce que dit le journal. Eh bien, c'est ce qu'on appelle un élément nouveau ! « La victime a été identifiée : Mlle Rosa Paston, habitant Londres et Venise, Italie. La dernière fois qu'elle avait été vue, elle visitait des maisons près de Lark Rise, Surrey, se présentant comme Mme Glynnis Gault. »

— Voilà qui est intéressant, remarqua Diane, qui avait glissé sa tête entre Trueblood et le journal.

— Quoi ?

— C'est la femme de chez Forester et Flynn, Marjorie Bathous, qui l'a identifiée comme étant Mme Gault, déclarant que c'était le tailleur qu'elle portait lors de sa première visite à l'agence. Un tailleur noir. Marks and Spencer. Hum…

Diane se rassit et tira sur sa cigarette en réfléchissant.

— Et cette femme, reprit-elle, elle s'appelle comment, déjà ?

— Rosa Paston, répondit Melrose, songeant que Diane avait la capacité d'attention d'un moucheron.

— C'était peut-être la maîtresse de ce type.

— Ou peut-être autre chose, dit Trueblood.

— Même si j'ai du mal à croire qu'une femme puisse faire ça par amour. L'argent, oui. Il la payait, probablement.

— Et si elle l'avait fait pour le fun ? suggéra Joanna Lewes en cornant une page de son manuscrit. Où est passé votre sens de l'humour ?

— Aux toilettes, rétorqua Diane. Je doute que l'envie de s'amuser ait pu être à l'origine de tout ça. N'oubliez pas qu'elle portait un tailleur de chez Marks et Spencer. C'est soit par amour, soit pour l'argent qu'elle a agi. Si tant est que l'un ou l'autre puisse suffire à convaincre une femme de s'affubler d'un vêtement aussi quelconque…

— Curieuse façon de juger les gens, fit Joanna avec un petit rire brusque.

— Melrose, vous voyez la veste que vous portez ? demanda Diane.

Tendant le bras, il fixa le lainage brun-vert et hocha la tête.

— Oui, je la vois.

— Ce tissu est un des meilleurs tweeds du Donegal. La coupe, visiblement l'œuvre de ce délicieux petit tailleur qui est au service de votre famille depuis près d'un siècle. Alors, auriez-vous le culot d'entrer dans son atelier en treillis de surplus militaire ?

Melrose, yeux plissés, fixa le plafond dans une attitude de profonde réflexion. Puis il déclara :

— Non, vous avez raison. Je ne ferais pas ça.

— Bien sûr que non. C'est comme si moi, je me mettais à porter des jeans roses…

— Et si vous reveniez au sujet principal ? s'irrita Trueblood en désignant l'article d'un index impatient.

Mais Diane ne se souciait pas le moins du monde du sujet principal.

— Bien sûr, poursuivit-elle, peut-être ne voulait-elle pas salir son Dolce et Gabbana. Enfin, le problème, ce n'est plus elle à présent, puisqu'elle est raide morte. Mais qu'en est-il de ce petit garçon qui jouait le rôle de son fils ? Que lui est-il arrivé ? Ou que va-t-il lui arriver ?

Joanna biffa la moitié d'une page et leva les yeux vers Diane.

— Seigneur, Diane. Tu as presque l'air inquiète.

Diane rapprocha ses sourcils soyeux, comme si elle pesait ses mots.

— Inquiète, non, mais ce n'est pas normal qu'un si jeune enfant soit en danger. Il faisait partie de cette conspiration. Bien sûr, peut-être était-ce un ami du tueur. Mais pourquoi ont-ils agi ainsi ? Je dois reconnaître que c'est un problème assez déconcertant.

Elle se mit à siroter son martini, puis :

— Bah, le commissaire Jury va nous le résoudre.

Marshall Trueblood, les yeux toujours rivés sur le journal, lança :

— Seulement si le destin s'en mêle, je vous l'avais dit.

— Et le destin s'en est mêlé, à ce qu'il semble, remarqua Melrose.

49

Le petit garçon s'appelait Timmy. Il avait vu la photo, celle de la dame morte, dans un des journaux qui traînaient sur une table du salon, et il ne savait pas du tout quoi faire maintenant, ni même s'il devait faire quelque chose. Il se souvenait d'elle. Bien sûr. Il n'était pas idiot. Ni sourd, d'ailleurs.

Timmy s'assit au bord du lit de camp qu'il venait de faire, ce qui consistait à remonter et ajuster la rude couverture marron, puis à la border. Les autres, pour la plupart, ne savaient pas faire leur lit ; tout ce qu'ils savaient faire, c'était tirailler ici ou là. Il y avait cinq autres lits de camp dans son dortoir. Ils avaient tous l'air défaits ou en désordre. Ses affaires à lui étaient rangées dans un petit coffre au pied du lit. Être ordonné et soigné, ça le rassurait.

Il regarda à nouveau la photo de la femme. Lorsqu'elle était venue le chercher, elle portait des lunettes de soleil fantaisie et ses cheveux, qui couvraient ses épaules, étaient du plus beau blond. Mais ensuite elle avait enlevé les lunettes et changé ses cheveux. Il voulait lui demander pourquoi, mais bien évidemment il ne le pouvait pas. Elle lui avait souri, lui avait dit qu'elle s'appelait Rose, ou Rosa, et que tout cela était une énorme farce, un jeu qu'ils jouaient.

Et tout ce temps après, voilà que, dans cette même maison, quelqu'un l'avait étouffée ou quelque chose comme ça. Pourquoi ? Pourquoi y était-elle retournée ? Pourquoi n'était-elle pas revenue le chercher ? Si elle était venue, serait-il mort, lui aussi ?

C'était terrible maintenant de penser à ce jour, car c'était l'effroi qui y était désormais associé. Maintenant, c'était dangereux. Cette journée avait été tellement merveilleuse. Surtout de courir dans ces jardins sauvages derrière la maison jusqu'à l'endroit où cette petite fille jouait. Et ce chien. Ce chien qui serait toujours son préféré. Même si plus tard il devait en posséder un à lui, non, celui-là resterait le meilleur dans son souvenir. Mais pas beaucoup d'espoir que ça arrive un jour.

Il se leva et partit chercher de l'aide, le journal sous le bras.

Sans beaucoup d'espoir d'en trouver.

— Je vois deux possibilités, expliquait Dryer. La première : une petite école pour enfants autistes et sourds-muets. Enfin, je veux dire, « malentendants », vous avez remarqué qu'on ne peut plus dire « sourds » de nos jours ?

— On ne peut plus dire grand-chose, confirma Jury.

— Effectivement, renchérit Dryer en riant. La deuxième : une famille d'accueil pour enfants handicapés. À ce qu'on m'a dit, certains sont autistes, il est donc possible que ce petit gars soit sorti de ce milieu-là. Si toutefois vous avez raison. Je suggère que vous vous occupiez de l'école et moi de la famille.

Il déchira la page de son carnet sur laquelle il avait noté l'adresse et la tendit à Jury.

— L'école spécialisée de Lark Rise, c'est ça ? Oui, c'est de celle-là que Harry Johnson m'avait parlé. L'une des raisons pour lesquelles la mère de Robbie voulait une maison dans ce secteur. Pas seulement pour en faire une maison de week-end. Non pas que ça change grand-chose, maintenant, ajouta Jury, amer.

— La directrice est une certaine Mme Copley-Sutton.

— Vous lui avez parlé ?

— Non. Je pensais qu'il vaudrait mieux arriver là-bas sans prévenir.

— Donc, à votre avis, si quelqu'un se pointait, ce quelqu'un en l'occurrence étant la petite amie de Harry Johnson, et demandait à emmener l'un des pensionnaires, Mme Copley-Sutton le lui permettrait ? s'étonna Jury.

— Si le visiteur se présentait comme un parent, ou même un ami de la famille, j'en suis convaincu. A fortiori si un don substantiel à l'école arrivait du ciel en même temps que l'ami en question. Cette directrice a la réputation d'être quelque peu… disons, roublarde. Enfin, rien de bien méchant, elle est très gentille avec les enfants, mais quand même…

Dryer haussa les épaules.

— Vous avez votre portable ?

Jury répondit que non, avec le sentiment de trahir le monde de la haute technologie.

— Tenez, prenez ça, fit Dryer en ouvrant un tiroir dont il sortit un portable qu'il lança à Jury. Je les déteste, ces machins-là. J'ai une sainte horreur de tout ce qui est accès immédiat : les portables, Internet, les ordinateurs. Oui, je sais qu'il faut toujours en avoir un sur soi, en cas d'urgence, mais quand même : ça enlève quelque chose à la vie, tout ça. Le suspense, peut-être.

Jury sourit. Le suspense. Elle était bien bonne.

— On a le temps d'avaler un sandwich, conclut Dryer. Si on allait au Bird on the Wing ? C'est le plus proche, et le service est rapide. Cela dit, quel nom idiot pour un pub. J'aimerais encore mieux qu'ils s'appellent tous le George ou le Rose and Crown.

L'homme à tout faire de l'école, M. Purdy – lui-même se baptisait « portier » car il n'était pas du genre à mélanger torchons et serviettes –, était lui aussi en train de lire le journal. Cette femme qui s'était fait refroidir… il y avait dans ses traits quelque chose qui lui semblait familier, mais il n'arrivait pas à mettre le doigt dessus. Il resta assis à cogiter pendant encore un moment avant de reprendre son travail.

C'est sur M. Purdy que Timmy tomba en premier.

Le portier, une serpillière à la main, s'en retournait vers son local d'entretien, son petit fief à lui. Purdy n'était pas peu fier de cette pièce, qui était pour lui comme un bureau, et en plus un refuge dans les moments où Mme Copley-Sutton rôdait dans les couloirs à la recherche de motifs de reproche. C'était aussi un endroit pour se poser et boire tranquillement un coup. Il pivota en sentant qu'on le tirait par la manche.

— Ah, bonjour, petit Timmy, comment va ?

En fait, Purdy était surpris de voir que Timmy avait parcouru toute la longueur du vestibule jusque-là. Le mur donnant sur l'extérieur n'était qu'une longue enfilade de fenêtres, et Timmy restait toujours planté devant l'une ou l'autre, à regarder sans cesse dehors, passant de l'une à l'autre, s'arrêtant comme si la vue y était différente. Et pourtant elles donnaient toutes sur le parking et, vers la droite, sur la façade de l'école, dont ressortait, tel un dais, une petite entrée de pierre grise recouverte d'une arche. Oui, c'était un joli bâtiment. Cette école serait vraiment parfaite si elle offrait plus de sports et d'équipements pour les gamins.

Timmy, le journal à bout de bras, lui montra la photo.

— Ah, attends que je prenne mes lunettes, Tim…

Purdy sortit les verres de leur lourd étui qui claqua lorsqu'il le ferma.

— Ah, oui, cette pauvre femme. C'est un mystère, pour sûr.

L'index de Timmy alla à plusieurs reprises de lui-même au journal.

M. Purdy fronça les sourcils.

— Il y a vraiment quèque chose de familier chez elle… C'est quelqu'un que tu connaissais ?

Le petit garçon, d'habitude moins bruyant et agité que pas mal d'autres, hochait frénétiquement la tête tout en dansant d'un pied sur l'autre, comme si ce manège allait le faire comprendre de M. Purdy.

— OK, Timmy, qu'est-ce qu'on fait maintenant ?

Le garçonnet était au bord des larmes à force de se démener, tant il attachait d'importance à l'enjeu.

— Bon, allons voir la dirlo.

M. Purdy n'avait jamais eu une affection débordante pour Mme Copley-Sutton, mais il ne savait que faire pour Timmy. Pour l'aider. Il lui prit la main, et tous deux s'éloignèrent vers le fond du vestibule.

Mme Copley-Sutton était assise au bureau de l'immense vestibule, une longue table rutilante placée juste en face de l'entrée. Sur ce meuble, une plaque de cuivre indiquait *RÉCEPTION*. Certes, elle n'était pas réceptionniste, mais il lui arrivait parfois d'occuper ce bureau, prenant soin alors de poser devant elle une autre plaque de cuivre, où étaient inscrits son nom et sa fonction, *directrice*, en lettres plus petites. L'ensemble ne manquait pas d'élégance, estimait M. Purdy, si la directrice elle-même en était quelque peu dénuée.

— Que se passe-t-il, monsieur Purdy ? Pourquoi amenez-vous Timmy ? Bonjour, Timmy.

— C'est à propos de ce journal, madame…

— Expliquez-vous, monsieur Purdy.

Il déposa le journal sur le bureau, plié de façon qu'elle puisse voir la photo.

— C'est cette femme. Timmy a l'air perturbé par la photo.

— Ah bon ? Je ne crois pas la connaître. C'est bien malheureux, pauvre femme, mais je ne vois pas ce que… Timmy, c'est parce qu'elle a été tuée ?

Pour Timmy, c'était là une question impossible. S'il faisait signe que oui, elle penserait que c'était le meurtre qui le contrariait, s'il faisait non, alors elle ne comprendrait pas que le problème, c'était la femme elle-même. Donc, il ne répondit ni l'un ni l'autre, en espérant qu'elle formulerait la question différemment.

— Dans ce cas, je ne vois pas où est le problème, monsieur Purdy.

Elle sourit à Timmy, regrettant fugitivement de ne pas davantage aimer les enfants.

Le portier se dit qu'elle était bien comme le père Ryland, avec sa façon de congédier les gens d'un va-en-paix-et-ne-pèche-plus. Voilà un prêtre dont Dieu aurait pu faire l'économie…

— Mais je pensais, madame…

— Monsieur Purdy, veuillez reprendre votre service, si quelqu'un pense ici, c'est moi !

Purdy baissa la tête, et, prenant la main de Timmy, l'entraîna en lui chuchotant qu'ils allaient trouver un autre moyen. Le garçonnet se montra très agité alors qu'ils retraversaient le hall.

— Voyons, si tu allais faire un tour dehors ? Y a encore Brian et Peter dans la cour, et deux ou trois autres… Je les ai vus y a pas cinq minutes qui tapaient dans un ballon.

Timmy n'avait aucune envie de taper dans un ballon, et encore moins avec Brian et Peter, mais il se dit qu'il irait bien faire un tour à la mare aux grenouilles. Il fit donc oui de la tête à M. Purdy et sortit par une des portes de derrière, pour se retrouver sur une verte pelouse.

Timmy n'aimait ni Brian, ni Peter, ni la plupart des autres, qui se trouvaient à l'autre bout du parc, à taper dans un ballon. Beaucoup, semblait-il, avaient des familles, un papa, une maman, un oncle, qui venaient les chercher parfois pour les vacances, Noël ou la Pentecôte, parfois seulement pour la journée. Toutefois, lorsqu'il voyait comment se comportaient ces mamans ou papas, il se disait qu'il n'était peut-être pas si malchanceux, après tout. Les adultes étaient si stupides avec les gamins comme lui, parlant fort comme s'ils avaient affaire à des sourds, ou lentement comme à des débiles. Non, la plupart de ces familles qu'il avait vues défiler, il n'en aurait pas voulu.

C'était pour ça qu'il avait tellement aimé Rose, ou Rosa : elle était pour lui comme une parente, et Peter et les autres étaient jaloux tant elle était belle. Une tante qui revenait d'un voyage autour du monde et habitait en Italie. Imaginez-vous ça…

Ils étaient allés tous les trois (car pour Timmy le chien Mungo comptait comme un troisième larron à part entière) à un IceDelite entre l'école et le village, où il avait dégusté un double Razzberry Blitz ; c'est là qu'elle était allée aux toilettes et en était ressortie différente. Totalement différente. Ses longs cheveux blonds devenus courts et d'un noir brillant. Les lunettes de soleil remplacées par des lunettes de vue élégantes, étroites, à monture métallique. Le rouge à lèvres rouge vif avait cédé la place à un rose crémeux bien moins voyant.

Ils allaient bien s'amuser, avait-elle dit. Ils allaient visiter quelques maisons, ça ne prendrait que deux ou trois heures ; ensuite ils pourraient s'arrêter quelque part pour dîner avant qu'elle le ramène à l'école.

Son nom, juste pour cette journée, serait Robbie, et le sien, Glynnis. Elle l'appellerait Robbie devant les gens, ou s'ils croisaient des gens, ou si quelqu'un lui demandait à lui. (Ce qui n'aurait pas beaucoup d'effet, de toute façon.) Elle lui avait même donné un billet de dix livres. Il le gardait dans sa chaussure, plus en souvenir que pour le cacher.

Oui, cela avait été un merveilleux jeu, même s'il n'en avait jamais compris les règles, et une merveilleuse journée.

Assis sur le banc de pierre, Timmy repensait à elle, et à cette journée. Il était si absorbé, se demandant quoi faire, que c'est tout juste s'il remarqua la voiture garée de l'autre côté du mur, dont il pouvait voir une partie du capot par la grille de la clôture. C'était une route secondaire étroite, où les voitures en général ne se risquaient pas. Curieux, il se leva et se dirigea vers le portail d'entrée, à quelques pas de là.

C'est là qu'il vit le chien, qui commença à courir en rond, puis se glissa sous le portail, puis détala, ses grandes oreilles au vent, puis revint, repartit, revint encore.

Mungo !

Mungo lui sauta dessus, manqua le renverser, et Timmy éclata de rire.

Mais Mungo s'enfuit dans l'autre direction, côté opposé au portail, se retourna et attendit Timmy.

Viens, viens, ne monte pas dans cette voiture !

L'homme l'appela :

— Timmy !

Mungo se mit à aboyer. Sauve-toi, sauve-toi !

Timmy perçut quelque chose. Il sentit quelque chose, comme cela lui arrivait assez souvent : il reniflait des pistes presque aussi bien qu'un chien. Mais il ne pouvait pas associer cette odeur à quoi que ce soit.

— Timmy ! Mungo !

Timmy ne voyait pas l'homme auquel appartenait cette voix. Il se trouvait de l'autre côté du mur. Le garçonnet sortit donc par le portail, avec Mungo, réticent, sur les talons.

Il n'eut que quelques secondes pour se demander ce que faisait cette grosse voiture noire garée là, sur le côté de l'école : quelqu'un derrière lui avait passé un bras autour de son cou et le tirait en arrière.

— Ouvre les yeux !

Au Bird, un pub assez snob, tout en chintz et en sièges intégrés sous les fenêtres, Jury et Dryer avaient tous deux commandé des sandwiches fromage-salade.

— Et qu'en est-il de cette petite fille, demanda Dryer en mâchant sa laitue, celle qui a découvert le corps ?

— Tilda.

Jury entendit à nouveau la voix de Harry, à son domicile de Belgravia :

« Quelle petite fille ? »

Tilda vit la voiture qui arrivait dans l'allée. Elle était dans le salon, prenant le thé avec la Reine (dont le rôle était tenu par Oogli, sa poupée inuit), lorsqu'elle avait entendu le moteur, et elle s'était précipitée à la fenêtre.

Tilda bondit en arrière, prit à la volée Oogli qui était assise sur le sofa recouvert de soie, s'enfuit à toutes jambes de la pièce et de la maison. Elle atteignit la maisonnette tout essoufflée, mais saine et sauve. Elle n'était même pas sûre de comprendre de quoi elle avait peur, à s'enfuir ainsi, mais le fait est qu'elle avait peur. Donc, elle se dit qu'il y avait forcément une bonne raison.

Timmy ne voulait pas descendre de la voiture.

Lorsqu'il avait rouvert les yeux, il n'y voyait plus rien. Il n'était pas aveugle, mais sa vision était trouble, comme s'il regardait les choses à travers un prisme d'eau.

Il savait que c'était la même maison, même s'il ne pouvait la voir nettement, en distinguer détails ou contours. C'était la maison où Rosa l'avait emmené.

Il ne voulait pas, mais il allait lui falloir descendre ; sinon, il n'allait pas tarder à se faire sortir de force par cet homme, cet étranger dont il ne pouvait entrevoir qu'une haute silhouette floue.

Mungo, quant à lui, était bruyamment descendu lorsque l'homme qui conduisait était sorti et avait verrouillé la voiture. Timmy voyait vaguement l'animal à travers la vitre. Il était assis sur les gravillons devant la maison. Lorsque Timmy appuya son visage contre la vitre, Mungo fit quelques gambades vers l'avant, puis vers l'arrière…

Ce qui rendit Timmy très perplexe.

… puis partit ventre à terre vers la maison, pour revenir aussitôt à la même allure.

Qu'essayait-il de faire ou de dire ? Il voulait que Timmy sorte de la voiture.

Tout de suite.

Tilda ne l'avait pas vu, ni entendu, ne s'était pas doutée de sa présence avant qu'il ne la saisisse par-derrière, avec force. Il avait dû trouver un chemin quelconque à travers bois, et était arrivé dans son dos.

— Ouvre les yeux ! dit-il.

L'étreinte du bras autour de son cou se resserra. Elle tenta de fermer très fort les yeux, comme si cela pouvait servir à quelque chose. Il serra plus fort : il allait l'étrangler. Elle finit par les ouvrir. Elle sentit un liquide, plusieurs gouttes de liquide lui couler de force dans chaque œil. Elle cligna furieusement des paupières pour essayer de s'en débarrasser, mais sans succès. Tilda secoua la tête plusieurs fois, paupières refermées.

Il ne lui faisait pas mal, il la tenait juste serrée contre lui, comme si sa vie à lui en dépendait. Tilda trouvait cela presque amusant, que la vie de quelqu'un puisse dépendre d'elle. Qu'elle puisse être si importante.

Il la tint ainsi pendant ce qui sembla une éternité, mais elle se dit que cela devait se compter en minutes seulement. Ils restèrent enlacés ainsi jusqu'à ce que son bras se détende imperceptiblement.

Avec une force, une puissance qu'elle ne soupçonnait même pas en elle, Tilda s'arracha soudain à l'étreinte de l'inconnu.

Il hurla. Elle se jeta littéralement dans le bois. S'il pensait que sa vision troublée l'empêcherait de courir dans ce bois, eh bien, il se trompait. Elle connaissait trop bien les lieux. Même aveugle, elle trouverait son chemin à travers les arbres. Et elle savait exactement quel arbre elle voulait atteindre. Elle fila comme une flèche d'arbre en arbre, en zigzaguant.

D'abord elle l'entendit derrière elle, et puis plus rien : il avait dû s'arrêter.

Après avoir tâtonné, essayé au jugé chaque bouton de la portière, côté conducteur, Timmy finit par trouver le bon ; il déverrouilla la portière, abaissa la poignée, sauta du véhicule.

Il distinguait Mungo, tache blanche floue qui courait vers la maison.

Il hésita, ne sachant que faire, et Mungo revint vers lui en courant, puis repartit, revint encore, comme tout à l'heure.

Timmy le suivit, lentement d'abord, puis plus vite. Il distinguait la façade de la maison, et puis Mungo, visible, puis moins visible, qui courait vers l'autre bout.

Il courait ; Timmy se mit à courir aussi.

L'homme leur hurla après, quelque chose que Timmy n'entendit pas et que Mungo fit semblant de ne pas entendre.

Tilda les entendit arriver tous les deux. D'après ce qu'elle entrevoyait, dans sa cécité partielle, garçon et chien faisaient la course.

Le chien arriva le premier ; voyons, la femme qui était venue ce jour-là, voici longtemps de cela, l'avait appelé Mungo, c'est bien ça, lorsqu'elle les rappelait tous les deux vers elle ? Mungo courait tout autour d'un arbre. Elle l'aimait beaucoup, ce chien, et aurait éclaté de rire à ce spectacle si tout cela n'avait pas été aussi effrayant.

— Tu peux voir ? Tu peux voir clair ? demanda-t-elle au garçon.

Rien. Aucune réponse. Mais elle voyait bien qu'il essayait, par des gestes de la main et des mouvements de tête.

Alors elle se rappela : il ne parlait pas, ou ne pouvait pas parler. Le son qu'il émettait était comme une plainte. Elle était prête à parier que ce que l'homme lui avait mis dans les yeux, il l'avait aussi mis dans les yeux du garçon.

Tilda lui mit la main sur l'épaule, la passa le long de son bras pour aller chercher sa main.

— Si tu ne vois rien, serre-moi la main.

Il la lui serra, fort.

Elle entendit un cri et regarda en direction de la maison. Il y avait une silhouette, qui traversait la terrasse et descendait les marches. Il n'avait pas l'air pressé de partir arpenter les vastes pelouses. Il sifflait.

Timmy l'entendait, même à cette distance. Timmy entendait tout. Et c'était dur, d'entendre tout.

Le chien prit entre ses dents la socquette de Tilda et tira. Au même moment, le garçon la saisit par la main et l'entraîna.

Tous trois s'enfoncèrent dans le bois. Tout d'abord, Tilda s'était dit qu'ils pourraient peut-être aller chez elle, mais lorsqu'elle regarda entre les arbres vers la pelouse, elle vit que l'homme se déplaçait un peu plus vite : ils n'auraient pas le temps.

Elle parvint au grand chêne et demanda :

— Tu sais grimper, hein ?

Timmy (qui n'avait jamais grimpé à un arbre de sa vie) lui prit la main, et la pressa fort : Oui.

Tilda bénit cet arbre auquel elle grimpait, et se bénit d'en connaître si bien chaque détail qu'elle pouvait l'escalader même sans y voir clair. Tiens, elle y avait déjà grimpé dans le noir, pardi ! Elle savait parfaitement jusqu'où grimper et quelle était la meilleure branche pour s'asseoir. Une autre branche, puis une autre encore. Elle baissa les yeux : le garçon arrivait. Il arrivait vite, tel un singe. Mais, se disait-elle, être poursuivi par quelqu'un d'aussi dangereux transformerait n'importe qui en singe.

Encore une branche, une autre, et elle s'arrêta. Le garçon la rejoignit, presque hors d'haleine. Elle lui fit signe de s'asseoir sur la branche juste au-dessous d'elle.

Et le chien, Mungo ? Il avait recommencé à aboyer, et un bref instant, elle eut peur qu'il soit resté au pied de l'arbre. Mais non, il était parti ailleurs.

L'homme avait pénétré dans le bois. Il appelait le garçon. Qui s'appelait Timmy, Tilda ne s'en souvenait pas. À présent, l'homme sifflait Mungo.

Le chien semblait être plus loin qu'il y a une minute. L'homme, qui s'était arrêté juste sous leur arbre, se dirigea bientôt dans la direction des aboiements, qui se firent encore plus faibles. Tilda bénit Mungo : il éloignait l'homme de leur arbre.

Elle calcula que cela faisait presque cinq minutes qu'il était parti à la poursuite des aboiements de l'animal. Peut-être pourraient-ils descendre et rejoindre sa maison à travers les bois, si vraiment le chien l'avait attiré dans la direction opposée. Elle posa un pied sur la branche de Timmy, lui chuchota de descendre. Il se mit en mouvement, se laissant glisser vers une autre branche.

Plisser les yeux ne servait à rien : sa vision était trop brouillée. C'était comme si la pluie leur était tombée dessus. Mais elle serait quand même capable de distinguer une silhouette en mouvement sur l'arrière-plan du bois, et, à chaque nouvelle branche sur laquelle elle posait le pied, elle vérifiait que rien ne bougeait. Arrivés à terre, elle entendit les aboiements de Mungo qui se rapprochaient. Elle empoigna Timmy, lui murmura de la suivre.

Timmy ne bougea pas. Les aboiements de Mungo se rapprochaient. Ces cris avaient quelque chose qu'elle n'aurait pas hésité à qualifier d'hystérique s'ils avaient été poussés par sa tante.

Tilda tira le bras du petit garçon, lequel résista.

Elle comprit qu'il attendait Mungo. Peu après, Mungo déboula, franchissant la haie d'arbres en une ultime tentative pour les faire déguerpir.

Trop tard : car il arrivait, lui aussi. La haute silhouette les dominait maintenant de toute sa taille et il avait l'air ravi de qui vient de trouver un trésor enfoui. Tilda prit la main de Timmy, et Mungo s'immobilisa.

— Alors, les enfants, on s'est bien amusés, non ?

Chose bizarre : sa voix était amicale, pas menaçante du tout.

Ça doit être comme ça, se dit Tilda, que parlent les plus dangereux.

50

Vingt minutes plus tard, Mme Copley-Sutton était toujours à la réception, à rêvasser aux joies du shopping dans Upper Sloane Street, puis aux travaux de rénovation dont l'école avait cruellement besoin…

Soudain, la porte s'ouvrit, et un homme, un étranger, entra et se dirigea vers le bureau.

Il lui montra sa carte.

— New Scotland Yard ? Mon Dieu, qu'est-ce qui se passe… ?

— Commissaire Richard Jury. Madame Copley-Sutton ?

Elle se passa la main sur les cheveux.

— Oui. Je suis la directrice. Que puis-je faire pour vous ?

Il lui montra le journal local, l'article et la photo de Rosa Paston.

— Connaissez-vous cette femme ?

Encore cette femme assassinée ! Fronçant les sourcils, elle prit le journal, regarda de plus près la photo, mais toujours sans pouvoir la reconnaître.

— Non, je ne l'ai jamais vue.

— Y a-t-il quelqu'un ici qui pourrait l'avoir vue ?

C'est à ce moment que M. Purdy fit irruption dans le hall.

— Madame, il est arrivé quelque chose, quelque chose de grave…

— Monsieur Purdy ! Vous ne voyez pas que je suis occupée ? C'est la police !

Il est bien temps, pensa M. Purdy.

— Vous vous rappelez cette femme qu'était venue chercher Timmy l'année dernière ?

Hermione Copley-Sutton le savait, elle s'en était doutée à l'époque, ce jour de l'année précédente… elle en était même sûre, cette histoire lui reviendrait en pleine figure. Dans un silence nerveux, elle parvint à articuler, tentant de retarder le moment de vérité :

— Voyons, que je réfléchisse…

— Nous pensons qu'elle s'intéressait à l'un de vos pensionnaires. Un des garçons, précisa Jury.

Mme Copley-Sutton fronça les sourcils. Bon, aucune raison de ne pas dire la vérité. Elle n'avait commis aucun crime, après tout.

— Ah, mais elle n'avait pas du tout la même tête à ce moment-là ! Oui, vous avez raison… c'est elle qui est venue ici chercher l'un des garçons. C'était sa tante, je crois…

Non, elle ne croyait rien de tel, en fait. Cette personne avait fait un don en faveur de l'école. D'ailleurs, elle en portait une partie sur elle : cette robe Sonia Rykiel, dont elle avait fait l'emplette dans l'une de ces boutiques branchées d'Upper Sloane Street, et qui n'avait pas pris une ride en un an. C'était l'avantage des vêtements de marque : ils vieillissaient bien.

— Comment s'appelait-il, ce petit garçon ?

— Timmy. Timmy Radcliffe.

— Elle l'a emmené à l'extérieur, n'est-ce pas ?

— Mais... oui, il a été parti presque toute la journée, je crois.

— Escusez-moi, m'dame, mais j'regardais par la f'nêtre. Timmy et ce chien, vous vous rappelez, ce chien...

Oui, Timmy l'avait aimé, ce chien. Lorsqu'elle commença à expliquer cela, le policier sembla se raidir.

— Quel chien ?

— Le même qu'était venu l'aut' fois. Timmy est parti avec lui.

— Où sont-ils ?

M. Purdy secoua la tête.

— Tout c'que j'sais, c'est que Timmy jouait par là-bas...

Il désigna l'arrière du bâtiment.

— ... avec ce chien, et que quand j'ai re-regardé, y z'étaient partis.

— C'était quand ?

— Y a vingt minutes, à peu près.

Si peu de temps. Jury était furieux, plus contre lui-même, pour avoir passé cette vingtaine de minutes au pub, que contre elle, qui autorisait qu'on loue ses pensionnaires comme on loue un smoking.

En un clin d'œil, sachant que continuer à discuter ne serait que perte d'un temps précieux, il les remercia et sortit en trombe de l'école. Il monta dans la voiture, claqua la portière, puis laissa tourner le moteur sans démarrer. Où allait-il emmener le petit ? Winterhaus ? Londres ? Ça pouvait être n'importe où. Là où il voulait, le salaud.

Tout en manœuvrant la voiture dans l'allée, tenant d'une main le portable que Dryer lui avait donné, ainsi que le bout de papier où étaient griffonnés le numéro du poste de police et celui de la maison que l'inspecteur-chef était parti visiter, il essaya d'abord d'appeler le poste. Dryer était de retour. Jury lui expliqua ce qu'il venait de découvrir.

— Il a foutu le camp à Londres, ça ne m'étonnerait pas, dit Dryer.

Jury lui dit qu'il allait d'abord essayer Winterhaus.

— Dès que j'ai fini quelques bricoles ici… Appelez-moi si vous les trouvez là-bas.

Jury lui dit que oui et referma le téléphone.

Vingt minutes après, il arrivait à Winterhaus.

Jury fut pris d'angoisse en voyant cette maison vide, qui semblait courbée sous la tristesse d'un départ récent d'occupants qu'elle voyait partir pour la dernière fois.

Ne voyant pas de voiture devant la maison, il supposa que Harry était bel et bien reparti pour Londres. Ou bien était-il passé ici ? Tout juste auparavant ?

Il sortit sur la terrasse, regarda tout au bout des pelouses. Aucune trace de Tilda. Il alla jusqu'à la maisonnette. Là non plus, rien. Jury cherchait, en vain, il le savait, un indice d'un éventuel passage en ces lieux. Pourquoi il perdait du temps à cela, il n'en savait rien.

Harry, il en était certain, avait mis Tilda sur sa liste de nettoyage, car la fillette aurait pu l'avoir aperçu, peut-être même se trouvait-elle dans la maison lorsque lui et Rosa Paston y étaient. Et Tilda, à la différence de Timmy, pouvait parler et déclencher la foudre.

« Quelle petite fille ? »

C'était la seule faille que Jury avait détectée dans la défense de Harry ; si ce dernier pensait qu'il avait ne serait-ce qu'une chance infime d'avoir été vu par Tilda, alors…

Il feuilleta rapidement son carnet, trouva le numéro de Brenda Hastings, appela. Il écouta sonner le téléphone dans la maison vide. Puis il rappela la police du Surrey pour demander à Dryer s'il pouvait envoyer quelqu'un chez elle voir si Tilda y était.

Après quoi Jury remonta en voiture, sortit en trombe de l'allée et prit la direction de Londres.

51

Trois heures plus tard, c'est un Harry tout sourire qui vint ouvrir la porte de son domicile à Jury.

— Richard ! Ou dois-je vous appeler « commissaire », puisqu'il semble que nous soyons en froid ces temps-ci ?

— Harry, articula Jury, se forçant à sourire.

— Entrez, entrez.

Pourquoi ce fils de pute se croyait-il obligé d'être aussi démonstratif ? Jury le suivit jusqu'au salon et s'installa dans un des fauteuils.

— Nous avons finalement retrouvé la trace du gamin, celui qui jouait le rôle du neveu de Rosa Paston. Timmy Radcliffe.

— Ah bon ?

— Et vous aussi, Harry.

— Moi aussi quoi ?

— Vous avez retrouvé sa trace.

Harry prit un air étonné.

— De quoi parlez-vous ?

— Je vous parle de l'école spécialisée de Lark Rise, et de ce garçon que vous avez enlevé là-bas voici quelques heures.

Les yeux de Harry brillèrent, comme s'il venait soudain de voir la lumière.

— Quel garçon ?

Cette question était à tel point l'écho de celle que Harry avait posée quelques jours auparavant, « Quelle histoire ? », que Jury eut grand-peine à rester assis, extérieurement calme mais bouillonnant à l'intérieur.

— Savez-vous quel est votre problème, Harry ?

— Non, mais je parie que vous allez me le dire.

Le sourire de Harry se déforma en rictus : il restait en lui assez de traces de l'enfant sournois qu'il avait été.

— Un verre ? proposa-t-il en se levant et se dirigeant vers le placard où il rangeait ses alcools.

— Non, soupira Jury, je ne veux pas de verre, Harry. Où sont Tim et Tilda ?

Harry, qui avait déjà sorti verre et bouteille, se retourna.

— Tilda ? Qui diable est Tilda ? Allez-vous me tenir responsable de toutes les disparitions d'enfants du Surrey ?

— Je n'ai pas parlé d'enfant, répliqua Jury en le fixant. Ni de disparition… pas plus que du Surrey.

— Ouh là là ! fit Harry, pirouettant avec un enthousiasme parodique. C'était une de ces questions-pièges dont la police se sert pour confondre les suspects ! Allons, Richard. Si vous mentionnez cette Tilda en même temps que Timmy, c'est qu'elle présente les trois mêmes caractéristiques…

La logique de Harry était, comme d'habitude, à la fois outrancière et sans faille. Bon Dieu. C'était dur à croire, que quelqu'un d'aussi vif intellectuellement puisse également tromper son monde à ce point-là. Ou alors, peut-être tout cela n'était-il qu'imagination ou folie.

— Je suis déçu, poursuivit Harry, de voir que vous avez pu penser que je tomberais dans ce panneau. Vous êtes sûr de ne rien vouloir prendre ?

Et il leva son verre contenant un fond de whisky.

— Oui, j'en suis sûr. Ça vous dérange si je jette un coup d'œil ici ?

— Chez moi ? Ne dites pas d'absurdités : évidemment, que ça me dérange.

— Je peux obtenir un mandat…

— Pour perquisitionner la maison ? Ça m'étonnerait : sinon, vous seriez venu avec.

— Que tenez-vous tellement à cacher ?

— Rien à voir. C'est une question de libertés individuelles.

— Ah oui, et tout le bordel. C'est certain que nous voulons les protéger, celles-là. Deux gamins de huit et neuf ans… que faites-vous de leurs droits, à eux ?

Jury savait pertinemment que c'était là un discours stérile. On n'argumente pas avec les Harry Johnson de ce monde. On n'affronte pas des sociopathes. Soit on entre, et alors on se sert, on prend ce qu'on est venu chercher, soit on n'entre pas. Certains casseurs de coffres chevronnés étaient aussi de cet avis.

— Vous savez, je me suis souvenu d'un truc que vous aviez dit au pub à propos de Mungo. Un truc du genre : il a « toujours été comme ça ». Il a toujours détesté votre chat. C'est le genre de remarque que seul le propriétaire pouvait faire. J'aurais dû percuter.

Mungo ne pouvait pas descendre au sous-sol. La porte qui y menait était fermée et verrouillée. Couché devant, il tentait d'analyser la situation.

Ils ne pouvaient pas appeler à l'aide, car ils avaient été bâillonnés avec du scotch. Ils ne pouvaient pas davantage utiliser leurs mains, qui étaient liées dans leur dos.

Et ils étaient là en bas, tout près, pendant que le Limier dans le séjour, quasiment au-dessus d'eux, bavassait.

La vie était injuste.

Ça, ce n'était pas vraiment une découverte, pour Mungo.

Selon l'inspecteur-chef Dryer, aucun signalement n'avait été fait à la police du Surrey concernant une ou des personnes disparues, plus un chien. C'est bien pour cela que la police ne prenait guère la chose au sérieux ; c'est ce genre de détail qui ferait douter n'importe qui de la réalité d'un enlèvement.

— Vous avez fait tourner beaucoup d'assiettes sur beaucoup de baguettes, n'est-ce pas, Harry ? Je dois reconnaître que votre numéro de jonglerie chinoise était de classe internationale.

Harry but une gorgée de whisky, puis lâcha :

— Non.

— Oh, arrêtez, Harry. Vous n'allez quand même pas me dire que rien de tout ça ne s'est produit ? Rien de cette histoire que vous m'avez racontée pendant toutes ces soirées à l'Old Wine Shades ?

Harry fit mine de réfléchir sérieusement.

— Eh bien, certains éléments doivent effectivement être vrais, je pense, puisqu'une femme a bel et bien été assassinée dans cette maison, mais rien du tout qui puisse avoir un rapport avec moi.

Et Harry décocha un sourire à Jury.

— Rosa Paston. Vous connaissiez la victime.

— Bien sûr. Ce que je veux dire, c'est que je n'ai pas la moindre idée de ce que cette femme fabriquait dans cette maison. Ou de la raison pour laquelle elle se faisait passer pour Glynnis Gault.

Jury dut faire un effort pour se lever.

— Il faut que j'y aille…

— Mais vous venez d'arriver. J'adore votre compagnie.

Ah oui, tu parles.

— Je vais au Shades ce soir, si vous désirez vous joindre à moi, ajouta Harry en souriant. Vers neuf heures. Enfin, comme d'habitude, quoi.

Il sirota une nouvelle rasade.

Assis là, avec la plus sublime assurance que Jury ait jamais vue. Pas le moindre début de scrupule, n'est-ce pas, Harry ? Jury se dit qu'il lui fallait sans doute insister. Harry garderait le même sourire, mais peut-être finirait-il par lâcher quelque chose.

— Oui, peut-être.

Jury l'observa pendant qu'il finissait son whisky, et, même s'il savait qu'il n'y avait rien de personnel dans ce que faisait Harry, il ressentit une étrange impression de trahison.

— Au revoir, Harry.

52

En quittant Belgravia, Jury fila directement voir Johnny Blakeley, à West End Central. Johnny dirigeait la brigade antipédophile et passait là le plus clair de son temps. C'était l'officier de police le plus dévoué que Jury ait jamais côtoyé, avec Brian Macalvie dans le Devon. Johnny avait déjà été suspendu une fois, et avait bien failli l'être une deuxième. Il était entré illégalement dans une maison délabrée d'Earl's Court où des jeunes, à peine des ados, s'amusaient à tourner des films porno à l'aide d'un caméscope numérique. C'était leur truc, n'est-ce pas ? Leurs « vedettes » étaient trois bambins entre trois et sept ans. Pas de mandat. Johnny ne pouvait invoquer aucune cause probable : il savait que les accusations ne tiendraient pas. Mais – bordel, rien à foutre ! – il avait tout de même essayé de leur coller aux fesses une mise en examen pour kidnapping et mise en danger. Et surtout il avait réussi à mettre les petits à l'abri, ou dans ce qu'il espérait être un abri.

L'avocat du plus âgé des prévenus, celui qui filmait, avait réduit les accusations en miettes et promptement fait libérer son client, qui avait trouvé la chose fort drôle.

Une fois libre et de retour à Earl's Court, le client avait soudainement perdu son envie de rire lorsque Johnny, ayant fracassé le caméscope, avait commencé à lui en faire bouffer des morceaux. Johnny était capable de flanquer à ces amateurs une frousse à en faire dans leur froc. Même à des professionnels, s'il pouvait s'arranger pour être seul avec eux assez longtemps.

Après le récit de Jury, Johnny le regarda dans les yeux avec un demi-sourire.

— Ce que je ferais, moi ? Rich, s'il y a une personne à qui tu n'as pas besoin de demander son avis, c'est moi. Mais tu as raison ; aucune chance que tu aies une cause probable. C'est encore pire que l'affaire de Hester Street, pour ce qui est d'obtenir un mandat. Tu n'en auras pas.

— On ne perd rien à essayer, en tout cas je vais tenter le coup.

Johnny réfléchit un moment, puis glissa :

— Ce type, Johnson, tu crois pouvoir le faire sortir de chez lui ? S'il vit seul…

— Bien sûr que je peux. Il sort de chez lui ce soir, déjà. Il m'a invité à prendre un verre, j'ai accepté. Il va forcément se trahir à un moment ou un autre. Et fais-moi confiance, je ne vais pas le lâcher. Non, le problème, c'est de le retenir hors de chez lui pour me donner le temps de jeter un coup d'œil…

— Parce que si tu pouvais, et si jamais ces gamins étaient là, qui le saurait ? Qu'est-ce qui pourrait prouver que tu es entré chez lui ?

— Harry est tout sauf stupide. Tant qu'il me tient dans le pub, il sait où je suis.

— Qu'est-ce qui l'empêche de se débarrasser de ces gosses dès maintenant ?

— Je ne crois pas qu'il veuille les tuer. Il ne ferait pas ça. Sinon, pourquoi les amener à Londres ? Il aurait pu les tuer sur place, dans le Surrey, s'il l'avait voulu. Non, ce qu'il veut, c'est leur faire suffisamment peur pour qu'ils ne parlent pas. Bon, Timmy Radcliffe ne parle pas, de toute façon. Il est autiste.

— Mais alors, pourquoi s'embêter à le kidnapper ? Sauf, bien sûr, si ce petit Radcliffe a d'autres moyens de communiquer…

— J'ai mis un homme en planque devant chez lui, en tout cas.

Johnny se pencha vers Jury et lui glissa en confidence :

— Écoute, tu le fais sortir et moi…

— Non ! s'écria Jury avec force. Pas question, Johnny. Ne t'en mêle pas.

Johnny se rassit.

— Mais merci quand même. Merci pour ton offre. Je vais trouver un truc.

Oui, mais lequel ?

— Bon, sur un registre plus gai, Linda, des services sociaux, m'a dit que les deux gamines que tu souhaitais absolument voir rester ensemble ont été placées dans la même famille.

— Rosie et Pansy ?

— Oui, ça doit être ça…

Johnny plongea la main dans un des tiroirs de son bureau et en ressortit une liste.

— Ouais, c'est bien ça, elles sont au même endroit.

— Où ça ?

Johnny lui recopia l'information sur une page de son carnet.

— Tu n'es pas sans savoir que je ne peux pas divulguer ce genre de détails…

Il détacha la page où il venait de recopier l'adresse, la tendit à Jury.

Jury prit le papier, sourit.

— Merci, Johnny. Tu es le sel de la terre.

Désignant le papier du menton, Johnny précisa :

— Bon, mais fais gaffe, si tu te pointes chez ces gens, ils sauront que quelqu'un a fuité l'info, et peut-être y aura-t-il plainte. Souviens-toi, je ne veux pas d'embrouilles avec les travailleurs sociaux. Ils me rendent des tas de services, surtout Linda.

— C'est très gentil à toi et à Linda. Tu lui diras merci de ma part.

Johnny regarda à nouveau sa liste.

— Rosie va même à la maternelle.

— Dieu du ciel, ç'a été rapide !

— C'est une école privée, c'est plus facile de tourner le règlement.

Johnny reprit la page de carnet à Jury, et y griffonna quelque chose.

— Il me semble avoir entendu Linda dire que c'était au coin de la rue où habite la famille d'accueil, à Chelsea.

Les stations de métro Piccadilly et Green Park étaient équidistantes de la librairie Hatchards et de Fortnum and Mason. Il prit la Jubilee Line jusqu'à Green Park, ce qui ne faisait qu'un arrêt, mais il ne se sentait le courage ni de marcher ni de prendre sa voiture ; Piccadilly en voiture, c'était insupportable. Vu le temps qu'il fallait pour faire le tour de Piccadilly Circus, autant aller tranquillement jusqu'aux îles Hébrides.

Jury avait toujours eu une espèce d'affection pour Fortnum, sans trop pouvoir l'expliquer. Il n'était pas client de ce genre d'endroit, bien trop huppé pour un salaire de commissaire. Mais il y avait davantage d'imagination dans les décorations des vitrines, davantage de sens de la mise en scène dans l'agencement des conserves, des fruits, des confiseries, que dans beaucoup de théâtres du West End. Regardez-moi ces poires, ces prunes, dans ce rayon fruits et légumes aux prix catastrophiquement élevés ! Ou bien, à l'autre bout de l'étage, au rayon volailles et poissons, un saumon fumé si finement tranché qu'il tombait comme les plis d'une robe de soirée rose en soie, des tranches transparentes de concombre artistiquement insérées entre les fronces. Ou bien encore cet enfer sur terre pour les malheureux adeptes des régimes amaigrissants : le rayon pâtisserie. Il suffisait d'un seul coup d'œil à ces petits cygnes en meringue fourrés à la framboise, ou à cette diabolique mousse au chocolat saupoudrée de cacao et de brisures de chocolat (au cas où ça aurait manqué de chocolat ?) pour que les glandes salivaires se mettent à sangloter. Ce rayon semblait suffisamment fourni pour garantir une vie entière de desserts. Ici, un baba au rhum qui dégorgeait sa liqueur sur le plateau, là un gâteau à la noix de coco aux fins copeaux de chocolat blanc, plus loin une tarte au citron qui luisait, comme éclairée de l'intérieur…

Jamais de sa vie il n'avait été autant hypnotisé par des produits alimentaires. Il se sentait l'envie de goûter chacun des produits installés derrière ces vitres. Jury se fit emballer, par une petite vendeuse fine comme un lévrier, un des cygnes en meringue, ainsi qu'un beignet à la crème nettement plus prosaïque.

Tout en se dirigeant vers la sortie entre les rayons de Fortnum, il se disait qu'il n'existait sans doute pas de meilleure pâtisserie, ni à Paris, ni à Vienne, ni au paradis. Il s'arrêta sur le trottoir devant le magasin pour manger son beignet ; dans la vitrine, les mannequins semblaient comme électrifiés : était-ce par son regard ou bien par les magnifiques tenues qu'ils portaient ? Par ces robes de créateur, sûrement.

Il se rendit ensuite chez Hatchards, une librairie qui débordait de savoir comme ce baba débordait de rhum. Ici, quelle que soit l'affluence, régnait une atmosphère feutrée ; l'air semblait rempli d'ouate ou de nuages. Il s'imagina porté par un nuage tout en descendant l'escalier pour se rendre au rayon enfants. Là, il se mit à examiner les ouvrages signés Maurice Sendak, particulièrement *Quand papa était loin*, et celui qu'il voulait surtout, *Rosie*. Il le feuilleta… enfin, disons plutôt qu'il le lut, là, debout. Puis il le mit sous son bras et relut le passage sur le bébé de glace dans *Quand papa était loin*.

Y avait-il au monde quelqu'un qui comprenait mieux les enfants que Maurice Sendak ? Psychologues ? Enseignants ? Travailleurs sociaux ? Franchement, il en doutait.

Chelsea était aussi éloigné de Hester Street en esprit qu'en distance. En lieu et place de la déglingue et de la laideur, s'étalait une sorte d'éloquence, une ode à la gloire des valeurs des classes bourgeoises. Un peu snob aussi, oui. Cela n'influencerait sans doute pas Rosie et Pansy. Elles avaient vu trop d'horreurs pour se laisser impressionner par les prétentions de la société.

L'adresse que Johnny lui avait donnée était l'une de ces anciennes écuries transformées en cottages, qu'il admirait à présent depuis le trottoir d'en face. Artistiquement convertis en habitations, ces cottages avaient un succès fou auprès des étrangers. L'ensemble était un ancien haras ; c'était drôle de penser que des gens pouvaient trouver du cachet à vivre dans une stalle dont l'ancien locataire était un cheval… Mais c'était aussi adorable d'imaginer Rosie et Pansy dans une maison de poupée : du lierre, des rosiers grimpants, des pots de zinnias aux couleurs éclatantes. Toutes les portes étaient peintes en tons pastel.

L'école, avait dit Johnny, était tout près, au coin de la rue, et il ne lui fallut que cinq minutes à pied pour y arriver. C'était un bâtiment de vieilles briques et de larges escaliers de marbre. Au pied de ces marches étaient attroupées un certain nombre de dames, des mères d'élèves, probablement. D'autres descendaient de BMW, Mercedes et autres voitures branchées. Il se demanda si la mère adoptive de Rosie se trouvait parmi elles. Toutes avaient très belle allure, en Liberty ou en jeans.

À travers le grillage, il observa les enfants, alignés deux par deux dans la cour, prêts à rentrer dans l'école avant d'en ressortir pour retrouver leurs mères. Il essayait désespérément de repérer Rosie parmi eux, mais en vain. Dans cet uniforme bleu et gris, ils se ressemblaient tous. Quelques-uns avaient en main une pomme, une toute petite fille tenait une poire, qu'elle essayait de manger en s'en barbouillant le visage.

— Vous êtes un parent, monsieur ?

La jeune femme de l'autre côté du grillage semblait avoir surgi de nulle part. Une institutrice. Sa voix était indécise, on sentait qu'elle ne voulait pas paraître désagréable au cas où la réponse serait oui.

— Moi ? Non. Je cherchais juste…

Se souvenant de la mise en garde de Johnny, il s'interrompit.

Les sourcils de l'institutrice se soulevèrent, mais elle gardait tout de même un léger sourire aux lèvres : l'allure de Jury devait l'empêcher de penser au pire.

Ce en quoi il lui fut reconnaissant. Il porta la main aux livres sous son bras, se souvenant encore qu'il ne devait rien faire qui puisse laisser penser aux parents d'adoption que quelqu'un avait révélé leur identité. Il vit le regard de la jeune femme se poser sur *Quand papa était loin* et sentit que le livre le rendait inoffensif à ses yeux. Mais, au plus profond de lui-même, il entendit comme un craquement cristallin, qui très étrangement lui fit penser à l'autre soir et à Phyllis en train de mordre dans le glaçage de son dessert. C'était comme si le bébé de glace se brisait.

— Je me suis peut-être trompé d'école. Oui, ça doit être ça. Désolé.

Il sentit son regard rivé sur lui alors qu'il traversait la foule des parents et que la cloche sonnait la fin de la journée.

53

Quelle aubaine pour le commissaire divisionnaire Racer ! Une occasion en or pour faire son numéro suite à la question (de Jury) qu'on s'entend poser une fois dans sa vie. Si on ne donne pas le meilleur de soi-même dans ce genre de situation, autant dire que c'est terminé, mon pote ! Il n'y aura pas de deuxième chance.

Malheureusement, Racer n'était pas vraiment au mieux de sa forme. Aussi en fut-il réduit à larder sa réponse à Jury – qui lui réclamait un mandat – du peu de sarcasme qu'il réussit à puiser en lui-même :

— Un mandat. Ah, oui, un mandat.

Rire forcé, alors que Racer se levait et se mettait à faire le tour de son bureau, au bord duquel il finit par s'appuyer, bras croisés. Puis il répéta :

— Un mandat. Un mandat.

Ce qui, immanquablement, fit penser Jury à la comptine : « Picoti, picota. » La suite lui vint, tout bas, mais pas si bas, finalement :

— Lève la queue et puis s'en va…

— Vous ne prenez pas tout ça un peu à la légère, Jury ? commença Racer avec un regard mauvais. Je vous rappelle qu'il y a trois gamins en jeu.

— Deux, rectifia Jury, qui n'avait pu résister à l'envie de lever index et majeur.

— Vous aviez dit trois.

— Non. Le troisième est un chien.

— Oh, je vois ! C'est un chien qu'il vous faut sauver ! Ah, mais ça change tout, ça, Jury ! Pourquoi ne l'avoir pas dit plus tôt ?

Là, Racer eut un petit sourire acerbe.

— Dites-moi, Jury, depuis quand avez-vous besoin d'un mandat ? Depuis quand vous embarrassez-vous d'un mandat ? Si je me souviens bien, vous avez réussi à vous introduire dans cette maison de Hester Street, vous et votre cow-boy d'inspecteur du Devon, sans mandat… Vous allez bien nous trouver le moyen d'entrer dans cette maison à Belgravia sans mandat, non ?

Racer n'avait que ce mot, « mandat », à la bouche, et pour cause : il était au cœur des récents ennuis de Jury et de son quasi-licenciement.

Racer n'allait pas le lâcher si facilement, Jury le savait bien.

— C'est la vie de ces deux gosses qui est en jeu, boss.

Jamais il ne l'appelait ainsi, sauf lorsqu'il voulait obtenir quelque chose de Racer, ce qui était rare. Jury leva les yeux vers la bibliothèque au-dessus de laquelle le chat Cyril s'aplatissait, guettant son heure.

— Oui, eh bien, vous auriez dû y penser avant de vous ruer tel Rambo dans cette maison de Hester Street ! tonna Racer avec son illogisme habituel. Des preuves, Jury ! Donnez-moi des preuves que ces enfants sont retenus prisonniers là-bas ! Donnez-moi des preuves de cause probable, si ça n'est pas trop vous demander !

Et Racer retourna derrière son bureau où il fit face à Jury, bras tendus, mains à plat sur le plateau, l'air furieux, tel un rédacteur en chef de Fleet Street passant un savon à l'un de ses reporters.

— Il y a la directrice de l'école, qui peut très certainement témoigner que Timmy a disparu. Il y a la tante de cette petite fille, Mathilda, qui vous dira aussi que sa nièce n'est pas rentrée à la maison…

Mais aucun des deux témoignages ne vaudrait preuve avant un certain laps de temps, et même alors, ni l'un ni l'autre ne mettrait en cause Harry Johnson. Jury persista, envers et contre tout :

— Et puis il y a le chien. L'homme de ménage et probablement certains des enfants qui jouaient dans la cour peuvent témoigner que le chien est arrivé en courant et s'est précipité sur Timmy. Ce même chien…

Jury soupira, sentant qu'il s'enfonçait.

Tel un coureur de cent mètres faisant monter l'adrénaline avant une finale olympique, Racer laissa paraître sur sa physionomie un mépris outrancier qu'il tenta de traduire en mots :

— Un chien… Un chien ! Vous réclamez un mandat sur la base des agissements d'un chien ! ! Vous…

Et là, il leva les bras, comme vaincu.

— Dans ce cas, évidemment, comment pourrions-nous vous refuser le mandat susmentionné ?

Racer approcha son visage de celui de Jury, jusqu'à presque le toucher.

— Bon, maintenant, écoutez-moi bien, mon vieux. Interdiction de vous approcher à moins de trois cents mètres du domicile de ce Harry Johnson…

C'était une allusion limpide au harcèlement policier.

— Parce que non seulement vous n'aurez aucun mandat, mais, ce coup-ci, vous ne vous en tirerez pas avec une simple tape sur les doigts, oh ça non, bordel ! Pas question de plaider la force majeure, comme votre ténor du barreau l'a fait l'autre fois pour vous sortir de ce merdier ! Dans cette affaire, il n'y a pas même l'ombre du commencement d'une force majeure. Non, je vous le dis, vous pouvez vous l'arrondir !

Dans le même ordre d'idées, le chat Cyril était en plein calcul de la parabole qu'il comptait décrire.

Jury se leva au moment où le félin bondissait. Cyril plongea droit sur Racer en une courbe gracieuse et, à l'atterrissage, planta toutes les griffes de ses quatre pattes dans l'épaule du divisionnaire.

Alertée par le hurlement du boss, Fiona poussa la porte et Cyril la prit.

Jury sourit. Ce n'était pas avec un mandat qu'on l'attraperait, le Cyril !

Jury était affalé dans son fauteuil pivotant, les pieds sur son bureau, ne percevant que des bribes des élucubrations de Wiggins au sujet des dangers de la robotique. C'était là un domaine dont Jury n'avait jamais pensé (« Ça alors, c'est marrant », avait-il dit à Wiggins) qu'il pourrait constituer un tel péril.

Il s'en voulait à mort d'avoir fait part à Harry Johnson de sa certitude que Tim et Tilda étaient cachés chez lui. C'était un aveu d'une stupidité insensée, qui pourrait bien inciter Harry à agir d'une manière ou d'une autre, tôt plutôt que tard.

Wiggins avait changé de cible dans sa péroraison : il était passé au chapitre du clonage.

— Ils clonent des animaux, pas seulement des moutons, mais des animaux de compagnie, des chiens et des chats.

Comme Jury côtoyait beaucoup la race canine ces derniers temps, ces mots-là parvinrent *via* son oreille jusqu'à son cerveau. Le monde, se dit-il, aurait bien besoin d'un autre Mungo. De beaucoup, beaucoup de Mungo.

Wiggins poursuivait :

— Ce qui se passe en ce moment, c'est comme ce truc où on vous congèle. Vous savez, comme ça, dès que la médecine trouve un remède à ce qui vous a tué, hop, vous pouvez revenir. Fini, la mort.

— Et ça ne vous paraît pas terrifiant, Wiggins ? Imaginez le divisionnaire Racer qui reviendrait alors que nous, on serait persuadés d'être débarrassés de lui pour tou…

Il s'interrompit. D'une secousse, il avança brusquement son fauteuil. Il resta assis ainsi, une minute, son sourire s'élargissant. Il regarda sa montre. Quatre heures juste passées.

Et puis merde. Ça pouvait marcher, après tout.

Jury se leva et décrocha son manteau.

— Si vous avez besoin de moi, je suis au Boring's.

— Soyez prudent, commissaire. On sait pas ce…

L'écho de la voix de Wiggins se perdit dans le hall. Pourquoi devrait-il être prudent ? Était-ce le Jour des Robots, ou bien la Nuit des Clones ?

54

Jury s'arrêta au passage chez Foyles, dans Charing Cross Road. Ça représentait un détour, mais Foyles était la plus grande librairie de Londres. Peut-être Waterstone's était-elle plus vaste en superficie, mais c'était Foyles qui avait le fonds le plus complet. Il expliqua à l'employé (est-ce qu'on les appelait toujours comme ça ?) ce qu'il voulait, et on le dirigea vers le troisième étage.

On pouvait littéralement s'y perdre, dans cette librairie, ce qui pour Jury était un bon point. Ayant trouvé ce qu'il cherchait, il passa à la caisse et ressortit.

Livre en main, il s'attarda sur le trottoir devant Foyles, regardant vers la droite, puis vers la gauche dans Tottenham Court Road, mais sans trouver ce qu'il voulait. Il y avait un bus de la ligne 10 qui approchait, et il se dit que c'était par la fenêtre d'un tel véhicule qu'il aurait la meilleure vue sur les boutiques. Lorsque le bus s'arrêta, dans un grincement essoufflé, il y grimpa.

Moins de trois minutes plus tard, il repéra une petite boutique joliment nommée Queue-de-Cheval (il adorait ce nom !) dans une rue perpendiculaire et descendit à l'arrêt suivant.

Queue-de-Cheval… Quel esprit fantaisiste avait bien pu penser à cette enseigne ? Jury poussa la porte, ce qui déclencha le tintement argentin d'une petite sonnette, et pendant une minute, comme personne ne venait le déranger (la réceptionniste ayant quitté son poste), il réfléchit et finit par se dire qu'il comprenait pourquoi les femmes aimaient tant ces endroits. Cette boutique était apaisante, tel un sanctuaire, même avec en arrière-plan les bruits de sèche-cheveux et de bavardages.

— On peut faire quelque chose pour vous, mon chou ? demanda la réceptionniste, une brune potelée à la coiffure vieillotte, des anglaises encadrant son visage.

— Ah, oui, ça c'est sûr.

Il lui montra sa carte et lui fit la surprise de sa vie en annonçant :

— Nous avons besoin d'une de vos stylistes pour une mission importante.

Elle le regarda avec des yeux ronds.

— Laquelle ?

— De styliste ? Peu importe. Le travail ne durera pas plus d'une heure ou deux. Et nous vous paierons le double du tarif normal.

Il lui sourit. Queue-de-Cheval ne pouvait laisser passer une telle offre, si ?

La réceptionniste jeta un coup d'œil circulaire dans la boutique. Jury remarqua que les employées étaient reconnaissables à une sorte d'uniforme, des vêtements identiques non pas tant par la coupe que par la couleur : un ton cuivre, dans les rouge-brun. Toutes portaient cette couleur d'une manière ou d'une autre, neuf ou dix en tout.

— Je pense que Lucy est libre...

Elle leva la main et appela l'intéressée.

Lucy, posant son magazine, s'approcha d'un pas glissé, tel un tas de feuilles d'automne poussé par le vent. Sa chevelure acajou, assortie à sa robe, lui arrivait aux épaules, son teint était pâle, si pâle, et ses yeux d'un noisette lumineux. Alors qu'elle s'avançait, languide, elle semblait diaphane, transparente, comme une version éthérée de Carole-Anne. Une très jolie fille.

Jury leur expliqua de quoi il retournait. Il fallait que cette mission s'accomplisse, c'était là une opération de police très importante. Il répéta qu'il paierait double tarif pour ces prestations. Cependant, la personne se trouvant empêchée par les circonstances de venir à Queue-de-Cheval, il faudrait que Queue-de-Cheval aille à elle. On était d'accord ?

Lucy et la réceptionniste à anglaises échangèrent un regard. Oui, on était d'accord. Que souhaitait-il au juste, comme couleur ? Châtain standard, répondit Jury, ce qui fit sourire Lucy qui récita toute la gamme des châtains possibles. Jury se décida pour un ton, et elle dit qu'elle revenait tout de suite. Elle glissa vers le fond de la boutique.

Cinq minutes plus tard, elle était de retour, ses longs cheveux enfoncés dans le col de son manteau, un cabas à la main.

Dans l'intervalle, Jury avait hélé un taxi, qui attendait devant le trottoir. Il donna l'adresse au chauffeur, et ils filèrent toutes voiles dehors, si tant est que la métaphore fût appropriée à l'exercice consistant à tenter de se faufiler dans l'infernale circulation londonienne.

Lucy arborait le même sourire que lui, comme si elle était partie prenante à la blague.

Bien que terriblement inquiet pour les deux jeunes enfants, Jury arrivait quand même à sourire de son plan. Il l'adorait, ce plan, et d'autant plus à la pensée que Melrose, lui, allait le haïr.

— Non, dit Melrose en se replongeant dans le *Daily Telegraph* et en reprenant son verre.

Le sieur Plant était arrivé de Londres en voiture l'après-midi même, et n'était installé que depuis une heure à peine lorsque Jury fit son entrée dans la grande salle. Melrose n'avait qu'une envie, se détendre avec son journal et son verre postprandial, mais là n'était pas la raison de son refus. Il disait non parce que c'était la proposition la plus grotesque qu'il ait entendue de sa vie, opinion qu'il fit vigoureusement connaître à Jury.

— Tiens, voici un livre, répondit Jury en lui tendant l'ouvrage qu'il avait acheté chez Foyles. Tu n'es pas obligé de tout lire, juste quelques points importants qu'il faut que tu connaisses bien. Il y a des illustrations, aussi.

Melrose baissa son journal et dut se rendre à l'évidence : Jury n'avait tenu aucun compte de son refus, et ne voudrait rien savoir de toute façon. Jury était bien décidé à mettre en œuvre ce plan débile, la partie proprement débile étant réservée comme par hasard à Melrose. Il lui fit remarquer que ce n'était pas lui, Jury, qui serait en première ligne dans l'exécution du stratagème. Comme d'habitude, ce serait à Melrose de s'y coller.

— Ça m'a pris plus d'une semaine pour maîtriser l'émaillage des pelouses par des vivaces, et c'était seulement du jar-di-nage ! Pour l'amour du ciel, comment peux-tu croire que je vais dominer ce sujet-là en un après-midi ? fit Melrose en brandissant le livre.

Puis il leva son verre de l'autre main, pour que Higgins le Jeune le lui remplisse.

— Tu n'as qu'à faire comme Diane Demorney. Les prétendues prouesses intellectuelles de notre amie ne sont basées sur rien d'autre que le choix d'un détail infime sur un sujet, puis la recherche de tout ce qu'elle peut trouver sur ce détail. Tu te souviens du syndrome de Stendhal ? Elle ne connaît strictement rien aux romans de Stendhal, mais elle est incollable sur les pâmoisons de cet auteur devant des œuvres d'art. C'est une idée brillante, même si Diane est tout sauf brillante.

— J'envisageais d'aller dîner, dans les heures qui viennent, moi !

— Tu n'as pas le temps. Moi, je vais aller dîner, et je te rapporterai quelque chose…

— Génial ! Si tu crois que je vais me passer de dîner pour ça, tu es encore plus dingue que je ne le pensais ! Et ton plan en est la preuve ! Tu sais très bien, ajouta-t-il dans un soupir, que ça ne marchera jamais. C'est trop énorme.

— Tu oublies que Harry Johnson est lui-même dément. Ça nous donne un avantage.

— Et qui est cette personne qui attend dans le vestibule ? Qu'est-ce qu'elle fabrique là ?

— C'est Lucy. De chez Queue-de-Cheval.

Melrose secoua fort la tête pour tenter de s'éclaircir les idées.

— Queue-de-Cheval ? Queue-de-Cheval ?

— Exactement. Attends ici, je la fais venir.

« Attends ici » ? Où diable Jury pensait-il que Melrose pouvait aller ? Grognon, il attendit en essuyant ses lunettes. Avant de les remettre, il leva le nez et regarda dans la direction où Jury était parti : celui-ci revenait suivi d'une créature que Melrose ne pouvait décrire que comme… voyons, aérienne, absolument, avec ses vêtements vaporeux, sa peau diaphane, ce voile de cheveux d'ange… Dieux du ciel. Il se prit à espérer que cette impression serait en partie tempérée lorsqu'il remettrait ses lunettes.

Ses lunettes sur le nez, il constata qu'il n'avait pas affaire à un mirage. Il se leva.

— Voici Lucy, de chez Queue-de-Cheval, ricana Jury.

Pour Melrose, elle aurait aussi bien pu être Shirley de chez Pied-de-Mouton, ou Betty de chez Œil-de-Bœuf.

— Bonjour, Lucy. Combien de temps cela va-t-il prendre ?

Comme si ça comptait, le temps, en fait.

55

L'une des étroites fenêtres du sous-sol ne fermait pas hermétiquement. C'est par là que Mungo avait vu Harry entraîner de force Timmy et Tilda en bas. Ou plutôt, dès qu'il s'était aperçu que Harry les y emmenait, il était sorti comme une flèche par la porte de derrière pour aller se poster à cette fenêtre en passant par le jardin. Comme la vitre était sale, il n'avait pas réussi à voir ce qui se passait, mais il se doutait que ce n'était pas joli-joli. Il y avait eu des bruits étouffés : sans doute les enfants essayaient-ils de se libérer. Mais aucun cri, aucune plainte, car on les avait bâillonnés avec du ruban adhésif.

Le silence revenu et une fois que Harry eut quitté le sous-sol, Mungo réintégra la cuisine par sa trappe et resta là à réfléchir : comment s'introduire là-dedans ? Il était resté longtemps près de la porte menant en bas, une bonne partie de ce temps occupée à écouter la conversation de Harry et du Limier dans le salon. Le Limier était parti voici peu.

À présent, la lumière avait fait place à l'obscurité, le jour à la nuit. Et Mungo était à nouveau dehors. Il n'avait jamais été très habile à ouvrir portes, coffres ou placards avec ses pattes. Parfois, il pouvait forcer une ouverture du museau, mais cette fenêtre était presque au ras du sol et il ne pouvait passer sa truffe dans l'interstice. Il se mit à tourner en rond en gémissant, ce qui lui arrivait rarement.

Lorsque Shoe apparut au coin de la maison, il gémit de plus belle et donna un coup de museau à la fenêtre ; puis un nouveau gémissement, puis un nouveau coup. Shoe s'approcha, se méfiant de Mungo, mais curieuse. Elle s'aplatit devant la vitre et regarda à l'intérieur. Il faisait complètement noir dans le sous-sol et c'est tout juste si elle parvint à distinguer les deux enfants. Sans ses yeux de chat, jamais elle ne les aurait aperçus.

Shoe se rassit et observa Mungo, qui tournait en rond, poussant des gémissements et donnant des coups de truffe dans la fenêtre. Elle bâilla, ravie de constater que Mungo avait besoin d'elle et qu'elle était libre d'accepter ou de refuser de lui rendre service. Elle commença à se lécher languissamment une patte, ce qui mit Mungo hors de lui. Il se jetait contre la fenêtre, à présent, avec une véritable frénésie.

Voyons, il cherchait à aider ces enfants, en bas… Ah, mais ça changeait tout ! Elle s'aplatit, rampa presque jusqu'à la fenêtre, comme si elle essayait de se rendre invisible. Cette manœuvre n'avait pas de secret pour elle. L'interstice était suffisamment large pour qu'elle puisse y passer une patte et tirer.

Impossible de parler, leur bouche était hermétiquement fermée par du ruban adhésif argenté. Ils ne pouvaient l'arracher avec leurs mains, qui étaient liées dans leur dos. Il les avait aussi forcés à enfiler des gants de latex très fins. Toutefois ils pouvaient se déplacer, Harry n'ayant pas entravé leurs pieds. Il les avait cependant ligotés l'un à l'autre, si bien que l'un ne pouvait bouger sans l'autre.

Percevant de l'agitation à l'extérieur, ils se regardèrent. Au moins, il leur avait enlevé les bandeaux. Peu avant d'arriver à la maison, il s'était garé pour leur remettre de ce liquide dans les yeux. Et cette fois, il les leur avait aussi bandés, alors que leur vision était toujours floue. Tilda s'était dit qu'il voulait être sûr qu'ils ne puissent rien reconnaître sur leur passage, ni rue, ni bâtiment, ni lumière, dans ce quartier de la ville. Car c'était la ville, aucun doute, pas besoin de voir à l'extérieur pour s'en rendre compte.

Une fois dans le noir, il leur avait enlevé les bandeaux. Au bout d'un moment, les effets du produit qu'il leur avait mis dans les yeux s'étaient entièrement dissipés. Leur vision à présent revenue, ils se déplacèrent jusque sous la fenêtre, à temps pour discerner une branche que l'on poussait entre châssis et appui.

Ils se regardèrent avec un fol espoir dans les yeux. Ils auraient poussé des hourras, ou souri, sans ce ruban hermétique sur la bouche. Quelqu'un dehors tentait de les secourir, de leur ménager une issue. Ils ne pouvaient ni crier ni taper des mains, mais ils pouvaient sauter sur place, à condition de synchroniser leurs mouvements. Ils avaient beau retomber constamment l'un sur l'autre, ils se relevaient sans se décourager. L'espoir les poussait à continuer. Et ils grognaient, « Mmm mmm mmm », aussi fort qu'ils le pouvaient.

Quelque chose (un museau ?) forçait le passage sous le châssis. Mungo ! Timmy et Tilda sautèrent et tombèrent, encore et encore.

Mungo finit par fourrer sa tête entière entre le bas du châssis et l'appui, puis le corps suivit. Il se laissa tomber par terre. Le sol de la cave était un peu plus bas qu'il ne l'avait imaginé, mais il ne s'était pas fait trop mal, vu qu'il avait atterri sur une surface qui n'était pas de béton brut. Sa chute avait même revêtu une certaine grâce, compte tenu de la difficulté de l'angle de départ, entre fenêtre et appui.

Shoe passa la tête par l'ouverture, mais la retira aussitôt : elle avait largement fait sa part. Elle se rassit et se remit à sa toilette.

Mungo courait autour des enfants, conscient qu'il ne devait pas compter sur eux pour lui dire quoi faire. Le garçon, de toute façon, n'aurait rien pu dire, même délivré de son bâillon. Mungo se demanda si la situation et le stress n'allaient pas finir par tirer quelques mots à Timmy.

C'était donc à lui, Mungo, de prendre les initiatives ; il lui fallait trouver une solution, et vite. Il voulait les faire asseoir : pour cela, il tira Tilda par la robe. Enfin, ils s'assirent. Maintenant, il avait accès à la corde, qui, constata-t-il avec satisfaction, n'était pas très épaisse. Il n'y avait plus qu'à desserrer cette corde au niveau d'une main, n'importe laquelle ; il choisit celle de Tilda.

Et Mungo de se mettre à ronger. Il rongea, encore et encore, usant un brin, puis un autre, puis se remettant à l'ouvrage. Impossible de mordre dans ce nœud, ce qui aurait facilité la tâche. Où avait-il appris les nœuds, Harry ? Ses longues années dans la marine marchande ? Ne me faites pas rire, je suis en train de ronger.

Mungo se rassit, la mâchoire pendante, médita un instant sur les circonstances qui avaient fait de lui l'animal de compagnie de Harry. Quelque fatalité lorsqu'il était un jeune chiot ? Ce qu'il aurait fallu à Harry, en fait, c'était un chien élégant, au poil soyeux, qui puisse parader avec lui…

Mungo cessa brusquement de rêvasser et se remit à ronger. Cette fois, il réussit à venir à bout des derniers brins d'un côté du poignet, libérant ainsi une main de Tilda. Elle ne défit pas tout de suite la corde qui entravait son autre main, arracha le ruban adhésif, grimaça de douleur et, sa bouche libérée, ne tenta pas de le décoller entièrement. Elle n'ôta pas non plus les gants. Tout cela au cas où il reviendrait soudain les voir. Si jamais cela arrivait, elle voulait pouvoir remettre le ruban sur sa bouche et au moins faire semblant d'avoir les mains encore liées. Elle laissa donc pendouiller ruban et corde.

— Mungo ! dit-elle en l'enlaçant cependant que Timmy grognait toujours.

Quelques instants lui suffirent pour dégager les mains du petit garçon. Il arracha un côté du ruban lui-même, la douleur lui mettant les larmes aux yeux, comme à elle. Cela faisait trop mal de tout décoller, et de toute façon, ça ne changeait rien pour Timmy. Il commença à ôter les gants.

— Non, garde-les, Timmy ! murmura Tilda. Si jamais il redescend, il faut qu'il nous trouve exactement comme il nous a laissés, sinon il comprendra !

Timmy obéit.

Tout à coup, ils se figèrent en entendant des pas au-dessus de leurs têtes. Il y avait quelqu'un dans la cuisine, et Tilda retint son souffle. C'était ce qu'elle craignait ; elle se remit le ruban sur la bouche, et plaqua une main sur celle de Timmy (comme s'il pouvait les trahir !). Elle resta ainsi jusqu'à ce que les pas s'éloignent de la cuisine et se perdent dans le silence.

Poussant un soupir de soulagement, elle chuchota, les yeux rivés à la fenêtre :

— On pourra sortir si on arrive à grimper là-haut.

Mais Timmy était déjà en train de pousser une caisse, vide de ses bouteilles mais encore recouverte de son emballage. Tilda en repéra une autre, plus petite, qu'elle posa sur la première.

— Mungo, toi d'abord ! chuchota-t-elle.

D'abord ? Il rechigna. Pas question, il ne voulait pas passer le premier ! Il savait cependant qu'il lui faudrait rentrer par sa trappe avant le départ de Harry.

— Mungo ? Bon, d'accord. Timmy, tu passes en premier.

Timmy grimpa sur la première caisse, puis sur la plus petite. De là, il avait assez de prise pour forcer la fenêtre à s'ouvrir davantage. Il poussa, se glissa à l'extérieur. Puis il tint le châssis bien ouvert pour Tilda, qui grimpa et sortit à son tour, et ce fut elle qui fit descendre la branche aussi loin que possible pour Mungo. Le chien ne pouvait grimper comme Shoe (qui supervisait l'opération d'un œil blasé), mais avec l'aide de la branche il parvint, d'une secousse, à se hisser à la fenêtre.

Tous trois se retrouvèrent dehors. Dans d'autres circonstances, ils auraient sûrement poussé des cris de joie.

Shoe arrêta de se bichonner pour contempler le spectacle de Tilda qui serrait Mungo dans ses bras, bientôt imitée par Timmy. Serrer ce chien dans ses bras… Brrrr… Shoe se remit à sa toilette.

Tilda, quant à elle, était vite retombée sur terre.

— Et maintenant ? Et maintenant ?

Elle se tenait mains serrées, crispées comme si elles avaient été encore liées. Elle finit par ôter les gants, puis jeta un coup d'œil circulaire dans le jardin enténébré. Aucune lumière aux fenêtres.

— Il est peut-être parti quelque part.

Cherchant à percer l'obscurité du regard, elle ne put distinguer que la silhouette des arbres, ne put percevoir que le chuintement du passage d'une automobile, effrayée à l'idée qu'avant de partir il descendrait voir ses prisonniers.

— Timmy ! Faut partir d'ici !

Timmy la regarda, attendant les instructions.

L'argent. Timmy en venait souvent à oublier le billet caché dans sa chaussure ; il s'était tellement habitué à le sentir là, qu'on eût dit qu'il était greffé à son pied. Il s'agenouilla, défit son lacet et, tel un prestidigitateur sortant un lapin de son chapeau, extirpa le billet de dix livres de sa chaussette.

Tilda en resta ahurie. C'était comme voir un magicien faire apparaître une pièce de monnaie derrière son oreille à elle.

— Ça suffira, ce billet ! Ça suffira pour un ticket de bus. Pour aller dans un autre quartier. Pour aller quelque part !

Timmy était tout heureux de pouvoir offrir cet argent. Ce « quelque part » avait des accents de paradis.

Mungo les regarda filer vers le devant de la maison, et leur courut après. Il attrapa Timmy par la manche.

— Quoi ? demanda Tilda.

Mungo se précipita vers le côté de la maison, où une petite pente douce menait jusqu'au trottoir, puis revint en galopant, leur signifiant de le suivre par là. Il avait peur, s'ils passaient par le devant, que Harry les aperçoive en sortant par la porte.

Ils le suivirent.

Ils partirent en courant vers Sloane Street, et Mungo les suivit un instant, puis, sachant que son rôle s'arrêtait là, il s'assit sur le trottoir obscur et les regarda disparaître dans la nuit londonienne, comme s'ils étaient le dernier numéro d'un exceptionnel spectacle de magie.

56

Lorsque Jury pénétra à l'Old Wine Shades, à neuf heures et quart, Harry était assis au bar, en grande conversation avec Trevor. Le sujet de la discussion ? La bouteille de vin que tenait Trevor, emmaillotée dans une serviette. Jury n'ignorait pas que Trevor n'emmaillotait que les bouteilles de derrière les fagots. Harry salua Jury comme s'ils ne s'étaient pas vus de la journée et n'avaient pas une bonne heure de tête-à-tête houleux derrière eux. Ou plutôt comme s'ils avaient tiré un trait dessus et étaient toujours potes.

Mais bordel, se dit Jury, comment fait-il ? Comment fait-il pour faire celui qui n'a rien fait ?

— Bonsoir, Harry, bonsoir, Trevor.

Mungo, assis sous le tabouret voisin de celui de Harry, s'en extirpa à demi pour se faire gratter la tête par Jury. Lorsque ce dernier s'assit à son tour, Mungo retourna à sa place.

— Trevor débouche du grandiose ce soir, annonça Harry. Regardez-moi cet hermitage. Très rare, très difficile à trouver. Goûtez-moi ça, continua-t-il, comme si Jury n'était venu que pour une dégustation.

En un mouvement acrobatique, Trevor pêcha un verre sur l'étagère derrière lui, le retourna et le posa sur le comptoir. Il y versa une larmichette de vin avant de soudain s'interrompre.

— Allez-y, remplissez-le, Trevor, je vous fais confiance.

— Allons, Richard, insista Harry. À vous l'honneur. Goûtez.

Jury ne put s'empêcher de sourire. Les deux autres le couvaient des yeux, semblant lui signifier par là que tant qu'il ne se serait pas exécuté ils ne pourraient pas se prononcer sur la provenance réelle de la bouteille. Il porta le verre à ses narines, fit tourner le liquide et finalement goûta. Excellent. Mais pour Jury tout était bon dans cet établissement, y compris la piquette maison qui coulait à flots parmi les box.

Ce qui le sidérait, c'était leur mine. Quel sérieux ! Il se sentait entraîné malgré lui dans cette ambiance fabuleuse, tout le décorum du vin, tous ces casiers de bouteilles, et séduit par Harry Johnson comme si c'était la première fois, et même comme si lui, Jury, avait tout simplement rêvé tous les événements de la semaine passée.

— Superbe. Délicieux.

Ils froncèrent les sourcils en même temps, tels des jumeaux. Comme momentanément déçus, comme si Jury était tenu d'en dire davantage, de se montrer plus précis, plus exact, comme si sa réponse devait être portée par de petits anges échansons pour exprimer toutes les merveilles de ce breuvage.

— Le meilleur que j'aie jamais bu.

Il sourit, incapable de s'en empêcher : ils étaient vraiment impayables, à froncer ainsi le sourcil de concert.

Un ange passa, que Harry finit par descendre en plein vol en poussant son verre sur le comptoir :

— Remettez-moi ça, Trevor.

Trevor versa l'hermitage dans le verre de Harry sans s'occuper de celui de ce crétin de Jury, hocha la tête, puis s'éloigna vers l'autre bout du bar, emportant la bouteille dans sa serviette.

Harry fumait un cigare odorant ; ou peut-être était-ce que pour Jury toute fumée était odorante, pleine de la nostalgie du passé.

— Et maintenant si vous m'en disiez davantage, Harry ?

— Davantage sur quoi ?

— Sur les dix dimensions. Parce qu'une amie à moi a fait tomber une boucle d'oreille, qui a disparu.

Harry s'esclaffa.

— Vous savez, il existe une variante sophistiquée de la théorie des cordes, selon laquelle il y en a onze ; ça s'appelle la théorie M.

— Ah non ! N'allez pas encore m'ajouter une dimension, pour l'amour du ciel ! Je veux juste savoir où sont passées les six autres, celles sur lesquelles je n'arrive pas à mettre la main…

Il fit un signe à Trevor. Jury commençait à se sentir bougrement à l'aise dans cet endroit.

— Où les cachez-vous ? poursuivit-il.

Harry sourit derrière une volute de fumée. Trevor revint remplir le verre de Jury.

— Oh, vous avez cru que je voulais dire… se reprit Jury, écarquillant les yeux. Non, non, je ne voulais pas parler d'eux, je parlais des dimensions. Et puis, à quoi ça sert si on ne peut pas les voir ?

— Vous plaisantez ? Vous ne croyez pas sérieusement que seul le visible est pertinent. Il existe d'autres dimensions qui pourraient expliquer la configuration même de l'univers.

— Harry, je veux juste qu'elles puissent expliquer ma configuration à moi. Ou mieux, la vôtre. Les trois où nous nous débattons au quotidien, nous simples mortels, je peux me les représenter mentalement. Même la quatrième, éventuellement, le temps. Mais pour les six autres, je coince.

— Arrogant, non ? soupira Harry.

Jury apprécia cette accusation d'arrogance, surtout sachant de qui elle venait.

— On n'est pas censés se faire une représentation mentale de tout et n'importe quoi dans l'univers. Mais peut-être ceci peut-il s'en approcher…

Et Harry de déchirer un coin d'une serviette en papier et de le rouler en une petite boule qu'il glissa sous son verre.

— Comme ça, expliqua-t-il.

Elle était minuscule, cachée par le fond du verre.

— Voilà, une autre dimension, une boucle, peut-être.

— C'est possible. Mais est-ce que ça signifie que Hugh prend ses désirs pour des réalités ?

— Je ne comprends pas, répondit Harry.

— Je parle de Robbie. Hugh ne pense-t-il pas que, étant donné ces dimensions, il se pourrait que toute notre vision de l'espace-temps soit complètement faussée, et donc que Robbie pourrait revenir ? C'est ce que je voulais dire par « prendre ses désirs pour des réalités ».

— Allons ! Hugh est un scientifique. Il est partisan de la théorie des cordes, d'où les autres dimensions.

— Et vous ?

— Moi, je crois que tout est possible.

Il prit son verre, et Jury en profita pour ramasser la boulette de papier. Il regarda Harry droit dans les yeux, peut-être à la recherche d'un indice quelconque ou d'un signe de folie. Mais il ne put y lire que la vie, qui brûlait d'une flamme ardente.

— Tout est sans doute possible pour vous, Harry. Dieu sait que vous êtes assez inventif pour ça.

Harry se retourna, souriant.

— Je me trompe, ou est-ce le clairon de la retraite que je perçois dans vos propos ?

— Tant que je n'obtiens pas de mandat, rétorqua Jury en riant, la police ne peut strictement rien faire. Donc, je suis aussi bien ici à déguster ce superbe vin.

Comme s'il avait lui-même entendu une sonnerie de clairon, Trevor fit son apparition. Il avait en main une autre bouteille, un château-haut-brion, un 75, d'un propriétaire dont Jury ne put déchiffrer le nom ; c'était un vin très cher, mais « M. Johnson », affirma Trevor, pouvait se le permettre, et il avait l'impression que lui et Jury avaient quelque chose à fêter. Ce qui eut le don de les faire rire de bon cœur.

— Allez-y, versez, versez, fit Harry.

Trevor s'exécuta, après le cérémonial d'usage : d'abord humer, puis goûter.

Jury surveillait le miroir (depuis un petit moment, d'ailleurs), guettant la porte du pub. Celle-ci s'ouvrit enfin, juste au moment où Trevor se mettait à les servir.

Les cheveux de Melrose étaient d'un châtain relativement seyant, et ses yeux verts assez bien dissimulés derrière des lunettes légèrement fumées. Il portait un costume trois pièces, élégant sans être ostentatoire. Il se dirigea droit vers le bar et sans tambour ni trompette s'assit à côté de Harry, lequel, bien évidemment, pivota pour le considérer d'un œil curieux.

Mungo, intrigué lui aussi, sortit de sous le tabouret. Si tant est qu'on puisse dire d'un chien qu'il a l'air soupçonneux, c'était exactement le qualificatif qui s'appliquait à Mungo à cet instant, yeux inquisiteurs levés sur Melrose Plant. Lequel tendit tout de go la main à Harry en disant :

— Vous êtes Harry Johnson, n'est-ce pas ?

Harry regarda la main, regarda l'homme et répondit :

— Oui, c'est exact. Et vous êtes…

— Je suis Niels Bohr.

Mungo s'aplatit au sol, réintégra en rampant son poste sous le tabouret et se plaqua les pattes sur les yeux.

Alors, c'est Niels Bohr qui entre dans un pub…

57

C'était du tout cuit, cette fois.

Jusqu'à ce qu'il comprenne que non.

Cette fois, avait dit Jury, il y avait des témoins, deux témoins oculaires. Sauf que, en fin de compte, il n'y en avait pas.

— On l'a jamais vu, avoua Tilda, rougissante, avant de détourner son regard de Jury, comme si elle venait de le trahir, comme si ne pas avoir vu le visage de cet homme avait constitué une négligence impardonnable de sa part.

Timmy, assis sur sa chaise, regardait Jury avec de grands yeux, hochant la tête à chaque phrase de Tilda. Lui aussi avait la mine défaite.

Jury leur dit qu'ils avaient été très courageux et avaient fait preuve d'une ingéniosité qu'il aurait aimé retrouver chez tous les policiers de la Metropolitan. Puis, à sa question – avaient-ils eu les yeux bandés, ou quelque chose comme ça – Tilda répondit :

— Il nous a fait quelque chose aux yeux. Il nous a mis un truc dedans et tout est devenu flou. Non, ça faisait pas mal ; c'est juste qu'on voyait tout flou.

C'est pour ça qu'on n'a même pas pu voir de quoi il avait l'air. Il nous les a aussi bandés, mais pas longtemps.

(Phyllis Nancy avait fourni l'explication : « Un collyre dilatateur, du genre de celui que les ophtalmologues utilisent assez couramment sur leurs patients jusqu'à un certain âge. Ça dilate les pupilles. Vous avez dû y avoir droit vous-même, non ? C'est la chose la plus banale au monde, sauf qu'il faut attendre un moment avant que ça fasse effet. »)

— Il est resté derrière nous, et nous a empêchés de nous retourner, puis il nous a mis un bandeau. Il l'a enlevé au bout d'un moment, mais on n'y voyait plus rien, pas vrai, Timmy ?

C'était un peu avant onze heures, cette même nuit, que Tilda et Timmy s'étaient présentés à New Scotland Yard, près de la station de métro Saint James, en disant qu'il fallait qu'ils voient M. Jury ; seraient-ils en sécurité là ?

— Enfin, je veux dire, si on doit attendre.

On leur affirma qu'ils étaient en parfaite sécurité.

— OK, alors, viens, Timmy.

Tilda avait conduit le garçonnet jusqu'à un banc où ils s'étaient installés.

Le commissaire Jury avait surgi d'un ascenseur cinq minutes à peine après leur arrivée.

Tilda avait été surprise qu'il se précipite vers elle et la serre dans ses bras, très fort. Comme si elle lui avait manqué.

Il n'étreignit pas Timmy, et il avait probablement raison. Les garçons aiment se dire qu'ils sont des grands, et qu'ils ont passé l'âge d'être pris dans les bras. Jury se contenta de lui serrer virilement la main en le félicitant pour sa bravoure et sa débrouillardise. Timmy n'était pas trop sûr du sens de ce mot, mais il comprit que c'était un compliment. Pas besoin de parler pour faire preuve de bravoure et de débrouillardise : ça, c'était une bonne nouvelle.

Et maintenant, comment étaient-ils arrivés jusqu'à New Scotland Yard ?

— On courait dans une rue, je ne sais pas laquelle. Dès qu'on est sortis de la cave, on n'a fait que courir. Il y avait du monde dans la rue, on est montés dans un bus rouge et on est allés s'asseoir en haut. Timmy avait de l'argent dans sa chaussure. On est descendus du bus et on en a pris un autre. Des fois qu'on nous suivrait. C'était marrant de monter dans tous ces bus, hein, Timmy ?

Timmy fit oui vigoureusement de la tête.

Comment les enfants se dépatouillent-ils pour transformer en jeu tout ou partie d'une expérience traumatisante ?

Environ une demi-heure avant l'arrivée des deux gosses à New Scotland Yard, Jury et le sergent Meek, celui qui planquait devant la maison, étaient entrés chez Harry pour fouiller les lieux à leur recherche. Jury ne le lui avait pas demandé, bien sûr que non. Il l'avait même averti qu'il n'avait pas de mandat et que cela pouvait lui valoir de graves ennuis.

« Deux petits mômes, avait répondu Meek. Moi aussi, j'ai des gamins, patron. S'ils étaient dans la même situation, je ne supporterais pas de savoir qu'on aurait pu les retrouver si seulement un flic n'avait pas perdu du temps à attendre un mandat. »

La cachette la plus probable était le sous-sol, dont la porte était fermée à la fois à clé et au verrou côté cuisine. Meek, dont l'oncle (comme il ne manquait jamais de le raconter) avait été un casseur de coffres de première classe jusqu'à « une embrouille regrettable », avait sur lui son outil spécialisé dans les serrures. Et celle-là n'était pas du genre farouche. Il n'avait fallu que cinq secondes au sergent pour en venir à bout.

C'était une vraie cave à vin : des casiers, des rangées et des rangées de bouteilles. Harry était donc bien un connaisseur. Jury avait pensé qu'il s'y connaissait un peu en vin, mais sans plus. Harry, Jury était à présent tout disposé à le croire, avait du mal à dire la vérité sur quoi que ce soit.

Harry était une ordure. Un salaud mégalomane, orgueilleux, perfide. Et dangereux avec ça. Un salaud très, très intelligent.

Il n'y avait rien dans le sous-sol, ni gamins ni trace éventuelle de leur présence.

Où les avait-il emmenés ? Car Jury était certain que Harry les détenait.

— Venez voir ça, boss, dit Meek.

Jury s'éloigna des casiers à bouteilles pour s'approcher de Meek. Des caisses de vin retournées, empilées.

— Cette fenêtre ? Elle est ouverte, dit Meek. Pas très large, comme passage, mais c'est jouable, non ?

Jury se mit à rire. Oui, c'était bien ça, plus que certainement.

Son portable carillonna soudain, avec une douceur à glacer le sang. Une toute petite sonnerie de cloches. Il le sortit de sa poche et répondit.

Melrose le prévint que Harry venait de sortir du pub.

— Quand il s'est rendu compte que tu étais parti, il a pris Mungo et s'en est allé. Pas l'air inquiet, en tout cas. À mon avis, il pensait que rien que pour moi, ça en valait la peine. Si jamais tu veux tout savoir sur la complémentarité, eh bien, je suis ton homme. Conversation formidable qu'on a eue là. Quelque chose me dit qu'il n'y a pas tout à fait cru, quand même.

Jury raccrocha très vite, ordonna :

— Ces caisses, sergent… attrapez-moi la plus petite et fichons le camp.

C'était peut-être la plus petite des deux, mais elle restait malgré tout assez grande pour être encombrante. Le sergent Meek se débrouilla quand même, hilare par moments.

— Ah, ces gamins, se réjouit-il, des drôles de futés !

— On peut le dire, répliqua Jury.

La caisse était allée directement au labo.

— Désolé, chef. Aucune empreinte.

— Mais il y en a forcément, affirma Jury à l'expert. Ces gamins ont manipulé ces caisses, ils les ont traînées sous la fenêtre, empilées l'une sur l'autre… Vous ne pouvez pas me dire qu'il n'y a pas d'empreintes !

— Deux raisons à ça : d'abord, c'est du bois brut, et ça ne les prend pas. Ensuite, les gamins pouvaient porter des gants.

— Pourquoi ils auraient porté des gants ?

— Peut-être qu'on les a forcés. Vous dites qu'ils ont mis les caisses sous la fenêtre pour s'échapper. Ou que ça ressemblait à ça. Dans ce cas, ils auraient laissé des empreintes sur ou autour de la fenêtre. Pas possible autrement.

— Oui, mais pas avec des gants, fit Jury.

— Ça dépend lesquels. Une empreinte peut passer à travers un gant s'il est assez fin. Vous n'avez pas trouvé de gants en latex dans le coin ?

— Non, sinon je les aurais ramassés.

— Désolé, chef. Vous nous amenez jusqu'à cette fenêtre, qu'on l'examine ?

C'est ça, mon bonhomme, et ce sera la suspension immédiate, pour moi, pour le sergent Meek et aussi pour toi, si jamais tu te pointes avec ta trousse, parce qu'on n'a pas l'ombre du commencement d'un putain de mandat. Au lieu de cela, il répondit :

— Pas mèche. Merci quand même.

Donc Harry avait aussi envisagé cette possibilité. Il ne voulait surtout pas qu'ils laissent leurs empreintes partout, voilà pourquoi il leur avait fait porter des gants, ou quelque chose en tenant lieu.

C'est ce que Jury expliqua à Wiggins, au bureau le lendemain matin. Mais il y aurait des empreintes dans la voiture, alors. Jury ne pouvait pas imaginer que Harry ait pu leur lier les mains dans la voiture, et ce pour la même raison qui lui avait fait leur enlever les bandeaux : cela aurait trop attiré l'attention.

— Bon Dieu, mais c'est pas vrai ! Y a pas un seul truc auquel il a pas pensé, Harry ? s'énerva Wiggins en touillant son thé.

Il avait beau n'avoir jamais rencontré l'intéressé, il ne pouvait s'empêcher de l'appeler par son prénom.

— Si, fit Jury en ôtant sa veste du dossier de sa chaise. Il y a un truc.

— Lequel, monsieur ?

— Je n'en sais rien, répondit Jury, déjà sur le seuil, faisant tinter des pièces de monnaie dans sa poche. Pour le moment.

Et il sortit.

58

C'était son père qui était venu de Manchester pour récupérer le corps.

Albert Bly portait sur son visage le sceau permanent du chagrin, accentué encore, se dit Jury, par la mort de sa fille.

— Pastoni, c'était son nom de femme. Elle avait rencontré un Italien, là-bas, l'avait épousé, et ensuite elle avait divorcé. Rosie, c'était une fille qui aimait le changement.

Le ton n'était pas critique. M. Bly se contentait de véhiculer une information.

— Je suis vraiment navré, monsieur Bly.

Albert Bly baissa les yeux vers sa tasse de thé.

— Ça changera rien, j'imagine.

Il poussa un profond soupir, assis dans le café où Jury l'avait emmené après l'identification du corps de Rosa.

Il avait fallu pas mal de recherches avant de retrouver la famille, la police ne connaissant Rose Bly que sous le nom de Rosa Paston.

— C'est pour ma femme que ça risque d'être un peu dur.

« Un peu dur. » Jury s'émerveillait parfois du sens de la litote des Britanniques.

Albert Bly poursuivit :

— Même si Rosie, elle était pas v'nue nous voir depuis plus d'un an... deux, plutôt. Vous savez c'que c'est, les gamins, hein.

Rosa Paston, ou Rosie Bly, était restée en Italie, à Venise, après le divorce, et y avait trouvé un emploi.

— Ça lui plaisait bien, c't endroit. Je sais pas trop pourquoi. Tous ces canaux, toute cette flotte, pas moyen de conduire une bagnole. C'est pas moi que vous verriez dans un de ces bateaux, comment c'est qu'vous les appelez ?

— Des gondoles, sourit Jury.

M. Bly fit la grimace, reprit sa tasse de thé.

— Sympa, ce bistro, fit-il.

Puis, après avoir précautionneusement reposé sa tasse vide sur sa soucoupe, il demanda :

— Vous l'avez serré, le type qu'a fait ça ?

— Pas encore. Mais on tient un suspect.

Les épaules d'Albert Bly semblèrent se voûter encore davantage.

— Monsieur Bly, est-ce que Rosie était restée en contact ? Je veux dire, est-ce qu'elle vous écrivait, à vous et à sa mère ? A-t-elle fait allusion à quelqu'un, un homme qu'elle aurait rencontré ? Un pour qui elle aurait pensé que c'était sérieux ?

Peut-être que la bourgeoise en savait plus, mais lui pensait que non. Rosie n'écrivait pas beaucoup et ne leur avait jamais parlé de choses personnelles.

Il y avait eu un homme. Ils tenaient ça de la colocataire de Rosa. Elle l'avait confié à la police, Rosa avait un mec, ils allaient se marier. Elle avait quitté Venise pour venir à Londres vers la mi-juin. De l'année précédente.

Rosa avait-elle donné des indications quelconques à son amie sur l'identité de ce « mec » ?

Non. Mais il était beau et riche.

Ils le sont tous, dans ces cas-là, se dit Jury avec tristesse.

Châteaux à Venise.

Certes, ils allaient interroger Mme Bly ; mais d'ores et déjà Jury était convaincu qu'ils en savaient plus qu'elle ou que le père. Pour finir, ils quittèrent le café, et Jury accompagna Albert Bly jusqu'à son petit bed and breakfast. Il prit note des détails nécessaires pour la remise finale de la dépouille de Rosa Paston.

— Nous allons le coincer, monsieur Bly. Je vous le garantis.

Bien mince consolation.

Épilogue

Il était dix-neuf heures trente à l'Old Wine Shades, et Harry était assis au bar, en grande conversation avec Trevor. Ou plus précisément, c'était Trevor qui faisait la conversation, penché par-dessus le comptoir comme s'il avait des secrets à confier.

— Bonsoir, Harry, dit Jury en tirant un tabouret à lui.

Comme c'était celui sous lequel se prélassait Mungo, ce dernier se montra, regarda Jury…

« Interloqué », aurait dit Jury.

… et se glissa à nouveau sous le tabouret.

— Richard ! Ça fait au moins deux semaines qu'on ne vous a pas vu. Qu'est-ce que vous devenez ? Regardez : il faut absolument que vous goûtiez ça. Barolo monprivato, annonça-t-il en tapotant son verre.

— Votre italien est fort bon.

— Oh, pas tant que ça. C'était vraiment dur à dire.

— Et je parie que vous n'avez aucun problème à prononcer le nom de cette petite ville sur une colline toscane, vous savez, près de Florence…

— San Gimignano.

— Parfait.

Alors que Trevor lui apportait un verre, Jury poursuivit :

— Je parie que vous le parlez, même. L'italien, je veux dire.

— Pas formidablement bien.

— Suffisamment pour draguer des filles et tout ça.

— Probablement, ricana Harry.

Trevor l'ayant servi, Jury commença à boire.

— N'engloutissez pas tout d'un coup, pour l'amour du ciel ! Trevor va nous faire un infarctus…

Ledit Trevor, appuyé contre le bar, attendait la réaction de Jury.

C'était comme si leur raison d'être, à tous les trois, était localisée ici, à l'Old Wine Shades, et plus particulièrement dans cette bouteille.

— Superbe, décréta Jury. Du corps et de la rondeur, comme dirait Trevor.

— Je ne dirais pas ça, corrigea Trevor. Du fruité, de la sensualité. C'est un château-latour.

— Il va bientôt nous transformer en sommeliers, remarqua Harry.

« Nous. » Bien bonne, celle-là.

— Vous en êtes déjà un, Harry. Je suis prêt à parier qu'il y a assez de bouteilles dans votre cave pour ouvrir un bar à vins.

— Ma cave ? Richard, vous êtes allé fouiner ?

— Ouh là là ! s'exclama Jury. Une de ces questions-pièges dont les suspects se servent pour confondre ces crétins de flics ! Mais non, je présume simplement que quiconque apprécie à ce point le vin doit forcément posséder une cave.

Harry éclata de rire. Il prenait tout à la plaisanterie. Ce qui laissait Jury éberlué, c'était qu'apparemment il ne se sentait nullement en danger. Les enfants s'étaient échappés, après tout. Ils allaient peut-être en raconter des tonnes à la police. Tout dire. Identifier Harry : « Oui, c'est le type qui nous a retenus prisonniers ! » Ou, désignant de l'index une photo : « Oui, c'est bien lui. Pas question de l'oublier, impossible ! »

Fantasmes de Jury. Il n'y avait aucune photo, aucune identification. Harry était-il un de ces individus, rarissimes pour ce qu'en savait Jury, qui se fermeraient comme un mur, jusqu'au bout du bout, jusqu'à ce que le mur s'écroule complètement ?

— Vous êtes sacrément malin, Harry, trop malin.

— Moi ? Je suis malin ? Non, la palme dans ce domaine vous revient sans conteste. À vous et à cet ami à vous. Niels Bohr, sacredieu ! Niels Bohr ! Une seule chose à dire sur votre ami : il m'a vraiment fait marcher pendant un moment. Il maîtrisait le principe de complémentarité presque aussi bien que Hugh. Il est très brillant, votre ami. Nous avons bavardé à bâtons rompus, tout le temps d'une bouteille de bordeaux. Pas celui-ci, précisa-t-il en faisant tinter son verre, mais un excellent château-margaux. N'est-ce pas, Trev ?

— Exact. Même que ça vous a coûté un paquet, répondit Trevor avec un franc sourire.

Trevor semblait fasciné. Il restait derrière le bar, à essuyer soigneusement des verres, qu'il soulevait ensuite dans la lumière pour vérifier s'il restait des traces.

— Enfin bref, poursuivit Harry, nous en avons rompu, des bâtons. C'était comme un jeu d'échecs, en fait.

— Et lequel des deux a été mis en échec ?

— Oh, nous avons laissé la partie en plan quand je me suis aperçu que vous aviez filé. Où étiez-vous passé ?

— J'avais un rencard.

Jury se pencha et, baissant la voix :

— Qu'alliez-vous leur faire, Harry ?

— À qui ?

— Timmy et Tilda.

— Grands dieux, les revoilà, ceux-là ? C'est une obsession…

Il regarda sa montre.

— Dîner ?

— Non, merci, j'ai quelque chose à faire.

Jury se leva, finit son verre.

Harry finit également le sien.

— Eh bien, moi, j'ai une faim de loup. Bon, Mungo et moi, on se passera de vous, alors.

Mungo sortit de sous le tabouret, l'air (aurait dit Jury) désabusé (si c'était possible pour un chien), blasé, mort de fatigue, crevé. Jury, qui n'avait pas enlevé son manteau et n'eut donc pas besoin de le remettre, se baissa pour lui caresser la tête.

Harry ayant remis son cachemire noir et laissé une énorme somme d'argent sur le comptoir, tous trois sortirent du pub. Harry s'arrêta sur le trottoir pour allumer une cigarette.

— Vous pouvez m'en passer une ?

— Quoi ? Une cigarette ? Vous avez arrêté de fumer. Bon, mais si vous vous y remettez, ça m'embêterait d'en être la cause, dit-il en lui tendant son étui.

— Oui, j'en suis sûr. Harry, je vais vous coller au train comme un chien renifleur.

Mungo leva brusquement la tête.
— Désolé.
— Il n'y a pas de mal.
— Ce n'est pas à vous que je parlais, Harry.
Harry éclata de rire.
— Bon, alors nous pourrons nous voir ici à intervalles réguliers pour faire le point. Mais là, j'ai l'estomac dans les talons. Bonne nuit.
Il s'éloigna en sifflotant, se retourna et fit un signe d'adieu de la main.
Mungo se retourna aussi.
Jury mit la cigarette dans sa bouche, se tapota les poches à la recherche d'allumettes, sachant très bien qu'il n'en avait pas sur lui. Mais c'était là un rappel agréable de ses gestes passés.
Jury sourit.
Cette cigarette, il n'avait pas l'intention de la fumer.
Il la jeta dans le caniveau.

Martha GRIMES
L'affaire de Salisbury

Meurtres par mort naturelle

À Londres, dans des quartiers totalement différents, on retrouve les cadavres de trois femmes apparemment mortes de causes naturelles. Mais le commissaire Macalvie n'est pas satisfait de cette explication. Il reste intimement persuadé que les trois affaires sont liées, et que les morts résultent de meurtres. Il décide alors de faire appel à son ami de Scotland Yard, Richard Jury, qui, lui-même, va demander de l'aide à son ami, Melrose Plant.

Pocket n° 10549

Martha GRIMES
Le vilain petit canard

Quelque chose de pourri à Stratford-sur-Avon

En villégiature à Stratford-sur-Avon, la charmante ville natale de Shakespeare, le commissaire Richard Jury voit ses vacances écourtées de la plus brutale des manières : des touristes américains sont retrouvés mutilés à la façon de Jack l'Éventreur. Avec son ami Melrose Plant, douzième comte de Caverness, le flegmatique Jury va démonter méthodiquement les mécanismes d'une implacable vengeance.

Pocket n° 2966

Composé par Nord Compo
à Villeneuve-d'Ascq (Nord)

Imprimé en France par

CPI
Bussière

à Saint-Amand-Montrond (Cher)
en décembre 2009

POCKET - 12, avenue d'Italie - 75627 Paris Cedex 13

N° d'impression : 91872
Dépôt légal : janvier 2010
S 19537/01